헤이게 이야기 —

平家物語

속표지 그림
작가 미상, '헤이지 정변으로 불타는 궁궐,' 「농어」, 『平治物語繪詞』(보스턴 미술관 소장), 중세 전기.

대산세계문학총서 054

헤이케 이야기

오찬욱 옮김

문학과지성사
2006

대산세계문학총서 054_소설

헤이케 이야기 1

옮긴이 오찬욱
펴낸이 이광호
펴낸곳 ㈜문학과지성사
등록번호 제1993-000098호
주소 04034 서울 마포구 잔다리로7길 18(서교동 377-20)
전화 02) 338-7224
팩스 02) 323-4180(편집) 02) 338-7221(영업)
전자우편 moonji@moonji.com
홈페이지 www.moonji.com

제1판 제1쇄 2006년 12월 15일
제1판 제4쇄 2025년 7월 21일

ISBN 89-320-1745-X
ISBN 89-320-1744-1(전 2권)
ISBN 89-320-1246-6(세트)

한국어판 ⓒ 오찬욱

이 책의 판권은 옮긴이와 ㈜문학과지성사에 있습니다.
양측의 서면 동의 없는 무단 전재 및 복제를 금합니다.

이 책은 대산문화재단의 외국문학 번역지원사업을 통해 발간되었습니다.
대산문화재단은 大山 愼鏞虎 선생의 뜻에 따라 교보생명의 출연으로 창립되어
우리 문학의 창달과 세계화를 위해 다양한 공익문화사업을 펼치고 있습니다.

헤이케 이야기(平家物語) 1 | 차례

제 1 권
기원정사(祇園精舍) · 15
암살 모의 · 18
농어 · 23
단발동자 · 27
일문의 영화(榮華) · 29
기오(祇王) · 33
두 임금을 모신 왕비 · 44
현판 싸움 · 49
청수사(清水寺)의 소실 · 52
세자 책봉 · 55
섭정 습격 사건 · 57
시시노타니(鹿谷) · 62
슌칸(俊寬) · 67
발원(發願) · 71
가마 시위 · 77
대궐의 소실 · 81

제 2 권
귀양 가는 주지 · 87
일행(一行) 아사리(阿闍梨) · 92
사이코 법사의 최후 · 97
훈시 · 104

구명(求命) · 111
간언 · 116
봉화(烽火) · 122
귀양 가는 나리치카 · 127
아코야(阿古屋)의 소나무 · 131
나리치카의 죽음 · 135
사네사다(實定) 경의 묘책 · 139
연력사의 내분 · 143
연력사의 몰락 · 146
선광사(善光寺)의 소실 · 149
야스요리의 축문 · 151
솔도파(卒堵婆) · 155
소무(蘇武) · 159

제 3 권
사면장(赦免狀) · 165
절규 · 169
출산 · 173
공경들의 집결 · 177
다보탑 · 180
라이고(賴豪) · 183
귀경 · 186
아리오(有王) · 192

슌칸의 죽음 · 197
회오리바람 · 201
시게모리의 죽음 · 202
장례용 패도(佩刀) · 207
초롱대신 · 210
금 시주 · 211
문답 · 213
유배 · 218
유키타카(行隆) · 222
유폐 · 225
도바 별궁 · 229

제 4 권

이쓰쿠시마 행행(嚴島行幸) · 235
환궁 · 241
미나모토 일문 · 246
두더지 소동 · 251
노부쓰라(信連) · 253
기오오(競) · 258
연력사의 서찰 · 265
나라에 보낸 서찰 · 267
지루한 논의 · 272
승병들의 집결 · 274
우지(宇治) 대교 전투 · 278
왕자의 최후 · 283
왕손의 출가 · 288
관상 · 291
괴조(怪鳥) · 293
원정사의 소실 · 298

제 5 권

천도(遷都) · 303
달맞이 · 311
요괴 소동 · 315
파발마(擺撥馬) · 319
역적의 계보 · 321
함양궁(咸陽宮) · 323
몬가쿠(文覺) · 328
권화장(勸化帳) · 331
귀양 가는 몬가쿠 · 334
교지 · 339
후지(富士) 강 전투 · 343
오절무(五節舞) · 352
환도(還都) · 357
불타는 나라(奈良) · 359

제 6 권

상왕의 승하 · 367
단풍 · 371
아오이(葵) · 374
고고(小督) · 376
회문(回文) · 384
줄지은 파발마 · 386
기요모리 공의 서거 · 389
교노시마(經島) · 393
지신보(慈心房) · 395
기온(祇園) 부인 · 400
하늘의 소리 · 409
요코타(橫田) 둔치 전투 · 411

헤이케 이야기(平家物語) 2 | 차례

제 7 권

볼모 · 15
북녘 땅 · 17
지쿠부(竹生) 섬 · 19
히우치(火打) 전투 · 22
기원문(祈願文) · 25
구리카라(俱梨迦羅) 전투 · 30
시노하라(篠原) 전투 · 34
사네모리(實盛) · 38
겐보(玄肪) · 42
요시나카의 서찰 · 45
승도들의 답서 · 49
주상의 몽진 · 56
고레모리(維盛) · 61
폐허 · 64
다다노리(忠度) · 67
쓰네마사(經正) · 70
명기 세이잔(名器靑山) · 73
다이라 일문의 도주 · 75
후쿠하라(福原) · 81

제 8 권

태상왕의 잠적 · 87
나토라(名虎) · 92
실꾸리 · 98
다자이후(大宰府) · 103
정이대장군(征夷大將軍) · 108
네코마(猫間) · 112
미즈시마(水島) 전투 · 115
세노오(瀬尾)의 최후 · 117
무로야마(室山) 전투 · 123
장구 판관(判官) · 125
법주사 전투 · 131

제 9 권

명마 이케즈키 · 139
선봉 · 143
강변의 전투 · 147
요시나카의 최후 · 151
히구치의 최후 · 156
여섯 번의 전투 · 160
양군의 집결 · 164
미쿠사(三草) 전투 · 169
노마(老馬) · 171
선두 다툼 · 176
두 차례의 적진 돌파 · 182

절벽 강하 · 186
모리토시(盛俊)의 최후 · 189
다다노리(忠度)의 최후 · 192
생포당한 시게히라(重衡) · 195
아쓰모리(敦盛)의 최후 · 197
도모아키라(知章)의 최후 · 200
패주(敗走) · 203
미치모리 부인의 투신 · 206

제10권

효시(梟示) · 215
시게히라의 연인(戀人) · 220
야시마에 보낸 교지 · 226
회답 · 228
계문(戒文) · 233
관동 가는 길 · 237
센주(千手) · 242
요코부에(橫笛) · 248
고야 산(高野山) · 253
고레모리의 출가 · 256
구마노(熊野) 신사 · 261
고레모리의 투신 · 264
삼일천하 · 268
후지토(藤戸) · 275
새 임금의 즉위 · 280

제11권

노(櫓) 다툼 · 285
가쓰우라(勝浦) · 290
쓰기노부(嗣信)의 최후 · 295

나스 노 요이치(那須與一) · 300
요시쓰네의 활 · 303
시도(志度) 전투 · 307
단노우라(壇浦) 해전 · 310
활 겨루기 · 315
주상의 투신 · 319
노리쓰네(敎經)의 최후 · 322
신경(神鏡)의 입경 · 326
보검 · 330
포로들의 입경 · 335
신경(神鏡) · 339
편지 사건 · 342
후쿠쇼(副將) · 344
고시고에(腰越) · 348
무네모리의 최후 · 353
시게히라의 최후 · 358

제12권

대지진 · 367
염색공 · 370
귀양 가는 도키타다(時忠) · 372
도사보(土佐房) · 375
도주하는 요시쓰네 · 379
대납언 요시다 · 383
로쿠다이(六代) · 385
로쿠다이의 구명(救命) · 396
로쿠다이의 최후 · 404

후일담

대비의 출가 · 417

오하라(大原)·421
오하라 행행(大原行幸)·424
대비의 육도(六道) 체험·430
대비의 입적(入寂)·436

옮긴이 해설_중세 이래 일본인이 가장
사랑해온 고전 중의 고전·439

부록
　계보도·460
　헤이케 이야기 연표·463
　헤이안쿄(平安京) 주변 지도·469
　헤이안쿄 도로 구획도·470
　헤이안 궁(平安宮) 부서 배치도 및 각
　부서 관장 업무·472
　고대 일본 지방 행정 구분 지도(오기칠
　도〔五畿七道〕)·474
　주요 전투 지도·476

기획의 말·477

일러두기

1. 이 『헤이케 이야기』는 일본 류코쿠(龍谷) 대학 도서관이 소장한 가쿠이치본(覺一本)을 저본으로 하고 이에 기타 선본을 교합하여 번각한 이와나미쇼텐(岩波書店)의 '일본고전문학대계본 『平家物語』'를 번역한 것이다.
2. 일본고전문학대계본 본문의 표기나 읽기 등에 문제가 있는 경우에는 가쿠이치본을 번각한 여타 본문과 비교, 참조하여 현행의 표기나 읽기로 바로잡았다.
3. 제목 중의 '平家'는 관용적으로 '헤이케'로 읽으나, 이는 다이라(平) 씨 일문에 대한 일본 내에서의 통칭인 데다가, 본문 안에서 지칭 대상이 1) 다이라 일문의 수장인 기요모리 개인, 2) 기요모리를 포함한 일문 전체, 3) 다이라 군 전체 등으로, 다양하게 사용되고 있어, 이 『헤이케 이야기』에서는 혼란이 없도록 '다이라 일문,' 또는 '다이라 씨' 등과 같이 고쳐 번역하였다. 아울러 다이라 일문의 경합 상대였던 '源氏(겐지)' 역시 '미나모토 일문' 등으로 바꾸어 번역하였다.
4. 인명이나 지명의 표기는 모두 외래어표기법에 따랐다.
5. 인명과 지명은 일본어 발음 표기를 원칙으로 하였고, 인명과 지명 중, 『헤이케 이야기』가 만들어진 중세 시대와 현재의 발음이 다를 경우, 모두 현재의 발음으로 통일하였다 (예: 全眞: 센신→젠신, 大宰府: 다사이후→다자이후).
6. 제도나 호칭 등은 위화감을 줄이기 위해 가능한 한 우리의 옛 제도나 호칭으로 바꿔 표기하였다(예: 天皇→임금, 法皇→상왕).
7. 사원, 궁전의 전각이나 문루의 이름, 관직이나 직책명, 문학작품명 등은 가능한 한 우리 한자음으로 표기하였다(예: 延曆寺→연력사, 紫宸殿→자신전, 內大臣→내대신, 『金葉集』→『금엽집』).

8. 일본에서는 고대 및 중세 시대에 우리의 도(道)에 해당하는 행정구역을 '구니(國)'라 부르고, 이 '구니'를 다스리는 행정관을 '국수(國守)'라 호칭하였으나, '구니'는 고을로, '국수'는 태수로 번역하였다.

9. 당시 무인의 이름에는 신분이나 출신 지역을 나타내는 씨(氏)와 이름 사이에 집안의 몇째 아들인가를 나타나는 집안 서열(太郞[타로: 첫째 아들]나 次郞[지로: 둘째 아들] 등)을 표기하였으나, 본『헤이케 이야기』에서는 이름이 너무 길어지는 것을 피하기 위해 중간의 집안 서열은 생략해 번역하지 않았다. 또한, 일본의 중고, 중세 시대에는 귀족의 경우, 씨와 이름 사이에 우리말의 '의'에 해당하는 'の(노)'를 넣어 씨에 붙여 읽는 것이 일반적이었으나, 우리말로 번역했을 경우 성의 일부로 오인될 가능성이 있어 성과 이름 사이에 띄어 표기하였다.

10. 이와나미쇼텐(岩波書店)의 일본고전문학대계본『헤이케 이야기』제10권 말미에는 저본인 류코쿠 대학 도서관 소장본(龍谷大學圖書館所藏本)에 없는 이야기「高野御幸」를 류몬문고본(龍門文庫本)에서 옮겨와 수록하고 있는데, 이는 가쿠이치본(覺一本) 계통에는 원래 없는 이야기이고, 내용 또한 전체적인 줄거리의 흐름과 무관하여 생략하였다.

11. 제1권부터 후일담까지의 각 권은 독립된 복수의 이야기로 구성되어 있는데, 몇몇 이야기의 경우 모두 부분을 앞 이야기에 연결시켜야 이야기의 제목과 부합하는 경우가 있어, 이러한 부분은 본문의 내용과 제목이 배치되지 않도록 이동시켜 바로잡았다.

12. 본문 중의 각주는 모두 옮긴이 주이다.

13. 각 권 첫머리에 들어가는 그림 설명은 다음과 같은 순서로 정리하였다.
    ① 화가명 ② 그림의 내용 ③『헤이케 이야기』의 각 권 내 이야기 제목 ④ 출처
    ⑤ 제작 연대

작가 미상, '적진을 향해 돌진하는 기요모리,' 「농어」, 『平治物語繪詞』(보스턴 미술관 소장), 중세 전기.

제1권

기원정사(祇園精舍)

기원정사 무상당(無常堂)의 진혼의 종소리는 제행무상(諸行無常)의 이치를 일깨워주고, 석존(釋尊)의 입적(入寂)을 지켜보던 사라(沙羅)나무 꽃들은 성자필쇠(盛者必衰)의 섭리를 드러내 보여주었다고 하지 않았던가. 그렇듯 제 세상 만난 양 으스대는 사람도 오래가지 못하니 권세란 한낱 봄밤의 꿈처럼 덧없기 그지없고, 아무리 용맹해도 결국은 죽고 마니 사람의 목숨이란 바람에 흩날리는 티끌처럼 허망하기 이를 데 없는 것이다.[1]

이와 같은 사례를 멀리 다른 나라에서 찾아보면, 진(秦)나라의 조고(趙高)에, 한(漢)나라의 왕망(王莽), 양(梁)의 주이(周伊), 당(唐)의

---

1 기원정사는 석가에게 귀의한 수달(須達)이 석가와 그 교단을 위해 세운 사원. 이곳에는 임종 시 사용하는 '무상당'이라는 승방이 있었는데, 네 구석에 유리종이 매달려 있어 임종 때 '諸行無常, 是生滅法, 生滅滅已, 寂滅爲樂'이라는 게(揭: 부처의 공덕이나 가르침을 기리는 노래 글귀)를 울렸다 한다. '제행무상'이란, 모든 것은 끊임없이 변화하여 이 세상에 영원불멸한 것은 없다는 의미.
　사라나무는 석가의 병상 사방에 두 그루씩 서 있었다는 나무로, 석가가 입멸하자 그 꽃이 하얗게 마르고 말았다고 한다. '성자필쇠'는 영화의 절정에 있는 사람도 반드시 쇠할 때가 온다는 뜻.

안록산(安祿山) 등을 들 수 있겠는데, 이들은 모두 옛 주인이나 선왕(先王)의 정치를 따르지 않고 환락에 빠져, 간언을 받아들이지 않았을 뿐 아니라 천하가 어지러워지는 것을 깨닫지 못하고 백성들의 원성을 샀기 때문에 오래가지 못하고 멸망의 길을 걸은 자들이다.

이러한 사례를 가까이 우리 일본에서 찾아볼 것 같으면, 조헤이(承平) 연간(931~938)에 반란을 주도한 다이라 노[2] 마사카도(平將門)와 덴교(天慶) 연간(938~947)에 모반을 꾀한 후지와라 노 스미토모(藤原純友), 그리고 고와(康和) 연간(1099~1101)의 미나모토 노 요시치카(源義親), 헤이지(平治)[3] 연간(1159~1160)의 후지와라 노 노부요리(藤原信賴) 등을 들 수 있는데, 이들은 하나같이 권세나 용맹이 대단했으나 역시 오래가지 못하고 멸망하고 말았다.

특히 근래에 있었던 일로서 사람들이 로쿠하라(六波羅)의 입도(入道)[4] 대감이라 부르던 전임 태정대신(太政大臣)[5] 다이라 노 기요모리(平清盛) 공의 경우는, 그 행적을 듣고 있노라면 너무나도 상상을 절해 필

---

2 이 당시 일본의 귀족들의 이름은 성과 이름 사이에 우리말의 '의'에 해당하는 'の'를 넣어서 읽는 것이 관례였다. 일반 귀족은 출신지나 거주지(산조〔三條〕, 구조〔九條〕 등), 무인 계급은 소유 토지명을 성으로 사용한 경우가 많았는데, 무인의 경우는 성 다음에 몇째 아들인가를 나타내는 집안의 서열(타로〔太郞〕나 지로〔次郞〕 등)을 표시하고 마지막에 이름을 표기했다. 본 『헤이케 이야기』에서는 일러두기에서도 밝혔듯이 이름이 너무 길어지는 것을 피하기 위해 중간의 집안 서열은 생략해 번역하지 않았다. 또한, 이 '노(の)'는 성에 붙여 읽는 것이 일반적이나 우리말로 번역했을 경우, 성의 일부로 오인될 가능성이 있어 성과 이름 사이에 떠어 표기하였다.
3 조헤이, 덴교, 고와, 헤이지 등은 일본의 연호.
4 로쿠하라는 교토(京都) 시 히가시야마(東山) 구의 고조(五條)부터 시치조(七條) 사이를 일컫던 지명으로, 다이라 일문의 저택이 밀집해 있었기 때문에 다이라 일문을 지칭하는 말로 사용되었다. 입도는 원래 불문에 귀의한 출가자를 의미하나 일본에서는 불문에 귀의해 삭발하고 승복은 걸쳤으되 출가하지 않은 귀족이나 왕족을 말한다.
5 조정의 정무를 담당하는 태정관(최고 행정기관)의 최고위직.

설로는 이루 다하기 힘들 정도였다.

우선 그 조상부터 살펴볼 것 같으면, 간무(桓武) 임금(재위: 781~806)의 다섯째 아들인 가쓰라바라(葛原) 대군의 9대손에 사누키(讚岐)[6] 태수[7]를 지낸 다이라 노 마사모리(正盛)라는 사람이 있었는데, 그 아들이 형부대신(刑部大臣)을 지낸 다다모리(忠盛) 경이고, 이 다다모리 경의 장남이 바로 기요모리 공이었다. 가쓰라바라 대군의 아들인 다카미(高見)는 벼슬을 하지 않고 세상을 떴으나, 그 아들 다카모치(高望) 대에 이르러 처음으로 다이라(平)라는 성을 임금으로부터 하사받아 가즈사(上總) 고을의 부태수가 되었고, 이때부터 왕적(王籍)을 떠나 신하의 반열에 들게 되었다.[8] 그 아들인 진수부 장군(鎭守府將軍) 요시모치(義茂)는 후에 구니카(國香)라 개명했는데, 구니카부터 마사모리에 이르는 6대는 지방의 태수 직을 맡아오긴 했으나 대궐 내 편전(便殿)에 승전(昇殿)[9]할 수 있는 지위에는 이르지 못했다.

---

6 시코쿠(四國)의 가가와(香川) 현 전역.
7 '국수(國守),' 또는 그냥 '수(守)'라 불렸으며, 조정에서 임명하는 지방의 수령을 말한다.
8 일본의 왕실에서는 왕손을 신하의 반열로 내려 보내는 일이 있었는데, 왕가에는 성(姓)이 없었기 때문에 임금이 새로 성을 지어 주었다. 대표적인 성씨로 다이라(平), 미나모토(源) 등을 들 수 있다.
9 대궐 내 편전인 청량전(淸涼殿)의 전상당(殿上堂)에 오를 수 있는 자격으로, 삼위 이상은 전원, 4, 5위 중에서는 명문가 출신이나 공로가 있는 자에 한해 허용되었다.

암살 모의

그러던 것이 다다모리가 비젠(備前)[10] 태수로 있을 때 도바(鳥羽) 상왕[11]이 절을 하나 지으려고 하자 다다모리는 자진해서 서른세 칸이나 되는 법당을 짓고 그 안에 1001좌의 부처를 안치해 헌납했다. 이 절의 낙성을 기념하는 공양이 덴쇼(天承) 원년(1131) 3월 13일에 있었는데, 절을 지어 바친 포상으로 공석 중인 수령 자리를 주라는 어명이 내려 마침 비어 있던 다지마(但馬) 태수 직을 제수하였다. 이뿐 아니라 다다모리를 기특하게 여긴 상왕은 승전을 윤허해 다다모리는 서른여섯 살이 되던 해에 처음으로 편전에 오를 수 있게 되었다.

그러자 이를 못마땅하게 여긴 다른 승전 귀족들은 그해 동짓달 23일, 대전에서 행사가 열리는 날 밤에 다다모리를 암살하려는 계획을 세웠다. 사람을 통해 이 소식을 전해 들은 다다모리는 속으로 '문반도 아니고 무반으로 태어난 내가 암살을 당했다가는 집안은 물론 내 한 몸에게도 수치스

---

10 현재의 오카야마(岡山) 현 일대.
11 제 74대 임금으로 1107~1123년 동안 재위 후 양위. 이 당시는 상왕이 정치적 실권을 쥐고 있었기 때문에 모든 국정은 상왕 중심으로 이루어졌다.

런 일이 될 것이다. 옛말에도 자신의 몸을 잘 지켜 임금을 섬기라 하지 않았던가' 하고는 사전에 이에 대한 대비를 하였다. 입궐하면서 코등이가 없는 단검을 준비해 들어간 다다모리는 조복 안에 일부러 다 보이도록 차고 다니다가 불빛이 어둑한 쪽을 향해 몸을 돌린 다음 천천히 칼을 뽑아 살쩍에 대는 동작을 해보였다. 이를 본 사람들 눈에는 칼날이 얼음처럼 차갑고 예리하게 보여 다들 숨을 죽인 채 지켜만 보고 있었다.

한편 궐내에는 다다모리의 부하 하나가 따라와 있었다. 다이라 일문의 사람으로, 목공료(木工寮)의 차석을 지낸 사다미쓰(貞光)의 손자요 진대부(進大夫) 이에후사(家房)의 아들로서, 당시 좌병위(左兵衛) 부장으로 있던 이에사다(家貞)라는 자였다. 이에사다는 청색 포의(布衣) 안에 연둣빛 실로 장식한 갑옷을 껴입고, 활줄 주머니[12]가 달린 대도를 겨드랑이에 낀 채 편전 앞 뜰 한 구석에서 정좌해 대기하고 있었다. 도승지를 비롯한 정신들이 이상하게 여기고 "저기 구석에 포의를 입은 자가 있는데 누구인가? 허락도 없이 이곳에 들어오다니 무엄하구나. 어서 내보내도록 하라"고 아래 승지를 시켜 일렀더니 이에사다는 "소신의 집안이 선조 대대로 모셔온 비젠 태수를 오늘밤에 암살하려는 음모가 있다는 소문이 있어 사태를 지켜보려고 이렇게 앉아 있는 것이니 이대로 물러나갈 수는 없소이다"라고 하며 그대로 정좌한 채 꼼짝도 하지 않았다. 암살을 모의한 사람들은 이래 가지고는 힘들겠다 싶었던지 그날 밤은 아무 일 없이 지나갔다.

그러나 행사 후에 열린 연회에서 다다모리는 상왕의 명을 받고 춤을 추게 되었는데 지켜보고 있던 정신들은 일부러 노랫가락을 바꿔 '이세(伊勢)에서 만든 그릇은 고작해야 식초 단지'라고 놀려댔다. 입에 담기도 황

---

12 예비 활줄을 감아놓은 고리를 넣은 주머니.

공한 일이나 다이라 씨가 간무(桓武) 임금의 후손이라고는 해도 과거 한때 도성에는 거의 발도 붙이지 못하고 미관말직에 머무른 채 오랫동안 이세 지방에서 살아왔기 때문에 그 지방에서 나는 기물인 이세 단지(伊勢甁子: 이세 헤이시)에 빗댄 것이었는데, 게다가 다다모리가 애꾸눈이었기 때문에 이같이 식초 단지라고 놀려댄 것이었다.[13]

다다모리는 울화가 치밀었으나 어찌해볼 도리가 없어 연회가 끝나기 전에 물러나오려고 정전인 자신전(紫宸殿)으로 가서 의관을 갈아입었다. 그러고는 정신들이 옆에서 다 보고 있는 자리에서 내명부의 궁녀를 불러 허리에 차고 있던 칼을 맡긴 다음 그곳을 빠져나갔다. 기다리고 있던 이에사다가 "어찌 되었나이까?" 하고 묻기에 사실대로 말하려다가 이에사다가 당장에라도 편전 안으로 칼을 휘두르며 뛰어 들어갈 것 같은 흥분된 얼굴을 하고 있어 그냥 "별일 없었다"라고만 답을 했다.

행사 후의 연회에서는 '흰 안피지(雁皮紙)' '농염지(濃染紙)' '꽃실 붓' '금칠 붓두껍' 등등, 갖가지 재미난 물건을 들어가며 노래하고 춤추는 것이 관례였다. 전에 다자이후(太宰府)[14]의 부사(副使)를 지낸 후지와라노 스에나카(藤原季仲)라는 사람이 있었는데, 얼굴색이 너무 검어 당시 사람들은 '숯검정이 부사'라는 별명을 붙여 불렀다. 이 사람이 승지로 있을 때 주상의 명으로 어전에서 춤을 추자 사람들은 박자를 바꾸어 "어이구 까맣기도 하네. 숯검정이로구나. 누가 옻칠이라도 했나 보다" 하고 놀

---

13 다이라 씨(平氏)를 음으로 읽으면 '헤이시'가 되는데, 이세 지방에서 오래 살았기 때문에 '이세 헤이시'라 불렸다. 애꾸눈[眇]과 식초 단지[酢甁]는 동음으로 둘 다 '스가메'라 읽는다.
14 규슈(九州)와 이키(壹岐), 쓰시마(對馬)를 관할하고 외교와 국방을 담당하던 관청으로, 현재의 후쿠오카 현 다자이후 시에 있었다. 지금은 '다자이후'라고 부르나 고대에는 '다사이후'라 불렸다.

려댄 일이 있었다. 또 전임 태정대신이었던 다다마사(忠雅) 경은 열 살이란 어린 나이에 부친을 여의고 고아가 됐는데, 하리마(播磨)[15] 태수 이에나리(家成) 경이 다다마사를 사위로 맞아 호사스런 생활을 시키자, 역시 행사 때 춤을 춘 다다마사 경을 가리키며 '하리마에서 나는 쌀은 먹으면 속새나 푸조나무처럼 윤이 나는가 보네. 고아의 때를 말끔히 벗겨놓은 걸 보니'라고 놀려댄 적도 있었다. 사람들은 "예전엔 이리 심한 농담을 해도 아무 일 없었으나 지금 같은 말세엔 그냥 끝나지 않을 게야. 걱정이로구먼" 하며 수군거렸다.

아니나 다를까 행사가 끝나자 정신들은 상왕에게 몰려가 "본디 칼을 차고 대전 연회에 참석하거나 경호 무사를 대동하고 궐내에 출입하는 것은 모두 국법이 정하는 바에 따라 어명이 있어야만 허용되는 것이 지금까지의 전례이었사온데 다다모리는 허락도 없이 자칭 누대의 심복이라는 포의의 무사를 대전 경내에 불러다놓고 여봐란 듯이 요도(腰刀)를 찬 채로 행사에 참석하였나이다. 이 두 가지 일은 이제껏 예가 없었던 일로서 실로 전대미문의 방자한 행동이라 아니할 수 없사옵니다. 일이 이미 두 가지나 겹쳤사오니 죄를 면키 어려울 것입니다. 어서 정신 명부에서 이름을 지우시고 파직시키시옵소서" 하고 떠들어대는지라 상왕은 크게 놀라 바로 다다모리를 불러 사실 여부를 추궁하였다.

그러자 다다모리는 그날 밤의 일에 대해 소명하기를, "우선 소신의 수하가 대전 경내에서 대기하고 있었다 하온데 소신은 전혀 알지 못한 일이옵니다. 오랫동안 소신을 섬겨온 부하 하나가 사람들이 소신을 죽일 모의를 하고 있다는 소문을 듣고서 황당한 일을 당하는 것을 구하려고 말없

---

15 옛 지명으로 현재의 효고(兵庫) 현 남부.

이 궐 안에 들어왔던 모양이온데, 이는 소신으로서도 어쩔 도리가 없는 일이옵니다. 만약 그래도 죄가 된다면 그 수하를 잡아 올리오리까. 다음으로는 칼이옵니다만 이는 그날 내명부의 궁녀에게 맡겨두었사오니 이곳으로 가져오게 해서 진짜 칼인지 아닌지를 확인하신 다음에 소신의 처벌 여부를 결정하시는 것이 마땅한 일이라 생각되옵니다" 하고 아뢰었다. 그러자 상왕은 "이 일은 당연히 그리해야 할 것이다"라며 그 칼을 가져오게 해서 보니 겉모양은 코등이가 없는 단검으로 검은 옻칠이 되어 있었으나 안에는 은박을 입힌 나무칼이 들어 있었다. 이를 본 상왕은 "눈앞에 닥친 치욕을 피하기 위해 칼을 지니고 있는 것처럼 위장하기는 하였으나 뒷날 송사가 있을 것에 대비해 목도를 차고 오다니 그 용의주도함이 실로 놀랍구나. 병과(兵戈)를 다루는 자의 마음가짐이란 바로 이러해야 할 것이다. 또한 수하가 궐내에서 대기하고 있었다는 것은 어찌 보면 무인의 부하로서 당연한 일이 아니겠느냐. 이는 다다모리의 잘못이 아니다"라며 벌을 내리기는커녕 오히려 칭찬을 하였다.

농어

다다모리의 아들들은 모두 대궐 경비 부서의 요직을 맡게 되었다. 이들이 모두 승전을 하게 되자 정신들은 더 이상 다다모리 일가를 홀대할 수 없었다. 언젠가 다다모리가 임지에서 올라와 서울에 머무르고 있을 때 상왕께서 다다모리를 불러 "임지인 아카시(明石) 해변은 어떻더냐?" 하고 물었다. 다다모리가,

새벽하늘엔 지는 달이 환하고 바닷바람에
일렁이는 파도가 볼 만하였나이다

하고 노래를 지어 올리자 상왕은 감탄해 마지않았다. 이 노래는 『금엽집(金葉集)』[16]에 실려 있다.

다다모리는 상왕을 모시는 궁녀 중에 몹시도 사랑하는 이가 있어 밤마다 이 여인의 침소를 찾았는데 언젠가는 방에다 달을 그린 부채를 놔둔

---

16 1127년에 왕명에 의해 편찬된 단가집(短歌集)으로, 정식 명칭은 『금엽화가집(金葉和歌集)』. 10권으로 구성되어 있으며 약 650수를 수록했다.

채 돌아간 적이 있었다. 이를 발견한 다른 궁녀들이 "이건 어디서 새어 나오는 달빛일까? 출처가 수상하네" 하고 놀려대자 이 궁녀는,

구름 사이로 어렵게 새어 나온 달빛이라서
함부로 밝히기가 어려울 것 같네요.[17]

라고 노래를 지어 얼버무렸는데 이 사실을 전해 들은 다다모리는 더욱 이 여인을 깊이 사랑하게 되었다. 이 여인이 바로 가인(歌人)으로 유명한 사쓰마(薩摩) 태수 다다노리(忠度)의 어머니이다. 비슷한 사람끼리 좋아지는 법이라고 다다모리가 풍류에 밝은 사람이었기에 이 궁녀도 그 방면에 조예가 뛰어났던 모양이다. 다다모리는 벼슬이 형부경(刑部卿)[18]에까지 올랐다가 닌페이(仁平: 1151~1154) 3년(1151) 정월 15일, 58세를 일기로 세상을 떴다. 그리고 장남인 기요모리가 그 뒤를 이었다.

호겐(保元) 원년(1156) 7월, 좌대신(左大臣) 후지와라 노 요리나가(藤原賴長)가 반란을 일으켰을 때, 당시 아키(安藝)[19] 태수로 있던 기요모리는 고시라카와(後白河) 임금(재위: 1155~1158) 편에 서서 공을 세워 하리마 태수에 보임되었다가 2년 후 다자이후 부사에 오르게 되었다.

이어 헤이지 원년(1159) 12월, 후지와라 노 노부요리(信賴) 경이 역모를 일으켰을 때도 주상을 도와 역도들을 진압하자,[20] "두 번이나 수훈을

---

17 대궐에서 온 다다모리의 부채인지라 밝히기 곤란함을 암시하고 있다.
18 조선시대의 형조(刑曹)에 해당하는 부서의 우두머리.
19 옛 고을 이름으로, 지금의 히로시마(廣島) 현 서부에 위치했다.
20 1159년 12월 호겐 정변 후의 논공행상에 불만을 품은 미나모토 일문이 귀족 세력과 손잡고 다이라 노 기요모리를 제거하고자 일으킨 정변. 기요모리 측의 압승으로 미나모토 일문은 풍비박산이 되었다.

세웠으니 상을 중히 해야 한다" 하여 이듬해에는 정삼위(正三位)에 서임되고 이어 참의(參議), 위부(衛府)와 금부(禁府)의 장, 중납언(中納言), 대납언(大納言)²¹으로 승진을 거듭하다가 마침내 대신의 반열에 오르게 되었다. 그리고는 내대신(內大臣)에서 좌우대신을 거치지도 않고 바로 태정대신(太政大臣) 종일위(從一位)에 오르게 되었다. 근위부의 대장이 아닌데도 호위 무사를 대동할 수 있다는 허락을 받았고, 우차(牛車)²²나 연(輦)을 타고 궐내 출입을 허용하는 교지를 받아 탈것을 탄 채로 궁중을 출입하였다. 이러한 예우는 섭정이나 관백(關白)²³의 경우와 다를 바 없었다. '영(令)'²⁴에 의하면 '태정대신은 천자의 사범으로서 천하에 모범을 보이는 자이다. 나라를 다스리고 인륜의 도를 깨우치며 음양을 조화시켜 다스려야 하는바, 적임자가 없을 때는 공석으로 두어야 한다'고 정하고 있다. 그래서 '즉궐(則闕)의 자리'라 하는 것이다. 합당한 인물이 아니면 앉아서는 안 되는 자리였으나 기요모리 공이 천하를 한 손에 쥐고 흔들고 있는 마당에 이를 두고 왈가왈부하는 사람이 있을 리 만무했다.

원래 다이라 일문이 이같이 번영을 누리게 된 것은 구마노(熊野) 신령²⁵의 영험 때문이라는 소문이 있었다. 기요모리 공이 아직 아키 태수로 있을 때 있었던 일인데 이세(伊勢)의 아노(安濃) 나루터에서 배에 올라 구마노 신사로 치성을 드리러 가는 도중 커다란 농어 한 마리가 배 안으

---

21 중납언과 대납언은 도두 중앙 최고행정기관인 태정관(太政官)의 차관직으로, 각각 종삼위(從三位)와 정삼위(正三位)에 해당했다.
22 이 당시 일본의 귀족들은 소가 끄는 우차를 교통수단으로 이용했다.
23 천황을 보좌하는 정무의 최고위직.
24 율령제(律令制) 하의 법령.
25 와카야마(和歌山) 현에 위치한 구마노 신사에서 모시는 세 신령을 말한다.

제1권 25

로 뛰어 들어왔다. 길을 인도하던 수행자들이 "이는 길조이옵니다. 서둘러 잡아서 드시는 게 좋을 것 같습니다" 하고 권하자 치성을 드리기 위해 십계를 지키며 재계하는 중이었으나, "옛날에 주(周)나라 무왕의 배에 흰 물고기가 뛰어들었다고 하지 않느냐. 이는 필시 길사임에 틀림없다"라며 기요모리 공 자신이 직접 요리하여 자기도 먹고 집안사람은 물론이고 부하들한테까지 나눠 먹였는데 그 때문인지 이후 기요모리 공에게는 좋은 일만 계속 생겨 태정대신이라는 지위에까지 오르게 되었고, 자손들의 관위 승진 또한 용이 하늘에 오르는 것보다도 빨리 이루어졌다. 이리하여 태수 직에 머물던 선조 9대의 선례를 뛰어넘게 됐으니 경사스러운 일이 아닐 수 없었다.

단발동자

　그러던 중 기요모리 공은 닌안(仁安) 3년(1168) 11월 11일, 51세가 되던 해에 중병을 앓게 되었다. 출가하여 계(戒)를 받으면 그 공덕에 의해 병고에서 벗어날 수 있다는 당시의 풍습에 따라 서둘러 머리를 깎고 입도(入道)하였는데 계명을 조카이(淨海)라 하였다. 그 때문이었는지는 알 수 없으나 금방 병환이 나아 천수를 누릴 수가 있었다. 이후 사람들이 기요모리 공을 추종하는 모양은 마치 초목이 바람 앞에 일제히 쏠리듯 했고 세상이 받들어 모시는 것을 보면 흡사 백곡이 고우(膏雨)를 반기듯 했다. 뿐만 아니라 명문거족일지라도 다이라 문중의 자제들과 어깨를 나란히 하거나 얼굴을 마주하려는 사람이 없었다. 기요모리 공의 처남인 대납언(大納言) 도키타다(平時忠) 경이라는 사람은 '다이라 일문이 아니면 사람 축에도 끼지 못한다'라는 말을 했다는데, 이런 까닭에 세상 사람들은 다투어 다이라 일문과 연줄을 맺으려고 혈안이 됐다. 심지어는 갓 쓰는 모양에서 옷깃 여미는 매무새에 이르기까지 로쿠하라풍이라 하면 천하의 사람들은 너 나 할 것 없이 똑같이 따라했다.
　현왕현주(賢王賢主)가 아무리 뛰어난 선정(善政)을 베풀고, 섭정이나 관백이 제아무리 훌륭한 시책을 펼지라도 출세 못한 사람들이 남의 눈에 띄지 않는 곳에 모여 험담하는 것은 흔히 볼 수 있는 일인데 기요모리 공이 세도를 휘두르던 시기에는 조금도 나쁘게 말하는 사람이 없었다. 그 까닭인즉슨 기요모리 공이 십사오륙 세 난 소년 300명을 모아 똑같이 단발머리를 하게 하고 홍색 장삼을 입혀 염탐하는 일을 시켰는데, 이들이 온 장안 거리를 누비고 다녔기 때문이었다. 어쩌다가 다이라 일문에 대해 험담을 하는 사람이 있어 이 단발동자의 귀에라도 들어갔다가는 만사 끝장이었다. 이들이 패거리들에게 알리면 일당이 바로 떼 지어 그 집에 난입하여 가재도구를 몰수하고 당사자를 체포해 로쿠하라로 연행하였다. 그런 까닭에 다이라 일문의 횡포를 보면서 마음속으로는 분개해도 입 밖에 내어 바로 말하는 사람이 없었다. '로쿠하라 대감의 단발동자'란 말만 들어도 길 가는 말이나 수레조차 모두 피해 지나갔다. 『장한가전(長恨歌傳)』[26]을 보면 '궁문을 드나들어도 이름도 묻지 않았고 장안의 관헌들은 이 때문에 보고도 못 본 척했다'는 구절이 있는데 바로 그대로였다.

---

26 백거이(白居易)의 「장한가(長恨歌)」를 이야기체로 바꾼 진홍(陳鴻)의 소설.

일문의 영화(榮華)

　기요모리 공은 자신이 모든 권력과 부귀를 누렸을 뿐만 아니라 그의 일문 또한 빠짐없이 영화를 누려 장남인 시게모리(重盛)는 내대신(內大臣)[27]겸 좌대장(左大將)[28]에, 차남인 무네모리(宗盛)는 중납언 겸 우대장(右大將)에 올랐으며, 셋째아들 도모모리(知盛)는 삼위중장(三位中將)에, 장손인 고레모리(維盛)는 사위소장(四位少將)에 각각 올라 다이라 일문 중 공경 반열에 오른 자가 16명, 대부 지위에 이른 자가 30여 명에 지방의 수령, 위부(衛府)나 부서의 장을 합치면 모두 60여 명에 달했다. 흡사 이 세상에 다이라 씨 외에는 사람이 없는 것 같았다.
　쇼무(聖武) 임금 치세(724~749) 때인 진키(神龜) 5년(728), 조정에 처음으로 중위부(中衛府) 대장 직이 만들어지고, 다이도(大同) 4년(804) 중위부가 근위부(近衛府)로 개칭된 이래, 형제가 좌우대장 직을 겸한 예는 겨우 서너 차례밖에 없었다. 첫번째는 몬토쿠(文德) 임금(850~858) 때에 후지와라 노 요시후사(良房), 요시스케(良相) 형제가 각각 우대신

27　내외(內外) 두 대신을 보좌하고, 이들의 부재 시 정무를 담당하던 영외(令外)의 관직.
28　정식 명칭은 좌근위대장(左近衛大將). 좌근위부(左近衛府)의 장관으로, 종삼위에 해당.

겸 우대장과 대납언 겸 우대장에 임명된 적이 있었는데, 이들은 당시 좌대신이었던 후유쓰구(冬嗣) 공의 아들들이었다. 다음으로는 스자쿠(朱雀) 임금(930~946) 때에 오노노미야(小野宮) 대감(후지와라 노 사네요리〔藤原實賴〕)이 좌대장에, 구조(九條) 대감(모로스케〔師輔〕)이 우대장에 앉게 된 적이 있는데 이들은 태정대신을 지낸 다다히라(忠平) 공의 자제들이었다. 세번째는 고레이제이(後冷泉) 임금(재위: 1045~1168) 대에 좌대장을 니조(二條) 대감(후지와라 노 노리미치〔藤原敎通〕)이, 우대장을 호리카와(堀河) 대감(요리무네〔藤原賴宗〕)이 각각 맡았는데 이들은 관백 미치나가(道長) 공의 아들들이었다. 마지막으로 니조(二條) 임금(1158~1165) 대에는 마쓰(松) 대감(후지와라 노 모토후사〔基房〕)이 좌대장을, 쓰키노와(月輪) 대감(가네자네〔兼實〕)이 우대장을 지냈는데 이들은 호쇼지(法性寺) 대감(다다미치〔忠通〕)의 아들들이었다.

이들은 모두 섭정가(攝政家)의 자제들로서 다른 집안에서는 이와 같은 전례를 찾아볼 수 없었는데, 한때 궐내 출입에조차 홀대를 받던 다다모리의 자손들이 이제는 복색(服色) 및 복장 규정에 따르지 않아도 된다는 윤허를 받아 금수능라를 걸치고 다니면서, 한 사람이 대신과 대장 직을 겸하는가 하면 형제가 나란히 좌우대장을 겸하였으니, 세상이 아무리 말세라고는 하나 납득하기 어려운 일이었다.

아들들 외에 딸이 여덟이나 있었는데 모두가 각기 행복하기 그지없는 결혼 생활을 했다. 한 사람은 여덟 살이 되던 해에 '사쿠라마치(櫻町) 중납언'이라는 별호로 유명한 시게노리(成範) 경과 혼인하기로 약조하였으나 헤이지 정변 후 이 약조가 깨지는 바람에 가잔인(花山院) 좌대신 후지와라 노 가네마사(藤原兼雅) 대감의 정실이 되어 많은 아들을 두었다.

*

　사람들이 시게노리 경을 '사쿠라마치 중납언'이라 부르는 데는 그럴 만한 이유가 있었다. 풍류를 특히 즐긴 이 사람은 벚꽃의 명소인 요시노(吉野) 산[29]을 그리워하여 저택 내 한 구역[町]에 벚꽃을 심어놓고 그 속에 집을 지어 살았기 때문에 해마다 봄만 되면 피는 벚꽃을 보고 사람들이 '사쿠라마치(벚꽃마을)'라 부른 데서 비롯된 것이었다. 벚꽃이란 피어 이레 후면 지는 게 보통이지만 이별을 아쉬워한 시게노리 경이 조정의 조상신인 아마테라스(天照) 여신에게 늘 빌었기 때문인지 삼칠일(21일) 동안이나 지지 않고 피어 있었다고 한다. 당시는 주상께서 현군이셨던 까닭에 신명께서도 신위를 빛내고, 꽃에도 그 마음이 있었기에 스무날의 목숨을 부지할 수 있었던 것이다.

*

　또 한 딸은 중전이 되었다. 원자(元子)를 낳았는데 그 원자가 왕세자가 되고 이어 보위에 올랐기 때문에 주상의 생모에게 하사하는 원호(院號)를 제수받아 겐레이몬인(建禮門院)[30]이라 하였다. 기요모리 공의 딸로 태어나 천하의 국모까지 되었으니 그 복에 대해서는 더 이상 언급할 필요가 없을 것이다.

29　나라(奈良) 현 중부에 위치한 산으로, 옛날부터 벚꽃의 명소로 이름이 높았다.
30　대왕대비나 나이 든 공주와 같은 왕실 여성에게는 '인(院)'이라는 존칭을 내렸는데, 앞에 대궐문 이름을 붙여 불렀다. 겐레이몬(건례문: 建禮門)은 대궐 외곽 12문의 하나로, 남쪽 중앙에 위치했다.

다른 한 사람은 로쿠조(六條) 섭정 대감의 정실이 되었다. 다카쿠라(高倉) 임금 재위 중(1168~1180)에는 주상의 양어머니라 하여 준삼후(準三后)[31]의 교지를 받았고 '시라카와(白河)의 마마님'이라 존대받았다.

또 한 사람은 후겐지(普賢寺) 대감의 정실이 되었고, 다른 한 사람은 수리대부(修理大夫) 노부타카(信隆) 경의 배필이 되었으며, 남은 한 사람은 다카후사(隆房) 경의 부인이 되었다.

한편 아키에 있는 이쓰쿠시마(嚴島) 신사의 무녀(巫女)와의 사이에서 낳은 딸이 하나 있었는데, 이 딸도 고시라카와(後白河) 상왕을 모시면서 비빈(妃嬪)이나 다름없는 대우를 받았다. 그 외에 고노에(近衛) 임금(1141~1155)의 중궁인 구조인(九條院)의 시녀 도키와(常磐)와의 사이에도 딸이 하나 있었는데, 가잔인 좌대신 댁에서 상급 궁녀로 일하면서 '귀인(貴人)' 대접을 받았다.

일본의 국토는 겨우 66개의 고을에 불과한데 다이라 일문이 지배하는 고을이 30여 곳으로 온 나라의 절반을 넘었다. 이외에도 전국에는 일문이 사유하고 있는 장원이나 전답이 셀 수도 없을 만큼 많았다. 궐내는 비단으로 차려입은 다이라 일문으로 가득 차 흡사 꽃이 만발한 것 같았고, 이들이 살고 있는 로쿠하라 일대에는 차마(車馬)를 탄 사람들이 몰려들어 문전성시를 이루었다. 양주(楊州)의 금에 형주(荊州)의 구슬, 오군(吳郡)의 능라하며 촉강(蜀江)의 비단 등의 사치품은 말할 나위도 없고, 칠진만보(七珍萬寶) 중 그 어느 하나 빠진 것이 없었다. 이들이 노래하고 춤을 추기 위해 세운 전각이나 각종의 연희, 놀이의 호화로움은 주상이나 상왕의 궐내에서 행해지는 것보다도 훨씬 더했다.

---

31 특정 왕족이나 대신급을 예우하기 위해 만들어진 칭호로, 이 칭호를 얻은 사람들은 대왕대비, 대비, 왕비에게 지급하는 수준의 녹봉을 지급받았다.

기오(祇王)

　기요모리 공은 천하를 수중에 장악하자 세상의 비난이나 비웃음 따위는 아랑곳하지 않고 상식에서 벗어난 일만 일삼았는데, 그 대표적인 사례가 기오 사건이었다. 당시 장안에는 시라뵤시(白拍子)[32] 춤을 잘 추기로 소문난 기오(祇王)와 기뇨(祇女)라는 자매 기녀(妓女)가 있었다. 도지라는 퇴기의 딸로서, 기요모리 공이 언니인 기오를 총애했기 때문에 동생 기뇨까지 장안 사람들의 칭찬이 자자했다. 기요모리 공이 도지에게 새집을 지어주고 매달 쌀 100석과 돈 100관을 보내와 온 집안이 번성하고 윤택하기 그지없었다.
　시라뵤시 춤이란 원래 도바(鳥羽) 임금 때 시마 노 센사이(島千歲)와 와카 노 마에(和歌前)라는 기녀들이 시작한 것이었다. 처음에는 도포 차림에 두건을 쓰고 허리춤에 은장도를 꽂고 추었기 때문에 남자 춤이라 불렀으나 이윽고 두건과 은장도 없이 도포만 입고 추게 돼 이리 불리게 된 것이었다.

32　남성 귀족의 차림을 하고 '시라뵤시' 가락에 맞춰 춤을 추던 당시의 기녀.

장안의 기녀들은 기오의 팔자가 활짝 핀 이야기를 듣고 다들 부러워하기도 했지만 한편으로는 시샘도 했다. 부러워한 사람들은 "기오는 팔자 한번 잘 타고났네. 똑같이 기녀 노릇 하는데 뉜들 저리되고 싶지 않겠나. 아무래도 이름에 기(祈)라는 글자가 들어가서 팔자가 저리 좋은 모양이니 어디 나도 한번 붙여봐야겠다"며 누구는 기이치(祈一)라 하고 기니(祈二)라 하는 사람이 있는가 하면 기후쿠(祈福)에 기토쿠(祈德)까지 등장했다. 한편 시샘 많은 사람들은 "어째서 이름이나 글자 때문이겠어? 복은 전생에서 타고난 것이겠지"하며 기자 붙이는 이들을 비웃었다.

이렇게 3년이 흘렀다. 그 사이에 서울에는 시라뵤시 춤의 명인이 또 한 사람 등장했다. 가가(加賀) 출신으로 이름을 호토케(佛)라 했는데 열여섯이었다. "옛날부터 시라뵤시는 많았어도 이렇게 잘 추는 사람은 처음 보았다"며 온 서울 사람들은 상하 할 것 없이 법석이었다. 이 호토케가 말하기를 "세상에 이름이 나긴 했지만 천하를 호령하는 기요모리 대감의 부름을 한번 받아봤으면 한이 없겠네. 어차피 기녀의 몸인데 거리낄 게 뭐 있나? 안 부르면 내가 한번 찾아가 뵈어야지" 하며 니시하치조(西八條)에 있는 기요모리의 저택을 찾아갔다. 문지기가 "요새 장안에 소문이 자자한 호토케란 기녀가 찾아왔습니다" 하고 보고하자 기요모리 공은 "기녀란 불러야 오는 것 아니더냐. 부르지도 않았는데 어찌 제 쪽에서 먼저 찾아온단 말이냐. 여기는 기오가 있으니 호토케(佛) 아니라 신령이 찾아와도 어림없다. 냉큼 내쫓거라" 하고 화를 냈다.

냉담하기 짝이 없는 말에 호토케가 단념하고 막 물러나려는데 기오가 기요모리 공에게 아뢰기를 "기녀가 부름이 없어도 찾아오는 일은 흔히 있는 일이옵니다. 게다가 나이도 어린것이 큰맘 먹고 찾아온 것을 매정하게 꾸짖어 되돌려 보내시면 너무 가엾지 않사옵니까? 얼마나 창피하고 속이

상하겠어요. 소녀 또한 기녀 출신인데 남의 일 같지 않사옵니다. 설령 춤을 보지 않고 노래를 듣지 않더라도 얼굴만이라도 보고 돌려보내시는 게 도리일 듯싶습니다. 어서 불러들여 한번 만나주도록 하세요" 하고 간청하자 기요모리 공은 "네가 그리 사정을 하니 그럼 얼굴이라도 한번 본 후 돌려보내도록 하자"며 들어오게 했다. 우차에 올라 막 떠나려던 호토케는 부른다는 말에 돌아서서 기요모리 공 앞으로 나아갔다. 기요모리 공은 그 자리에서 바로 대면을 하고 "오늘 너를 만나지 않으려 했으나 기오가 무슨 생각에서인지 간청을 해 들라 한 것이다. 얼굴을 봤으니 소리를 안 들을 수 없지. 어디 속요를 한 곡조 불러보아라" 하고 시켰다. 그러자 호토케는 "알았사옵니다" 하더니,

우리 임 뵙고 나니 소녀는 너무 기뻐 천년은 장수하겠네
저기 저 못 속 봉래산엔 학 떼가 무리 지어 노닐고 있고

라는 노래를 반복하여 세 차례 부르고 마치니 이를 듣고 놀라지 않은 사람이 없었다. 마음이 동한 기요모리 공이 "속요를 잘하는구나. 그 품이면 필시 춤도 잘 추겠지. 한마당 보고 싶으니 고수를 불러라" 하고 명했다. 북 장단에 맞춰 춤을 추기 시작하는데 용모는 말할 것도 없는 데다가 목소리 빼어나고 가락 또한 구성지니 춤인들 서툴 리 없었다. 입이 다물어지지 않을 만큼 멋들어지게 추고 나자 기요모리 공은 그만 춤 솜씨에 반해 호토케에게 정이 옮겨가게 되었다.

그러자 호토케는 "아니, 이게 무슨 말씀이시옵니까? 원래 소녀는 불쑥 찾아왔다가 쫓겨났던 것을 기오 언니가 나서서 들어오게 된 것인데 이처럼 소녀를 붙잡아드시면 언니가 어찌 생각할지 생각만 해도 부끄럽사옵

니다. 어서 놓으시고 돌아가게 해주옵소서"라고 애원했다. 그랬더니 기요모리 공은 "절대로 안 된다. 아니 기오가 옆에 있어서 그러는 것이냐? 그렇다면 기오를 내보내야겠구나" 하는 것이었다. 이 말에 호토케는 "아니, 어찌 그러실 수가 있단 말입니까? 저희 둘을 모두 옆에 두신다 해도 마음이 편치 않을 텐데 언니를 내보내고 소녀 하나만을 두신다면 소녀의 괴로움은 더 커질 따름이옵니다. 만약 소녀를 두고두고 잊지 않으시겠다면 다시 찾아뵙겠사오니 오늘은 일단 돌아가게 해주십시오" 하고 애원했다. 그러나 기요모리 공은 "절대로 안 된다. 기오는 뭐 하느냐. 어서 나가지 않고" 하며 거푸 세 차례나 사람을 보내 나가라고 재촉을 했다.

기오는 원래 언젠가는 이런 일이 있으리라 각오는 하고 있었으나 그래도 당장 오늘 이리될 줄은 생각도 못하고 있었다. 기요모리 공이 하도 어서 나가라고 재촉을 해대는지라 하녀에게 방을 쓸고 닦고 먼지를 줍게 해 정리를 한 다음 나가기로 마음먹었다. 여행길에 나서 한 나무 그늘 아래서 잠을 자고 같은 시냇물을 떠 마시는 가벼운 연을 맺어도 헤어지기 섭섭한 게 세상의 인정인데, 하물며 3년이나 같이 살았으니 정이 들어 아쉬운 마음을 금할 수 없었다. 하염없이 눈물이 흘러내렸으나 언제까지 그러고 있을 수도 없어 마음을 굳게 먹고 방을 나서려다 작별 인사를 겸해 울면서 장지문에다 노래를 한 수 지어 적었다.

새로 난 풀도 시들어버린 풀도 같은 풀인데
가을을 맞지 않고 사는 풀이 있을까

그러고는 우차를 타고 친가로 돌아와 방바닥에 엎어져 엉엉 흐느껴 울었다. 이를 본 어머니나 동생이 아무리 웬일이냐고 물어도 대답을 하지 않아 하녀에게 물어 자초지종을 알게 되었다.

　　매달 보내오던 쌀 100석과 100관의 돈도 이제 끊기고 그 대신 호토케의 살붙이들이 팔자를 펴게 되었다. 그러자 온 장안 사람들은 "기오가 태정대신 대감에게 버림받아 쫓겨난 모양이니 그럼 한번 불러서 놀아볼까?" 하며 노래를 지어 보내는 이가 있는가 하면 하인을 보내는 사람도 있었다. 기오는 이제 이렇게 됐다 해서 다른 사람을 만나 시시덕거릴 기분이 아닌지라 보내오는 노래를 받지도 않을뿐더러 심부름 온 사람을 만나지도 않았다. 이런 일이 있을수록 서글픔만 더해 전보다도 더 눈물로 지샐 따름이었다.

　　그러는 사이 그해도 저물었다. 이듬해 봄 기요모리 공은 기오네 집에 사람을 보내 "그래, 그 후 어찌 지내느냐? 호토케가 너무 적적해 하니 이리 와서 노래도 하고 춤도 추어 호토케를 좀 달래주도록 하여라" 하고 전해왔다. 기오가 이에 대해 가타부타 답을 않자 기요모리 공은 "어이하여 답이 없느냐? 안 오겠다는 말이냐? 안 오겠다면 이유를 밝혀라. 나도 다 생각이 있다" 하며 으름장을 놓았다. 기오의 어미 도지는 이 말을 들으니 슬픔이 복받쳐 눈앞이 캄캄해졌다. 울면서 "애야 기오야, 이렇게 역정을 사느니 뭐라 답을 하려무나" 하고 달래보았으나 기오는 "갈 생각이 있었으면 바로 가겠다고 했겠지요. 그럴 생각이 없으니 어떻게 답을 해야 할지 모르겠어요. 이번에 불러서 오지 않으면 생각이 있다고 했는데 도성 밖으로 추방시키거나 죽이겠다는 거 외에 달리 또 무슨 일이 있겠어요? 설사 도성 밖으로 추방을 당하더라도 한탄할 것 없고 죽인다 해도 아쉬울 거 없는 몸이잖아요. 대감께서 이미 날 괘씸하게 여기고 계신 모양이니 다시 뵙고 싶은 마음이 나지 않네요" 하며 끝내 답을 하지 않았다. 그러자 도지는 "이 일본 땅에 살고 있는 동안은 어찌 됐건 간에 대감 말씀을 거역해서는 아니 되느니라. 남녀의 연이나 팔자라는 게 어제오늘 비롯된 게 아니지 않느냐. 부부가 돼 천년만년 해로하자 맹세해도 금세 갈라지는 사이가 있는가 하면 잠시라고 생각하고 같이 살기 시작한 게 그대로 해로하여 생애를 마치는 일도 있어 알 수 없는 게 남녀 사이 아니더냐. 그런 점에서 보면 너는 삼 년 동안이나 대감의 지극한 사랑을 받았으니 보기 드문 총애를 입은 셈이라 할 수 있다. 불렀는데 오지 않는다고 죽이지야 않겠지만 필시 도성 밖으로 추방시킬 것이다. 추방을 당해도 너희들이야 아직 나이가 있으니 그 어떤 벽지에서라도 살아갈 수 있겠지만 나이 든 이 어미가 함께 쫓겨나 낯선 시골구석에서 살아갈 생각을 하니 끔찍하구나. 그러니 제발 이 어미가 죽을 때까지 장안에서 살 수 있도록 좀 해다오. 그게 무엇보다도 현세와 내세를 위한 효도가 되겠다" 하며 재차 타일렀다. 기오로서는 정말 싫어서 내키지 않는 걸음이었지만 부모 뜻을 거스르지 않으려고 울면서 집을 나서니 그 심중은 헤아리고도 남음이 있었다.

혼자 가기는 너무 싫어 동생 기뇨와 다른 기녀 둘을 불러 넷이서 한 차를 타고 니시하치조의 저택으로 갔더니 예전에 앉던 곳에는 들어가지 못하게 하고 그보다 훨씬 아랫자리에 좌석이 준비돼 있었다. 이를 본 기오는 속으로 '아니, 이럴 수가 있나. 아무 잘못 없이 버림받은 것만 해도 그런데 좌석마저 아랫자리로 내리다니 이런 기막힌 일이 있나. 어쩌면 좋지?' 하는 생각에 눈물이 쏟아져 행여 누가 볼까 소매로 가렸지만 흘러내린 눈물을 감출 수 없었다. 호토케가 이를 보고 너무 측은한 생각이 들어 "기오 언니가 처음 온 것이라면 몰라도 이러실 수가 있습니까? 이리로 부르세요. 만약 부르시지 않겠다면 소녀가 내려가 만날 테니 허락해주십시오" 하고 애원했으나 기요모리 공이 승낙을 하지 않아 기오가 있는 자리로 갈 수가 없었다.

기오의 마음을 알 리 없는 기요모리 공은 "그래, 그 후로 어찌 지냈느냐. 너를 부른 것은 다름이 아니라 호토케가 너무 적적해 해 달래주려는 것이니 어디 속요라도 하나 불러보도록 하여라"라고 하는 것이었다. 어차피 왔으니 기요모리 공의 말을 거역하지 않기로 마음먹었던지라 기오는 흘러넘치는 눈물을 참고서 속요 한 곡조를 불렀다.

> 부처(호토케)도 본디 범부였고
> 우리도 언젠가는 부처가 될 몸
> 누구든 부처를 몸 안에 지니고 있는데
> 이리 갈라놓다니 서글프구려

울면서 이렇게 두 번 부르고 나니 그 자리에 있던 수많은 다이라 일문의 공경대부와 무사들은 모두 감동해 눈물을 흘리지 않는 사람이 없었다. 기요모리 공도 느낀 바가 있었던지 "이 상황을 절묘하게 표현했구나. 춤도 보고 싶다만 오늘은 일이 있어 안 되겠다. 앞으로는 부르지 않더라도 자주 와서 노래도 부르고 춤도 추며 호토케를 달래주도록 하여라" 하는 것이었다. 기오는 아무런 대답 없이 눈물을 머금고 물러나왔다.

집에 돌아온 기오는 "어머니 말씀을 거역하지 않으려고 내키지 않는 길을 나섰다가 두 번씩이나 서러운 꼴을 당하고 보니 너무도 서글프구나. 이 세상에 살아 있으면 또 구차한 꼴을 보게 될 테니 그냥 물에 몸을 던져 죽고만 싶다" 하고 울먹였다. 그러자 기뇨 역시 언니가 죽겠다면 자기도 따라 죽겠다고 나섰다. 옆에서 이 말을 듣고 있던 도지는 눈앞이 캄캄해져 어찌해야 좋을지 알 수 없었다. 두 눈에서 눈물을 뚝뚝 흘리면서 "네가 원망스러워 하는 게 당연하다. 이런 일이 있을 줄은 꿈에도 모르고 타일러 보낸 게 한이 되는구나. 네가 몸을 던지면 네 동생도 따라가겠다는데 두 딸이 죽은 후 늙은 내가 혼자 살아남아봐야 도리가 없으니 나도 함께 몸을 던져야겠다. 하지만 아직 죽을 때가 안 된 부모를 죽게 하는 것은 오역죄(五逆罪)³³에 해당하지 않겠느냐. 이승이란 임시의 거처 같은 것이어서 살아 있는 동안 어떤 창피스런 일을 겪었건 간에 대수로운 일이 아니지만 미래영겁에 걸쳐 광명정토에 왕생하지 못하고 암흑세계를 전전하는 것이야말로 정말 괴롭고 힘든 일이 아니겠느냐. 이승에서야 그렇다 치고 저승에서조차 네가 가시밭길을 가야 할 것을 생각하니 마음이 저미는구나" 하며 다시 타일러보았다. 그러자 기오는 "정말로 말씀대로라면 오역죄가 틀림없겠네요. 그렇다면 자살하는 것은 그만둘게요. 하지만 이대로 도성 안에 있다가는 또 서러운 꼴을 보게 될 테니 도성 밖으로 나가야겠어요"라고 하더니 스물하나의 나이에 그만 출가하고 말았다. 그리고는 사가(嵯峨)³⁴ 안쪽의 산마을에 암자를 짓고 염불을 외는 생활에 들어갔다. 동생 기뇨 역시 언니가 투신하면 자기도 따라 하겠다고 약속했는데 세상이 싫어 출가하는데 마다할 수 없다며 열아홉 나이에 머리를 자르고 기오와 함께 은거하면서 내세의 행복만을 바라는 생활로 들어가니 애처로운 일이었다. 어미 도지도 이를 보더니 "어린 딸들이 출가하는 판에 나이 먹고 늙은 어미가 백발이 다 돼 세상에 남은들 뭐 하랴" 하며 마흔다섯의 나이에 머리를 자르고 출가하여 두 딸과 함께 오직 염불만 외우며 후세의 행복을 빌었다.

---

33 불교에서 말하는 다섯 가지 대죄로, 부모나 불제자를 살해하면 무간지옥에 떨어진다고 하였다.
34 교토(京都) 시의 우쿄(右京) 구 일대. 당시 사람들에게는 쓸쓸하고 한적한 산골로 인식되고 있었다.

이렇게 봄이 가고 여름이 지나갔다. 초가을 바람과 함께 견우, 직녀 두 별을 바라보며 나뭇잎에 소원을 적어 넣는 칠석 때가 다가왔다. 두 자매는 서산 너머로 노을이 지는 것을 바라다보며 "해가 지는 곳은 서방정토이니 이제 우리도 그곳에서 태어나 근심 없이 살게 되겠지"라고 서로 달래면서도 지난날의 마음 아팠던 일들이 꼬리를 물고 떠올라 눈물이 끊이지 않았다.

그러던 어느 날 땅거미가 내려 사립문을 걸고 호롱불을 희미하게 밝힌 채 모녀 셋이서 염불을 하고 있는데 똑똑 하고 사립문을 두드리는 사람이 있었다. 모두 놀라 겁에 질렸으나 도지가 "이건 마음 약한 우리들의 염불을 방해하려고 마귀가 찾아온 모양이다. 한낮에도 찾는 이 없는 산골의 암자인데 하물며 야밤에 누가 찾아온단 말이냐. 허술하게 만든 사립문이어서 이쪽에서 열어주지 않더라도 부수고 들어오는 건 일도 아닐 테니 아예 열어서 들어오게 하자. 열어줬는데도 무자비하게 우리 목숨을 빼앗으려고 하거든 오랜 세월 신봉해온 아미타불을 믿고서 한마음으로 이름을 부르자꾸나. 우리들이 부르는 소리를 아미타불께서 들고서 맞으러 오시면 정토로 안 데리고 가실 리 있겠느냐? 그러니 절대 염불을 게을리 해서는 아니 된다"하며 마음을 가다듬고 사립문을 열었더니 거기 있는 것은 마귀가 아니라 다름 아닌 호토케였다.

기오가 깜짝 놀라 "아니 이게 웬일인가? 내 눈엔 호토케 같은데 이게 꿈이란 말인가 생시란 말인가?"하고 물으니 호토케는 눈물을 닦아내며 다음과 같이 답하는 것이었다. "이런 말을 하면 일부러 지어내서 하는 것 같이 들리겠지만 지금 말하지 않으면 인정도 모르는 사람이 되어버릴 것 같기에 처음 있었던 일부터 말씀드릴게요. 원래 저는 부르지도 않았는데 불쑥 찾아갔다가 쫓겨난 것을 기오 언니의 배려로 다시 들어올 수 있었던 것 아닙니까. 그랬는데도 불구하고 여자로 태어난 죄로 자기 몸을 마음대로 하지 못하고 저만이 남게 된 것은 정말 견디기 힘든 일이었습니다. 언젠가 언니가 다시 부름을 받고 와서 노래를 불렀을 때에도 간절히 느꼈답니다. 모든 게 언젠가는 제 일이 될 거라고 말이지요. 그래서 즐겁단 생각 따윈 하지도 못했답니다. 장지문에 '가을을 맞지 않고 사는 풀이 있을까?'하고 써놓고 가신 글을 보고서도 정말 그렇다고 생각했었지요. 그 후로 떠나신 곳이 어딘지 알지 못했는데 이렇게 출가하여 한곳에 계시다는 소리를 들은 후로는 너무도 부러워서 이제 돌아가게 해달라고 대감께 아무리 사정을 해도 들어주시지 않으셨어요. 생각해보면 현세의 영화란 꿈속에서 꿈을 꾸는 것과도 같이 덧없는 것으로서 아무리 부유하고 영화를 누려도 결국은 아무것도 아니지요. 인간으로 태어나기란 쉬운 게 아니고 불법과 만나기란 더더욱 어려운 일인데 모처럼 인간으로 태어나서 불법에 접하지 못하고 그냥 허송세월하다가 지옥에 떨어지게 된다면 아무리 많은 생을 영위하고 긴 시간이 흐를지라도 극락정토에 오르기는 어려울 것입니다. 나이 어리다고 안심하고 있어서는 안 되는 거지요. 이 세상은 젊건 늙건 누가 먼저 죽을지 알 수 없는 곳 아닙니까? 죽음은 득달같이 달려와서 숨 한 번 쉴 틈도 기다려주지 않으니 삶이란 하루살이나 번개보다도 더 덧없는 것이지요. 한때의 즐거움에 빠져 사후 세계를 모르고 지내고 있는 게 너무도 슬퍼 오늘 아침 저택을 몰래 빠져나와 이리하고 오게 된 것입니다" 하며 뒤집어쓰고 있던 장옷을 벗는데 보니 여승 차림이었다. 그러면서 "이렇게 머리를 깎고 왔으니 지난날의 죄과를 용서해주세요. 용서해주신다면 함께 염불을 외다가 극락정토의 한 연잎 위에 태어나게 되겠지요. 이래도 아직 내키지 않으신다면 이제부터 어디든 헤매다가 이끼 긴 바위 위건 소나무 뿌리 위건 간에 엎드려서 죽을 때까지 염불을 외다가 극락왕생의 뜻을 이룰까 합니다" 하고 섧게 울며 애원하는지라 기오는 눈물을 참으며 "사실 자네가 이처럼 생각하고 있을 줄은 꿈에도 생각지 못했다네. 이곳 또한 세상의 덧없음을 피할 수 없는 곳이니만큼 내 신세가 원래 불운해서 이런 거라고 생각해야 하는데 툭하면 자네만 원망했으니 극락왕생의 꿈이 이루어질 리 없다고 생각하고 있었다네. 그래서 현세는 물론 내세도 기대하기 어렵겠다고 생각하고 있었는데 이처럼 머리를 깎고 찾아오니 지난날의 잘못이 다 뭔가? 무슨 원망이 있겠는가? 이제 극락왕생은 틀림없을 테니 오랜 숙원을 풀게 돼 정말 기쁘네. 우리들이 출가한 것을 놓고 사람들은 전례 없는 일이라 하고 사실 내 자신도 그렇게 여기고 있었다네. 그야 세상을 원망하고 신세를 한탄해서 이리된 것이니 머리를 깎아도 당연한 일이지. 허나 자네의 출가에 비하면 아무것도 아닌 것 같네. 자네야 무슨 원망이 있었던 것도 아니고 한도 없었는데 이제 겨우 열일곱 나이에 현세를 싫어하고 정토에 태어날 것만을 염두에 두고 한 것이니 참된 도심이 아니고 무엇이겠는가. 자네는 내게 있어 반가운 선지식(善知識)[35]이라 해야 할 것이니 우리 함께 왕생을 기원토록 하세" 하며 넷이서 한곳에 틀어박혀 아침저녁으로 부처 앞에 꽃과 향을 공양하며 한마음으로 왕생만을 기원하니 죽음에 늦고 빠름은 있었으나 모두 왕생의 본뜻을 이루었다고 한다. 그래서 고시라카와 상왕이 세운 장강당(長講堂)[36]의 과거장(過去帳)[37]에도 '기오, 기뇨, 호토케, 도지 등의 영령'이라고 네 사람의 이름이 한곳에 적혀 있으니 참으로 갸륵한 일이 아닐 수 없다.

---

35 불도의 세계로 이끌어줄 사람이나 승려.
36 고시라카와 임금이 양위 후에 상왕궁에 세운 지불당.
37 사원에서 죽은 신도의 속명이나 나이 등을 기록해둔 장부.

두 임금을 모신 왕비

예로부터 미나모토(源)와 다이라(平) 두 무인 집안은 조정을 섬겨오면서 어명을 거역하거나 조정의 권위를 얕보는 자에 대해 서로 징벌을 가해왔기 때문에 세상이 어지러워지는 일이 없었는데, 호겐 정변[38] 때 미나모토 노 다메요시(源爲義)가 참수당한 데 이어 헤이지 정변 때 미나모토 노 요시토모(源義朝)가 주살당한 이후 미나모토 집안의 자손들은 유배되거나 참수를 당해 이제는 다이라 일문만이 득세하여 감히 대드는 자가 없었다. 그래서 앞으로는 영원히 다이라 일문의 영화를 가로막는 일은 일어나지 않을 것처럼 보였다.

도바 상왕께서 승하하신 호겐 원년(1156) 이래 전란이 꼬리를 물고 일어나 참형과 유배, 삭탈관직이 쉴 새 없이 행해진 탓에 나라 안이 평온치 못했고 정가의 분위기도 어수선했다. 특히 헤이지 정변 후인 에이랴쿠(永曆: 1160~1161), 오호(應保: 1161~1163) 연간 무렵부터는 상왕의

---

38 1156년 7월 당시의 왕과 상왕 간의 불화로 인해 야기된 궁중 쿠데타. 무인 세력을 이용한 상왕 측이 승리를 거두었으나 이들로 하여금 자신들의 실력을 자각시켜 후일 무인 정권 등장의 계기가 되었다.

근신을 주상께서 귀양 보내는가 하면 반대로 주상의 근신을 상왕이 유배시킨 사건이 벌어져 상하 모두 벌벌 떨며 불안한 나날을 보내고 있었으니 실로 살얼음 밟는 형국이었다. 주상과 상왕은 부자지간이라 소원함이 있을 리 만무했건만 생각지도 못한 일들이 많았던 것이다. 이는 모두가 세상이 말세가 돼 사람들이 간악해진 탓일진대 주상께서 상왕의 말씀을 듣지 않았던 일 가운데서도 특히 사람들을 놀라게 하고 장안의 비난을 산 일이 있었으니 바로 다음과 같은 사건이었다.

태상왕 고노에 임금의 비(妃)였던 지금의 대왕대비께서는 우대신 긴요시(公能) 공의 따님이었는데, 태상왕이 승하한 후에는 구중궁궐을 나와 고노에가와라(近衛河原)에 있는 별궁에서 기거하고 있었다. 미망인인지라 남의 눈에 띄지 않게 조용히 지내고 있었는데 당시 스물 두셋 전후로 여인으로서는 한창때를 살짝 넘긴 나이였다. 그러나 여색을 몹시 탐하던 주상(니조 임금)은 이분이 천하제일의 미인이라는 소문을 듣고서 당 현종이 은밀히 고력사(高力士)에게 명해 궐 밖에서 미인을 구했던 것처럼 대왕대비에 해당하는 이에게 사랑의 노래를 지어 보내 자신의 뜻을 전하였다. 대왕대비는 물론 들은 척도 하지 않았으나 주상은 막무가내로 일을 밀어붙여 대왕대비의 부친인 우대신에게 '입궐시키도록 하라'는 교지를 내렸다. 이 일은 천하에 두 번 다시 보기 힘든 중대 사안이었기 때문에 중신 회의가 열리게 되었고 참석한 정신들은 각자의 소견을 밝혔는데, "우선 다른 나라의 선례를 찾아볼 것 같으면 당 태종의 비 측천무후가 고종 황제에게는 계모에 해당하는 사람이었으나 태종 붕어 후 고종의 황후로 간택된 일이 있었습니다. 그러나 이는 타국의 일로서 우리나라의 선례라고는 볼 수 없습니다. 저희 왕실에서는 나라를 세우신 진무(神武)[39] 임금 이래 칠십여 대에 이르는 지금까지 아직 두 임금을 섬긴 왕후가 나온 일이 없습니다"라는 것이 참석자 전원의 공통된 의견이었다. 게다가 상왕도 가당치 않은 일이라 하면서 타일러 말렸다. 그러나 주상은 "천자에게는 부모가 없다지 않느냐. 과인은 전세에 십선(十善)의 계를 지킨 공에 의해 만승의 자리에 앉게 된 것이다.[40] 어찌 이까짓 일 하나 과인의 뜻대로 할 수 없다는 말이냐" 하며 바로 입궐 날짜를 정해 교지를 내리니 상왕도 어찌할 도리가 없었다.

대왕대비는 이 소식을 들은 후부터 눈물에 젖어 지냈다. "전하께서 세상을 뜨신 규주(久壽) 2년(1155) 가을에 함께 들녘의 이슬이 되어 사라지던가 아니면 출가라도 했더라면 지금 이같이 기막힌 소리를 듣지 않아도 되었을 것"하시며 한탄해 마지않았다. 부친인 우대신이 달래느라고 하는 말이 "'세속에 따르지 않는 사람을 광인이라 한다'는 말이 있지 않더이까. 어명이 내린 이상 이러쿵저러쿵해봐야 부질없는 일이오니 얼른 대궐로 들어갈 채비를 하시옵소서. 혹 원자 아기씨라도 태어나게 되면 그때는 마마께서도 국모 소리를 듣게 되실 게고 이 늙은이도 외조부라고 추앙받게 될 터이니 이 어찌 경사스러운 일이 있을 전조가 아니겠사옵니까. 아무 말 마시고 이 늙은 아비의 목숨을 살리는 최대의 효도라 생각하시옵소서"라고 애원을 해도 대답을 하지 않았다. 대왕대비는 그 무렵의 심경을 무심결에,

　　전하 가실 제 뒤따라야 했건만 전대미문의
　　부끄러운 이름을 남기게 되었구나

39　기원전 660년에 즉위했다고 전해지는 전설상의 일본 왕실 초대 임금.
40　전생에 열 가지 죄악(살생, 망언, 욕 등)을 범하지 않은 사람은 다음에 천자로 태어난다는 불교의 가르침에서 나온 말.

라고 읊었는데 이 노래가 어찌하여 세상에 알려지게 됐는지는 모르나 애달프면서도 그윽한 정이 느껴지는 노래라고 사람들은 입을 모았다.

마침내 입궐할 날이 다가오자 우대신은 좌우에서 모시고 갈 공경들의 인선이나 우차(牛車) 행렬의 치장 등에 각별히 신경을 써서 준비를 했다. 대왕대비는 내키지 않는 행차인지라 서둘러 차에 타려고도 하지 않고 있다가 밤이 완전히 깊은 다음에야 겨우 부축을 받아가며 차에 올랐다. 입궐 후에는 후궁 안에 있는 여경전(麗景殿)[41]에서 기거하게 되었는데 주상이 그저 주야로 정사(政事)에만 힘쓰도록 권하였다고 한다.

궐내 전각의 장지문에는 많은 그림들이 그려져 있었는데 정전인 자신전의 몸채와 북쪽 바깥채 사이에는 성현의 모습이 그려져 있었다. 이윤(伊尹), 제오륜(第五倫), 우세남(虞世南), 태공망(太公望), 녹리선생(甪里先生), 이적(李勣)[42], 사마(司馬) 등과 같은 인물들의 그림들로서, 명필로 이름 높은 오노 노 도후(小野道風)[43]가 여기에 「성현의 장지」라는 명문(銘文)을 쓰면서 일곱 차례나 고쳐 썼다고 하는데 수긍이 가는 이야기였다. 손발이 긴 이인(異人)들의 그림이 있는가 하면 한편에는 힘센 말의 그림이 있고 서련의 귀신방이라는 방의 장지에는 이장군(李將軍)[44]이 칼로 귀신을 베는 모습을 마치 살아 있는 사람처럼 그려놓은 그림도 있었다.

또 편전인 청량전에는 '화도(畵圖)의 장지'라는 것이 있는데 여기에

---

41 대궐 내 전각의 하나로 왕비가 거처했다.
42 이상은 모두 중국의 명신이나 현인들이고, 다음의 사마(司馬)는 불명.
43 894～966. 고대 후기의 서예가로 일본 3대 명필 중의 한 사람.
44 한 무제 때의 장군.

는 고대의 화공 고세 노 가나오카(巨勢金岡)⁴⁵가 먼 산을 배경으로 새벽 달을 그렸다는 그림이 있었다. 고노에 임금이 아직 유군(幼君)이었던 시절, 장난 삼아 그 새벽달에 구름이 낀 것처럼 먹으로 흐리게 칠해놓은 일이 있었는데, 이제 대왕대비가 다시 입궐하여 와서 보니 그때 그대로 조금도 변함없는 것을 보고 선대왕과 함께 지냈던 그 옛날이 문득 그리워져,

    뉘 알았으랴 한 많은 몸이 되어 다시 돌아와
    예전에 보던 달을 다시 보게 될 줄을

하고 읊었다. 두 사람의 금실은 말로는 이루 다할 수 없을 만큼 애틋하고 다정했던 모양이다.

---

45 고대 후기의 궁중화가로 생몰년은 미상.

현판 싸움

　각설하고, 에이만(永萬) 원년(1165) 봄께부터 주상께서 편찮으시다는 소문이 나돌더니 초여름에 들자 중태에 빠졌다. 그래서 대장성(大藏省)[46] 차관 이키 노 가네모리(伊吉兼盛)의 딸과의 사이에서 태어난 두 살배기 아기를 왕세자로 책봉할 것이라는 소문이 파다했는데, 6월 25일, 갑자기 대군에 봉한다는 교지가 내리더니 바로 그날 밤 양위하니 사람들은 너무 뜻밖의 일이라 당황스러워 했다.
　고사에 밝은 사람들이 말하기를 유군의 예를 찾아볼 것 같으면 우선 세이와(淸和) 임금이 아홉 살에 몬토쿠(文德) 임금으로부터 보위를 물려받은 적이 있었다. 이때는 주공(周公)이 성왕(成王)을 대신해 정사를 돌보았던 고사에 따라 외조부 후지와라 노 요시후사(藤原良房) 공이 어린 임금을 보좌하였는데 이것이 섭정의 효시이다. 다음으로 도바 임금이 다섯 살, 고노에 임금이 세 살 때 보위에 오른 일이 있었는데 그때도 너무 나이가 어리다고 말이 많았으나 이번과 같이 두 살에 즉위한 것은 선

46　지방의 공물을 수납하고, 통화나 조세 등을 관장하던 관청.

례가 없는 일이라 너무 성급한 것이 아니냐고 말들이 많았다.

그러나 7월 27일, 주상이 승하하니 향년 23세였다. 마치 꽃봉오리 떨어지듯 가고 마니 후궁의 옥 주렴 비단 장막 안은 온통 눈물바다였다. 그날 밤으로 향륭사(香隆寺)의 동북쪽, 연대사(蓮臺寺) 뒤편에 있는 후나오카(船岡) 산[47]에 매장했는데 장례를 치르던 중 연력사(延曆寺)와 흥복사(興福寺)의 승려들이 현판 거는 문제로 다툰 사건이 일어났다.

본디 임금 승하 시 능에 상여를 모시는 예법으로는 서울과 나라(奈良)의 승려들이 함께 수행하여 능 주위에 각기 자기 절의 현판을 거는 것이 관례였다. 그 첫번째는 동대사(東大寺)였는데, 쇼무(聖武) 임금의 발원에 의해 세워진 사찰이라 이에 이의를 제기하는 사람은 없었다. 그 다음은 후지와라(藤原) 씨의 선조 후히토(不比等)의 발원으로 세운 절이라 하여 흥복사가 현판을 걸었다. 도성에 있는 절로는 우선 연력사가 흥복사 맞은편에 현판을 걸었고, 다음에는 덴무(天武) 임금[48]이 발원하고 교다이(敎待) 화상과 지쇼(智證) 대사가 창건한 절이라 하여 원성사(園城寺)가 현판을 거는 것이 순서였다. 그런데 이번에는 연력사의 중들이 무슨 심사인지 동대사가 걸고 나자 선례를 무시하고 흥복사보다 먼저 자기네 현판을 걸어버렸다. 나라의 승려들이 이 무례한 행위에 대해 어떤 조치를 취할 것인가를 의논하고 있는데 간논보(觀音坊)와 세이시보(勢至坊)라는 흥복사 서쪽 본당 소속의 힘깨나 쓰는 승려 둘이 하나는 검정 실로 미늘을 엮은 갑옷 차림에 협도를 틀어쥐고, 다른 하나는 연둣빛 실로 미늘을 엮은 갑옷에 칼을 찬 채로 불쑥 튀어나와 연력사에서 걸어놓은 현판을 땅에 떨어뜨려 박살을 낸 후 '얼씨구 좋다! 물이 폭포를 이루어

---

47 교토 시 북쪽에 있는 구릉지로, 당시 화장터나 처형장으로 이용되었다.
48 재위 673~686. 고대 율령국가 체제의 기반을 확립하였다.

콸콸 쏟아지니 해가 아무리 내리쬐도 마르지 않는구나' 하고 노래[49]까지 불러대더니 무리 속으로 사라지고 말았다.

---

49 당시 절에서 법회 후에 승려들이 여흥으로 춤추며 부르던 노래(延年舞) 중의 하나.

청수사(清水寺)의 소실

이때 연력사의 승도들이 행패를 부렸더라면 홍복사 측이 맞받고 나와 사건이 커질 수도 있는 상황이었으나 연력사의 승도들은 무슨 꿍꿍이속이었는지 그 자리에서는 아무 말이 없었다. 임금이 세상을 뜨면 무심한 초목조차도 슬픈 빛을 띠는 게 마땅하건만 승도들의 한심한 작태를 지켜본 사람들은 귀천을 가리지 않고 혼비백산하여 사방으로 내빼고 말았다.

같은 해 7월 29일 정오 무렵, 연력사의 승도들이 대거 산을 내려와 도성으로 향하고 있다는 소식을 접한 의금부의 관헌과 무사들이 서둘러 길목인 니시사카모토(西坂本)로 출동해 막아보려 했지만 승도들은 이들을 거들떠보지도 않고 도성 안으로 몰려 들어왔다. 또 누가 퍼뜨렸는지 '상왕께서 연력사 승도들에게 다이라 일문을 치라 하셨다'는 헛소문이 나돌아 군졸들이 대궐로 달려가 사방 궐문의 경호에 들어가고 다이라 일문이 모두 급거 로쿠하라로 집결하자, 이 소식을 전해 들은 상왕도 황급히 로쿠하라로 건너왔다. 일련의 사태에 기요모리 공이 크게 놀라 허둥대자 장남인 시게모리만은 "이제 와서 상왕께서 그럴 리가 없습니다" 하며 진정시켰으나 상하 할 것 없이 마치 벌집을 쑤셔놓은 것 같았다. 그러나 연력사의 승도들은 로쿠하라로는 몰려오지 않았고 대신 청수사(淸水寺)[50]로 몰려가 불당과 승방을 가리지 않고 한 채도 남김없이 불을 질러 태워버렸다. 이는 다름이 아니라 지난 장례 때 받은 치욕을 설욕하기 위한 것으로 청수사가 흥복사의 말사(末寺)였기 때문이었다. 이튿날 아침 청수사 대문 앞에는 '관음보살만 믿으면 불구덩이도 못으로 변한다는데 웬 불이람' 하고 비아냥거리는 팻말이 세워져 있었는데,[51] 그날 보니 '관음보살께서 하신 약속은 영원불변하니 어찌 사람의 지식으로 헤아릴 수 있으리오'라고 적은 답문이 그 위에 덧붙어 있었다.

연력사의 승도들이 산으로 돌아가자 상왕도 서둘러 환궁하였는데 시게모리 경이 수행하였다. 기요모리 공이 수행을 하지 않은 것을 두고 몸조심 때문이라는 소문이 나돌았다. 시게모리 경이 수행을 마치고 돌아오자 기요모리 공은 "상왕께서 이곳으로 납신 것은 황공한 일이나 이전부터 그런 뜻을 지니고 계셨고 또 입에 올렸기에 그런 소문이 났을 터인즉 너도 마음을 놓아서는 아니 될 것이다" 하고 충고하였다. 그러자 시게모리 경이 "그 일은 절대로 태도나 말로 드러내서는 아니 되옵니다. 누군가가 눈치를 챘다간 큰 화근이 될 것이옵니다. 설령 아버님 말씀대로라 해도 상왕의 뜻에 거스르지 마시고 사람들에게 온정을 베푸시면 천지신명과 부처께서 가호하실 겁니다. 그렇게 되면 아버님이 근심하실 필요가 없을 것입니다"라고 진언하고 물러가자 기요모리 공은 "저 아이는 퍽도 마음이 넓은 모양이로구먼" 하고 혼자 중얼거렸다.

상왕이 환궁한 후의 일이었다. 어전에 총애하는 근신들이 많이 모여 있는 자리에서 말하기를 "그것참 영문을 알 수 없는 유언비어가 다 도는

---

50 교토 시 히가시야마 구에 소재한 사찰로, 798년에 창건되었다.
51 청수사는 관음보살의 영험이 높기로 유명했다.

구먼. 그런 생각은 전혀 해본 적도 없는데" 하니 상왕궁 내 권신 중의 한 사람인 사이코(西光) 법사가 가까이 있다가 앞으로 나오더니 "'하늘은 입이 없어 사람을 통해 말을 전한다'고 하옵니다. 다이라 일문이 주제넘게 지나친 행동을 하기 때문에 하늘이 경고를 내린 것 아니겠사옵니까" 하고 아뢰었다. 그러자 사람들은 "뭐 하러 그런 소리를 하나. 낮말은 새가 듣는다 했는데. 아이고, 겁나네, 겁나" 하며 수군거렸다.

세자 책봉

각설하고, 그해는 복상(服喪) 중이었기 때문에 새 주상께서는 즉위하고도 재계(齋戒)⁵²나 제사를 올리지 않았다. 상왕의 비 겐슌몬인(建春門院)이 아직 동쪽 마마님이라 불리던 때였는데 이분이 낳은 노리히토(憲仁) 왕자를 세자로 책봉할 것이라는 소문이 돌다가 12월 24일 갑자기 대군에 봉한다는 교지가 내렸다.

이듬해는 개원(改元)하여 닌안(仁安)이라 하였는데 10월 8일, 전년에 대군이 된 왕자가 도산조(東三條) 궁에서 세자로 책봉되었다. 주상의 숙부에 해당하는 이 세자가 여섯 살이었던 데 비해 조카인 주상이 당시 세 살이었으니 부자간의 장유의 순서가 뒤바뀐 셈이었다. 그러나 간나(寬和) 2년(986)에 이치조(一條) 임금이 일곱 살에 즉위하고 그때 훗날의 산조(三條) 임금이 열한 살의 나이로 동궁에 책봉된 적이 있었으니 선례가 없던 일은 아니었다. 새 주상이신 로쿠조(六條) 임금은 두 살에 보위에 올랐으나 겨우 다섯 살 나던 해 2월 19일에 양위하고 상왕이 되었

---

52 임금은 즉위 후, 11월에 행해지는 즉위 의례(大甞會) 전에 가모(賀茂) 강에 나가 몸을 씻는 의식을 행하였다.

다. 아마 관례도 치르기 전에 상왕이란 존호(尊號)를 받은 것은 중국과 일본을 통틀어서 처음 있는 일이었을 것이다.

닌안 3년(1168) 3월 20일, 새 임금이 대극전(大極殿)에서 즉위하였는데 이 임금이 즉위함으로써 사람들은 다이라 일문의 영화를 실감하게 되었다. 국모가 된 겐슌몬인은 다이라 쪽 사람으로서 다름 아닌 기요모리 공 부인의 여동생이었다. 그리고 그 오라비인 다이라 노 도키타다(平時忠) 경은 주상의 외척이라는 이유로 대궐과의 관계는 물론 기요모리 공과의 관계에 있어서도 핵심적인 역할을 하는 권신으로 부상했는데, 그 당시 주요 인사 문제는 완전히 도키타다 경의 의중대로 이루어졌다. 양귀비가 현종의 총애를 독차지했을 때 그 오빠인 양국충이 권세를 누린 것과 마찬가지였으니 당시의 인망이며 영화는 참으로 대단했다. 기요모리 공까지도 천하의 대소사를 함께 상의했기 때문에 당시 사람들은 도키타다 경을 다이라 관백(平關白)[53]이라 불렀다.

---

53 다이라 씨 출신의 관백이라는 의미. 관백은 그때까지 대대로 후지와라 씨의 몫이었다.

섭정 습격 사건

 각설하고, 가오(嘉應) 원년(1169) 7월 16일, 고시라카와 상왕이 출가하였다.[54] 출가 후에도 직접 국정을 챙겼기 때문에 상왕궁은 주상이 계시는 대궐과 다를 바 없었다. 상왕의 측근으로 봉직하는 공경대부와 북면(北面) 무사[55]에게 주어지는 관위나 녹봉은 분에 넘칠 정도였다. 그러나 사람 마음이란 게 원래 그런 것인지 전혀 만족할 줄 모르고 '거참 아무개가 실각하면 수령 자리가 하나 날 텐데, 아무개가 죽으면 그 자리로 갈 수 있을 텐데' 하며 친한 이들끼리 모이기만 하면 속닥거렸다. 상왕께서도 남이 듣지 않는 데서는 '자고로 어느 때건 역적을 토벌한 장수는 많았으나 이제껏 다이라 일문처럼 설쳐댄 무리는 없었다. 다이라 노 사다모리(平貞盛)와 후지와라 노 히데사토(藤原秀鄕)가 마사카도를 토벌했을 때도 그렇고, 미나모토 노 요리요시(源賴義)가 아베 사다토(安倍貞任)와

---

54 출가한 상왕을 '법황(法皇)'이라 하는데, 본서에서는 따로 구분하지 않고 모두 '상왕'으로 번역하였다.
55 상왕궁을 경호하는 무사들의 대기실이 궁의 북쪽에 있었기 때문에 이들을 북면 무사 또는 북면이라 불렀다.

무네토(宗任)를 멸망시켰을 때나 미나모토 노 요시이에(源義家)가 기요하라 다케히라(武衡)와 이에히라(家衡)를 정벌했을 때도 논공행상에 있어서는 태수 직을 제수하는 것이 고작이었다. 기요모리가 방자하게 굴고 있는데 이는 아니 될 일로서 이는 모두 세상이 말세라 왕법이 땅에 떨어졌기 때문이다' 하고 불편한 심기를 감추지 않았는데, 그렇다고 특별히 다이라 일문을 꾸짖을 만한 일이 있었던 것도 아니어서 잠자코 있었다. 다이라 일문도 마찬가지로 딱히 조정에 대해 불만이 있었던 것은 아니었는데, 다음과 같은 사건이 일어남으로써 세상이 어지러워지는 단초가 됐다.

지난 가오 2년(1170) 10월 16일, 시게모리 경의 차남 스케모리는 당시 에치젠(越前)[56] 태수로서 열세 살이었는데, 눈이 하늘하늘 내리면서 들녘의 경치가 볼 만해지자 젊은 무사 약 30기 정도만 데리고 렌다이노(蓮臺野)와 무라사키노(紫野), 그리고 우콘(右近) 경마장 근처로 나가 매를 풀어 메추리와 종다리를 쫓으며 하루 종일 사냥을 하다가 날이 어두워지자 귀도에 올랐다.

당시 주상을 보필하는 섭정은 후지와라 노 모토후사(藤原基房) 공이었는데 마침 그 시각에 히가시노토인(東洞院)에 있는 저택을 나와 입궐하던 참이었다. 그날은 궐문 중 욱방문(郁芳門)으로 입궐할 생각으로 히가시노토인 대로를 남하하다 오이노미카도(大炊御門) 대로로 접어들어 나아가고 있었는데 스케모리 일행은 오이노미카도 대로의 이노쿠마(猪熊) 부근에서 섭정의 행차와 딱 마주치게 되었다. 섭정의 호종들이 "웬 놈들인데 이리 무례하단 말이냐. 섭정 어른의 행차이시니 어서 말에서 내려라"라고 화를 내며 호통을 쳤으나 콧대가 높은 스케모리는 세상을 우습

---

56 현재의 후쿠이(福井) 현 북부 지역에 있었던 옛 고을.

게 알고 있었던 데다가 동행한 무사들도 모두 스물도 채 안 된 젊은이들이어서 누구 하나 예의범절을 아는 자가 없었다. 섭정의 행차에도 아랑곳하지 않고 전혀 하마의 예를 취하지 않을 뿐만 아니라 그대로 행렬을 뚫고 지나가려 하자 날이 어두워 태정대신 기요모리 공의 손자인 줄은 꿈에도 생각지 못하고— 실은 개중에는 알아본 자도 몇몇 있기는 했으나 모른 척했다— 스케모리를 비롯한 무사들을 말에서 끌어내려 된통 혼을 내주었다.

만신창이가 돼 간신히 로쿠하라에 돌아온 스케모리가 이 일을 할아버지에게 일러바치자 기요모리 공은 대로하여 "아무리 섭정이라 해도 우리 집안사람인 줄 알았으면 당연히 정상을 참작했어야 하거늘 어린것을 인정사정 보지 않고 두들겨 패다니 이런 고얀 일이 있나. 이런 일이 있으면 사람들이 우습게 보는 법이니 손을 좀 봐줘야지 그냥 내버려뒀다가는 안 되겠다. 내 섭정한테 따끔한 맛을 보여주려 하는데 어찌 생각하느냐?" 하며 펄펄 뛰었다. 그러자 시게모리 경이 나서 "이는 조금도 괘념하실 일이 아니라고 봅니다. 만약 요리마사(賴政)나 미쓰모토(光基)와 같은 미나모토 사람들에게 창피한 꼴을 당했다면야 두말할 필요 없이 우리 집안의 수치가 되겠지요. 그러나 이 시게모리의 아들이 되어가지고 섭정 어른의 행차를 보고 하마하지 않았다니 무례도 큰 무례를 범한 것입니다" 하고 진정시킨 다음, 사건에 관련된 무사들을 전부 불러 "앞으로 너희들은 특히 행동거지에 신경을 써야 할 것이다. 이번에 뭘 잘 몰라 무례한 짓을 한 데 대해서는 내가 섭정 어른께 사과를 올리겠다"라고 주의를 주고는 돌아갔다.

그러나 그 후 기요모리 공은 시게모리 경과는 아무런 상의도 없이 시골 무사들 중 드세고 기요모리 공의 말 외에는 세상 무서운 줄 모르고 설쳐대는 난바(難波), 세노오(瀬尾) 등을 비롯한 60여 명을 불러놓고 "오는 이십일일 주상의 관례 문제를 논의하기 위해 섭정이 입궐할 터이니 도중 어딘가에 숨어 있다가 선도 무사와 경호 무관들의 상투를 잘라 스케모리의 분을 풀어라" 하고 지시했다.

꿈엔들 이런 사실을 알 리 없는 섭정은 이듬해에 있을 주상의 관례 때 가관(加冠) 역 선정과 승진 문제 등을 논의하기 위해 입궐하였는데 이번에는 궐내에서 오래 머무를 요량으로 여느 때보다 행렬도 화려하게 꾸미고서 그날은 대현문(待賢門)으로 들어가려고 나카미카도(中御門) 대로를 서쪽으로 나아가고 있었다. 완전무장하고 이노쿠마 근처에서 대기하고 있던 로쿠하라 병력 300여 기는 행렬이 다가오자 순식간에 섭정 일행을 에워싸더니 앞뒤에서 일제히 와 하고 개전의 함성을 올렸다. 그러고는 행사 날이라 잘 차려입은 선도 무사와 경호 무관들을 이리 쫓고 저리 몰아 말에서 끌어내리고는 마구 때린 다음 한 사람씩 상투를 잘랐다. 섭정에게 배속된 열 명의 경호 무관 중 가장 높은 근위부의 다케모토(武基)도 상투를 잘렸고, 특히 선도무사인 대부(大夫) 후지와라 노 다카노리(隆敎)의 상투를 자를 때는 "이건 네놈의 상투라 생각지 말고 네 주인 것으로 알아라"라고 이른 다음 잘랐다. 그러고는 섭정이 타고 있던 우차(牛車) 안에도 활고자를 쑤셔 넣어 주렴을 잡아 뜯는가 하면, 소의 껑거리나 가슴걸이 끈을 자르는 등 마음껏 행패를 부린 후 승리의 함성을 힘차게 지르고 로쿠하라로 돌아오니 기요모리 공은 잘했다며 칭찬했다.

섭정이 탄 우차 수행원 중에 이전 이나바(因幡) 지방에서 전령을 지내고 지금은 도바(鳥羽)에 살고 있는 구니히사마루(國久丸)라는 자가 있었는데 신분은 미천해도 사람이 착해 엉망진창이 된 우차를 이럭저럭 이어 맞추더니 엉엉 울며 섭정의 저택까지 끌고 갔다. 일국의 섭정이 관복 소매로 눈물을 훔치며 귀가하는 행렬의 처량함이란 뭐라 말로 표현할 길이 없었다. 후지와라 씨의 선조인 대식관(大織冠) 가마타리(鎌足)[57] 공과 그 아들 담해공(淡海公) 후히토를 거론할 것까지는 없더라도 충인공(忠仁公) 요시후사, 소선공(昭宣公) 모토쓰네(基經)부터 지금에 이르기까지 섭정관백(攝政關白)이 이런 수모를 겪은 일은 일찍이 없었으니 이것이 다이라 일가가 저지른 악행의 시작이었다.

이 일을 전해 들은 시게모리 경은 깜짝 놀라 사건에 가담한 자들을 불러 주종의 연을 끊고 추방했다. 그리고 "아버님께서 아무리 상식에 벗어난 명령을 내렸다 해도 왜 나에게 알리지 않았단 말이냐? 애당초 괘씸한 건 스케모리란 놈이다. 될성부른 나무는 떡잎부터 알아본다 했는데 나이가 열두셋씩이나 됐으면 예의범절을 지켜가며 행동해야 할 것이거늘 이런 불상사를 일으켜 아버님께 오명을 끼치다니 불효막심한 놈 같으니라고. 모든 책임은 너한테 있다"라고 하며 스케모리를 일시 이세로 추방했다. 그래서 군신 모두 시게모리 경을 칭찬했다고 한다.

---

57 614~669. 후지와라 씨의 시조로, 덴치(天智) 임금을 도와 개혁을 단행하고 율령제의 기초를 다져 정계의 중진으로 부상했다. 임종 시, 임금은 그에게 위계로 정일위(正一位)에 해당하는 '대식관'이란 관작을 수여했다.

시시노타니(鹿谷)

 이 일로 인해 다카쿠라(高倉) 임금의 관례 문제 논의는 일단 연기되었으나 같은 달 25일 고시라카와 상왕의 궁에서 열리게 되었다. 섭정에 대해서는 그대로 두기는 뭐해 같은 해 11월 9일, 미리 교지를 내리고 14일에 태정대신으로 승진시켰다. 이어 17일에는 승진 사례와 축하연이 있었으나 왠지 썰렁한 분위기였다.
 그해도 저물어 가오(嘉應) 3년이 되었다. 정월 5일, 주상은 관례를 올리고 13일에는 그 보고를 위해 상왕궁에 행차했다. 상왕과 모후 겐슌몬인이 머리를 올린 주상의 모습을 보고 얼마나 귀여워하셨을지는 상상이 가고도 남는 일이었다. 그리고 기요모리 공의 따님이 주상의 빈(嬪)으로 입궐하였는데, 방년 15세로 상왕의 양녀로서였다.
 그 무렵 내대신 겸 좌대장이던 후지와라 노 모로나가(藤原師長) 공이 좌대장 직을 사임했는데 후지와라 노 사네사다(藤原實定) 경이 뒤를 이을 차례였으나 중납언 가네마사(藤原兼雅) 경이 그 자리를 바라고 있었고, 이에나리(家成) 경의 삼남인 나리치카(成親) 경 또한 애타게 기대를 걸고 있었다. 특히 나리치카 경은 상왕의 총애를 받고 있었던 터라 가능성이 있다고 보고 이곳저곳을 찾아 소원 성취를 비는 치성을 드리기 시작했다.

우선 이와시미즈하치만(石淸水八幡) 신사에 승려 100명을 모아 7일 주야로 대반야경(大般若經)을 독송시켰는데 그러던 어느 날 이곳의 말사인 고라(高良) 사당의 신상(神像) 앞 귤나무에 산비둘기 세 마리가 본사 쪽에서 날아오더니 서로 쪼아대다 죽는 일이 발생했다. 이를 전해 들은 신관(神官) 교세이(匡淸)는 "비둘기는 하치만 신령의 으뜸가는 사자(使者)인데 신성한 사당 내에서 이런 이상한 일이 있을 수 있나" 하며 놀라 이 사실을 대궐에 보고하니 궐에서는 신기관(神祇官)[58]에 명해 점을 치게 하였다. 그러자 엄히 근신하라는 점괘가 나왔는데 임금이 아니라 신하가 근신해야 한다는 것이었다.

그러나 이런 일이 있었음에도 불구하고 나리치카 경은 근신하기는커녕 낮에는 사람 눈이 있는지라 밤만 되면 나카노미카도카라스마루(申御門烏丸)의 자택에서 가모(賀茂) 신사까지 찾아가 이레를 계속해서 치성을 드렸다. 이레가 지나 만원(滿願)이 되는 날 밤, 집에 돌아온 나리치카 경은 피곤해서 깜빡 잠이 들었는데 다음과 같은 꿈을 꾸었다. 가모 신사를 찾아가 빌고 있는데 갑자기 사당 문이 열리더니 안에서 범상치 않은 의젓한 목소리로,

벚나무 꽃아 가모의 강바람을 원망 말아라
애쓴들 지는 것을 붙들 수 없으니

하고 노래하는 소리가 들려오는 것이었다.

---

[58] 점을 쳐 길흉의 판단을 전문으로 하는 대궐 내의 부서.

이렇게 잇달아 신령의 영검이 있었음에도 불구하고 나리치카 경은 그 만둘 생각을 하지 않고 이번에는 가모 신사의 본당 뒤에 있는 삼나무 구멍 안에 단을 만들어 놓고 기도승을 하나 사서 소원 성취를 비는 나기니(拏吉尼) 주술[59]을 백일 동안 행하게 하였다. 한참 그러고 있는데 어느 날 무섭게 천둥이 치더니 삼나무 위에 벼락이 떨어져 불타올랐다. 불기운이 신사 전체로 번질 기세여서 신관들이 너 나 할 것 없이 뛰쳐나와 불을 끈 다음, 주술을 행하던 기도승을 쫓아내려 하자 "나는 이곳에서 백일 치성을 드리고 있는 중이오. 오늘로 칠십오 일째이니 나갈 수 없소이다" 하며 꿈쩍도 하지 않았다. 이 사실을 대궐에 보고하자 "사칙에 따라 추방하라"라는 교지가 내려와 신관들이 흰 지팡이로 기도승의 목덜미를 내리누른 채로 경내 밖 이치조(一條) 대로 남쪽으로 쫓아버렸다. '신명께서는 비례(非禮)를 용납지 않으신다'고 하는데 나리치카 경이 주제넘게 좌대장 자리를 넘보고 치성을 드렸기에 이런 이변이 일어난 것이었다.

당시의 관직 인사는 상왕이나 주상의 뜻에 의하거나 섭정관백의 결정에 따라 이루어지는 것이 아니라 전부 다이라 일가가 마음먹은 대로 이루어져 좌대장 자리는 차례였던 사네사다 경이나 가네마사 경을 제치고 대납언 겸 우대장이었던 기요모리 공의 장남 시게모리에게 돌아갔고, 우대장 자리는 수 명의 상급자를 뛰어넘어 차남 무네모리에게 돌아갔으니 모두 다 말도 안 되는 처사였다.

특히 사네사다 경은 필두 대납언에다가 명문 거족 출신에 학문도 뛰어나고 도쿠다이지(德大寺) 집안의 장손이었기 때문에 이번에 무네모리에게 밀려 대장에 오르지 못한 것은 실로 통탄할 일이었다. 그래서 사람

---

59 신통력을 지닌 나기니천(拏吉尼天)에게 연명이나 장수, 소원 성취를 비는 주법.

들은 "필시 출가하실 게야" 하고 속으로 수군대고 있었는데, 잠시 세상 돌아가는 것을 지켜보겠다며 대납언 자리를 내놓고 칩거에 들어갔다.

반면 나리치카 경은 "사네사다 경이나 가네마사 경이라면 모를까 무네모리에게 대장 자리를 내주다니 이런 원통한 일이 있나. 이건 다 다이라 일가가 모든 것을 자기네 마음대로 주무르고 있기 때문이니 무슨 수를 써서라도 다이라 일가를 타도하고 숙원을 이루어야겠다" 하며 각오를 다지니 무서운 일이 아닐 수 없었다. 나리치카 경의 아버지는 벼슬이 고작 중납언에 머물렀을 따름인데 경은 그 막내로 태어나 위계는 정이위(正二位)에 관직은 대납언에 오르고 큰 고을을 여럿 하사받기까지 한 데다가 자식이나 부하들도 상왕의 총애를 받아 영화를 누리고 있는 터에 무엇이 부족해서 그런 생각을 하게 되었는지 알 수 없는 일이었으니 필시 마(魔)가 든 게 틀림없었다.

헤이지 정변 때 에치젠 태수 겸 근위중장이었던 나리치카 경은 역모의 장본인인 노부요리(信賴) 경의 편에 섰던 까닭에 일찌감치 참수당했어야 마땅한 것을 시게모리 경이 백방으로 나서서 날아갔어야 할 머리가 아직 붙어 있었던 것인데 이제 그 은혜를 잊고 딱히 적시할 사람이 없는데도 무구를 장만하고 군사를 모아 다이라 일가를 쓰러뜨릴 싸움 준비에 여념이 없었다.

히가시야마(東山) 기슭의 시시노타니라는 곳은 후면이 원성사(園城寺)[60]에 접해 있어 천혜의 요새였다. 이곳에 승도(僧都)[61] 슌칸(俊寬)의 별장이 있어 나리치카 경과 뜻을 같이하는 사람들은 늘 이 산장에 모여

---

60 나라(奈良) 시대에 건립된 천태종 사문파(寺門派)의 총본산. 시가(滋賀) 현 오쓰(大津) 시 소재. 당시는 산문파(山門派)인 연력사와 세력을 양분하는 거찰이었다.
61 승려의 직위로, 승정 다음 가는 고위직.

다이라 일가를 타도할 계책을 세웠는데 어느 날 상왕이 이 모임에 참가하게 되었다. 헤이지 정변 때 세상을 뜬 신제이(信西)의 아들 조켄(淨憲) 법사가 수행하였는데 그날 밤 연회 중 상왕이 다이라 일가를 치는 일에 대해 의견을 묻자 조켄은 "어허, 이를 어쩌면 좋나. 많은 사람들이 듣고 있사옵니다. 마마. 금세 다이라 쪽에 말이 새어나가 그야말로 일대 사건이 일어날 것이옵니다" 하며 크게 당황해 하였다. 이를 본 나리치카 경이 안색이 변해 벌떡 일어나다가 소매가 휘날려 앞에 놓인 술병을 넘어뜨리고 말았다. 상왕이 보고 "어인 일인고?" 하고 묻자 "다이라 씨가 넘어진 것이옵니다"[62] 하고 슬쩍 받아넘기니 상왕은 너털웃음을 터뜨리면서 "모두들 이리 와서 산대놀이를 해보자꾸나"라고 권했다. 그러자 다이라 야스요리(平康賴)가 벌떡 일어나 "아이고, 술병이 너무 많아 취하고 말았습니다" 하고 너스레를 떨자 슌칸이 이를 받아 "그럼 이를 어찌할꼬?" 하니, 사이코 법사가 "머리를 베는 게 제일입지요" 하며 술병 머리를 쥐고 안으로 들어가는 것이었다. 너무도 기막힌 광경이라 조켄은 도대체가 입이 떨어지지 않았는데 생각할수록 오금이 저려오는 일이었다. 이 음모에 가담한 자들이 누군가 하니, 근위중장을 지낸 렌조(蓮淨), 슌칸, 야마시로(山城) 태수 모토카네(基兼), 식부대부(式部大夫)[63] 마사쓰나(雅綱), 판관(判官)[64] 야스요리(康賴), 노부후사(信房), 스케유키(資行), 셋쓰(攝津)[65]의 미나모토 일족인 유키쓰나(行綱)를 비롯해 상왕궁 경호대인 북면 무사들이 다수 포함돼 있었다.

---

62 술병(瓶子)과 다이라 씨(平氏)는 동음으로 둘 다 '헤이시'로 읽는다.
63 관리에 대한 고과나 서훈 등의 인사 문제를 관장하는 식부성(式部省)의 삼등관.
64 좌우 위부(衛府)의 삼등관.
65 현재의 오사카(大阪) 부 서북부와 효고 현 동남부 지역의 옛 지명.

슌칸(俊寬)

슌칸이란 자는 원래 대납언을 지낸 미나모토 노 마사토시(源雅俊)의 손자에, 목사(木寺)의 승려인 간가(寬雅)의 아들이었다. 조부 마사토시는 이렇다 할 무문 집안 출신도 아니면서 성질이 아주 고약해 산조(三條)에 있던 자기 집 앞으로는 사람이 제대로 지나다니지도 못하게 하고 항상 중문에 서서 이를 갈며 주위를 노려보던 인물이었다. 이런 사람의 손자여서 그랬는지 슌칸도 승려이긴 했으나 성격이 거칠고 오만했는데 아마도 이 때문에 부질없는 역모에도 끼게 된 모양이었다.

나리치카 경은 다다 노 유키쓰나(多田行綱)를 불러 "귀장이 한쪽 병력의 지휘를 맡아주시오. 거사가 성공하면 고을이건 장원이건 원하는 대로 드리겠소. 이건 우선 활줄 주머니 감으로 쓰시오" 하며 백포 50필을 내주었다.

상왕궁 경호를 맡는 북면 무사는 옛날에는 없었던 부서였다. 시라카와(白河) 상왕 때 처음 설치돼 각 위부(衛府)의 무관들이 대거 이곳으로 배속되어 왔는데 당시에는 다메토시(爲俊)와 모리시게(盛重)라는 막강한 총신들이 이름을 날렸다. 둘 다 어릴 때부터 이마이누마루(今犬丸)와

센주마루(千手丸)라는 이름으로 상왕을 모셔온 사람들이었다. 도바 상왕 때에도 스에노리(季教)와 스에요리(季賴)라는 부자가 함께 상왕을 섬기면서 상주(上奏) 역까지 맡은 일이 있었다 하나 그래도 분에 넘치는 행동을 하지는 않았다. 그런데 당대의 북면 무사들은 눈 뜨고 보기 힘들 만큼 기고만장해 공경대부도 안중에 없고 예의도 예절도 없었다. 하위 북면에서 상위 북면[66]으로 승진하고 승전을 윤허받는 자도 있었는데, 이런 일이 자주 있다 보니 자연히 교만한 마음이 생겨 역모에도 가담하게 된 것이었다.

이들 중 예전에 신제이(信西)[67]가 부리던 모로미쓰(師光)와 나리카게(成景)라는 자가 있었다. 모로미쓰는 아와(阿波) 고을 감영의 아전 출신이었고, 나리카게는 서울 사람이었으나 미천한 태생의 천민이었는데, 나졸이나 잡역부로 출발한 두 사람은 머리가 비상해 각기 좌위문(左衛門)과 우위문(右衛門)의 삼등관에 올라 동시에 위문부 요직으로 출세했다. 신제이가 헤이지 정변 때 살해당한 후 두 사람은 출가하여 법명을 사이코(西光)와 사이케이(西敬)라 하였는데, 출가 후에도 둘 다 상왕궁의 창고지기 일을 하고 있었다.

사이코의 아들로 모로타카(師高)라는 자가 있었다. 이 자도 비상한 수완가여서 출세에 출세를 거듭해 의금부의 오위관(五位官)까지 올랐다가 안겐(安元: 1175~1177) 원년(1175) 12월 29일의 임시 인사 이동 때 가가 태수로 임명되었다. 모로타카는 이곳을 다스리면서 법을 어기고 상식에 벗어나는 짓을 서슴없이 저질러 신사와 사찰, 권문세가의 장원을 마

---

66 하위 북면은 6위, 상위 북면은 4, 5위를 말한다.
67 고시라카와 상왕의 심복으로 호겐 정변 후 권력 실세로 부상했으나, 헤이지 정변 때 정적에게 살해당했다.

구잡이로 몰수하니 차마 눈 뜨고 보기 힘들 지경이었다. 주나라 소공(召公)의 선정(善政) 이야기가 아무리 까마득한 옛날 옛적의 일이라고는 하나 나랏일이란 불편부당해야 하거늘 이렇게 자기 하고 싶은 대로 한 다음에 이듬해 여름 모로타카는 친동생 모로쓰네(師經)를 태수 대리로 임명해 내려 보냈다.

이 모로쓰네가 내려온 직후의 일인데 감영 가까이에 있는 우카와(鵜川)라는 산사(山寺)에서 중들이 물을 끓여 목욕을 하고 있었다. 그런데 갑자기 모로쓰네가 관원들을 거느리고 몰려와 중들을 쫓아내더니 자기가 먼저 목욕을 하고는 부하들을 말에서 내리게 해 말을 씻게 했다. 화가 머리끝까지 난 중들이 "예로부터 이 절에는 관가에서 들어오는 일이 없었소. 선례에 따라 무례한 짓을 그만두고 어서 나가시오" 하고 항의하자 모로쓰네는 "이제껏 태수 대리들이 바보 같아 우습게 봤던 게지. 나는 절대로 그렇게 하지 않을 테니 국법을 따르도록 하라"라고 억지를 부렸다. 그러자 중들은 완력을 써서라도 관원들을 내쫓으려 하고 관원들은 기회를 봐 밀고 들어오려고 하다가 밀고 밀치고 치고 차는 몸싸움이 벌어졌는데 그 와중에 모로쓰네가 몹시도 아끼는 애마의 다리가 부러지고 말았다. 이리되자 그 다음은 서로 활이나 칼, 무기를 가지고 쏘고 베는 난투로 이어져 수 시간을 싸웠는데, 모로쓰네는 힘에 부쳤는지 밤이 되자 퇴각하고 말았다. 그러나 곧 가가 감영의 관원들을 불러 모아 천여 기의 군세를 거느리고 우카와로 몰려와 승방을 한 채도 남김없이 불태워버렸다.

우카와는 원래 하쿠산(白山)[68] 본궁의 말사였기 때문에 이 사실을 조정에 탄원하려고 지샤쿠(智釋), 가쿠메이(學明), 호다이보(寶臺坊), 쇼

---

68 기후(岐阜)와 이시카와(石川) 두 현 사이에 걸쳐 있는 산으로, 고래로 산악 신앙의 대상 지였다.

치(正智), 가쿠온(學音), 도사(土佐) 아사리 등의 노승들이 팔을 걷어붙이고 나섰다. 그리고 하쿠산의 일곱 신사 중 세 곳과 말사 여덟 곳의 승도들이 일어나 도합 2천여 명의 세력을 규합하여 7월 9일 저녁, 모로쓰네의 성채 근처로 몰려왔다. 이미 날이 저물어 날이 밝으면 싸우기로 정하고 그날은 공격을 않고 야영에 들어갔는데 이슬을 실어온다는 가을바람에 양 소매가 펄럭이고 하늘에서 번쩍이는 번개에 투구 장식이 번쩍번쩍 빛나 보였다.

　모로쓰네는 대적하기 힘들겠다고 생각했는지 야밤에 도망쳐 서울로 올라가고 말았다. 이튿날 오전 6시, 승도들이 성채로 몰려가 함성을 올렸으나 성안이 쥐 죽은 듯 고요해 사람을 들여보내 살피게 했더니 모두 도망치고 없는지라 퇴각할 수밖에 없었다. 이리된 바에야 본산인 연력사에 탄원을 하자고 하여 하쿠산 중궁의 신령을 모시는 가마를 치장해 연력사를 향해 모시고 나아갔다. 8월 12일 정오, 가마가 연력사가 있는 히에이(比叡) 산 기슭에 이르자 북쪽에서 천둥 번개가 요란하게 치기 시작하더니 도성을 향해 다가오는 것이었다. 그러더니 백설이 쏟아져 대지를 뒤덮는데 히에이 산과 도성의 거리는 물론, 산속의 푸른 나뭇가지까지 온통 흰 눈 천지로 변하고 말았다.

발원(發願)

승도들은 메고 온 가마를 히에이 산의 일곱 히요시(日吉) 신사 중의 하나인 마로도(客人) 신사에 모셨다. 이곳의 신령은 먼 옛날 하쿠산의 본궁에서 분령(分靈)해 모셔 왔기 때문에 이번에 모셔 온 중궁의 신령과는 사람으로 치면 부자간이 되는 셈이었다. 그러니 이번 시위의 결과는 어찌 되건 간에 두 신령은 인간의 아비와 아들이 뜻밖의 해후를 기뻐하듯 같은 경험을 하게 된 것이었다. 이는 옛이야기에 나오는 우라시마타로(浦島太郎)[69]가 용궁에서 돌아와 7세손을 만난 기쁨보다 더 하고, 석존께서 출가할 때 아직 뱃속에 있던 아들 라후라(羅睺羅)가 훗날 영취산(靈鷲山)[70]에 계신 석존을 찾아 뵌 기쁨보다 더 큰 것이었다. 연력사의 3천 승도들이 줄지어 찾아오고 일곱 히요시 신사 신관들이 잇달아 모여들어 시시각각 독경하고 기도하는 모습은 장관이어서 말로는 이루 표현하기 힘들 정도였다.[71]

---

69 거북의 안내로 용궁으로 가 3년을 지내다 고향에 돌아와 보니 300년이 지나 있었다는 옛이야기의 주인공.
70 고대 인도 마가다 왕국의 수도인 왕사성 주변에 있는 산으로, 석가의 설법 장소로 유명.

한편 연력사의 승도들은 조정에다 태수 모로타카를 귀양 보내고 그 동생 모로쓰네는 하옥시킬 것을 여러 차례 상주하였으나 재가가 늦어지자 책임 있는 자리에 있는 공경대부들은 서로 "자고로 연력사의 제소는 다른 곳과 달라 말썽이 생길 소지가 많으니 빨리 재가가 내려와야 할 텐데. 전에 대장경(大藏卿) 다메후사(爲房)와 다자이후 장관 스에나카(季仲)는 조정의 중신이었음에도 불구하고 승도들이 제소하자 귀양을 보냈는데 모로타카 따위를 놓고 망설일 게 뭐 있담?" 하고 수군댔다. 그러나 어느 누구 하나 용기 있게 나서는 사람이 없었으니 '대신은 녹봉이 줄어들까 겁이 나서 간언을 못하고, 소신(小臣)은 벌이 무서워 진언을 못한다'[72]라는 말처럼 공석에서는 누구나 입을 다물고 가만히 있었다.

예의 다메후사 사건 때 당시의 중신 오에 노 마사후사(大江匡房) 경이 "연력사의 승도들이 만약 가마를 궐 앞에 들이대고 항의하러 오면 전하께서는 어찌하시겠사옵니까?" 하고 여쭙자 시라카와 상왕은 "승도들의 항의를 그대로 놔둘 수는 없겠지"라며, "홍수만 나면 넘치는 가모 강물과 주사위 패, 그리고 연력사의 승도들 이 셋은 과인의 뜻대로 되지 않은 것들이로다" 하고 탄식했다고 한다. 또 도바 상왕 때 연력사가 에치젠의 평천사(平泉寺)를 무리하게 말사로 만들었을 때도 상왕은 "과인이 연력사에 귀의한 관계로 이번 일은 도리에 벗어나나 눈을 감겠다"라며 허락하였다고 한다.

가마를 앞세운 승도들의 시위와 관련해서는 다음과 같은 사건도 있었다. 지난 가호(嘉保) 2년(1095) 3월 2일, 미노(美濃) 태수 미나모토 노

---

71 불교와 민간 신앙이 융합되면서 생긴 습합 신앙으로, 연력사의 토지신인 히에(日吉)신을 부처의 현신이라며 모셨다.
72 『본조문수(本朝文粹)』 제2권에 수록된 요시시게 노 야스타네(慶滋保胤)의 글에서 인용.

요시쓰나(源義綱)는 관내에 불법으로 만들어진 장원을 폐쇄하는 과정에서 부득이 연력사 출신의 엔노(圓應)라는 중을 죽이고 말았다. 이 때문에 연력사의 사무승과 히요시 신사 신관 30여 명이 소장(訴狀)을 들고 궐문 앞까지 몰려왔다. 당시의 관백 모로미치(師通) 공은 야마토 미나모토 씨(大和源氏)의 일족인 미나모토 노 요리하루(源賴春)에게 명해 막도록 하였는데, 요리하루의 부하들이 쏜 화살에 맞아 그 자리에서 여덟 명이 죽고 10여 명이 부상을 입자 나머지는 사방으로 내빼고 말았다. 이에 화가 난 고승들이 주상께 사정을 상주하려고 대거 하산해 도성으로 향했으나 이번에는 무사들과 의금부 사람들이 길목인 니시사카모토에서 지키고 있다가 모두 되돌려 보냈다. 그러자 연력사에서는 이 사건에 대한 조정의 재가가 늦다고 하여 일곱 히요시 신사의 가마를 본당에 모셔놓고 그 앞에서 대반야경 전권 600권을 7일간 독송하며 관백 모로미치 공을 저주했다. 마지막 날 법회를 맡은 도사(導師)는 주인(仲胤) 법사였는데 자리에 앉아 징을 두드리며 다음과 같이 표백문을 읽어 내렸다. "어려서부터 받들어 모셔온 신령님이시여, 모로미치 관백에게 효시(嚆矢)를 한 대 날려주소서. 다이하치오지(大八王子) 신령이시여."

　이 말을 큰 소리로 외치자 그날 밤에 곧바로 이상한 일이 일어났다. 하치오지 신령을 모신 사당에서 효시가 우는 소리가 나더니 도성을 향해 소리 내어 날아가는 것을 모두가 꿈에 본 것이었다. 그리고 이튿날 아침 관백의 저택에서는 침소의 정자살문을 여니 방금 산에서 따온 것처럼 이슬에 촉촉이 젖은 붓순나무 가지가 하나 그 앞에 서 있었는데 이내 관백이 히요시 신령의 벌이라며 중병에 걸리니 이상한 일이 아닐 수 없었다.

　그러자 이를 슬퍼한 관백의 노모가 미천한 하녀인 양 허름한 옷으로 갈아입고 히요시 신사를 찾아 7일 밤낮을 머물면서 만약 소원이 이루어지면 아낌없이 공양을 하겠다는 서약을 했다. 그 서약 내용을 볼 것 같으면 풍물놀이 100마당, 제례 행렬 100개, 경마, 기마사(騎馬射), 씨름 각 100판, 인왕경(仁王經)의 강석(講釋) 100회, 약사경(藥師經)의 강석 100회를 열고, 소형 약사불상(藥師佛像) 100좌, 등신 약사불(藥師佛) 1좌 및 석가, 아미타불상을 만들어 공양하겠다는 것이었다.

또 마음속으로 세 가지 서약을 하였는데 마음속 일이라 아무도 알 리 없건만 이상하게도 이런 일이 있었다. 이레가 다 차가는 날 밤, 그곳에는 수많은 기도객들이 머물고 있었는데 멀리 무쓰(陸奧)에서 올라와 치성을 드리고 있던 동자 무당이 한밤중에 갑자기 기절을 했다. 떨어진 곳으로 메고 가 기도를 하자 이내 깨어나더니 벌떡 일어나 춤을 추기 시작했다. 사람들이 깜짝 놀라 모두들 지켜보고 있는데 한 시간쯤 지나자 신령이 내려와 다음과 같이 탁선을 하니 무서운 일이 아닐 수 없었다. "모두들 잘 듣거라. 관백의 아버지인 모로자네(師實) 공의 부인이 오늘로 이레째 내 앞에 엎드려 세 가지를 서약하였다. 첫째, 관백의 목숨을 살려주면 이 사당 안의 비렁뱅이들 틈에 끼어서라도 천 일 동안 조석으로 나를 받들겠다는 것이었다. 이제껏 모로자네 공의 정실로서 세상 높은 줄 모르고 지내온 사람이 자식 생각에 누추한 것도 개의치 않고 천한 비렁뱅이들 틈에 끼어서 천 일 동안이나 조석으로 받들겠다고 하니 실로 가상한 일이다. 두번째는 오미야(大宮)의 각도(閣道)[73]부터 하치오지 사당까지 회랑을 지어 헌납하겠다는 것이다. 이곳 삼천 승도들이 비가 오건 눈이 오건 참배하는 것을 볼 때마다 안쓰럽게 생각했는데 회랑이 생긴다면 얼마나 좋겠느냐. 세번째는 하치오지의 사당에서 법화문답강(法華問答講)[74]을 하

---

73 히요시 일곱 신사 중 첫번째 신사 앞에 있는 지붕 없은 다리.
74 법화경에 대해 논의하고 문답하는 법회.

루도 빠짐없이 열겠다는 것이었다. 셋 다 모두 중요하나 첫번째와 두번째는 그만두더라도 법화문답강은 실로 바람직한 것이다. 이번에 승도들이 벌인 소송은 별일 아니었는데도 관백이 잘못 조치한 탓에 재가가 나지 않고 있을 뿐만 아니라 오히려 사무승과 신관들이 활에 맞아 죽고 다쳐 결국은 나에게 울며 매달리게 된 것인데 생각해보면 이 아픔은 두고두고 잊히지 않을 것이다. 그자들이 맞은 화살은 내 몸에 맞은 것이나 다름없으니 거짓이라 생각되면 여길 보아라" 하며 어깨를 빼서 드러낸 곳을 보니 왼쪽 옆구리 밑에 커다란 사발만큼 살점이 떨어져나간 부분이 보였다. "이 때문에 마음이 너무 아파 아무리 빌어도 천수를 다하도록 해줄 수는 없다. 그러나 법화문답강을 꼭 열겠다면 삼 년간 수명을 연장토록 해주겠다. 그게 부족하다면 나로서도 어쩔 수 없느니라" 하고 말을 마치더니 무당의 몸에서 떠나갔다.

관백의 어머니는 서약의 내용을 아무에게도 말한 적이 없었으므로 누군가가 흘리지 않았나 하는 의심 따위는 있을 리 없었고 자신이 생각하고 있던 것이 그대로 탁선으로 나온지라 너무나도 놀랍고 감동하여 눈물을 줄줄 흘리며 말하기를 "설사 하루 한때라도 감지덕지해야 할 일인데 삼 년이나 수명을 늘려주시니 황송한 일이다" 하며 울면서 산을 내려갔다. 서둘러 도성으로 돌아와 관백의 영지인 기이(紀伊)의 다나카(田中) 장원을 하치오지 신사에 영구 기증하니 이 때문에 당시부터 지금까지 하루도 빠짐없이 법화문답강이 계속되고 있는 것이다.

이리하여 관백의 병환은 가벼워지고 이윽고 예전처럼 좋아졌다. 상하 모두 기뻐했지만 3년이란 세월은 꿈처럼 흘러 에이초(永長) 2년 (1097) 6월 21일, 머리께에 악성 종기가 생겨 다시 눕게 되었는데 그달 27일, 38세를 일기로 마침내 세상을 뜨고 말았다. 심지가 굳고 냉철한 두

뇌의 소유자로 비할 바 없이 뛰어난 인물이었는데 중태에 빠지자 이른 나이에 죽어야 하는 것을 아쉬워했다고 한다. 실로 애석한 일로서 마흔도 못 되어 부친보다 먼저 세상을 떴으니 생각하면 가슴 아픈 일이었다. 아비가 자식보다 꼭 앞서 가야 한다는 법은 없으나 생사의 정리에 따르는 것이 세상의 이치로 만덕원만(萬德圓滿)하신 석존이나 무상의 경지에 오른 보살께서도 이것만은 어찌할 수 없는 일이었다. 자비로운 히에이 산의 신령께서도 중생을 계도하는 방편으로 이렇게 죄를 벌할 때도 있었던 것이다.

가마 시위

 한편 연력사의 승도들은 아무리 기다려도 모로타카 형제의 처분에 관한 재가가 내려오지 않자 곧 있을 히요시 신사의 제례를 중지하기로 하고, 4월 13일 오전 7시 반 무렵 일곱 히요시 신사 중 주젠지(十禪師), 마로도, 하치오지 등 세 신사의 가마를 단장해 대궐로 향했다. 이들의 진로인 사가리마쓰, 기레즈쓰미, 가모 강변, 다다스(糺), 우메타다(梅忠), 야나기하라(柳原), 도보쿠인(東北院) 일대에는 일반 승도나 신관들이 넘쳐 그 수를 헤아릴 수도 없었다. 가마 행렬이 이치조 대로에서 서쪽으로 방향을 틀자 화려하게 꾸민 가마는 휘황하게 빛나 흡사 해와 달이 지상에 내려온 것 같았다.
 그러자 조정에서는 다이라와 미나모토 집안의 대장군들에게 "사방의 궐문을 지켜 승도들의 침입을 막도록 하라"고 하명하니 다이라 일가는 시게모리 공이 3천여 기를 거느리고 오미야(大宮) 대로에 면한 양명(陽明), 대현(待賢), 욱방(郁芳) 등 세 문을 지키고, 동생인 무네모리, 도모모리, 시게히라와 백부인 요리모리, 노리모리, 쓰네모리 등이 각기 서문과 남문을 맡았다. 미나모토 일가 쪽에서는 대전 경호를 담당하는 요리마사(賴政)가 심복인 와타나베 하부쿠와 사즈쿠를 포함, 총세 300여 기로 북문을 지키는데 수비 면적에 비해 병력이 적어 병사들의 모습이 드문드문했다.

승도들은 북문 쪽이 허술하다고 보고 그쪽을 뚫고 가마를 메고 들어가려고 했다. 그러나 요리마사도 보통내기가 아니어서 행렬이 가까이 오자 말에서 얼른 뛰어내려 투구를 벗고 가마를 향해 공손히 절을 하니 병사들도 똑같이 따라했다. 그러고는 승도 쪽에 사자를 보내 전갈했다. 사자는 와타나베 노 도나우(唱)라는 무사였는데 도나우의 이날 군장을 볼 것 같으면 밝은 연둣빛 내갑의(內甲衣)[75] 위에 벚꽃 문양을 물들인 가죽 갑옷을 걸치고, 적동(赤銅)으로 장식한 패도에 등에는 흰 매 깃 화살을 꽂고, 옆구리엔 활을 끼고 투구는 벗어 어깨걸이에 걸고 있었다. 도나우는 가마 앞으로 나가 한 무릎을 꿇고 고하기를 "요리마사 장군께서 승도 여러분께 전하는 말씀이오. 연력사의 이번 시위가 도리에 합당함은 두말할 필요가 없는 일이고 재가가 더딘 것은 누가 봐도 답답한 일이 아닐 수 없소. 따라서 가마를 모시고 궐내로 들어가려는 것에 대해 왈가왈부할 생각은 추호도 없소이다만 보다시피 요리마사에게는 군사가 없소. 만약 그냥 들여보내서 들어가게 되면 귀승들이 힘없는 곳만 골라 얼씨구나 하며 들어갔다고 장안의 한량들이 입방아를 찧어댈 텐데 훗날 비난을 사지 않을지 걱정이오. 우리 또한 그냥 들여보냈다간 왕명을 거역하는 일이 될 테고 그렇다고 가마를 가로막았다가는 오랫동안 히요시 신령께 머리 숙여

---

[75] 갑옷 안에 입는 옷. 원문은 히타타레(直垂). 상의와 바지로 이루어진 서민의 평복으로 소매와 바지 끝에 끈을 넣어 맬 수 있게 하였는데, 무사들은 평시는 물론 전시에도 갑옷 안에 착용했다. 우리말에 동달이, 전복(戰服) 등의 용어가 있으나 정확히 일치하지 않아 이하 모두 내갑의로 통일하여 번역하였다.

가호를 받아온 몸이 오늘 이후 무사의 길을 버려야 할 것이니 이도 저도 요리마사에겐 곤란한 일이 아닐 수 없소. 시게모리 공이 대병력으로 동문을 지키고 있으니 그쪽으로 들어가시는 게 어떻겠소?" 하니 이 말을 들은 승도 일행 사이에 잠시 동요가 일었다. 젊은 승도들 중에서는 "상관할 바 아니니 이리로 들어갑시다" 하고 주장하는 사람도 많았으나 노승 가운데 연력사에서 제일 언변이 좋기로 소문난 고운(豪運)이 나서 "요리마사의 말이 옳아. 가마를 앞세우고 와서 시위를 할 바에야 대병력을 뚫고 들어가야 후대의 평판도 좋겠지. 요리마사는 육손왕(六孫王)[76]을 조상으로 둔 미나모토 씨의 종손으로 싸움터에 나가서 졌다는 이야기를 들어본 적이 없는 사람이야. 무예만 출중한 것이 아니라 시가에도 뛰어나 고노에 상왕 재위 시 즉흥 시회에서 '심산의 벚꽃'이라는 시제(詩題)를 받아 모두들 난감해 하고 있는데,

숲이 무성해 어느 게 어느 건지 몰랐었으나
가지 위에 꽃 피니 벚꽃인 줄 알았네

라는 노래를 바로 읊어 칭찬을 받을 정도로 풍류를 아는 무사인데 상황이 이렇다고 어떻게 치욕을 안겨줄 수 있겠소? 그만 가마를 돌립시다" 하고 제의하자 수천 명의 승도들은 선두부터 말미까지 모두 지당한 말이라며 찬성하였다.

그러나 가마를 돌려 앞세우고 동쪽의 대현문으로 들어가려 하자 금세 난투가 벌어져 무사들이 사정없이 활을 쏘기 시작했다. 주젠지 신사의 가

---

76 세이와(淸和) 임금의 여섯번째 왕자의 아들인 쓰네모토(經基)를 지칭.

마에 수도 없이 화살이 날아와 꽂혔을 뿐 아니라 신관과 승려들도 활에 맞아 죽거나 다쳐 그 신음소리가 범천(梵天)[77]에까지 이르고 견뢰지신(堅牢地神)[78]도 놀랄 지경이었다. 승도들은 어찌해볼 도리가 없어 가마를 궐문 앞에 내팽개친 채 모두 울면서 연력사로 돌아가고 말았다.

---

77 대범천(大梵天)이 사는 천상계를 말함.
78 인간 세상을 수호하고 굳건히 하는 신.

대궐의 소실

그날 밤 상왕은 승지 가네미쓰(兼光)에게 명해 갑작스레 상왕궁에서 어전회의를 소집하였다. 지난 호안(保安) 4년(1123) 4월에도 승도들이 가마를 앞세우고 도성으로 내려온 일이 있었으나 그때는 연력사 주지에게 명해 가마를 세키잔(赤山) 사당[79]에 모시도록 했다. 그리고 호엔 4년(1138) 7월, 다시 같은 일이 일어났을 때는 기온(祇園)에 있는 감신원(感神院)의 사제장 조켄(澄憲)에게 명해 기온 내 사당으로 모시게 한 적이 있었다. 이번에는 호엔 때의 전례를 따르는 게 좋을 것이라는 의견에 따라 밤이 다 되어 조켄에게 명해 기온으로 모셔가게 했는데 가마에 박힌 화살은 신관들을 시켜 뽑게 했다.

연력사의 승도들이 히요시의 가마를 메고 궐문 앞까지 몰려온 사건은 에이큐(永久: 1113~1118) 연간 이래 지금까지 모두 여섯 번 있었다. 매번 군사를 동원해 막기는 했으나 신령을 모시는 가마를 향해 활을 쏜 것은 이번이 처음이어서 사람들은 "영험하신 신령님이 노하면 세상에 재해

---

79 교토 시 수학원(修學院) 안에 있는 태산부군을 모시는 사당.

가 많이 일어난다는데 이거 겁이 나서 어디 살겠나" 하며 수군거렸다.

4월 14일, 야밤에 또 승도들이 대거 산을 내려와 도성으로 향했다는 말이 있어 주상은 가마도 타지 못한 채 서둘러 시종들의 부축을 받아 상왕궁으로 행행(行幸)하였고, 중전은 우차에 올라 다른 곳으로 행계(行啓)했다. 내대신 시게모리 공이 평상복에 활을 차고 수행하였고, 장남 고레모리는 사모관대 차림에 전통을 메고 뒤를 따랐다. 관백을 비롯해 태정대신 이하 공경대부들도 너 나 할 것 없이 뒤따라 나서니 궐내는 물론이요 온 장안 사람들도 상하귀천 가릴 것 없이 술렁대며 법석을 떨었다.

그러나 정작 연력사에서는 그때 신령을 모시는 가마가 활을 맞고 신관과 승도들이 다수 죽거나 부상을 당하는 치욕을 입었으니 일곱 히요시 신사와 절의 본당과 강당을 비롯한 모든 건물을 한 채도 남기지 않고 불살라버리고 3천 승도들이 모두 함께 산야로 들어가자고 결의하고 있었다. 이 소식을 전해 들은 상왕이 연력사 측의 주장을 들어주실 것이라는 소식이 있자 도성에 있던 절의 고승들이 이 사실을 알리려고 급히 히에이 산으로 올라갔으나 승도들이 가로막고서 니시사카모토에서 되돌려 보내고 말았다.

조정에서는 사태 수습을 위해 다이라 노 도키타다 경을 파견하였다. 도키타다 경은 당시 좌위문(左衛門)[80] 부장이었으나 수석 차사를 맡게 되었는데, 대강당 뜰에 모여 있던 3천 승도들은 도키타다 경의 모습을 보자마자 "저놈의 관을 벗기고 몸뚱이를 꽁꽁 묶어 물속에 던져버려라" 하고 외치면서 잡으려 덤벼들었다. 승도들이 막 붙잡으려 하는 순간 도키타다 경은 품속에서 벼루와 종이를 꺼내더니 "잠깐 진정들 하시오. 내 여러분

---

80 대궐의 문을 경비하는 부서로 좌우 위문부가 있었다.

께 긴히 드릴 말씀이 있소이다" 하며 일필휘지로 뭔가를 적어 승도들에게 건네주었다. 펴보니 '승도들이 악행을 저지른 것은 마귀의 소행이요, 성군께서 이를 저지한 것은 약사여래의 가호로다'라고 쓰여 있었다. 이 글을 읽고 나니 승도들은 도키타다 경을 붙잡을 수도 없어 서로 "옳은 소리야, 옳은 소리"라고 하며 자기네가 속한 골짜기로 돌아가 각자의 승방으로 들어가버렸다. 종이 한 장, 말 한마디로 3천 승도의 분노를 가라앉히고 공사 양면으로 불상사 없게 일을 처리한 도키타다 경이야말로 탄복할 만한 능력을 지닌 인물이었다. 사람들은 엔랴쿠사의 승도들이란 그저 가마만 앞세워 날뛸 줄밖에 모르는 줄 알았더니 세상의 도리도 아는 모양이라고 칭찬하였다. 그달 20일, 다다치카(忠親) 경을 좌장으로 한 사문회가 열려 모로타카는 면직시켜 오와리(尾張)의 이토다(井戸田)로 유배시키고, 그 동생 모로쓰네는 옥에 가두었다. 또 지난 13일 가마에 활을 쏜 무사 여섯 명을 감옥에 보내기로 결정했는데 이들은 모두 시게모리 공의 부하들이었다.

 28일 밤 10시경, 히구치토미노코지(樋口富小路)에서 불이 나 도성 내 많은 곳이 타버리고 말았다. 마침 동남풍이 세차게 부는 바람에 커다란 수레바퀴 같은 불길이 마을을 몇 개씩 건너뛰며 서북쪽으로 비스듬하게 번져가는데 그 기세가 대단했다. 도모히라(具平) 대군의 지쿠사(千種) 저택, 기타노(北野) 신사의 홍매전(紅梅殿), 다치바나 노 하야나리(橘逸勢)의 하이마쓰(蚊松) 저택, 귀전(鬼殿), 다카마쓰(高松) 저택, 가모이(鴨居) 저택, 도산조(東三條) 저택, 후유쓰구 공의 간인(閑院) 저택, 소선공(昭宣公)의 호리카와(堀河) 저택을 비롯한 고금의 명소 30여 곳에, 공경들의 저택도 열여섯 채나 불타고 말았다. 그러니 그 아래 4, 5위의 대부들 집이 입은 피해는 일일이 열거할 수도 없을 정도였다. 급기야는 대궐에도 불이 번져 정문인 주작문(朱雀門)을 비롯해 응천문(應天門), 회창문(會昌門), 대극전(大極殿), 풍락원(豊樂院) 및 주요 관청 등이 일시에 모두 불타고 말았다. 집집마다 보관해온 일기류, 대대로 전해져온 문서, 그리고 온갖 보물들이 모두 잿더미로 화하고 말았으니 그 피해가 얼마나 될지는 상상도 할 수 없는 일이었다. 불타 죽은 이가 수백 명에 소나 말 따위는 헤아릴 수도 없었으니 이는 예삿일이 아니라 신령의 계시임에 틀림없었다. 히요시 신령이 내린 벌이라며 히에이 산에서 커다란 원숭이 2~3천 마리가 손에 손에 횃불을 들고 내려와 온 도성에 불을 지르는 꿈을 꾼 사람도 있었다는 것이다.

정전인 대극전은 세이와(淸和) 임금 때인 조간(貞觀) 18년(876)에 처음으로 불에 타 이듬해 정월 3일에 거행된 요제이(陽成) 임금의 즉위식은 풍락원에서 대신 처러졌다. 간교(元慶) 원년(877년) 4월 9일, 공사가 시작되어 이듬해 10월 8일에 낙성했는데, 고레이제이(後冷泉) 임금 때인 덴키(天喜) 5년(1057) 2월 26일, 또 불이 나고 말았다. 지랴쿠(治歷) 4년(1068) 8월 14일, 다시 재건에 들어갔으나 낙성도 되기 전에 임금이 돌아가시니 고산조(後三條) 임금 때인 엔큐(延久: 1069~1074) 4년(1072) 4월 15일 낙성해, 문인이 시를 지어 바치고 악사가 음악을 연주한 후 천행(遷幸)이 이루어졌다. 그러나 이번엔 말세에다 국력이 쇠해 이후 또다시 재건되는 일이 없었다.

도사 사스케(土佐佐助), '기카이가시마에서 솔도파를 띄워 보내는 야스요리,' 「솔도파」, 『平家物語繪卷』(林原美術館 소장), 근세 전기.

제 2 권

귀양 가는 주지

　지쇼(治承) 원년(1177) 5월 5일, 상왕은 연력사의 주지 메이운(明雲) 대승정(大僧正)을 왕실 법회에 참석하지 못하게 하고, 승지를 보내 여의륜(如意輪) 본존상을 회수[1]하는 한편, 왕실 기도승 직을 박탈하였다. 그리고 의금부의 관헌을 보내 메이운을 이번 가마 시위 사건의 배후 조정자로 잡아들이게 했는데, 그 이유는 사이코 법사 부자가 찾아와서 "이번 일은 제 아들 모로타카가 가가에 있는 메이운의 사유지 소유권을 말소하고 몰수하자 이에 앙심을 품은 메이운이 승도들을 사주해 시위를 벌이게 한 것으로 이 때문에 조정에 크나큰 누가 미치게 된 것입니다" 하고 중상하는 바람에 상왕이 크게 진노했기 때문이었다. 중죄에 처해질 것이라는 소문이 나돌자 메이운은 상왕의 심기가 좋지 않음을 알고 사찰의 직인(職印)과 경장(經藏)의 열쇠를 조정에 반납하고 주지 직을 사임하였다. 11일, 도바 상왕의 일곱째 아들로, 지금은 출가하여 청련원(靑蓮院)의 교겐(行玄) 대승정의 제자로 있는 가쿠카이(覺快)가 주지 직을 승계했다. 이튿

---

1 궁중 법회 때, 연력사에서 파견된 승려는 여의륜법(如意輪法)을 행하였는데, 법회가 끝나면 본존상을 절에서 보관하였기 때문에 이를 회수한 것이다.

날 상왕은 메이운을 해직시킨 데 그치지 않고 의금부 관헌 두 사람을 보내 감시하고 우물에 뚜껑을 덮고 아궁이에 물을 부어 물과 불을 끊게 했다. 이 때문에 승도들이 다시 상경할 것이라는 소문이 나돌아 도성에서는 또 큰 소동이 일어났다.

18일, 태정대신 이하 공경 열세 명이 입궐하여 국사를 논하는 선양전(宣陽殿)에서 메이운의 죄과에 대해 논의했다. 후지와라 노 나가카타(藤原長方) 경은 당시 좌대변(左大辨)[2]이어서 말석이었으나 앞에 나서더니 "명법박사(明法博士)들이 올린 상소를 보면 사형을 감일등하여 먼 곳으로 귀양 보내야 한다고 적혀 있습니다만, 메이운 대승정은 현밀(顯密) 양교를 겸학하여 정행지율(淨行持律)[3]한 데다가 주상께 법화경을 강의하고 상왕께 보살계를 설법한 왕사(王師)이옵니다. 이런 사람에게 중죄를 과했다가 불보살께서 어찌 보실지 심히 두려운 일이 아닐 수 없으니 환속시켜 먼 곳에 귀양 보내는 조치는 완화하는 것이 좋을 것 같습니다" 하고 당당히 의견을 밝히니 동석한 공경들도 모두 나가카타의 생각에는 찬성했으나 상왕의 진노가 워낙 대단해 메이운은 결국 먼 곳에 귀양 보내기로 결정이 나고 말았다. 기요모리 공은 나가카타와 같은 생각이어서 진언 차 상왕궁에 들었으나 상왕은 감기 기운이 있다며 가까이 오는 것조차 허락지 않아 부득이 물러나올 수밖에 없었다. 메이운은 결국 승려 처벌 시의 관례에 따라 도첩을 반환하고 강제로 환속조치 당한 후, 후지이 노 마쓰에(藤井松枝)라는 속명으로 돌아가게 되었다.

이 메이운이란 사람은 무라카미(村上) 임금의 일곱째 왕자인 도모히라(具平) 대군의 6대손으로, 대납언 아키미치(顯通) 경의 아들이었다.

---

2 태정관의 관리.
3 열심히 불도를 수행하고 계율을 지킴.

참으로 둘도 없이 덕이 높은 천하제일의 고승이어서 군신 모두 높이 우러렀고, 사천왕사(四天王寺)와 육승사(六勝寺)의 주지도 겸하고 있었다. 그러나 일찍이 음양박사 아베 노 야스치카(安倍泰親)가 "저리 지혜로운 사람이 왜 이름을 메이운(明雲)이라 지었는지 알 수 없는 노릇이군. 해와 달의 빛을 위에 늘어놓고 구름을 밑에다 두다니 말이야" 하고 꼬집은 적이 있었다. 닌안(仁安) 원년(1166) 2월 20일, 연력사의 주지가 되었고, 3월 15일 신임 주지로서 본당의 본존불에 첫 절을 올리는 배당식(拜堂式)을 가졌다. 이때 중당의 보장(寶藏)을 열자 수없이 많은 보물 가운데 사방 1척 크기의 상자가 있었는데 흰 천으로 싸여 있었다. 평생 여자를 가까이해본 적이 없는 메이운이 그 상자를 열어보니 노란 종이로 된 두루마리가 하나 들어 있었다. 연력사의 개조인 덴교(傳敎) 대사[4]가 미래의 주지 이름을 미리 적어놓은 것이었는데 자기 이름이 있는 곳까지만 펴보되 그 이상은 보지 않고 원래대로 말아서 넣어두는 게 관례였다. 메이운 역시 그런 과정을 거쳤을 텐데 이런 귀인도 전세의 업보만은 피할 수 없었으니 애처로운 일이 아닐 수 없었다.

　　그달 21일, 유배지는 이즈(伊豆)로 정해졌다. 많은 사람들이 나서서 백방으로 애를 써보았으나 사이코 법사 부자의 모략 때문에 결국 이렇게 되고 말았다. 그날로 도성 밖으로 추방시키라 하여 명을 받은 관원이 메이운이 머물고 있던 시라카와(白河)의 암자에까지 와 쫓아내니 메이운은 울면서 암자를 나서 도성 밖 아와타구치(栗田口)에 있는 한 암자로 일시 거처를 옮겼다.

　　한편 연력사에서는 "우리의 진짜 적은 다름 아닌 사이코 법사 부자"

---

4 승명은 사이초(最澄)로 804년에 당에 건너가 천태종을 배워 귀국 후 일본에 전했다. 덴교 대사는 시호.

라며 이들의 이름을 종이에 적어 본당에 안치한 열두 신장(神將) 가운데 금비라(金比羅) 대장의 왼발 밑에 깔아놓고 "열두 신장과 칠천 야차(七千夜叉) 시여, 즉시 사이코 법사 부자의 목숨을 거두어주소서" 하고 외쳐대며 저주를 하였다는데 듣기만 해도 소름 끼치는 일이 아닐 수 없었다.

23일, 메이운은 아와타구치의 암자를 떠나 유배지로 향했다. 이제껏 불사의 중책을 맡아왔고 대승정에까지 오른 인물이 뒤따르는 호송사의 재촉을 받으면서 오늘을 마지막으로 서울을 떠나 관동으로 향하는 그 마음이 어떠했을지 상상만 해도 가슴 아픈 일이었다. 오쓰(大津)의 우치데(打出)에 이르러 멀리 연력사 문수루(文殊樓)의 처마가 어렴풋하게 보이자 눈을 들어 한 차례 돌아보더니 소매로 얼굴을 가리고 한동안 흐느껴 울었다.

연력사에는 고승대덕(高僧大德)이 즐비했으나 당시 아직 승도(僧都)였던 조켄(澄憲)이 너무도 헤어지기 섭섭하다며 아와즈(栗津)까지 따라왔다가 한없이 배웅을 할 수도 없는지라 그곳에서 작별인사를 올리고 돌아가는 것을 보고 메이운은 그 깊은 정에 감동해 오랫동안 자기 마음속에 비장해온 일심삼관(一心三觀)의 혈맥[5]을 이 조켄에게 전수했다. 이 법은 석존께서 전하신 것을 바라나(波羅奈)국의 마명(馬鳴)보살, 남인도의 용수보살을 거쳐 차례로 이어져온 것인데 이날의 후의에 감동해 전수한 것이었다. 일본이 변방의 소국에 지나지 않고 지금이 탁세말대라고는 하나, 이 법통을 전수받은 조켄이 승복 소매가 흥건히 젖도록 울면서 서울로 돌아가니 참으로 고결한 일이 아닐 수 없었다.

한편 연력사에서는 승도들이 궐기해 성토대회를 열고 있었다. 승도

---

5 일본의 천태종(天台宗)에서 스승이 평생 한 명의 제자에게만 전하는 종지(宗旨) 중의 하나.

하나가 나와 "초대 주지이신 기신(義眞) 화상 이래 오십오대째인 당대에 이르기까지 주지가 귀양 간 예는 들어보지 못했소. 생각해보면 그 옛날 간무(桓武) 임금께서 헤이안쿄(平安京)⁶에 도성을 세우시고 개조(開祖) 덴교 대사께서 이 산에 올라 천태종의 교학을 펴신 이래 이곳은 오장(五障)⁷의 여인의 발길이 끊기고 삼천 승려들의 수행지가 되어 산봉우리에는 오랜 세월 법화경 독송이 끊이지 않았고 산기슭에는 히요시 신령의 영검이 나날이 뚜렷이 나타나고 있소. 석존께서 설법을 하시던 인도의 영취산이 왕사성(王舍城)의 동북에 있었다는데 당사가 들어선 히에이 산도 도성의 동북쪽인 귀문(鬼門)에 높게 솟아 호국의 영지로서 역대 현군충신들이 이곳에 도량을 마련해왔소. 이러할진대 아무리 말세라고 당사의 명예에 흠이 가게 할 수는 없는 것 아니겠소. 정말 안타깝구려" 하고 외치니 이 말에 자극받은 승도들은 모두 도성으로 가는 히가시사카모토(東坂本)로 몰려 내려갔다.

---

6 현 교토(京都)의 당시 이름.
7 여인은 범천왕(梵天王), 제석천(帝釋天), 마왕, 전륜성왕(轉輪聖王), 부처(佛陀)가 될 수 없다는 다섯 가지의 장애.

일행(一行) 아사리(阿闍梨)[8]

몰려 내려가던 승도들은 일단 주젠지 사당 앞에서 다시 모여 금후의 대책을 논의했다. 노승들이 사당 안에 들어가 "아와즈로 가서 주지 스님을 되찾아 이곳으로 모셔와야 할 텐데 추방사나 호송사가 있는 모양이라 탈 없이 모셔오기는 힘들 것 같습니다. 주젠지 신령님 외엔 의지할 데가 없으니 정말 아무 탈 없이 되찾아올 수 있다면 여기서 서상(瑞相)을 보여주소서" 하고 정성 들여 기도를 했다. 그러자 무동사(無動寺)의 조엔(乘圓) 율사가 데리고 있는 쓰루마루(鶴丸)라는 열여덟 살 난 소년이 심신이 괴로운 듯 몸부림치더니 전신에 땀을 흘리면서 갑자기 발광을 했다. "나에게 주젠지 신령이 내리셨다. 말세라 하지만 어찌 우리 히에이 산의 주지를 타지로 옮길 수가 있단 말이냐. 두고두고 슬퍼해야 할 일일지니 그렇다면 내가 여기 있다 한들 무슨 소용이 있겠느냐?" 하며 좌우의 소매로 얼굴을 가리고 눈물을 줄줄 흘리는 것이었다. 이를 본 노승들이 수상쩍은 생각이 들어 "진정 주젠지 신령의 탁선이시라면 우리가 증표가 될

---

8 불교에서 제자를 가르칠 만한 덕을 갖춘 승려를 이르는 말.

물건을 내놓을 테니 그것을 틀림없이 원 주인에게 돌려주십시오" 하며 노승 4~500명이 손안에 지니고 있는 염주를 사당의 마루 위에 집어던졌다. 그러자 이 발광한 아이는 돌아다니며 주워 모으더니 하나도 빠짐없이 원 주인에게 되돌려주는 것이었다. 이를 본 승도들은 신령의 영검에 감동해 모두 합장하며 감격의 눈물을 흘렸다. "그렇다면 어서 가서 되찾아 이곳으로 모셔옵시다"라는 말이 떨어지게 무섭게 구름이 일듯 몰려 내려갔다. 시가(志賀)의 가라사키(辛崎) 호변 길을 따라 내려간 무리가 있는가 하면 야마다(山田), 야바세(矢橋)를 배를 저어 가는 승도들도 있었는데 그리도 위세당당하던 호송사들도 이들을 보더니 모두 사방으로 내빼고 말았다.

승정을 되찾은 승도들은 가까이에 있는 국분사(國分寺)[9]로 향했다. 승정은 크게 놀라 "임금의 역정을 산 자는 해나 달빛조차 쬐지 않는다고 하지 않았소? 하물며 서둘러 도성을 떠나라는 어명이 내렸으니 잠시라도 지체해서는 안 될 터인즉 그대들은 어서 산으로 돌아가도록 하오" 하며 길섶 가까이 나와 말하기를 "내 삼공(三公)의 가문[10]에 태어나 연력사에서 출가한 이래 천태종의 교법을 널리 배우고 현밀양교를 수행하면서 오로지 우리 연력사의 융성만을 생각해왔소. 또 나라를 위해서도 불철주야 기도해왔고 승도 여러분의 육성에도 힘을 써왔으니 히요시의 신령들께서도 틀림없이 지켜보고 계실 것이오. 나는 잘못한 게 없고 죄가 없으니 귀양이라는 중죄를 받았다 해서 세상이나 사람은 물론 신불을 원망할 생각은 없지만 이곳까지 찾아와준 여러분의 고마운 마음을 어떻게 갚아야 할지……" 하며 정향(丁香)나무 잎으로 물들인 승복[11] 소매를 눈물로 훔

---

9 고대에 전국 각지에 세워진 관립 사찰.
10 태정대신과 좌우대신을 배출한 집안.

뻑 적시니 승도들도 모두 따라 울었다. 그래도 일부 승도들이 탈것을 갖다 대며 "어서 타셔야 합니다" 하고 권하자 "전에야 삼천 승도의 주지였으나 이제는 이처럼 유배를 떠나는 몸이니 어찌 귀한 학승들과 지혜 깊은 승도들이 메는 가마를 타고 산을 오를 수가 있겠나. 오른다 해도 짚신인지 뭔지 하는 것을 신고 자네들과 같이 걸어서 오르겠네" 하며 타려 하지 않았다.

바로 그때 계정방(戒淨坊)에 사는 유케이(祐慶) 아사리가 큰소리로 "길을 비키시오" 하고 외치면서 승도들을 헤치고 나왔다. 원래 힘깨나 쓰는 사람으로 7척 장신에다 검은 물을 들인 가죽에 철판을 댄 갑옷을 걸치고 투구는 벗어 다른 승려에게 들린 채 나무 자루의 협도를 지팡이 삼아 짚고 있었는데 승정이 있는 데로 쓱 다가오더니 고리 같은 눈을 부릅뜨고 한참 노려보다가 "그런 생각을 하니까 이런 꼴을 당하시는 거 아닙니까. 어서 타셔야 합니다" 하고 을러대자 승정은 겁이 나 황급히 가마에 올랐다. 주지를 다시 모실 수 있게 된 승도들은 너무도 신이 나 잡역승이 아닌 덕이 높은 학승들이 가마를 메고 환성을 지르며 산을 오르는데 다른 사람들은 다 교대를 해도 유케이만은 처음 잡은 가마채를 놓지 않았다. 협도와 가마채를 모두 부서져라 힘주어 쥐고 달리는데 그리도 험난한 히에이 산의 동쪽 고개를 평지 지나듯 넘어 동탑(東塔)[12]으로 향했다.

승도들은 대강당 뜰에 가마를 내려놓고 또 회의를 열었다. 그 중에는 "우리는 아와즈로 나가 주지 스님을 되찾아 모셔왔소. 허나 이미 임금의 진노를 사 귀양길에 오른 분을 중도에서 탈취해 주지로 다시 모셔온다는 게 어떨지 모르겠소"라는 회의적인 의견도 없지 않았다. 그러자 유케이가

---

11 다갈색으로, 최고위의 승려가 입었다.
12 연력사의 중심 도량인 근본중당(根本中堂)이 있는 사역(寺域).

아까처럼 나서더니 "이곳은 일본의 둘도 없는 영지요, 진호국가(鎭護國家)의 도량으로, 히요시 신령의 위광 또한 흘러넘쳐 불법과 왕법이 호각을 이루는 곳이오. 승도들의 식견도 남달라 말단 승려라 할지라도 세상 사람들이 가벼이 보지 못했소. 하물며 주지란 지혜가 높아 삼천 승도들을 이끌고 덕행이 깊어 수계(受戒)의 스승이신 분이오. 그런데 죄도 짓지 않았는데 죄를 뒤집어썼으니 우리 절과 온 도성 사람들이야 분개하지만 숙적인 흥복사와 원성사에서는 비웃고 있지 않겠소? 현밀을 겸한 주지를 잃게 되면 저 많은 학승들이 형설의 공을 게을리할까 봐 걱정이오. 결국 이 유케이가 이번 일의 주모자로 지목받아 투옥, 유배되고 참수당하겠지만 이야말로 이승에서의 명예요 저승에서의 추억이 될 것이오" 하며 두 눈에서 뚝뚝 눈물을 흘리며 우는 것이었다. 이를 본 모든 승도들이 지당한 말이라며 고개를 끄덕였다. 이후 승도들은 모두 유케이를 '뚝심 스님'이라 부르게 되었고, 그의 제자 에케이(惠慶)는 '작은 뚝심 스님'이라 불리었다.

　승도들은 메이운 승정을 동탑의 묘광사(妙光寺)에 모셨다. 뜻밖의 재액은 신불이 환생한다 한들 피하기 힘들다고 하는데 다음 이야기는 그 좋은 예이다. 옛날에 당나라의 일행(一行) 아사리는 현종 황제의 기도승이었는데 양귀비와의 사이에 헛소문이 나돌았다. 예나 지금이나 대국이건 소국이건 간에 사람의 입이란 시끄럽기 짝이 없고 허황된 것이지만 그 혐의로 인해 과라국(果羅國)으로 귀양을 가게 되었다. 과라국으로 가는 데는 세 갈래의 길이 있어, 임금이 납시는 길인 윤지도(輪池道)와 일반인이 지나는 길인 유지도(幽地道), 그리고 중죄인을 보내는 길인 암혈도(暗穴道)로 나뉘어 있었는데, 일행 아사리는 대죄를 지은 사람이라 암혈도로 보냈다. 7일 밤낮을 해나 달도 못 보고 지나야 하는 길이었다. 깜깜

한 데다가 다니는 사람도 없어 계속 헤매기만 할 뿐인 이 길은 수목이 울창한 깊은 산길이었다. 이따금 계곡에서 들려오는 새 우는 소리 때문에 일행의 젖은 승복 소매는 마를 겨를이 없었다. 그러자 하늘은 죄도 없는데 귀양이라는 중죄에 처해진 것을 불쌍하게 여기시고 하늘에 구요성(九曜星)[13]을 빛나게 해 일행을 지키셨다. 그때 일행은 오른쪽 손가락을 물어뜯어 왼쪽 소매에 구요성의 형상을 옮겨 그렸는데 일본과 중국 두 나라에서 진언종(眞言宗)의 본존으로 모시는 구요 만다라(九曜曼荼羅)[14]가 바로 이것이다.

---

13 일(日), 월(月), 화(火), 수(水), 목(木), 금(金), 토(土)의 칠요성(七曜星)에 나후성(羅睺星)과 계도성(計都星)을 합친 아홉 개의 별.
14 구요와 그 권속 신들의 모습을 그려 넣은 그림.

사이코 법사의 최후

　한편 연력사의 승도들이 메이운 승정을 탈취해 보호하고 있다는 사실을 전해 들은 상왕은 더욱 심기가 불편해졌다. 이를 본 사이코 법사가 또 나서더니 "연력사의 중들이 방자한 행동에 나선 것은 어제오늘 일이 아니오나 이번 일은 실로 가당치 않은 일이옵니다. 이런 무엄한 짓은 이제껏 들어본 적이 없사오니 큰 벌을 내리시옵소서" 하고 부추겼다. 이제 곧 자신이 죽게 되리라는 것을 알지 못한 채 히요시 신령의 신벌(神罰)도 두려워하지 않고 또 이런 소리를 해서 임금의 마음을 혼란케 한 것이었다. 신하가 참언을 하면 나라가 어지러워진다고 했는데 틀린 말이 아니어서 방초가 우거지려 하면 가을바람이 이를 방해하고 군왕이 현명하고자 하면 간신이 이를 가로막는다는 말[15]은 바로 이를 두고 한 것이었다.
　상왕이 이 문제를 나리치카 경 이하 측근 신하들과 상의하고 곧 연력사를 칠 것이라는 소문이 돌자 승도들 중에는 왕토(王土)에 태어나 번번이 왕명을 거역해서는 안 된다며 상왕의 명에 따르려는 사람들도 있었다.

---

15 『제범(帝範)』.

그런 말이 들려오자 히에이 산의 묘광방(妙光坊)에 머물고 있던 메이운 승정은 승도들의 생각이 두 갈래로 나뉘고 있음을 알고 불안한 듯 "이제 또 무슨 변을 당하게 될 것인지" 하고 한숨만 내쉬고 있었으나 다시 귀양을 보내라는 어명은 없었다.

나리치카 경은 승도들이 소동을 벌이는 바람에 다이라 일문 타도라는 개인적인 숙원 사업은 잠시 뒤로 미루어두고 있었다. 그러나 거사를 위한 계획이나 준비를 그리도 은밀하고 빈틈 없이 추진해왔건만 철석처럼 믿고 있던 다다 노 유키쓰나가 이번 거사는 결국 허사로 돌아갈 것이라는 결론을 내리고 말았다. 반란이란 힘의 뒷받침 없이 의기만으로는 성공할 수 없다고 판단했기 때문이었다. 나리치카 경이 활줄 주머니 감으로 쓰라고 보내온 천을 내갑의나 홑옷으로 만들어 가솔이나 부하들에게 나누어주고 자신은 눈만 끔벅거리며 골똘히 생각에 잠겨 있었는데, 다이라 일문이 뻗어나가고 있는 기세를 보면 아무래도 지금은 쉽게 무너뜨릴 수 있을 것 같지 않았다. 상황이 이러한데 쓸데없는 일에 말려들고 말았다는 생각과 함께 만약 이 사실이 새어나갔다가는 맨 먼저 죽는 것은 자기가 될 테니 다른 사람 입에서 새기 전에 배반을 해서 목숨을 구해야겠다고 생각하게 된 것이었다.

5월 29일, 밤이 이슥해져 유키쓰나는 니시하치조의 기요모리 공 저택을 찾아갔다. "유키쓰나가 긴히 드릴 말씀이 있어 왔나이다" 하고 알리자 기요모리 공은 "평소 안 오던 자가 찾아오다니 무슨 일이라더냐? 용건을 물어보아라" 하며 모리쿠니(盛國)[16]를 내보냈다. 그러나 유키쓰나가 사람을 통해서는 말할 수 없는 내용이라고 우겨 그렇다면 어디 한번 만나

---

16 다이라 일문의 중신.

보자며 몸소 중문 복도까지 걸어 나왔다. "밤이 꽤 깊었는데 이 시각에 어인 일인가? 무슨 일이라도 있는가?" 하고 물으니 유키쓰나는 "낮에는 사람 눈이 많아 야음을 틈타 오느라고 이리됐습니다. 요새 상왕궁 사람들이 무기를 마련하고 군사를 모으고 있는데 그 이유를 들으셨습니까?" 하고 물었다. 기요모리 공은 "글쎄, 상왕께서 연력사를 치르려고 그런다고 듣고 있네만" 하고 대수롭지 않게 대꾸했다. 그러자 유키쓰나가 가까이 다가가 조그만 소리로 "그게 아닙니다. 순전히 대감 일문을 노린 것입니다" 라고 속삭이자 기요모리 공은 "그렇다면 상왕께서 알고 계시는 일인가?" 하고 물었다. 유키쓰나는 "물론입니다. 집사인 나리치카 경이 상왕 명이라며 군사를 모으고 있습니다" 하고 일러바친 다음 슌칸이 무슨 짓을 하고, 야스요리가 무슨 소리를 했으며, 사이코 법사가 어찌했는지 자초지종을 실제 이상으로 부풀려 다 털어놓고 나서 "그럼 소인은 이만 물러가겠습니다" 하고 나갔다. 그러고는 혹시 자기를 증인으로 불러 세우지 않을까 겁이 나 마치 들판에 불을 지른 사람처럼 아무도 쫓아오지 않는데도 바지의 좌우 자락을 접어 아귀에 끼우고는 급히 문밖으로 내빼고 말았다.

대경실색한 기요모리 공이 큰 소리로 고함지르듯 측근 무사들을 불러대는데 옆에서 듣고 있기 민망할 지경이었다. 우선 사다요시(貞能)[17]를 불러 "우리 집안을 무너뜨리려는 역적 놈들이 장안에 가득한 모양이다. 일문 모두에게 알리고 군사를 소집하라" 하고 명하니 사다요시는 말을 달려 소집에 나섰다. 우대장 무네모리 경, 삼위중장 도모모리 경, 시게히라, 유키모리 이하 모두가 완전 무장을 하고 달려오고 그 밖의 군세도 구름이 몰려오듯 말을 몰아 모여들어 그날 밤 안으로 니시하치조에는 6~7천은

---

17 기요모리의 심복.

되어 보이는 병력이 집결했다.

날이 밝으니 6월 1일이었다. 아직 완전히 날이 밝지도 않았는데 기요모리 공은 의금부의 아베 노 스케나리(安倍資成)를 불러 "서둘러 상왕궁으로 가서 대선대부(大膳大夫) 노부나리(信業)를 불러내 '측근들이 우리 일문을 무너뜨리고 천하를 어지럽히려는 음모를 꾸미고 있어 죄다 잡아들여 심문하고 처형할 것인즉 상왕께서도 그리 아시고 나서지 마시기 바랍니다' 하고 상왕께 아뢰라고 하여라" 하고 시켰다. 스케나리가 서둘러 상왕궁으로 달려가 노부나리를 찾아 이 말을 전하니 얼굴색이 변했다. 상왕 앞에 나아가 이 말을 전하니 상왕은 속으로 '아뿔싸, 그 사람들이 은밀히 도모해온 일이 새어나간 것이로구나' 하며 뜨끔했으나 내색은 않고 "헌데 이게 무슨 일이란 말이냐?"라고만 할 뿐 확실한 답은 하지 않았다. 스케나리가 급히 되돌아와 기요모리에게 이를 전하니 "그것 보아라. 유키쓰나가 한 말이 사실이로구나. 그자가 귀띔해주지 않았더라면 무사하지 못할 뻔했구나" 하며 히다(飛驒) 태수 가게이에(景家), 지쿠고(筑後) 태수 사다요시(貞能)에게 지시해 모반을 꾀한 자들을 잡아들이라고 명했다. 말이 떨어지기 무섭게 두 사람은 각각 200여 기와 300여 기를 거느리고 곳곳을 돌며 덮쳐 빠짐없이 체포했다.

기요모리는 먼저 나카노미카도카라스마루(中御門烏丸)에 있는 나리치카 경의 집에 하인을 보내 상의할 일이 있으니 급히 들라 하자 나리치카는 모사가 들통이 나 그러는 줄은 꿈에도 생각지 못하고 "아하, 이건 상왕께서 연력사를 치려고 계획 중인 것을 중지시키려고 그런 게로군. 화가 많이 나셔서 무슨 수를 써도 안 될 텐데" 하며 채비를 하는데 부드럽고 질 좋은 감으로 만든 외출복을 맵시 있게 차려입고 산뜻한 우차에 올라 하인도 서넛씩 대동하는 등 시종이며 탈것에 이르기까지 평소보다 신경을 많이 쓰고 문을 나서는데 이게 마지막이 될 줄은 꿈에도 알 리 없었다. 니시하치조 가까이 와 둘러보니 거리마다 군사들로 가득 차 "엄청난 병력인데 도대체 무슨 일이람" 하고 생각하며 가슴을 두근거렸다. 우차에서 내려 문 안으로 들어가자 그 안에도 병사들이 발 디딜 틈도 없이 그득했다. 중문 입구에 이르자 우락부락하게 생긴 무사들이 떼 지어 몰려 있다가 나리치카의 양 손을 잡아채며 안에다 대고 "포박하오리까?" 하고 묻는 것이었다. 그러자 기요모리 공이 주렴을 걷고 나오면서 "그럴 필요는 없다"고 하자 무사 열네댓 명이 나리치카의 전후좌우를 에워싸더니 툇마루 위로 끌어올려 어느 방에다 가둬버리고 말았다. 나리치카는 마치 꿈을 꾸고 있는 것 같아 뭐가 뭔지 종잡을 수가 없었다. 함께 온 시종들은 사람에 밀려 뿔뿔이 흩어지고 말았고 하인과 몰이꾼은 얼굴이 새파래져 우차를 버리고 내빼고 말았다. 그러던 중에 모의에 가담한 렌조(蓮淨), 슌칸(俊寬), 모토카네(基兼), 마사쓰나(正綱), 야스요리(康賴), 노부후사(信房), 스케유키(資行) 등도 체포되어 끌려왔다.

사이코 법사는 다이라 일가의 움직임이 심상치 않다는 말을 듣자 모의와 관련된 일임을 직감하고 말을 채찍질해 상왕궁으로 달려가다가 도중에 그만 다이라 일문의 무사들과 마주치고 말았다. 무사들이 "기요모리 대감께서 찾으시니 어서 갑시다" 하고 에워싸자 사이코 법사는 "아뢸 말씀이 있어 지금 상왕궁에 가는 길이니 내 이따 감세"라고 둘러댔으나 무사들은 "이 가증스런 중놈 보게. 무슨 소릴 아뢰겠다는 거야. 이대로 보냈다간 큰일 나겠군" 하며 잡아 끌어내려 꽁꽁 묶고는 말에다 매달고 니시하치조까지 끌고 가 처음부터 주모자로 가담한 자라 특히 세게 묶어 안뜰에다 꿇어앉혔다. 기요모리 공은 마루 위에 서서 "나를 죽이려고 음모를 꾸민 자의 가엾은 말로로구나. 그놈을 이리 끌고 오너라" 하고 사이코 법사를 툇마루 끝으로 끌고 오게 한 다음 신발을 신은 채로 얼굴을 지근지근 밟으면서 "내 애당초 상왕께서 너같이 비천한 출생을 데려다가 쓰시고 또 맡겨서는 안 될 관직을 내리시는 것을 보고 부자 모두에게 과분한 처사라고 생각했는데 아니나 다를까 죄도 없는 연력사 주지를 귀양 보내 평지풍파를 일으키더니 결국은 우리 일문을 멸하려고 모사까지 했단 말이냐? 사실대로 불어라, 이놈" 하고 욕을 퍼부었다. 사이코 법사는 원래 몹시 담이 큰 사람이라 전혀 안색도 변하지 않고 주눅이 든 기색도 없이 바로 앉더니 껄껄 웃으며 말하기를 "어이가 없소이다. 기요모리 대감이야말로 분수에 넘치는 말씀을 하고 계신 게 아니오? 다른 사람 앞이라면 모를까 이 사이코가 듣고 있는 데서 그런 말씀을 하실 수 있소이까? 집사인 나리치카 경이 어명이라며 군사를 모으는데 상왕궁에서 일하는 몸이 어찌 참여하지 않겠다고 할 수 있단 말이오? 내 분명히 참여했소이다. 하지만 그냥 듣고 넘기기 어려운 말씀을 하시는구려. 대감께선 형부경(刑部卿) 다다모리의 아들로 태어나 열네댓이 될 때까지 벼슬도 하지 않고 고(故) 이에나리(家成) 경 집에 출입하여 입방아 찧기 좋아하는 장안의 한량들이 촌놈이라고 놀리지 않았소? 호엔 연간에 대장군이 되어 해적 떼 삼십여 명을 잡아 바친 공으로 사위(四位)에 오른 것만 해도 과분한 처사라고 당시 사람들이 입을 모았던 일이오. 승전도 윤허받지 못하던 부친을 둔 사람이 태정대신 자리에까지 올랐으니 이게 과분한 게 아니면 뭐가 과분하다는 말이오? 하급 무사 계급 출신이 수령이나 의금부의 관헌이 된 것은 선례나 관례가 없는 것도 아닌데 뭐가 과분하단 말이오?" 하고 거침없이 내뱉으니 기요모리 공은 너무 화가 치밀어 한동안 말도 하지 못했다. 한참 있다 "저놈의 목은 간단히 베지 말고 단단히 맛을 보여준 다음 처분하라"고 지시했다. 시게토시(重俊)가 명을 받아 손발을 조이고 온갖 수단을 동원해 고문을 가하며 심문했다. 사이코는 원래 죄를 감출 생각이 없었던 데다가 고문이 너무 독해 일체를 불고 말았다. 그 자백 내용을 4~5매의 종이에 적어 기요모리 공에게 올리자 바로 "그놈의 입을 찢어라"라는 명이 내려 입을 찢은 다음 고조(五條) 거리로 끌고 가 참수했다. 오와리의 이토다에 귀양 가 있는 큰아들 모로타카는 그 지방 사람인 고레스에(維季)를 시켜 죽이고, 옥에 들어가 있던 둘째 아들 모로쓰네는 옥에서 끄집어내 로쿠조(六條) 둔치[18]에서 목을 뺐다. 그리고 셋째 아들과 심복 셋도 마찬가지로 목을 뺐다. 이는 모두 하잘것없는 사람들이 출세하더니 나서서는 안 될 일에 나서는가 하면 아무 죄도 없는 승정을 귀양 가게 했기 때문에 이승의 복이 다하고 히요시 신령의 신벌을 받아 이렇게 된 것이었다.

---

18 교토의 고조(五條)와 로쿠조(六條) 사이의 가모(鴨) 강변 일대로 죄인의 처형지였다.

훈시

　한편 방에 갇힌 나리치카 경은 땀을 비 오듯 흘리면서 "아뿔싸, 이건 그동안의 모사가 샌 것이 틀림없구나. 누가 불었을까? 아마 틀림없이 북면 무사 놈들 중의 하나일 게야" 하며 이 생각 저 생각을 다 하고 있는데 뒤쪽에서 요란한 발소리가 들려왔다. 이제 나를 죽이려고 군사들이 오는 모양이로구나 하고 체념을 하고 있는데 기요모리 공 본인이 마루를 요란하게 밟으며 오더니 뒤쪽 장지문을 휙 열어젖혔다. 짤막한 흰 비단 상의에 흰 바지가 발을 덮도록 내려온 차림에다 장식도 없는 칼을 아무렇게나 꽂고서 나리치카를 한참 노려보더니, "그대는 원래 헤이지 정변 때 벌써 죽었어야 하는 것을 시게모리가 자기 목숨을 걸고 말리는 바람에 목을 붙여둔 것인데 도대체 무슨 원수를 졌다고 우리 일문을 무너뜨리려는 음모를 꾸몄단 말이오? 은혜를 아는 것을 사람이라 하고 은혜를 모르는 것을 짐승이라 하지 않소. 다행히 우리 집안의 운이 다하지 않아 그대를 이리로 잡아올 수 있었던 것이니 그간 꾸며온 음모의 자초지종을 어디 직접 들어봅시다" 하고 추궁했다. 나리치카가 "절대로 그런 일은 없습니다. 누군가가 중상을 한 것이겠지요. 잘 조사해보시기 바랍니다" 하고 둘러대자 기요모리 공은 "게 누구 없느냐. 게 누구 없느냐"하고 사람을 불렀다. 사다요시가 달려오자 "사이코란 놈의 자백서를 이리 가져오너라"하고 시키더니 자백서를 받아 들고 두세 차례나 반복해 나리치카에게 읽어주면서 "이 괘씸한 놈 같으니라고. 이제 뭐라 변명할 셈이냐?" 하며 나리치카의 면상을 향해 자백서를 획 집어던지고는 장지문을 벼락 치듯 닫고 나갔다. 그래도 화가 안 풀린 기요모리 공이 "쓰네토오와 가네야스는 게 있느냐?" 하고 심복들을 부르자 세노오 노 쓰네토오(瀬尾經遠)와 난바 노 가네야스(難波兼康)가 달려왔다. "저놈을 포박해 뜰에 끌어내려라"하고 명하자 두 사람은 바로 끌어내리려 하지 않고 멈칫멈칫하더니 "시게모리 대감께선 어찌 생각하실지……" 하고 눈치를 살피는 것이었다. 그러자 기요모리 공은 벌컥 화를 내며 "알았다. 네놈들은 시게모리의 명은 어렵게 알고 내 말은 우습게 여긴단 말이지. 그렇다면 할 수 없지"하고 다른 사람을 부르려 하자 두 사람은 이러다가는 안 되겠다 싶었는지 일어나 나리치카를 뜰에 끌어내렸다. 그제야 기요모리 공은 기분이 풀린 듯 "팔을 비틀어 내리누르고 따끔한 맛을 보여주어라"라고 명하니 두 사람은 나리치카의 양 귀에 입을 갖다 대고 "좌우지간 비명을 크게 지르십시오"하고 속삭이고는 비틀고 눌러댔다. 나리치카는 악을 쓰며 온갖 비명을 질러대는데 그 모습은 마치 염라청에서 사바세계의 죄인을 죄과를 다는 저울에 달거나 정파리(淨玻璃) 거울[19]에 비춰서 죄의 경중을 따진 후 아방나찰(阿房羅刹)이 혹독히 벌을 가하는 광경보다도 더 끔찍해 보였다. 중국의 고서에 '소하(蕭何)와 번쾌(樊噲)는 체포되고 한신(韓信)과 팽월(彭越)은 살해돼 살이 소금에 절여졌으며, 조조(鼂錯)는 참수되고 주발(周勃)

---

19 지옥의 염라대왕청에 있다는 거울로, 망자가 이 앞에 서면 생전의 죄업이 다 나타난다고 한다.

과 두영(竇嬰)은 벌을 받았다'[20] 라는 말이 보이는데 한 고조(高祖)의 충신이었던 소하, 번쾌, 한신, 팽월 등이 소인배의 참언에 의해 화를 입고 욕을 당했다는 것도 바로 이와 같은 일을 두고 한 말이었던 모양이다.

　나리치카는 이런 와중에도 장남인 나리쓰네(成經) 이하 어린것들이 어떤 고초를 겪게 될지를 생각하니 걱정이 태산 같았다. 덥기도 한 유월에 의관을 늦추지도 못해 더위를 참기 힘든 데다가 가슴은 미어질 것 같아 땀과 눈물이 비 오듯 흘러내렸다. '아무려니 시게모리 공이 모른 체하지는 않겠지' 하는 생각도 있었으나 누구를 통해 말을 전해야 좋을지 알 수 없었다.

　시게모리는 그로부터 한참 시간이 지난 후 근위무관 네댓 명과 호위무관 두셋 외엔 병사 하나도 없이 큰아들 고레모리(維盛)를 우차에 태우고 느긋하게 모습을 드러냈다. 기요모리 공을 비롯해 그 자리에 있던 모두가 의아한 얼굴을 하고 지켜보는 가운데 우차에서 내리자 사다요시가 불쑥 다가가 "이런 큰일이 발생했는데 왜 군사를 데려오지 않으셨습니까?" 하고 따지듯 물었다. 그러자 시게모리는 "무릇 큰일이란 천하의 대사를 이름이지 이런 사적인 일을 어찌 대사라 할 수 있단 말이냐?" 하고 따져 물었다. 이 말에 무장을 갖추고 나온 사람들은 모두 머쓱해지고 말았다. 시게모리는 "그건 그렇고 나리치카 경을 어디에 모셨느냐?" 하며 이 방 저 방의 문을 열어가다 보니 장지문 위에 나무로 십자를 쳐놓은 방이 하나 있었다. 여기로구나 싶어 열어보니 아니나 다를까 나리치카가 앉아 있는데 눈물이 범벅이 된 채 고개를 푹 숙이고 눈도 들지 못하는 것이었다. "별일 없으시오?" 하고 물으니 그제야 시게모리를 알아보고 반가

---

20 『문선(文選)』.

위하는데 지옥에서 죄인들이 지장보살(地藏菩薩)을 보고 기뻐한다는 게 이런 모습인가 싶을 만큼 애처로워 보였다. "무슨 일인지 모르겠으나 이런 꼴이 됐습니다. 이렇게 와주시니 어찌 됐건 살려주실 걸로 믿습니다. 헤이지 정변 때도 다 죽게 됐었으나 덕분에 목이 붙어 정이위(正二位) 대납언으로 승진도 하고 나이도 마흔을 넘겼으니 그 은혜야 내세에도 다 갚을 길이 없을 것이나 이번에도 전처럼 이 쓸모없는 목숨을 꼭 구해주시기 바랍니다. 살려만 주시면 머리를 깎고 출가하여 고야(高野) 산이건 고카와(粉河) 산이건 간에 틀어박혀 오로지 내세의 보리(菩提)만을 위해 몸을 바치겠습니다" 하고 애걸했다. 시게모리는 "아무려니 목숨을 해하기까지야 하시겠습니까? 설사 그렇다 해도 내가 여기 온 이상 목숨은 구해드리겠소" 하고 달래놓고 밖으로 나왔다. 그러고는 부친 앞에 나아가 "나리치카 경을 죽이는 일은 신중히 처리하셔야 합니다. 그의 선조 수리대부(修理大夫) 아키스에(顯季)가 시라카와 상왕을 모신 이래 그 집안에서 정이위 대납언에 승진한 건 나리치카 경이 처음인 데다가 지금은 상왕께서 둘도 없이 총애하는 사람이니 금방 목을 치는 건 어떨지 모르겠습니다. 도성 밖으로 추방하면 충분하지 않겠습니까? 옛날에 미치자네(道眞) 공은 좌대신 도키히라(時平)의 참언에 의해 좌천돼 서해 바다 위에 명예롭지 못한 이름을 남겼고, 다카아키라(高明) 공도 다다 노 만주(多田滿仲)의 참언 때문에 좌천당해 산요도(山陽道)²¹ 지방의 구름 위에 한을 남겼습니다. 이는 성군이라 기리는 다이고(醍醐)와 레이제이(冷泉) 두 임금께서 잘못하신 것인데 옛날에도 이랬거늘 말세인 지금이야 말해 무엇하겠습니까? 또 현왕께서도 실수를 하시는데 하물며 범인이야 어떻

---

21 본토 남부의 태평양에 면한 지역. 하리마(播磨), 미마사카(美作), 비젠(備前), 빗추(備中), 빈고(備後), 아키(安藝), 스오(周防), 나가토(長門) 등 8개 고을.

겠습니까? 이미 붙들어다 놓았으니 서둘러 죽이지 않는다고 무슨 일이 있겠습니까? 옛글에도 '죄가 의심스러울 때는 벌을 가볍게 하고 공이 의심스러울 때는 상을 무겁게 하라'[22]는 말이 있습니다. 게다가 새삼스럽게 말씀드리기도 뭐합니다만 소자는 나리치카 경의 처남이고 고레모리는 사위가 아닙니까? 가까운 관계라 이런 말을 한다고 여기실지 모르지만 그렇지 않습니다. 세상을 위하고 임금을 위하고 집안을 위해 말씀드리는 것입니다. 우리나라에서는 사가(嵯峨) 임금 때 역신(逆臣) 후지와라 노 나카나리(藤原仲成)를 주살(誅殺)한 이후 호겐 연간에 이르는 도합 이십오대 임금 치세 기간 동안 사형을 시행하지 않았는데 신제이(信西)가 권력을 휘두르면서 처음으로 사형을 집행하여 이미 죽은 요리나가(賴長) 공의 시체를 파내 신원을 확인한 것은 너무 지나친 처사였습니다. 그렇기 때문에 옛 사람들도 사형을 시행하면 나라 안에 역모를 꾀하는 자가 끊이지 않는다고 했던 것인데 이 말대로 호겐 정변이 일어나고 이 년도 안 돼 헤이지 때 다시 정변이 일어나자 목만 내놓고 묻혀 있던 신제이를 파내 목을 자르고 장안 대로에 조리돌린 후 효수시켰습니다. 호겐 때 자신의 명에 의해 행해진 형벌이 얼마 지나지 않아 본인에게 집행된 것을 생각하면 등골이 오싹해집니다. 나리치카 경은 이렇다 할 역적도 아니고 하니 부디 신중히 처리하셔야 할 것입니다. 아버님이 누리시는 영화야 충분하여 여한이 없으시겠지만 자자손손에 이르기까지 번영해야 바람직한 것 아니겠습니까? 조상이 행한 선악은 반드시 자손에 영향을 미친다고 합니다. 또 선을 쌓은 집에는 반드시 경사스런 일이 있으나 악을 쌓은 집에는 꼭 재앙이 미친다고도 합니다. 아무리 생각해도 오늘 밤 목을 자르는 것

---

22 『상서(尙書)』.

은 좋지 않습니다" 하고 설득하니 기요모리 공도 일리 있는 말이라 여겼는지 나리치카를 사형에 처하는 것은 그만두었다.

　그 후 시게모리는 중문을 나와 무사들을 모아놓고 "아버님 말씀이라 하여 나리치카 경을 함부로 죽여서는 아니 된다. 화 때문에 성급한 짓을 하셨다가는 뒤에 꼭 후회하게 될 테니 너희도 잘못했다가 다음에 나를 원망하는 일이 없도록 하라"고 이르니 무사들은 모두 부들부들 떨며 두려워하였다. 그런 다음 시게모리가 "오늘 아침 쓰네토오와 가네야스가 나리치카 경을 인정사정 보지 않고 다룬 것은 아무리 생각해도 괘씸하기 짝이 없구나. 왜 내가 나중에 알게 될 것을 두려워하지 않았단 말이냐? 시골 무사들이란 이래서 탈이라니까" 하고 역정을 내자 쓰네토오와 가네야스는 둘 다 어찌할 바를 모르고 벌벌 떨었다. 시게모리는 이렇게 훈시를 한 다음 집으로 돌아갔다.

　한편 나리치카 경을 호종했던 하인들이 집으로 달려 돌아와 자초지종을 고하자 부인과 시녀들은 모두가 목 놓아 울었다. "금세 병사들이 닥칠 것입니다. 큰 도련님이신 나리쓰네 소장을 비롯해 어린 아기씨도 체포될 것이라는 소문입니다. 어서 어디로든 몸을 피하십시오" 하고 권하자 부인은 "이리됐는데 혼자만 무사히 살아남아 무엇 하겠소? 그저 대감과 함께 하룻밤의 이슬처럼 사라지는 게 소원이오. 오늘 아침의 작별이 마지막이 될 줄 꿈에도 생각 못한 게 서글플 따름이오" 하며 엎드려 몸부림치며 흐느꼈다. 그러나 이미 병사들이 가까이 와 있다는 말이 들리는지라 이러다가 수치스럽고 어이없는 일을 당하면 감당하기 힘들 것 같아 열 살 난 딸과 여덟 살 난 둘째 아들을 우차에 태워 갈 곳도 정해놓지 않고 무작정 출발했다. 그러나 그냥 정처 없이 앞으로만 갈 수만도 없어 오미야(大宮) 대로를 북상해 기타야마(北山) 근처에 있는 운림원(雲林院)[23]으로 들어갔다. 우차를 몰고 온 종자들은 근처에 있는 승방에 부인 일행을 내려놓자 자기들 형편도 급한지라 하직 인사를 하고 돌아갔다. 이제 어린것들 외에는 말을 나눌 사람도 없이 외톨이가 되고 만 부인의 심중이 어떠했을지는 헤아리고도 남았으니 가슴 아픈 일이 아닐 수 없었다. 저물어가는 노을을 바라다보다가 대감의 덧없고 이슬 같은 목숨이 오늘 밤 중으로 사라지게 되리라는 생각이 들자 자신의 몸도 이내 스러질 것만 같았다.

나리치카 경의 집에는 시녀며 하복들이 많았으나 이제 집 안을 정리하는 사람도 없고 문을 잠그는 사람도 없었으며 마구간에는 말이 가득했으나 여물을 주는 사람 하나 없었다. 날마다 동이 트기 무섭게 말과 우차가 대문가에 즐비하게 늘어서고 내빈들이 줄을 지어 몰려와 떠들고 춤추며 세상 무서운 줄 모르고 소란을 떨어도 바로 어제까지 근처 주민들은 크게 항의도 못하고 무서워서 벌벌 떨었는데 하룻밤 사이에 딴판으로 바뀌고 말았으니 성자필쇠(盛者必衰)의 도리가 바로 눈앞에 드러난 셈이라, '즐거움이 다하면 슬픔이 찾아온다'고 읊었던 오에 노 도모쓰나(大江朝綱)의 시구[24]가 저절로 떠오르지 않을 수 없었다.

---

23 교토 시 북부의 무라사키노(紫野)에 있었던 천태종 사원.
24 『화한낭영집(和漢朗詠集)』 하권.

구명(求命)

　　나리치카 경의 장남인 나리쓰네 소장(少將)은 전날 밤 마침 상왕궁에서 숙직을 하고 아직 퇴청하기 전이었다. 부친의 하인들이 부리나케 말을 몰아 궁으로 달려와 있었던 일을 고하자 "그렇다면 왜 장인어른한테서 아무런 연락이 없었을까?" 하고 걱정을 하고 있는데 바로 그때 장인에게서 전갈이 왔다. 장인이란 다름 아닌 기요모리 공의 동생 노리모리(敎盛)로서 집이 로쿠하라의 대문 안에 있었기 때문에 사람들은 그를 '문안 대감'이라 불렀다. 전갈의 내용은 '도대체 무슨 일인가? 형님께서 빨리 자네를 데리고 들어오라는 명령일세'라는 것이어서 사태를 파악한 소장은 상왕을 가까이서 모시는 지밀상궁들을 불러 "어젯밤 왠지 도성 안이 어수선하기에 또 연력사 중들이 산에서 내려온 모양이라며 남의 일처럼 생각하고 있었는데 바로 나와 관련된 일이었소. 아버님께서 어젯밤 처형당하셨을 것이라고 하는데 이 몸도 같은 죄가 될 것 같소. 다시 한 번 어전에 나아가 마마를 뵙고 싶으나 이제 이런 신세가 되고 말았으니 망설여지는 구려" 하고 털어놓았다. 상궁들이 어전에 나아가 이 사실을 아뢰자 상왕은 크게 놀라 '역시 그랬구나. 오늘 아침 기요모리가 사람을 보내 이미

짐작은 하고 있었다만 이들이 은밀히 도모해온 일이 새어나간 게로구나'
하는 생각이 들어 참담하였다. "어쨌든 이리 들라 하라" 하여 소장은 어
전에 들었다. 상왕이 눈물만 흘리며 아무 말이 없자 소장도 목이 메어 말
이 나오지 않았다. 한참 지나 언제까지 그러고 있을 수만도 없어 소장은
옷소매로 얼굴을 가리고 울면서 어전을 물러나왔다. 상왕은 멀어져가는
그 뒷모습을 물끄러미 지켜보다가 "말세가 원망스럽구나. 이게 마지막으
로 다시는 못 보게 된다는 말이냐" 하며 눈물을 참지 못했는데 망극할 따
름이었다. 상왕궁의 사람들은 소장의 소매를 부여잡고 옷자락에 매달리
며 이별이 아쉬워 울지 않는 이가 없었다.

　소장이 장인의 집에 도착해보니 만삭의 몸인 소장의 아내는 몸도 무
거운 데다가 아침부터 남편이 체포될 것이라는 소식을 듣고 비탄에 잠겨
금방이라도 숨이 넘어갈 것 같은 상태였다. 소장은 궁을 나설 때부터 눈
물이 마르지 않았는데 아내의 그런 모습을 보니 더욱 감당하기 힘들었다.
소장의 유모였던 로쿠조(六條)라는 여인이 있었는데 소장이 돌아오자마
자 달려오더니 "젖을 먹이러 댁에 들어와 도련님을 핏속에서 받아낸 후 흐
르는 세월 속에 나이 먹는 것도 잊고 오로지 도련님이 어엿한 어른이 되는
것만을 낙으로 알고 지내다보니 어느덧 이십일 년이란 세월을 한시도 떨
어지지 않고 모시게 됐습니다. 상왕궁이나 대궐에 입궐하셔서 조금만 퇴
청이 늦어져도 마음이 놓이질 않았는데 이제 무슨 일을 당하실지……"
하며 울부짖었다. 소장이 "너무 슬퍼 마오. 장인이 계시니 무슨 일이 있
어도 목숨만은 구해주실 것이오" 하고 달래봤으나 로쿠조는 남의 이목도
두려워하지 않고 엉엉 울어댔다.

　니시하치조의 기요모리 공에게서 얼른 오라는 전갈이 줄을 잇자 노리
모리는 "좌우지간 가보면 어떻게든 되겠지" 하며 나서니 소장도 차에 동

승해 함께 출발했다. 다이라 일문이 정권을 잡기 시작한 호겐, 헤이지 이래 다이라 일문에게는 기쁨과 번영만 있었을 뿐 근심 걱정이란 없었는데 이 노리모리만이 경망한 사위 때문에 이 같은 걱정거리를 안게 된 것이었다. 니시하치조에 당도해 우선 도착을 알리니 소장은 중문 안에 들어와서는 안 된다는 지시가 있어 근처에 있는 무사 집에 내려놓고 노리모리 혼자서 문 안으로 들어갔다. 그러자 병사들이 어느새 소장을 에워싸고 감시에 들어가니 믿고만 있던 장인과 헤어지게 된 소장은 불안하기 짝이 없었다.

노리모리가 중문으로 들어가 기다리고 있어도 기요모리는 만나려 하지 않았다. 하는 수 없이 그곳에서 일하는 스에사다(季貞)를 통해 "경망한 자와 인척을 맺어 내내 후회하고 있었습니다만 이제 와서 어찌하겠습니까? 그자에게 시집을 보낸 여식이 지금 만삭인데 아침에 이 소식을 듣고 나서부터 목숨이 위태롭습니다. 제가 옆에서 절대로 경거망동하지 못하게 할 테니 소장을 잠시 저에게 맡겨주십시오" 하고 말을 전하게 하니 이 말을 들은 기요모리 공은 "노리모리는 언제나 속없는 소리만 해대는구나" 하며 한참 묵묵부답인 채로 있다가 스에사다에게 "나리치카가 우리 일문을 무너뜨리고 천하를 어지럽히려는 음모를 꾀하였는데 소장은 바로 나리치카의 장남이 아니냐? 연고가 있건 없건 간에 날 달래서 죄를 덜게 할 생각일랑 말아라. 만약 이 역모가 성공했더라면 너도 온전치 못했을 게다" 하고 전하게 하니 이 말을 들은 노리모리는 몹시 낙담한 표정으로 "호겐, 헤이지 이래 수많은 전투를 치를 때마다 형님 대신 목숨을 바칠 각오로 싸워왔고 앞으로 어떤 세찬 바람이 불어와도 제가 먼저 막아낼 각오를 하고 있습니다. 제가 나이는 먹었어도 젊은 자식들이 많이 있으니 한 귀퉁이는 반드시 막아낼 수 있을 것입니다. 그런데도 나리쓰네를 잠시 맡고 있겠다는 부탁을 허락하시지 않는 것은 제가 미덥지 못하다는 말씀

아닙니까? 형님께서 그렇게 못 믿으시겠다면 이 세상 산들 무엇 하겠습니까? 그만 하직인사를 드리고 출가하여 어디 구석진 시골에나 틀어박혀 오로지 내세의 왕생을 위해 수도나 하겠습니다. 세상살이란 참으로 부질없는 것이로구나. 속세에 있기에 바람이 있는 것이고 바라는 것이 있어 한도 생기는 법이니 세상을 버리고 불도로 들어가는 수밖에 없구나" 하고 중얼거렸다. 스에사다가 기요모리 공에게 달려가 "노리모리 어른께서는 출가하실 생각인 모양입니다. 아무래도 선처해드리는 게 좋을 것 같습니다" 하고 전하자 기요모리 공도 이 말에는 깜짝 놀라 "아무리 그렇다고 출가하겠다니 너무하지 않느냐? 그럼 소장은 잠시 맡기겠노라고 전하라" 하고 한발 물러섰다. 스에사다가 달려와 전하자 노리모리는 "아아, 자식이 원수로다. 내 자식과 연이 닿는 일이 아니었더라면 이리 속을 썩이지 않아도 될 것을" 하며 중문을 나섰다.

　　장인을 애타게 기다리던 소장은 노리모리의 얼굴을 보자마자 "어찌 되었습니까?" 하고 다급히 물었다. 노리모리가 "형님께서는 진노하셔서 나를 만나려고도 하지 않으셨네. 절대로 용서 못한다고 하셔서 내가 출가하겠다고 했더니 자네를 잠시 맡고 있으라고 하셨네만 언제까지고 그럴 수는 없을 것 같네" 하고 그간의 경위를 설명하자 이 말을 들은 소장은 "그러면 저는 덕분에 잠시나마 목숨을 부지할 수 있겠군요. 하온데 저의 아버님이 어떻게 되셨는지는 들으셨습니까?" 하고 물었다. 노리모리가 "거기까지는 생각지도 못했네"라고 했더니 소장은 눈물을 뚝뚝 흘리며 "장인어른 덕에 잠시나마 목숨을 부지할 수 있게 된 것은 고마운 일이나 목숨을 아까워한 것은 아버님을 다시 한 번이라도 뵙고 싶었기 때문입니다. 만약 아버님께서 세상을 뜨셨다면 이 부질없는 목숨이 살아 뭣 하겠습니까? 저도 아버님과 같은 장소에서 죽을 수 있도록 말씀드려 주십시오" 하고 우는 것이었다. 노리모리가 괴로운 표정을 지으며 "글쎄, 나는 자네 일만 부탁했지 자네 아버님 일은 생각지도 못했네. 단지 내 듣기로는 오늘 아침 내대신(시게모리)이 극력 나섰다니 자네 아버님도 잠시는 안심해도 될 듯싶네만" 하고 달래자 소장은 눈물을 흘리며 두 손을 꼭 쥐고 기뻐했다. 이를 본 노리모리는 속으로 '자식이 아니면 누가 지금 자기 몸을 제쳐놓고 이리 기뻐할 수가 있단 말인가? 세상엔 많은 인연이 있어도 진짜 인연은 부모 자식 간의 인연이니 있어야 할 것은 자식이로구나'라고 하며 아까 했던 생각을 고쳐먹었다. 그리고 올 때처럼 한 차를 타고 돌아가니 집에서는 시녀들이 죽은 사람이 되살아온 양 한데 모여 모두 기쁨의 눈물을 흘렸다.

간언

　기요모리 공은 그렇게도 많은 사람들을 포박해 놓고도 아직 분이 안 풀렸는지 붉은 비단 내갑의 위에 은으로 장식한 흑색 갑옷을 단단히 조여 입고 협도를 틀어쥔 채 중문 복도에 모습을 드러내니 위풍이 당당했다. 이 협도는 과거 아키 태수 재직 시 이쓰쿠시마(嚴島) 신사[25]를 처음 찾았을 때 비몽사몽 간에 신령이 나타나 내린 것으로 잘 때도 머리맡에 세워 놓고 잠시도 몸에서 떼어놓는 일 없이 소중히 간직해온 물건이었다.
　사다요시를 부르자 지쿠고 태수 사다요시는 밤색 내갑의 위에 주홍빛 갑옷을 입고서 앞에 부복했다. 한참 있다가 기요모리 공은 사다요시를 향해 "사다요시, 이 일을 어찌 생각하느냐? 예전에 스토쿠(崇德) 전 상왕과 당시 주상이셨던 현 상왕이 대립하였을 때 다다마사(忠正) 숙부를 비롯한 우리 일문의 반 이상이 전 상왕 편에 섰었고, 전 상왕의 첫째 왕자인 시게히토(重仁) 대군을 아버님께서 양육시킨 인연도 있고 하여 어느 모로 보나 전 상왕을 저버릴 수 없는 상황이었음에도 불구하고 선대왕(도

25　히로시마 현 사에키(佐伯) 군에 위치하고 있는 신사로, 다이라 일문의 집안 신사적 성격을 띠고 있었다.

바 임금)의 유언을 받들어 현 상왕 편에 서서 선두에서 싸우지 않았느냐? 이것이 첫번째 충성이다. 그 다음 헤이지 원년 십이월에 후지와라 노 노부요리와 미나모토 노 요시토모 일당이 내가 없는 틈을 타 상왕과 주상을 궐내에 가두고 정사를 농단하는 바람에 천하가 잠시 어두워졌을 때도 내가 목숨을 걸고 역도들을 몰아내고 후지와라 노 쓰네무네(藤原經宗)와 고레카타(惟方)를 체포했으니 그동안 현 상왕을 위해 목숨을 잃을 뻔한 적이 한두 번이 아니었다. 그러니 다른 사람이 뭐라 하던 간에 적어도 칠대까지는 우리 다이라 집안을 저버려선 안 될 터인데 나리치카 같은 하찮은 자나 사이코 따위의 천한 것들이 하는 말을 듣고 우리를 멸문시키려 획책하다니 통탄할 일이 아닐 수 없다. 앞으로도 중상하는 무리가 나오면 보나 마나 우리를 치라는 어명을 내리시겠지. 한 번 역도로 몰리고 나면 아무리 후회해도 소용이 없는 법이니 상황이 진정될 때까지 상왕을 도바(鳥羽) 별궁[26]에 가두어 놓거나 아니면 이곳으로 모셔올까 한다. 그리되면 북면 무사 놈들이 가만 있지 않을 테니 군사들에게 그때에 대비하라 일러라. 난 이제 상왕에 대한 충성은 그만두겠다. 말에 안장을 얹고 내 갑옷을 가져오너라" 하고 지시했다.

　이로 인해 니시하치조 일대가 소란해지자 모리쿠니가 급히 말을 몰아 시게모리에게 달려가 "큰일 났습니다" 하고 전하였다. 시게모리는 이 말을 듣자마자 "아니, 벌써 나리치카 경의 목을 베었단 말이냐?" 하고 물었다. "그게 아니옵고 아버님께서 갑옷을 내오라 하시고 병사들은 당장에라도 상왕궁으로 쳐들어갈 채비를 하고 있습니다. 상왕을 일단은 도바 별궁에 유폐시키겠다고 하시지만 내심은 규슈(九州) 쪽에 유배시킬 생각이십

26　지금의 교토 시 후시미(伏見) 구에 있었던 별궁.

니다" 하고 상황을 설명했다. 시게모리는 설마 그런 일이 벌어지리라고는 믿지 않았으나 오늘 아침의 부친의 모습으로 봐서는 그런 어처구니없는 사태가 일어날지도 모른다는 생각이 들자 서둘러 우차를 몰아 니시하치조로 향했다.

문 앞에서 차에서 내려 안으로 들어가 보니 부친 기요모리 공이 갑옷 차림을 하고 있는데 일문의 공경대부 수십 명 또한 각자 색색의 내갑의 위에 갑옷을 착용하고 중문 복도에 두 줄로 앉아 있었다. 그 밖에 각 고을의 수령 및 육위부(六衛部)나 여러 관청의 관인들은 마루에 다 앉지 못해 뜰에까지 가득 늘어서 있었다. 모두들 깃대를 바싹 끌어당기고 말안장의 복대를 힘껏 묶고서 투구를 쓰고 이제 막 출진하려는 모습이었는데 시게모리가 탕건에 평복 차림을 하고 무늬 있는 바지의 좌우 자락은 접어 아귀에 꿴 채 서걱서걱 옷 스치는 소리를 내면서 들어서자 몹시 이상해 보였다.

이를 본 기요모리 공은 눈을 내리뜨고 속으로 "허허, 저 녀석이 또 세상을 우습게 보는 행동을 하고 있군. 내 이번에는 크게 혼을 내줘야겠다" 하고 생각했으나 자기 자식이긴 해도 불도에 있어서는 오계(五戒)를 굳게 지켜 자비를 제일로 하고, 유교에 있어서도 오상(五常)을 깨뜨리지 않고 예의를 바로 지키는 인물인지라, 평복 차림을 하고 있는데 갑옷을 입고 대하기가 뭐했는지 장지문을 살짝 닫고 급히 명주로 지은 승복을 갑옷 위에 걸쳐보았으나 갑옷의 앞가슴 부분이 계속 삐져 나와 이를 가리려고 줄곧 깃을 여며대고 있었다.

시게모리는 동생인 무네모리의 상좌에 앉았다. 기요모리 공도 할 말이 없었고 시게모리도 딱히 드릴 말이 없어 한참 묵묵히 앉아들 있는데 이윽고 기요모리 공이 입을 열었다. "나리치카의 모사는 아무것도 아니더구나. 알고 보니 모두 상왕이 꾸민 것이었다. 사태가 진정될 때까지 상왕을 도바 별궁으로 옮기던지 아니면 이곳으로 모실까 하는데 어찌 생각하느냐?" 하고 물으니 시게모리는 이 말을 듣자마자 엉엉 우는 것이었다. 기요모리 공이 또 무슨 일인가 싶어 어이없다는 얼굴을 하자 시게모리는 눈물을 훔치며 "말씀을 듣고 있자니 아버님도 이제 운이 다하셨다는 생각이 듭니다. 사람의 운명이 기울 때는 반드시 좋지 못한 일을 마음속에 품기 마련입니다. 게다가 지금 아버님의 모습을 뵈오니 완전히 정신이 나가신 것 같습니다. 일본이 비록 변방의 좁쌀만 한 나라라지만 아마테라스(天照) 여신[27]의 자손들이 군주가 되어 다스리고 아마노코야네(天兒屋) 신[28]의 후예인 후지와라 씨가 조정의 국사를 맡아온 이래 태정대신에 보임된 자가 갑주로 무장하다니 상궤에 벗어나는 일이 아니옵니까? 더군다나 아버님께서는 출가하신 몸이십니다. 삼세(三世)[29]의 부처들께서 해탈의 증표로 입으시는 가사를 벗어던지고 느닷없이 갑주를 몸에 걸치고 병기를 손에 드시는 것은 불교의 입장에서 보면 이미 파계의 죄를 범한 것이나 다름없고 유교에서 보자면 인의예지신(仁義禮智信)의 법을 위배하신 것입니다. 아버님을 향해, 나아가 일국의 태정대신을 향해 황공한 말씀이오나 마음속의 생각을 감추고 있어서는 아니 될 것 같습니다. 먼저 세상에 네 가지 은혜가 있사오니 천지의 은혜, 국왕의 은혜, 부모의 은혜, 중생의 은혜가 바로 그것입니다. 이 중에서도 가장 무거운 은혜가 다름 아닌 왕은입니다. 광대한 하늘 아래 왕토가 아닌 곳이 없으니 그렇기에 옛 현인들이 영천(潁川)의 물로 귀를 씻고 수양산(首陽山)에서 고사

---

27 다카마노하라(高天原)라는 천상에 있다는 일본 왕실의 시조신.
28 아마테라스 여신의 후예가 지상으로 내려올 때 함께 따라 내려온 다섯 신 중 하나.
29 과거, 현재와 미래.

리를 캤던 것도 다 어명을 거역할 수 없다는 예의를 알고 있었기 때문으로 알고 있습니다. 하물며 아버님께서는 조상님 중에 그 예가 없는 태정대신이라는 최고위직에 오르셨고 아시다시피 소자와 같이 무지하고 우매한 몸도 대신의 지위에 이르게 됐습니다. 그뿐이옵니까? 이 나라 국토와 고을의 절반은 저희 일문의 땅이 됐고 장원도 모두 저희 집안이 마음대로 할 수 있게 됐으니 이야말로 세상에 보기 드문 왕은이 아니고 무엇이겠습니까? 그런데 이와 같은 막중한 은혜를 잊고서 함부로 상왕을 몰아내려 하는 것은 아마테라스 여신이나 저희들 무문의 수호신이신 하치만 신령의 뜻을 저버린 행위가 아니고 무엇이겠습니까? 일본은 신령이 수호하는 나라이고 신령은 비례(非禮)를 받아들이지 않는다 하였습니다. 그렇기에 상왕께서 그런 생각을 하시게 된 것은 반은 무리가 아니라고 봅니다. 저희 일문이 대대로 역도들을 물리쳐 국내의 반란을 평정해온 것은 비할 바 없는 충절이었으나 은상을 받았다고 으스대고 다닌 꼴은 실로 방약무인했습니다. 쇼토쿠(聖德) 태자[30]께서 만드신 십칠 개조 법에도 '사람에게는 각기 마음이 있는데 그 마음에는 모두 고집이 있다. 어떤 이는 저를 옳다 하고 나를 그르다 하나 또 다른 이는 나를 옳다 하고 저를 그르다 하니 옳고 그른 도리를 누가 제대로 가릴 수 있단 말인가? 사람이란 서로 한쪽에서 보면 슬기로우나 다른 쪽에서 보면 어리석어서 마치 하나의 고리에 끝이 없는 것과 같다. 그렇기 때문에 설령 다른 사람이 화를 내더라도 자신에게 과실이 없는지 반성하라'는 말이 있지 않습니까? 하오나 아직 아버님의 운세가 다하지 않았기에 조기에 상왕의 모의가 드러난 것입니다. 게

---

30 574~622. 요메이(用明) 임금의 아들로, 숙모인 스이코(推古) 임금의 섭정이 되어 대륙의 문화를 수용하고, 헌법 17조를 제정하는 한편, 중앙집권적 관료 국가의 기초를 다지는 데 힘썼다.

다가 상왕의 상담 역인 나리치카 경을 잡아다 놓은 이상 설사 상왕께서 어떤 황당한 일을 꾸미신다 한들 두려워할 게 뭐가 있겠습니까? 모사를 꾸민 자들에게는 각기 상응하는 벌을 주시되 그 이상은 하시지 말고 그 내용을 상주하여 상왕을 위해 더 충성하시고 백성을 더욱 보살피려는 애정을 보이시면 신령의 가호도 받으시고 부처의 뜻에도 위배되지 않을 것입니다. 천지신명과 부처께서 아버님의 뜻에 감응하시면 상왕께서도 반드시 마음을 돌리실 겁니다. 임금과 신하를 놓고 볼 때는 관계의 친소(親疎)를 따질 게 아니라 마땅히 임금을 따라야 할 것이며 도리와 부조리를 놓고 볼 때는 도리를 따르는 게 순리일 것이옵니다" 하고 아뢰었다.

봉화(烽火)

"이번 일은 상왕 쪽에 도리가 있으므로 소자는 설령 지는 한이 있더라도 상왕궁을 수호할 작정입니다. 그 이유는 제가 오위(五位)로 벼슬을 시작해 대신에 대장을 겸한 현직에 이른 게 모두 성은에 의한 것이기 때문입니다. 그 무게로 말하면 천 개 만 개의 구슬보다 무겁고 그 깊이는 두 번 물들인 주홍빛보다도 한결 깊을 것입니다. 그래서 저는 이제 상왕궁으로 갈 생각입니다. 저를 대신해 제 목숨과 바꾸겠노라고 약속한 무인들이 몇몇 있으니 그들을 데리고 가서 지키게 되면 세상에 보기 드문 일대 사건이 벌어지겠지요. 임금을 위해 충성을 다하자니 수미산(須彌山)보다 더 높은 아버님의 은혜를 저버리게 될 것이고 불효라는 죄에서 벗어나자니 임금에게 불충한 역신이 되고 말 테니 비통하고 마음 아픈 일이 아닐 수 없습니다. 진퇴유곡이니 어느 게 옳고 어느 게 그른지 모르겠습니다. 부탁드리오니 소자의 목을 베어주옵소서. 상왕궁으로 가서 지킬 수도 없고 그렇다고 아버님을 따라나설 수도 없습니다. 옛날에 한나라의 소하(蕭何)는 그 공이 다른 이보다 월등했기에 상국(相國)의 지위에 올라 칼을 차고 신을 신은 채로 승전토록 윤허받았으나 임금의 뜻에 거스르는 일이 있어 고조께서는 이를 엄히 벌하셨습니다. 이러한 선례를 돌이켜볼 때 아버님은 부귀건 영화건 혹은 성은이건 중직이건 간에 모두 다 최고를 누리셨기 때문에 이제 운이 쇠하는 일이 없다고도 할 수 없을 것입니다. '부귀를 누리는 집에서는 녹과 벼슬이 겹치나 한 해에 두 번 열매를 맺는 나무는 반드시 그 뿌리가 상한다'[31]는 말이 옛글에 보이는데 은근히 걱정이 됩니다. 죽어야 할 몸이 공연히 오래 살아 난세가 오는 것을 보고 싶지 않사오나 말세에 태어나 이런 서글픈 일을 겪는 것도 소자가 운이 없기 때문일 것입니다. 병사에게 명해 이 몸을 뜰에 끌어내어 목을 치는 것은 간단한 일일 것인즉 이 자리에 있는 사람들은 내 말을 잘 새겨듣기 바라오" 하고 소매가 측측이 젖을 정도로 울면서 간하니 그 자리에 늘어선 다이라 일문은 감정이 여린 사람이건 둔한 사람이건 가릴 것 없이 모두 갑옷 소매를 적시고 말았다.

기요모리 공은 가장 신뢰하던 시게모리한테서 이런 소리를 듣자 힘이 빠진 듯 "아니, 뭐 그렇게까지 할 생각은 없었다. 못된 무리들이 하는 소리를 편드셨다가 혹시 안 좋은 일이 있지 않을까 염려했을 따름이니라" 하고 둘러댔다. 그러자 시게모리는 "설사 어떤 안 좋은 일이 있더라도 상왕께는 그 어떠한 짓도 해서는 아니 되옵니다" 하고 쐐기를 박고는 벌떡 일어나 중문으로 가더니 무사들을 향해 "방금 내가 한 말을 너희들도 잘 들었을 것이다. 내 원래 아침부터 계속 이곳에 있다가 이런 일이 일어나지 못하게 하려고 하였으나 너무 소란스러워 일단 돌아갔던 것이다. 너희들이 아버님을 따라 상왕궁으로 가려거든 내 목이 날아간 후에 가야 할 것이다" 하고 일침을 놓고는 "여봐라, 돌아가자" 하고 자택으로 돌아갔

---

31 『후한서(後漢書)』.

다. 그런 다음 모리쿠니를 불러 "천하의 중대 사건을 이 귀로 들었으니 나에게 충성을 바칠 뜻이 있는 자는 모두 무장을 갖추어 급히 집합하라 전해라"하고 명하자 모리쿠니는 말을 달려 돌며 이를 알렸다. 평소 불필요한 일에는 절대로 소동을 피우지 않는 시게모리가 이런 포고를 내리자 뭔가 특별한 사정이 있음에 틀림없다고 생각한 무사들은 장비를 챙겨 앞다투어 몰려왔다. 요도(淀), 하즈카시(羽束師), 우지(宇治), 오카노야(岡屋), 히노(日野), 간주지(勸修寺), 다이고(醍醐), 오구루스(小黑栖), 우메즈(梅津), 가쓰라(桂), 오하라(大原), 시즈하라(靜原), 세료(芹生) 등 도성 주변의 마을에 산재해 있던 무사들 가운데는 갑옷은 걸쳤으나 미처 투구를 쓰지 못한 자가 있는가 하면, 전통은 맸으나 활이 없는 자가 있는 등 각양각색이었는데, 등자도 제대로 밟지 못하고 서둘러 허겁지겁 집합했다.

　시게모리의 저택에 소동이 있다는 말이 전해지자 니시하치조에 집결해 있던 수천 기의 무사들은 기요모리 공에게는 한마디 말도 없이 요란스레 소란을 떨며 모두 그쪽으로 달려가버리고 말았다. 조금이라도 병기를 다룰 줄 아는 자는 하나도 남김없이 가버리니 이에 크게 놀란 기요모리 공이 사다요시를 불러 "시게모리는 무슨 생각을 하고 이들을 집합시켰단 말이냐? 여기서 말한 대로 혹 나를 치려고 하려는 것이 아니냐?"라고 묻자 사다요시는 눈물을 뚝뚝 흘리며 "사람도 사람 나름이지 어찌 시게모리 어른께서 지금 그런 짓을 하시겠습니까? 아마도 아까 여기서 말씀하신 것을 후회하고 계실 겁니다"하고 달래니 기요모리 공은 속으로 시게모리와 다투었다가는 결과가 좋지 않을 것이라는 생각이 들었는지 상왕을 모셔오는 것은 단념하고 갑옷을 벗더니 명주옷 위에 가사를 걸치고는 내키지 않는 동작으로 염주를 세며 독경을 시작했다.

한편 시게모리의 저택에서는 모리쿠니가 명을 받아 소집령을 듣고 달려온 병사들의 이름을 장부에 적으니 집합 병력이 총세 만여 기를 넘었다. 시게모리는 장부를 펼쳐 본 다음 중문으로 나가 병사들을 향해 "평소의 약속을 저버리지 않고 이렇게 달려와주니 고마운 일이다. 다른 나라에서도 이와 같은 일이 있었으니 주(周)나라 유왕(幽王)에게는 포사(襃姒)라는 총비가 있었다. 천하제일의 미색이었으나 왕의 마음에 차지 않는 일이 있었으니 다름이 아니라 웃지 않는 것으로서 이 여자는 전혀 웃을 줄 몰랐다. 그 나라에서는 천하에 전란이 일어나면 곳곳에 불을 피우고 북을 쳐서 병사들을 불러 모았는데 이를 봉화라 하였다. 어느 땐가 천하에 전란이 발생해 봉화를 올렸더니 포사가 이를 보고 '어머 놀라라. 불이 저리도 많다니' 하고 그때 처음으로 웃었는데 한 번 웃으니 온갖 미태가 흘러 넘쳤다. 왕이 기뻐 특별한 일이 없어도 늘상 봉화를 올리니 그때마다 제후들이 와보면 외적이 없어 바로 돌아가곤 했는데 이런 일이 거듭되자 결국에는 달려오는 사람이 아무도 없었다. 언젠가 이웃 나라에서 흉적이 일어나 유왕의 도성으로 쳐들어왔는데 봉화를 올렸으나 병사들은 오지 않았다. 결국 왕성이 함락돼 왕은 죽게 됐는데 이 여인은 여우로 변해 도망가 모습을 감추었다니 생각해보면 무서운 일이 아닐 수 없다. 이런 일이 있을 때 앞으로도 내가 부르면 이렇게 모이도록 해라. 내 깜짝 놀랄 일을 듣게 돼 부른 것이었으나 다시 확인해보니 헛소문이었다. 그러니 그만들 돌아가도록 하라"라고 이른 다음 모두 돌려보냈다. 실제로 그와 같은 말을 들은 것은 아니었으나 아침에 부친에게 말한 대로 병사들이 자기를 따를 것인가도 확인해보고 또 부자간에 싸움을 하려는 것은 아니었으나 이렇게 하면 조정에 거스르려는 부친의 마음을 가라앉힐 수 있지 않을까 하여 생각해낸 계책이었던 것이다.

'임금이 임금답지 못해도 신하가 신하답지 못해서는 아니 되며 아비가 아비답지 못하더라도 자식이 자식답지 못해서는 아니 된다'[32]라고 하였는데 시게모리의 이번 조치는 임금에 대해서는 충이요 아비에 대해서는 효였으니 공자의 말에 부합된 것이었다. 상왕도 자초지종을 전해 듣고 "어제오늘 비롯된 것은 아니나 시게모리의 마음을 생각하면 스스로 부끄러워지는구나. 원수를 은혜로 갚은 셈이다" 하고 탄복하였고 당시 사람들도 "전생의 과보로 대신에다 대장을 겸한 벼슬에 오르게 됐겠지만 내대신처럼 용모와 풍채가 훌륭할 뿐 아니라 학문과 재능도 뛰어나기란 쉬운 일이 아니다"라고 입이 마르도록 칭찬했다. 『효경(孝經)』에 '나라에 간언을 하는 신하가 있으면 그 나라는 반드시 평안하고 집안에 바른 말을 하는 자식이 있으면 그 집은 반드시 바로 선다'고 하였는데 시게모리 공은 성대(聖代)였던 옛날에도 말세인 지금에도 보기 드문 대신이었다.

---

32 『효경(孝經)』.

귀양 가는 나리치카

 그해 6월 2일, 기요모리 공은 나리치카를 귀양 보내기 앞서 사랑에 불러 식사를 내오게 했으나 나리치카는 목이 메어 젓가락도 들지 못했다. 탈것을 건물 가까이 대고 어서 타라고 재촉해 마지못해 오르니 병사들이 사방을 에워싸는데 아는 얼굴이 하나도 없었다. 마지막으로 시게모리 공을 한 번 만나고 싶다고 간청해 보았으나 들어줄 리 만무했다. '아무리 중벌을 받고 멀리 귀양 가는 몸이라고는 하나 시종 하나 정도는 데리고 가도록 허락해도 좋으련만' 하며 차 안에서 몇 번이고 한숨을 내쉬니 호송 무사들도 딱하다는 듯 모두 갑옷 소매로 눈물을 훔쳤다. 저택을 나와 스자쿠 대로(朱雀大路)[33]로 접어든 다음 남쪽으로 내려가다 보니 대궐이 멀리 눈에 들어왔다. 나리치카를 배웅하러 나온 집안의 노복이나 차부(車夫)에 이르기까지 눈물로 소매를 적시지 않은 사람이 없었으니 도성에 남아 있는 부인이나 아이들의 마음이 어떠했을지는 생각만 해도 안타까운 일이었다. 도바 별궁 앞을 지나면서도 "상왕께서 이곳에 납실 때는 한 번

---

[33] 대궐 정문인 주작문(朱雀門)에서 일직선으로 뻗은 대로. 폭 85m에 길이 3.9km에 달했다.

도 빠짐없이 수행을 했었는데" 하며 탄식을 하고, 스하마(洲浜)라 이름 지은 자신의 별장이 보이자 멀리 바라다만 보고 가는데, 도바 별궁의 남문을 지나 강가로 나오니 호송 무사들은 배가 늦는다며 길을 재촉했다. "도대체 어디로 가는 것일까? 어차피 죽을 거면 도성에 가까운 이 근처가 좋을 텐데" 하고 주절대보았으나 이루어질 수 있는 일이 아니었다. 가까이서 뒤따르는 무사에게 이름을 물으니 "나니와 쓰네토오(難波經遠)"라고 자기를 밝혔다. "혹시 이 근처에 내가 부리던 사람들은 없는가? 배에 오르기 전에 전할 말이 있으니 있거든 찾아 이리로 데려오게" 하고 부탁하자 부근을 돌아다니며 물어보았으나 스스로 하인이라고 나서는 자가 아무도 없었다. 이를 본 나리치카는 "내가 힘이 있을 때는 따르던 자들만 해도 일이천은 됐을 텐데 이제 멀리서나마 배웅하는 자 하나 없다니 서글픈 일이구나" 하며 또 우니 거친 무사들도 따라서 갑옷 소매를 눈물로 흠뻑 적시고 말았다. 이제 몸에 붙어 있는 것이라고는 쉴 새 없이 흐르는 눈물뿐이었으니 예전에 구마노(熊野)나 사천왕사(四天王寺) 같은 신사나 절에 참배하러 갈 때는 호화로운 배에 올라 2~30척을 뒤에 거느리고 나아갔건만 이제는 초라하기 짝이 없는 배에 천막을 두르고 낯선 병사들에게 에워싸여 그날로 도성을 벗어나 바닷길 저 멀리 떠나가니 그 심중이 어떠했을지 상상이 가고도 남았다. 그날은 셋쓰의 다이모쓰(大物)라는 포구에 정박해 묵었다.

나리치카는 사형에 처해야 마땅했으나 유형으로 감형된 것은 시게모리가 백방으로 손을 썼기 때문이었다. 나리치카는 중납언 시절 미노 태수를 지낸 적이 있었는데 가오(嘉應) 원년(1169) 겨울, 태수 대리를 맡고 있던 마사토모(正友)란 자의 집에 연력사 소유인 히라노(平野) 장원의 노복 하나가 쥐을 팔러 온 일이 있었다. 그때 술에 취해 있던 마사토모는 어쩌다가 칡에다 먹을 끼얹고 말았는데 화가 난 노복이 욕을 해대자 가만 놔두어선 안 되겠다 싶어 밟고 때리며 창피를 주었더니 장원의 노복 수백 명이 몰려와 행패를 부리는지라 법대로 대처하다 보니 수십 명의 사망자가 발생하고 말았다. 이 때문에 11월 3일, 연력사의 승도들이 대거 봉기하여 태수 나리치카를 귀양 보내고 마사토모를 옥에 가두라고 상주하는 소동이 벌어져 상왕은 나리치카를 일단은 빗추(備中)³⁴로 귀양 보내기로 하였으나 무슨 생각을 했는지 도성 내 시치조(七條) 부근에 잠시 있게 하더니 닷새 만에 다시 불러들이고 말았다. 이 때문에 연력사의 승도들이 떼 지어 나리치카를 저주하는 기도를 올렸다는 소문이 돌았으나 이듬해 정월 5일, 상왕은 나리치카에게 우위문(右衛門)과 의금부의 수장을 겸임하라는 교지를 내렸다.

이 인사 때문에 스케카타(資賢), 가네마사(兼雅) 두 사람이 나리치카에게 관위를 추월당하고 말았는데, 스케카타는 연장자에 고참이었고 가네마사는 명문가의 적자(嫡子)였으니 분하기 짝이 없는 일이었다. 이 승진은 나리치카가 산조(三條)의 무로마치(室町)에 궁궐을 새로 지어 바친 데 대한 포상이었다. 이어 그는 이듬해 4월 13일 정이위(正二位)에 올랐는데 이때는 또 무네이에(宗家) 경을 뛰어넘었고, 안겐 원년(1175) 10월 27일에는 대납언으로 승진했다. 그때 사람들은 "승도들의 저주를 받아야 할 사람이 이거야 원……"하고 웃었으나 이제야 그 저주가 주효했는지 이런 비참한 신세가 되고 만 것이었다. 천지신명의 벌이나 사람의 저주는 바로 내릴 때도 있으나 한참 있다 내릴 때도 있어 정해져 있는 것은 아닌 모양이었다.

---

34 현재의 오카야마(岡山) 현 서부 지역에 있었던 옛 고을 이름.

이튿날 일행이 묵고 있는 다이모쓰에 도성에서 사자가 내려와 잠시 소동이 있었다. 사자가 내려왔다는 소식에 나리치카가 "이곳에서 죽이라는 전갈인가?" 하고 물어보니 그런 게 아니라 비젠의 고지마(兒島)로 유배시키라는 명을 받고 온 것이었다. 또 시게모리가 서한을 들려 보냈는데 펴 보니 '어떻게든 장안에 가까운 산골로 가도록 해보려고 무진 애를 써 봤으나 받아들여지지 않아 이만한 지위에 있는 몸으로서 한심하게 생각하오만 목숨만은 보장받았습니다'라고 적혀 있었고, 호송원인 쓰네토오에게도 '신경써서 잘 보살펴드리고 뜻을 거역지 말라'는 명령과 함께 여행에 필요한 장비 등을 자상히 지시하여 내려 보냈다.

나리치카는 분에 넘칠 정도로 총애를 받던 상왕의 곁을 떠나고 한시도 떨어져서는 살 수 없을 것 같던 처자와도 헤어지게 되자 "도대체 어디로 간단 말인가? 이제 다시 고향에 돌아가 처자를 만나기는 어렵겠다. 몇 해 전 승도들의 시위로 유배가 결정됐을 때는 상왕께서 측은히 여기셔서 시치조에서 다시 불러들이셨는데 그렇다면 이번 결정은 상왕께서 내리신 것이 아닌 모양이다. 이를 어쩌나" 하며 하늘을 우러르고 땅을 치며 슬퍼하였으나 어찌할 도리가 없는 일이었다. 날이 밝자 새벽같이 배를 띄워 유배지로 향하는데 가는 길 내내 눈물에 목이 멜 따름이라 목숨을 부지할 수 있을 성싶지 않았으나 덧없다고는 해도 쉽게 스러지지 않는 것이 또한 사람의 목숨이어서 배 뒤에 이는 흰 파도가 뭍과의 사이를 조금씩 떼어놓으니 도성은 점차 멀어져 시간이 흐름에 따라 멀다고만 여겨졌던 비젠 고을이 눈앞에 다가왔다. 이 고을의 고지마에 배를 대고 초라한 초막에 드니 섬들이 다 그렇듯이 뒤는 산이요 앞은 바다라 해변의 솔바람 소리 파도 소리 할 것 없이 모두가 슬픔만 자아내는 것들뿐이었다.

아코야(阿古屋)의 소나무

역모 사건으로 유배된 사람은 나리치카 말고도 많았다. 렌조(蓮淨)는 사도(佐渡)로, 야마시로(山城) 태수 모토카네(基兼)는 호키(伯耆)로, 마사쓰나(正綱)는 하리마(播磨)로, 노부후사(信房)는 아와(阿波)로, 그리고 스케유키(資行)는 미마사카(美作)로 각각 귀양을 갔다.

이 무렵 기요모리 공은 후쿠하라(福原)의 별장에 머무르고 있었는데 6월 20일 동생인 노리모리의 집에 모리즈미(盛澄)를 사자로 보내 "생각하고 있는 바가 있으니 소장(少將) 나리쓰네를 급히 이곳으로 보내라"라고 전했다. 노리모리는 속으로 '차라리 나한테 맡기기 전이었다면 죽이건 말건 어쩔 수 없었겠지만 이제 와서 딸아이를 비롯한 집안 여자들 마음에 못을 박게 하다니 못할 일이로구나' 하고 탄식하며 소장에게 후쿠하라로 내려가야 할 것 같다고 전하니 소장은 울면서 집을 나설 채비를 했다. 시녀들이 노리모리에게 매달려 "안 될지 모르나 대감께서 한 번만 더 힘을 써주십시오" 하고 애원했으나 "할 만한 소리는 다 해보았다. 이제 출가하겠다는 말 외에 무슨 말을 할 수 있겠느냐? 할 말은 없으나 설령 어디로 귀양을 가건 간에 내 목숨이 붙어 있는 한은 찾아가 보겠다" 하고 달랬다.

소장에게는 올해 세 살 난 아이가 있었다. 평소에는 자신이 젊어서 그랬는지 아이에게 별로 관심이 없었으나 이제 다시는 못 보게 될 것 같은 생각이 들어 역시 마음에 걸렸는지 한 번 보고 싶다고 하자 유모가 아이를 안고 왔다. 소장은 아이를 무릎 위에 올려놓고 머리를 쓰다듬으며 "네가 일곱 살이 되면 관례를 올려 상왕 곁에 두려고 하였는데 이제 다 허사로구나. 만약 목숨을 부지하여 어른이 되거든 승려가 되어 내 명복을 빌어다오" 하고 눈물을 뚝뚝 흘리자 아직 어려서 무슨 말인지는 다 알아듣지 못해도 고개를 끄덕이니 소장을 비롯해 부인과 유모 그리고 그 자리에 있던 사람들은 자제력이 있건 없건 간에 모두 다 쏟아지는 눈물로 소매를 흠뻑 적시고 말았다. 후쿠하라에서 올라온 사자가 오늘 밤 바로 도바까지 가야 한다고 재촉하자 "출발을 많이 늦출 수는 없겠지만 하다못해 오늘 밤만이라도 도성에서 보냈으면 좋겠네만" 하고 사정해보았으나 쉴 새 없이 재촉하는지라 그날 밤 도바로 향했다. 노리모리는 형의 처사가 너무 원망스러워서 이번에는 함께 내려가지도 않았다.

22일 소장이 후쿠하라에 도착하자 기요모리는 세노오 노 가네야스(瀨尾兼康)에게 명해 빗추로 귀양 보냈다. 가네야스는 노리모리의 귀에 들어갈 것을 염려해 호송 도중 내내 여러모로 달래고 위로도 해봤지만 소장은 밤낮으로 그저 부처만 되뇌고 부친의 안부만 걱정할 뿐 소용이 없었다.

소장의 부친 나리치카는 비젠의 고지마에 있었으나 감시를 맡은 쓰네토오가 "이곳은 항구가 가까워 좋지 않다"며 육지 쪽으로 옮겨 비젠과 빗추의 경계에 있는 니와세(庭瀨) 고을의 아리키(有木) 별원이라는 산사(山寺)에 집어넣었다. 소장이 귀양을 가는 빗추의 세노오(瀨尾)와 비젠의 아리키 별원 사이는 고작 15리도 안 되는 거리여서 소장은 부친이 있는 아리키 별원 쪽에서 불어오는 바람이 반가웠는지 가네야스를 불러 "세노오에서 아버님이 계시다는 비젠의 아리키 별원까지는 얼마나 걸리겠느냐?" 하고 물었다. 가네야스는 사실대로 바로 말했다가는 좋지 않을 것이라고 생각했는지 "편도에 십이삼 일쯤 걸립니다" 하고 둘러댔다. 그러자 소장은 눈물을 뚝뚝 흘리며 "일본은 옛날에는 서른세 개 고을이었으나 도중에 예순여섯 개 고을로 나뉘졌다 한다. 비젠, 빗추, 빈고(備後)도 원래는 하나의 고을이었고 동부 지역에서 유명한 데와(出羽)와 무쓰(陸奥) 두 고을도 옛날에는 예순여섯 개 군이 한 고을이었던 것을 열두 개 군을 따로 쪼개어 데와라는 고을을 새로 만든 것이다. 그래서 유명한 사네카타(實方) 중장이 무쓰로 유배됐을 때 그곳의 명소인 아코야의 소나무가 보고 싶어서 고을 안을 찾아 헤맸으나 찾지 못해 돌아가는 길에 한 노옹을 만나 '이보시오, 이곳의 고로이신 것 같은데 이 고을 명소에 아코야의 소나무란 게 있다는데 혹 알고 계시오?' 하고 물었더니 '이곳에는 없고 데와에 있을 게요'라고 하는지라 '그렇다면 노인장도 모르시는 모양이구려. 세상이 말세가 되다보니 예전의 명소도 어디 있는지 알 수 없게 되고 말았구나' 하며 지나가려 하자 노인이 사네카타의 소매를 잡더니 '아하, 댁은 '무쓰 고을의 아코야 소나무에 모습이 가려 진작 떠야 할 달이 아직 뜨지 않았네'라는 노래 때문에 이 고을에서 아코야의 소나무를 찾고 계셨구려. 그건 옛날에 무쓰와 데와가 한 고을이었을 때 읊은 것으로 열두 개 군을 나눠 새 고을로 만든 후부터는 데와 고을에 있다오' 하고 일러주어 데와로 가서 비로소 아코야의 소나무를 보게 되었다고 한다. 일본의 남단인 쓰쿠시(筑紫)의 다자이후에서 사자가 서울로 올라오는 데는 육로로 걸어서 올 경우 십오 일로 정해져 있는데 아까 말한 십이삼 일이란 이곳에서 거의 규슈(九州)로 내려갈 날수다. 아무리 멀어도 비젠과 빗추 사이가 이삼일 이상 걸리는 일은 없을 텐데 가까운 거리를 멀다 하는 것을 보니 부친이 계신 곳을 나에게 알리지 않으려는 속셈에서 그러는 것이로구나"라고 하더니 그 다음부터 그립기는 해도 다시는 묻지 않았다.

나리치카의 죽음

　각설하고, 유형 처분을 받은 승도 슌칸, 판관 다이라 노 야스요리, 그리고 소장 나리쓰네 등 세 사람은 사쓰마(薩摩)[35] 관내에 있는 절해의 고도 기카이가시마(鬼界島)[36]로 귀양을 가게 되었다. 이 섬은 서울을 떠나 배를 타고 멀리 파도를 넘고 넘어 가야 하는 곳으로 웬만한 일이 아니면 배조차 다니지 않았다. 섬에는 사는 사람이 거의 없었는데 간혹 눈에 띄어 보면 생김새가 일본 본토 사람과 다르고 피부도 검어 마치 소 같았다. 몸은 온통 털투성이에 하는 말도 알아들을 수가 없었는데 남자들은 탕건도 쓰지 않고 여자도 머리를 늘어뜨리지 않았다. 옷이 없으니 사람 같지 않았고 먹을 게 없어 사냥이나 고기잡이만 일삼고 있었다. 경작을 하지 않으니 곡식도 없었고 뽕나무를 심어 양잠을 하지 않으니 포목 또한 없었다. 섬 한가운데에 높은 산이 있어 한없이 불길이 치솟았는데 유황이라는 것이 가득 차 있어 유황도라고도 했다. 산 위아래는 항상 번개가 치

---

[35] 혼슈(本州)의 남단인 현 가고시마(鹿兒島) 현 서쪽에 있었던 고을 이름.
[36] 가고시마 현 오스미(大隅) 제도 안에 있는 화산도. 참고로 2차 세계 대전 시의 격전지였던 이오지마(硫黃島)는 이곳이 아니라 도쿄도(東京都)의 이오(硫黃) 열도에 속한 화산도이다.

고 기슭에는 늘 비가 내려 한날 한시도 사람이 살 만한 곳이 못 되었다.

한편 나리치카는 자신이 이런 중벌을 받았으니 다른 가족에게는 심하게 하지 않겠지, 라고 생각하고 있었으나 아들 나리쓰네가 이미 기카이가시마로 유배됐다는 소식에 이리된 이상 마음을 굳게 먹고 앞날을 기약해 본들 무엇 하랴 하며 출가할 뜻을 안부 편에 시게모리에게 전했다. 상왕께 상주하여 윤허가 나자 바로 출가하니 영화를 과시하던 호화로운 의상 대신 덧없는 속세를 떠나 사는 승려의 검은 승복을 걸치게 되었다.

나리치카의 처는 도성 안의 기타야마(北山)에 있는 운림원에 몸을 숨기고 있었다. 그렇지 않아도 낯선 곳이란 답답하고 적적한 법인데 처지가 처지이니만큼 더더욱 옛 생각만 나 세월이 흘러도 흐르는 것 같지 않고 살아도 사는 것 같지 않았다. 그 많던 하녀와 하인들은 세상을 두려워하고 사람 눈을 꺼려 찾아오는 이 하나 없었으나, 개중에 노부토시(信俊)라는 하인만은 특히 정이 많아 자주 들르곤 했는데 언젠가 마님은 이 노부토시를 향해 "대감께서 비젠의 고지마에 계시다 하더니 이제 들으니 아리키의 별원이란 곳에 계신다고 하는데 어떻게든 짤막한 글이라도 올리고 대감의 글월도 받아보고 싶구나" 하고 속내를 털어놓자 노부토시는 눈물을 참으면서 "어릴 적부터 보살핌을 받아 한시도 대감 곁을 떠난 적이 없었사옵니다. 비젠으로 내려가실 때도 무슨 일이 있어도 모시고 가려고 했었으나 로쿠하라가 허락하지 않아 도리가 없었습니다. 항상 저를 부르시던 목소리가 귓가에 생생하고 나무라시던 말씀은 마음에 새겨 한시도 잊은 적이 없습니다. 제 몸이야 어찌되건 상관없사오니 어서 서한을 받잡아 내려가고자 하옵니다"라고 아뢰니 마님은 뛸 듯이 기뻐하며 바로 서찰을 써주었고 어린아이들도 각기 편지를 썼다.

편지를 받아든 노부토시는 멀리 비젠 고을 아리키의 별원을 찾아가 먼저 대감의 신병을 맡아 감시하고 있는 쓰네토오를 찾아 면회를 청하니 충의에 감동한 쓰네토오는 바로 만나게 해주었다. 나리치카는 방금 전까지도 서울 이야기를 하다가 수심에 빠져 있던 차에 "서울에서 노부토시가 왔사옵니다"라고 고하니 "이게 꿈이냐 생시냐?" 하며 말을 듣기가 무섭게 벌떡 일어나 "이리, 이리 오너라" 하고 불렀다. 노부토시가 가까이 가서 보니 우선 처소가 초라하기 짝이 없는 것은 물론이고 검정 승복을 걸친 모습을 보니 눈앞이 캄캄해지고 마음이 내려앉을 것 같았다. 마님의 분부를 받아 내려오기 된 경위를 자세히 설명하고 서찰을 꺼내 올리니 펼쳐 들긴 했으나 눈물이 앞을 가려 글씨가 잘 보이지 않았다. '어린 것들이 너무나 뵙고 싶어 슬퍼하는 모습도 차마 보기 힘들고 소첩 또한 한없는 그리움 때문에 견디기 힘드옵니다'라고 적혀 있는지라 그리움이 왈칵 솟구쳐오는데 평소의 생각 따위는 이에 비하면 아무것도 아니었다.

　네댓새가 지난 후 노부토시가 이곳에 남아 대감이 눈을 감는 날까지 모시고 싶다고 간청을 했으나 쓰네토오가 안 된다고 하자 나리치카는 하는 수 없이 "그렇다면 서울로 올라가거라" 하며 "난 머잖아 처형될 것이니 이 세상을 떴다는 말을 듣거든 꼭 내 명복을 빌어다오" 하고 부탁하고는 답장을 적어서 건네주었다. 노부토시가 서찰을 받아 넣으며 "다시 꼭 찾아뵙겠습니다" 하그 하직 인사를 올리고 나서려 하니 "네가 다시 올 때까지 살아 있을 것 같지 않구나. 서운하니 조금만 더 있다 가거라, 조금만" 하며 몇 번이고 불러 세우는 것이었다.

　그러고 있을 수만도 없어 노부토시는 눈물을 삼키고 서울로 올라와 마님께 대감의 편지를 올렸다. 마님이 받아 펴 보니 이미 출가한 모양으로 머리카락 한 다발이 두루마리의 끝머리에 말려 있는지라 못 볼 것을 본 듯 외면하며 "유품이 도리어 한을 낳는구나" 하고 엎드려 엉엉 우니 아이들도 소리 높여 슬피 울었다.

그러던 중 나리치카는 그해 8월 19일, 비젠과 빗추 양 고을의 경계에 있는 이와세의 기비(吉備) 나카야마(中山)라는 곳에서 마침내 살해되고 말았다. 그가 어떻게 죽었는가에 대해서는 소문이 무성했는데 처음에는 술에 독을 타 권했으나 마시지 않자 그 다음에는 2장(丈)[37] 정도 되는 언덕 밑에 창을 꽂아놓고 위에서 떨어뜨려 찔려 죽게 했다고 한다. 전례를 찾기 힘든 일로서 실로 무참한 짓이 아닐 수 없었다.

부인은 나리치카가 세상을 떴다는 말을 전해 듣자 "무슨 일이 있더라도 한 번 더 옛 모습을 뵙고 내 모습 또한 보여드리고 싶어서 이날까지 머리를 깎지 않았는데 이제 무슨 소용이 있으리오" 하며 보리원(菩提院)이라는 절에 가서 머리를 깎고 여승이 돼 법식대로 불사를 행하며 후세의 보리를 빌었다. 이 부인은 야마시로(山城) 수령 아쓰카타(敦方)의 딸로서 뛰어난 미인이라 상왕의 총애가 지극했는데 상왕의 특별한 신임을 받은 나리치카가 물려받은 것이었다. 어린아이들도 꽃을 꺾고 알가수(閼伽水)[38]를 길어 아비의 후세를 공양하니 실로 애처로운 일이 아닐 수 없었다. 그러는 중에 시간이 흐르고 사태가 변해 세상이 변화해가는 모양은 부처께서 말씀하신 '천인(天人)의 오쇠(五衰)'[39]와 다름이 없었다.

---

37 1장은 3.03m.
38 부처에게 바치는 공양수.
39 천녀가 수명이 다해 임종할 때 나타나는 다섯 가지의 신체 변화.

사네사다(實定) 경의 묘책

한편 대납언 도쿠다이지 노 사네사다(德大寺實定) 경은 기요모리 공의 차남인 무네모리에게 대장 자리를 빼앗기자 한동안 칩거하고 있었는데 출가할 뜻을 밝히자 그 댁에서 일하던 아전이나 하인들은 어찌해야 좋을지 몰라 걱정들이 태산 같았다. 그중에 후지와라 노 시게카네(藤原重兼)라는 자가 있었는데 세상일을 꿰뚫고 있는 인물이었다. 달이 휘영청 밝은 어느 날 사네사다 경이 남쪽으로 난 격자창을 올려놓고 혼자 고즈넉이 달을 바라보며 시구를 읊조리고 있자 시게카네는 말벗이라도 해드릴 생각으로 옆에 부복했다. 누구냐고 물어 이름을 밝히니 "어인 일이냐? 무슨 일이 있느냐?" 하고 의아해 하는지라 "오늘밤은 유난히 달이 밝아 마음이 맑아지는 느낌이어서 그냥 찾아왔습니다"라고 아뢰니 경은 "마침 잘 왔다. 왠지 너무 허전한 생각이 들어 적적했던 참이다" 하고 반가워했다. 이런저런 이야기를 하며 마음을 위로해드리자 경은 "세상 돌아가는 것을 곰곰이 보고 있자니 다이라 일가의 세력이 갈수록 커가기만 하는구나. 태정대신의 장남과 차남이 지금 좌우대장 직을 맡고 있는데 셋째 도모모리에 장손 고레모리까지 버티고 있으니 이들이 줄줄이 대장에 앉는다면 다른 집안사람들은 어느 세월에 대장이 될지 알 수 없구나. 어차피 사람이란 언젠가는 출가를 해야 하는 법이니 이제 출가하는 수밖에 없을 것 같다" 하며 속내를 털어놓았다. 시게카네가 눈물을 뚝뚝 흘리며 아뢰기를 "대감께서 출가하시게 되면 댁에서 일하는 사람들은 모두 유랑인이 되고 말 것입니다. 소생에게 기막힌 계책이 있사오니 한번 들어보시기 바랍니다. 다이라 일가는 아키에 있는 이쓰쿠시마 신사를 끔찍이 받들어 모시고 있는데 그곳을 찾아 치성을 드리십시오. 다이라 일가의 신사라고 개의할 게 뭐 있겠습니까? 그곳에는 내시(內侍)라고 하는 아름다운 무녀들이 많이 있사온데 대감께서 치성을 드리러 왔다고 하시면 보기 드문 정성이라며 환대를 할 것이옵니다. 이들이 무엇을 빌러 오셨냐고 묻거든 사실대로 말씀하십시오. 치성을 마치고 상경하시게 되면 내시들이 작별을 아쉬워할 터인즉 그중 선임자 몇을 데리고 서울까지 올라오십시오. 서울에 오면 내시들은 필시 기요모리 공이 있는 니시하치조를 찾아가지 않겠습니까? 그러면 다이라 집안사람들이 대감께서 무엇을 빌러 이쓰쿠시마 신사에 내려갔냐고 물을 것이고 내시들은 사실대로 대답할 것입니다. 기요모리 공은 매사에 감격을 잘하는 사람이라 자기가 모시는 신사를 찾아 치성 드린 것을 기쁘게 생각하고 틀림없이 대감께서 순조롭게 대장에 오르실 수 있도록 손을 쓸 것입니다" 하고 자세히 설명하니 사네사다 경은 "나는 생각지도 못했는데 둘도 없는 묘안 같으니 바로 가도록 하자꾸나"라며 서둘러 목욕재계하고 이쓰쿠시마 신사로 향했다.

가서 보니 정말로 그곳에는 내시라고 하는 아리따운 무녀들이 많이 있었는데 치성을 드리는 이레 동안 내내 밤낮을 가리지 않고 정성을 다해 시중을 드는 것이었다. 그 사이 무악이 세 차례나 있었는데 비파와 금(琴)을 타고 제신가(祭神歌)도 부르는 등 연주가 행해지자 사네사다 경도 흥이 나 신령을 위해 가요와 시가를 읊조리고 속요를 노래했다. 이를 본 내시들은 친밀감을 느낀 듯 "다이라 집안의 귀인들께서만 찾으시는 저희 사당에 대감께서 귀한 행차를 하셨는데 무엇을 빌러 오셨는지요?" 하고 묻기에 대장 자리를 빼앗겨 빌러 왔노라고 사실대로 털어놓았다.

　7일 주야의 치성이 끝나 신령께 작별을 고하고 귀경 길에 오르자 10여 명의 내시들이 헤어지기 아쉽다며 배를 내어 하룻길을 따라오며 배웅을 했다. 그만 작별을 하려 하자 "여기서 헤어지면 너무 섭섭하니 하루만 더 배웅을" "하루만 더" 하다가 서울까지 함께 올라오고 말았다. 사네사다 경은 내시들을 데리고 저택으로 가서 융숭히 대접하고 온갖 선물을 안겨 돌려보냈다. 서울에 올라왔는데 주인인 기요모리 대감을 뵙지 않을 수 없다며 내시들이 니시하치조로 몰려가자 기요모리 공은 바로 나와 이들을 접견했다. "우리 내시들이 무슨 일로 이렇게 한꺼번에 올라들 오셨나?" 하고 묻자 내시들은 "사네사다 대감께서 이쓰쿠시마에 내려와 이레 동안 치성을 드리고 올라가시기에 하루만 배웅코자 하였으나 헤어지기 섭섭해 하루만 더, 하루만 더, 하다 보니 여기까지 오게 되었답니다" 하고 아뢰었다. "아니, 사네사다는 뭘 빌러 이쓰쿠시마까지 갔단 말이냐?" 하고 기요모리 공이 의아해 하자 내시들은 대장 승진을 빌기 위해 왔다더라고 들은 대로 전했다. 기요모리 공은 그제야 머리를 끄덕이며 "도성 안에 영검 높은 절이나 사당이 얼마든지 있는데도 다 제쳐놓고 내가 모시는 신령을 찾아 치성을 드리다니 그 뜻이 가상하구나. 대장 자리를 그리도 열망한다면야"라고 하더니 시게모리가 내대신과 좌대장을 겸임하고 있던 것을 좌대장을 내놓게 하고, 대납언에 우대장을 겸하고 있던 둘째 아들 무네모리를 제치고 사네사다 경을 좌대장에 앉혔다. 그러니 이는 참으로 절묘한 계책이 아닐 수 없었다. 나리치카도 이런 현명한 방법을 취했더라면 좋았을 것을 부질없이 역모를 꾸미더니 자기는 죽고 자식과 부하마저 비참한 지경으로 몰아넣고 말았으니 안타까운 일이 아닐 수 없었다.

연력사의 내분

한편 상왕은 그간 원성사의 고켄(公顯) 승정을 사범으로 정해 진언종(眞言宗)의 비법을 수행해왔었는데 대일경(大日經), 금강정경(金剛頂經), 소실지경(蘇悉地經) 등의 삼부 비법을 다 전수받자 9월 4일, 원성사에서 관정(灌頂) 의식[40]을 올리려고 하였다. 그러자 이 소식을 들은 연력사의 승도들이 대로해 "옛날부터 임금의 관정이나 수계(受戒)는 우리 절에서 올리는 게 선례요 규정으로, 특히 우리 절의 수호신이신 산노(山王) 신령께서 중생을 교화하고 계도하시는 것은 다름 아닌 수계와 관정 때문인데 이제 와서 원성사에서 의식을 올리겠다니 가서 그 절을 불살라 버리자" 하며 소란을 떨었다. 이 소식을 전해 들은 상왕은 그랬다가는 쓸데없이 싸움만 나겠다 싶어 수행이 끝나자 원성사에서 의식을 올리는 것은 그만두었다. 그러나 원래 관정 의식을 올리고 싶은 생각이 간절했던지 고켄 승정을 데리고 일본 내 최초의 불교 성지인 사천왕사(四天王寺)로 행차하여 그곳에 오지광원(五智光院)이라는 당(堂)을 세우고 명수(明

---

40 밀교 전수를 위해 행하는 비법.

水)로 유명한 절의 샘물을 길어 지수(智水)⁴¹ 삼아 전법관정(傳法灌頂) 의식을 올렸다.

연력사의 소동을 가라앉히기 위해 원성사에서 의식을 올리지 않았으나 연력사가 있는 히에이 산에서는 당승(堂僧)과 학승(學僧) 사이에 불화가 생겨 툭하면 싸움이 벌어졌다. 그때마다 학승들이 많이 다치고 죽었는데, 조정에서는 이러다가 연력사가 망하겠다 싶어 사건을 주시하고 있었다. 당승이란 본디 승려들이 부리던 하인배 중 출가한 자나 결혼해 절의 잡일을 맡아 하는 중 가운데 두루 경력을 쌓고 하안거(夏安居)⁴²를 마친 자들을 말하는데, 근자에 와 일반 승려들을 샌님이라고 우습게 보는 경향이 있더니 이렇게 수차에 걸쳐 싸움에서도 이기게 된 것이었다. 연력사의 승려들이 "당승들이 윗사람의 명령을 거역하고 싸움만 일삼고 있으니 어서 죄를 물어 벌해야 합니다" 하고 조정에 상주하고 다이라 일문에게도 하소연을 하자 기요모리 공은 상왕의 윤허를 받아 기이(紀伊) 출신의 유아사 무네시게(湯淺宗重)로 하여금 경기 지역 병사 2천여 기를 이끌고 학승들을 도와 당승을 치게 했다. 그러자 평시 동양방(東陽坊)이란 곳에 집결해 있던 당승들은 이들이 들이닥치자 오미(近江)의 산가노쇼(三庄)로 내려가 못된 패거리들을 대거 규합한 후 다시 히에이 산에 올라와 소이자카(早尾坂)에 성채를 쌓고 농성에 들어갔다.

9월 20일 오전 8시경, 연력사의 승병 3천과 관군 2천여 기 등 도합 5천여의 군세가 소이자카로 밀고 올라왔다. 다들 설마 이번에야 패하랴 했으나 승병들은 관군을 앞장세우려 하고 관군도 승병들을 앞세우려 하다가

---

41 관정 때 머리에 붓는 물로, 오지여래(五智如來)의 지혜를 수여한다는 의미에서 지수라 했다.
42 승려가 음력 4월 15일부터 석 달 동안 한방에 모여 수행하는 일.

변변히 싸우지도 못하고 성 안에서 석궁으로 투하한 돌에 맞아 승병 관군 할 것 없이 대부분 전사하고 말았다. 이때 당승들 편을 든 패거리들은 전국의 좀도둑, 강도, 산적, 해적 들이었는데, 욕심 많고 목숨 아까운 줄 모르는 무리들이라 죽어라 하고 싸우다 보니 이번에도 학승들이 패하고 만 것이었다.

연력사의 몰락

 그 뒤로 연력사는 점점 황폐해져 삼매당(三昧堂)에서 수행하는 열두 명의 선승을 제외하면 남아 수행하는 승려는 거의 없었다. 승방마다 실시되던 강설(講說)은 뚝 끊기고, 당마다 행해지던 수행도 예전에 비할 바가 아니었다. 수학하는 방은 창이 닫히고 좌선하는 자리는 비었으니 봄꽃처럼 화려하게 치러지던 사교오시(四敎五時)의 설법[43]도 행해지지 않았고, 가을 달처럼 밝게 빛나던 삼체즉시(三諦卽是)의 교법[44]도 흐려지고 말았다.
 300여 년 동안 이어져온 등불을 밝히는 이도 없고, 밤낮 타오르던 향불도 꺼지려 하니 가람은 우뚝 솟아 삼층 전각은 하늘을 찌를 듯하고 용마루 대들보는 멀리 뻗쳐 사면의 서까래를 안개 위에 걸친 듯 위풍당당했으나 이제 부처께 드리는 공양이라고는 산바람 불 때마다 들이치는 비이슬이 고작이었고, 밤에는 처마 틈으로 새어 들어온 달빛이 불을 밝히고 새벽에는 이슬이 구슬을 이루어 연좌를 꾸밀 따름이었다.

---

43 천태종에서는 석가의 설법을 내용은 네 가지로, 순서는 다섯 가지로 분류해 체계화하였다.
44 삼체란 공체(空諦), 가체(假諦), 중체(中諦). 천태종의 체리(諦理) 분류법.

무릇 세상이 말세가 된 이후로 인도와 중국, 일본 삼국의 불법은 점차 쇠퇴하였는데, 멀리 인도의 불적을 살펴볼 것 같으면 그 옛적 부처께서 설법을 하시던 죽림정사(竹林精舍)나 급고독원(給孤獨園)은 근자에 와 여우나 늑대의 소굴로 화해 초석만이 남아 있을 따름이라 하고, 백로지(白鷺池)에는 물도 없이 풀만 무성하고 영취산의 불사리탑도 기울어 이끼에 뒤덮여 있다고 한다.

또한 중국에서는 천태산(天台山), 오대산(五台山), 백마사(白馬寺), 옥천사(玉泉寺)와 같은 이름난 절도 이제 사는 승려가 없어 황폐해져 대소승의 교의가 상자 속에서 부질없이 썩어가고 있을 따름이고, 일본의 경우도 남도(南都)의 칠대사(七大寺)[45]는 황폐해지고 팔종(八宗) 구종(九宗)[46]도 법통을 잇는 이가 없을 뿐만 아니라 애탕사(愛宕寺)나 신호사(神護寺)와 같은 성지도 옛날에는 당우와 탑이 처마를 나란히 하고 있었으나 하룻밤 사이에 황폐해져 요물들의 소굴이 되고 말았다. 그렇기에 그토록 성하던 연력사의 불법이 오늘에 와 왜 이리되고 말았나 하고 뜻있는 사람 치고 한탄하지 않는 이가 없었는데, 산을 떠난 어느 승려가 승방 기둥에 다음과 같은 노래를 남겼다.

부처의 가호 넘치기를 바랐던 조사(祖師)의 꿈은
덧없이 스러지고 빈산이 되었구나

---

45 나라(奈良)의 7대 사찰로, 동대사(東大寺), 홍복사(興福寺), 원흥사(元興寺), 대안사(大安寺), 약사사(藥師寺), 서대사(西大寺), 법륭사(法隆寺)를 말한다.
46 팔종은 율(律), 구사(俱舍), 성실(成實), 법상(法相), 삼론(三論), 화엄(華嚴), 천태(天台), 진언종(眞言宗) 여기에 선종(禪宗)을 더하면 구종.

이는 조사 덴교 대사가 이 절을 창건할 때 부처께 기원드린 일을 생각해내고 읊은 모양인데 가슴 뭉클해지는 내용이었다. 8일은 약사여래(藥師如來)의 젯날이었으나 염불 외는 소리 하나 들리지 않았고, 4월은 히요시 신령이 일본에 내려온 달이었음에도 불구하고 신전에 공물 올리는 사람 하나 없었으니, 사당의 울타리는 빛이 바래 금줄만 남아 있었다 한다.

선광사(善光寺)의 소실

 마침 그 무렵 시나노(信濃)[47] 지방의 대찰인 선광사가 소실되었다는 소문이 전해졌다. 이 절의 본존인 여래상은 옛적에 중부 인도 사위국(舍衛國)에 다섯 종류의 역병이 돌아 백성이 많이 죽자 족장인 월개장자(月蓋長者)가 용궁에서 염부단금(閻浮檀金)[48]을 구해와 석가와 목련존자와 합심하여 주조한 것으로, 아미타, 관음, 세지 등 삼존불로 이루어진 천하제일의 불상이었다. 석가 입멸 후 500여 년 동안 인도에 있었으나 불법이 점차 동으로 이동하자 백제로 옮겨갔다가 천 년이 지난 성명왕(聖明王) 때, 당시 일본은 긴메이(欽明) 임금이 다스릴 때였는데, 셋쓰의 나니와(難波) 포구를 통해 일본으로 건너온 것이었다. 불상이 항상 금빛을 내뿜고 있었기에 연호(年號)를 곤코(金光)로 바꿨는데 이 곤코 3년 3월 상순에 시나노에 사는 혼다 요시미쓰(本田善光)라는 자가 도성에 올라왔다가 여래상을 보고는 훔쳐내어 낮에는 요시미쓰가 여래상을 등에 업고 밤에는 여래 등에 업히면서 고향으로 내려가 미우치(水內)라는 고을에

---

47 현재의 나가노(長野) 현에 있었던 옛 고을 이름.
48 염부수림의 강바닥에서 나는 순도 높은 사금.

안치하였는데, 그 후로 580여 년이 흘렀으나 절이 소실된 것은 이번이 처음이었다. '왕법이 다할 때는 먼저 불법이 쇠한다'라고 했는데 그 때문인지 "그토록 영검하던 명찰과 영산이 다수 사라진 것은 다이라 일가의 종말이 가까워진 전조"라고 사람들은 모이면 수군거렸다.

야스요리의 축문

한편 기카이가시마에 유배된 세 사람은 처지가 이미 풀잎에 매달린 이슬같이 된 마당에 새삼 목숨이 아까울 것도 없었으나 소장의 장인 영지인 가세(鹿瀨) 고을에서 계속 먹을 것을 보내와 다들 목숨을 부지하고 있었다. 그중 야스요리는 유배 올 때 스오(周防)의 무로즈미(室積)에서 출가하여 법명을 쇼쇼(性照)라 하였는데 예전부터 출가하길 바라왔기 때문에,

> 결국 이렇게 출가하게 될 것을 무슨 까닭에
> 서둘러 못했는지 후회막급이로다

하고 홀가분해하였다.

소장과 야스요리는 원래 구마노의 신령을 열심히 믿어온 사람들이라 "섬 안에 구마노 신령들을 모셔다 놓고 서울로 돌아갈 수 있도록 빌었으면 좋겠다" 하고 제안했으나 슌칸은 천성이 믿음이라곤 전혀 없는 사람이라 들은 척도 하지 않았다. 두 사람이 한마음으로 혹시 구마노와 닮은 곳은 없나 하고 섬 안을 뒤져보았더니, 붉은 비단으로 꾸민 듯 꽃들이 아름

답게 늘어선 둑이 있는가 하면, 초록색 명주를 구름 위로 걸쳐놓은 듯 솟아 있는 봉우리가 있어 산세하며 숲의 느낌이 더할 나위 없이 빼어남을 알 수 있었다. 남쪽을 보니 가없는 바다 위에 구름이 물결치듯 끝없이 펼쳐져 있고, 북쪽을 돌아보니 우뚝 솟은 산속에 100척은 됨 직한 폭포가 흘러내리고 있었다. 폭포 소리 장관인데 솔바람 한 차례 이니 구마노의 성지(聖地)인 나치(那智)를 방불케 해 바로 여기다 싶어 그곳을 나치 산이라 이름지었다. 그리고 이 봉우리는 본당(本堂)이고 저 봉우리는 신당(新堂), 여기는 아무개 사당, 저곳은 무슨 사당 하며 구마노 길목에 있는 사당 이름들을 붙여놓고 날이면 날마다 야스요리가 앞서고 소장이 뒤따라 구마노 참배를 흉내 내며 "구마노를 수호하는 신령님들이시여, 비나오니 자비를 베푸셔서 저희들이 고향으로 돌아가 다시 한 번 처자를 만날 수 있게 해주옵소서" 하고 하루빨리 서울로 돌아가게 해달라고 빌었다. 날이 흘러 갈아입을 제복(祭服)이 없어지자 대신 삼베옷을 걸치고는 구마노의 맑은 강물 대신 근처 못물로 재계하고 마치 산문을 오르는 양 높은 곳을 찾아 올라갔다. 야스요리는 이곳을 찾을 때마다 신령께 축문을 바쳤는데 제물이 없어 대신 꽃을 꺾어 바쳤다. 축문의 내용은 다음과 같았다.

지쇼 원년 정유년, 일 년 열두 달에 삼백오십여 일 중 길일 길시를 택해 입에 담기도 황공하오나 일본에서 가장 영험하신 구마노의 신령님들 앞에 소장 나리치카와 사미(沙彌) 쇼쇼가 한마음으로 청정의 계를 올리고 삼업(三業)[49]을 한곳에 모아 삼가 아뢰나이다. 첫째 신령이신 쇼조(證誠) 대보살께서는 중생을 고해로부터 제도하시는

---

49 몸과 입과 마음.

교주로서 삼신(三身)[50]을 갖추신 여래이시고, 둘째 신령께서는 동방의 정유리계(淨瑠璃界)의 주인[51]으로 중병을 치유하시는 여래이시며, 셋째 신령께서는 남방의 보타락산(補陀落山)의 주인으로 입중현관(入重玄關)의 보살[52]이시고, 넷째 신령께서는 사바세계의 주인으로 중생들의 소원을 들어주시는 보살이십니다. 이 때문에 위로는 주상으로부터 아래로는 만민에 이르기까지 어떤 이는 현세의 평안을 위해, 또 어떤 이는 사후 극락에 가기 위해 새벽에 정수를 길어 번뇌에 찌든 마음의 때를 닦고 저녁에 심산을 향해 부처의 이름을 외우면 그 감응이 미흡했던 적이 없었습니다. 이제 저희는 우뚝 솟은 봉우리를 신덕(神德)의 높이로 여기고 깊이 팬 계곡을 홍서(弘誓)의 깊이로 생각해 구름을 헤치고 이슬을 무릅써가며 오르내리고 있사온데 만약 대지와 같이 광대한 은혜를 믿지 않는다면 어찌 이 험한 산길을 헤치고 참배하겠사옵니까? 또 신령님의 덕을 받들고 믿지 않는다면 어찌 이 변경에서 빌겠사옵니까? 그러한즉 신령님들이시여, 청련(青蓮) 같은 자비의 눈을 열고 사슴 같은 귀를 세워 저희들의 둘도 없는 진심을 헤아리시고 간절한 소망을 거두어주옵소서. 또한 신령님들께서는 중생들의 마음속에 불연(佛緣)이 있는 자는 이끌고 없는 자는 구하기 위해 칠보로 꾸민 극락의 거처를 버리고 팔만 사천의 얼굴에서 나는 광채를 숨긴 채 하계로 내려와 육도삼유(六道三有)[53]의 번뇌의

---

50 삼신이란 법신(法身), 응신(應身), 보신(報身)으로, 아미타여래를 의미.
51 동방의 정토에 사는 약사여래를 의미.
52 보타락산은 관음보살이 살고 있다는 인도 남해의 섬. 입중현관이란 관음이 부처의 지위에 이르면 다시 법문을 수행하는 일.
53 육도는 천상, 인간, 수라, 축생, 아귀, 지옥의 세계를 말하고, 삼유는 욕유(欲有), 색유(色有), 무색유(無色有)의 삼계.

티끌 속에 뒤섞여 지내고 계십니다. 그렇기에 신령님들께 빌면 정업(定業)도 바꿀 수 있고 장수도 이룰 수 있어 소매를 나란히 하여 절을 올리고 공물을 바치며 가사를 입고 꽃을 바쳐 사당 바닥이 진동토록 빌면서 마음을 비우고 은혜를 기원하고 있나이다. 신령님들께서 받아만 주신다면 어찌 저희의 소원이 성취되지 않겠나이까? 엎드려 비옵건대 신령이시여, 이 외진 곳에서 괴로움에 빠져 있는 저희 앞에 나타나 은혜를 베풀어주옵소서. 그리하여 귀양의 한을 거두어주시고 하루빨리 서울로 돌아가고 싶어 하는 소원을 이루어 주옵소서. 재배(再拜)하나이다.

솔도파(卒堵婆)[54]

　　소장과 야스요리는 언제나 이처럼 신령을 찾아 빌었는데 철야 기도를 하는 일도 종종 있었다. 언젠가도 밤새도록 기도를 하면서 둘이서 노래를 주거니 받거니 하고 있는데 새벽녘 들어 피곤해진 야스요리가 깜박 잠이 들었다. 그러자 꿈에 바다 쪽에서 흰 돛을 단 야거리 한 척이 다가오더니 붉은 너른바지를 입은 여인네 2~30명이 뭍에 올라 북 장단에 맞춰 한 목소리로,

　　　어떤 부처의 서원보다도
　　　천수관음(千手觀音)의 약속이 틀림없는 것 같아
　　　글쎄 말라비틀어진 초목도 금세
　　　꽃 피고 열매가 맺힌다잖아

하고 세 차례 구성지게 노래하더니 연기처럼 사라지는 것이었다. 꿈에서

54　윗부분을 탑 모양으로 깎은 좁고 긴 판자로, 추선 공양(追善供養)을 위해 무덤 뒤에 세운다.

깬 야스요리는 이상스러워하며 "이는 필시 용신(龍神)께서 현신하신 게야. 구마노 셋째 신령은 원래 천수관음이신데 용신은 두말할 필요 없이 천수관음의 권속인 이십팔부중(二十八部衆)의 하나이니 우리들의 서원이 받들여진 게 틀림없다. 마음 든든한 일이로구나" 하고 기뻐했다.

또 어느 날 밤 철야 기도 후 역시 깜박 조는데 바다 쪽에서 바람이 불어오더니 두 사람의 소매에다 나뭇잎 두 개를 붙여놓는 꿈을 꾸었다. 무심코 들여다보니 놀랍게도 구마노의 신목(神木)인 죽백나무 이파리였는데 그 위에 벌레 먹은 형태로 노래가 한 수 새겨져 있었다.

정성을 다해 신령님께 비는데 고향 땅으로
어이하여 다시금 돌아가지 못하리

야스요리는 서울이 너무도 그리운 나머지 궁여지책으로 천 개의 나무 판자를 만들어 범어(梵語)의 아(阿)자와 연호 및 월일, 통칭, 실명을 적고 그 밑에 노래 두 수를 지어 새겨 넣었다.

바닷바람아, 사쓰마 외딴 섬에 살아 있다고
고향에 가거들랑 부모님께 전해다오

고향 산천은 잠시만 떨어져도 그리운 것을
귀양살이하는 몸 그 마음 어떻겠소

그리고 이것을 해안으로 가지고 가서 "비나이다, 비나이다. 제석천(帝釋天), 사천왕님, 견뢰지신 및 왕성을 지키는 여러 수호신님들, 그리고 특히 구마노와 이쓰쿠시마의 신령님들, 이 나무판 중 단 한 개만이라도 서울로 가게 해주십시오"하며 바다의 흰 물살이 밀려왔다 밀려갈 때마다 하나씩 띄워 보냈다. 만들면 바로 바다에 띄웠기 때문에 날이 흐름에 따라 나무판 수도 많아졌는데 그 간절한 마음이 순풍을 불게 했는지 아니면 신명과 부처가 그렇게 했는지는 알 수 없어도 천 개 중 하나가 아키에 있는 이쓰쿠시마 신사 앞 해변에 흘러와 뭍에 닿았다.

한편 야스요리와 인척 관계에 있는 승려가 한 사람 있었는데 마땅한 배편이 있으면 어떻게든 유배지로 건너가 행방을 수소문해볼 작정으로 남쪽으로 내려가는 길에 이쓰쿠시마 신사에 들러 참배를 하다가 우연히 그곳 신사 사람인 듯싶은 평복 차림의 속인을 하나 만나게 되었다. 이 사람과 이런저런 이야기를 하던 중에 문득 "신불께서 중생을 구제하기 위해 하계에 내려와 베푸시는 은혜는 실로 헤아릴 길 없는데 이곳 신령께서는 어인 인연으로 대해의 어류와 연을 맺게 되셨소?"하고 물으니 "그건 말이오, 이곳의 신령님이 원래 사갈라(娑竭羅) 용왕의 셋째 공주인 태장계(胎藏界)의 대일여래(大日如來)이기 때문이라오"라고 하며 신령이 이 섬에 처음 내려왔을 때부터 중생을 제도하고 은덕을 베풀고 있는 오늘에 이르기까지 있었던 헤아릴 수 없는 신기한 일들에 대해 들려주었다. 그래서인지 이곳의 여덟 채의 신전들은 서로 지붕을 나란히 하고 물가에 세워져 있었는데 바닷물이 밀려왔다 빠질 때마다 달그림자 어른거리고, 물이 차오르면 도리이(鳥居)[55]하며 붉은 담장이 흡사 유리처럼 영롱하게 빛을 발하다가, 물이 빠지면 흰모래가 여름에도 서리가 내린 듯 하얗기 그지없었다.

---

55 신사의 경계나 입구에 세우는 두 기둥의 문.

승려는 점점 거룩한 느낌이 들어 독경을 하고 있노라니 해가 지고 달이 뜨면서 물이 차오는데 수없이 많은 해초가 물결에 흔들리며 떠밀려오고 있었다. 그 속에 탑 모양을 한 나무판이 눈에 띄어 무심코 집어 들고 보니 웬걸, 먼 바다 외딴 섬에 내 있노라고 쓰여 있는데 글자를 칼로 파서 새겨놓아 파도에도 지워지지 않고 또렷이 읽을 수 있었다. 이런 이상한 일이 있나 싶어 나무판을 봇짐 위에 묶고 바로 상경하여 남의 눈을 피해 무라사키노(紫野)에 숨어 살고 있는 야스요리의 노모와 처자에게 보여주니 모두들 깜짝 놀라며 "아니, 중국 쪽으로나 떠내려가버릴 것이지 왜 여기까지 흘러와서 새삼스레 생각나게 만든단 말이오" 하며 대성통곡했다. 이 일이 멀리 구중궁궐에까지 전해져 나무판을 가져오게 해 읽고 난 상왕이 "아아, 슬픈 일이로다. 그렇다면 이들은 여태 살아 있었던 게로구나" 하며 눈물을 뚝뚝 흘리니 황공한 일이 아닐 수 없었다. 상왕이 이를 시게모리의 거처로 보내니 시게모리는 부친에게 가지고 가 보였다.

고대의 시인 가키노모토 노 히토마로(柿本人麻呂)는 섬 저편으로 사라져가는 배를 보고 그 감회를 노래로 남겼고, 또 야마노베 노 아카히토(山部赤人)도 갈대밭으로 울며 날아가는 학을 바라다보고 그 시정을 읊은 바 있었다. 또한 스미요시(住吉) 신령도 한겨울의 추위를 염려한 노래를 남겼고, 미와(三輪)의 신령도 그립거든 찾아오라는 노래를 읊는 등, 태고 때 스사노오(素盞鳴) 신이 처음으로 서른한 자로 된 노래〔短歌〕[56]를 읊은 이래 천지신명과 부처들께서도 이로써 마음속의 뭇 생각을 드러내셨다. 기요모리 공도 목석은 아니었는지 불쌍히 생각했다는 후문이었다.

---

56 5・7・5・7・7의 도합 31자로 이루어진 일본의 정형시. 처음에는 단가(短歌)라 했으나, 고대 후기 이후 시가의 대표적인 위치를 획득한 후에는 일본의 노래라는 의미로 화가(和歌)라 하였다.

소무(蘇武)

 기요모리 공조차 딱하게 생각했다는 소식이 전해지자 장안의 상하노소 할 것 없이 나무판의 노래를 기카이가시마 유배인의 노래라며 흥얼거리고 다니지 않는 이가 없었다. 천 개씩이나 만들었다니 별로 크지도 않았을 텐데 사쓰마에서 멀고먼 도성에까지 오게 됐으니 기이한 일이 아닐 수 없었다. 마음속으로 간절히 바라면 이렇듯 효험이 나타나는 모양으로 중국에도 이와 비슷한 일이 있었다.
 옛날에 한 무제가 흉노를 치는데 처음에는 이소경(李少卿)을 대장군으로 하여 30만 기를 파병했다. 그러나 한나라 군대는 약하고 흉노는 강해 장병들은 모두 전사하고 이소경은 흉노의 왕에게 생포되고 말았다. 다음에는 소무를 대장군 삼아 50만 기를 보냈으나 결과는 마찬가지여서 대부분의 병사가 전사하고 6천여 명이 포로가 되고 말았다. 흉노는 그중 소무를 비롯한 장수 630여 명을 추려내어 다리 하나를 자른 뒤 추방했다. 즉사한 자도 있었고 얼마 안 있어 죽은 자도 있었는데 소무는 죽지 않았다. 외다리 신세가 된 소무는 산에 올라 열매를 줍기도 하고 봄에는 못에 들어가 미나리를 캐거나 가을이면 논에 떨어진 이삭을 주워 먹으며 초로(草露)

같은 목숨을 연명해가고 있었다.

　어느 날 소무가 이삭을 주우려고 밭으로 가니 기러기 떼들이 무리를 이루고 있었는데 하도 자주 본 탓에 소무가 가까이 다가가도 무서워하지 않았다. 문득 기러기들이 고향을 왕래하는 새라는 생각이 들자 불현듯 고향 생각이 솟구쳐 마음속의 감회를 간단히 몇 자 적었다. 그러고는 기러기 한 마리를 잡아 "이 편지를 폐하께 꼭 좀 전해다오" 하고 당부한 후 날개에 묶어 놔주었다. 기러기란 가을에는 반드시 북쪽 나라에서 서울로 날아 돌아가는 새였기 때문이었다.

　한편 한나라에서는 무제의 뒤를 이어 즉위한 아들 소제(昭帝)가 향림원에서 음악을 듣고 있었다. 저녁놀 위로 구름이 드리워 울적한 마음에 바라다보고 있노라니 한 무리의 기러기 떼가 하늘을 날고 있는데 그 중 한 마리가 날아 내려오더니 날개에 묶인 편지를 물어뜯어 떨어뜨리는 것이었다. 신하가 집어와 펴 보니 '전에는 암굴 속에 갇혀 탄식 속에 삼 년을 보내다가 이제는 광막한 들판에 내버려져 오랑캐들 속에서 외다리 신세가 되고 말았네. 설령 죽어 이 몸은 흉노 땅에 흩어지더라도 혼은 다시 돌아가 임금을 모시리라'라고 적혀 있었다. 편지를 '안서(雁書)'라고도 하고 '안찰(雁札)'이라고도 하는데, 이는 바로 이 일로 인해 그렇게 부르게 된 것으로 편지를 읽고 난 소제는 "오호 통재라. 이건 소무의 필적이 아니냐. 그렇다면 이제껏 흉노 땅에 살아 있었던 게로구나" 하며 이광(李廣)이라는 장수에게 100만 기를 주어 출진시키니 이번에는 한의 군대가 강해서 흉노가 전쟁에 패하고 말았다. 아군이 싸움에 이겼다는 말을 들은 소무가 광야에서 기어 나와 "내가 바로 옛적의 소무라오" 하고 자신을 밝히니 19년이라는 세월이 흐르고 한 다리를 잃었지만 가마를 타고 고향에 돌아가게 되었다. 소무는 열여섯의 나이에 흉노로 향했는데 임금이 하사한 깃발을 어떻게 감춰왔는지는 몰라도 몸에서 떼지 않고 지니고 있었다. 귀국 후 이를 꺼내서 임금께 보이니 군신 모두 감탄해 마지않았다. 임금을 위한 공이 견줄 자 없었기에 대국을 여럿 하사받았고 게다가 속국들을 관장하는 전속국(典屬國)이라는 직책에 봉해졌다.

한편 이소경은 흉노 땅에 남아 돌아가지 않았는데 어떻게든 한나라로 돌아가려고 간청했으나 흉노의 왕이 허락지 않아 어쩔 수가 없었다. 이러한 사실을 전혀 알지 못한 소제는 이소경이 불충한 자라 하여 죽은 부모의 시신을 파헤쳐 매를 때리게 했다. 이 사실을 전해 들은 이소경은 깊은 한을 품게 되었으나 그래도 고향을 못 잊고 불충한 마음이 전혀 없음을 한 권의 책으로 써서 소제께 바치니 임금은 "그렇다면 불충한 생각은 없었더라는 말이냐. 불쌍한 일이로다"라고 하며 죽은 부모의 시신을 파헤쳐 매를 때리게 한 것을 후회했다 한다.

한나라의 소무는 편지를 기러기 날개에 묶어 옛 고향으로 보냈고 일본의 야스요리는 노래를 파도에 실어 고향에 전했으니 전자는 감회를 적은 편지에 후자는 두 수의 노래, 한 쪽은 고대에 이쪽은 말대(末代), 그리고 장소도 흉노와 기카이가시마로 국토도 서로 다르고 시대도 달랐지만 마음만은 같았으니 보기 드문 일이 아닐 수 없었다.

후지와라 노 다카노부(藤原隆信), '다이라 노 시게모리(平重盛)의 초상화,' 「시게모리의 죽음」, 「平重盛畫像」(神護寺 소장), 중세 전기.

제 3 권

사면장(赦免狀)

　지쇼 2년(1178) 정월 초하룻날, 상왕궁에서는 신년 하례가 있었고, 초나흘에는 주상이 새해 처음으로 상왕께 문안드리기 위해 행차했다. 모든 일이 예년과 다름없었으나 지난해 여름 나리치카 경 이하 측근 중 다수가 유배되거나 참형당한 데 대한 상왕의 진노는 여전하여 정사에도 의욕을 보이지 않고 줄곧 못마땅하다는 표정을 짓고 있었다. 기요모리 공은 기요모리 공대로 다다 노 유키쓰나의 밀고가 있은 뒤부터 상왕도 결코 믿을 만한 사람이 못된다고 판단해 겉으로는 내색지 않았으나 속으로는 경계를 늦추지 않고 항상 쓴웃음을 지으며 지내고 있었다.

　정월 7일, 혜성이 동쪽에서 출현했다. 혜성은 치우기(蚩尤氣)라고도 하고 적기(赤氣)라고도 하는데 18일에는 빛을 더했다.

　각설하고 기요모리 공의 따님(德子)은 당시 아직 중궁(中宮)의 지위에 있었는데 병환에 걸려 궐 안팎 할 것 없이 모두들 걱정이 태산 같았다. 여러 절에서 독경이 시작되었고 주요 신사에는 봉헌을 위해 차사가 파견되었다. 의원들이 온갖 약을 다 쓰고 술사들도 비술이란 비술은 다 동원해 대법(大法), 비법(秘法)¹ 할 것 없이 빠짐없이 실시하였으나 어느 것 하나 효험이 없었는데, 그도 그럴 것이 병환이 아니라 실은 회임한 것이었다. 주상은 올해 열여덟이고 중궁은 스물둘이었는데 두 사람 사이에는 아직 아이가 없었다. 그랬던 만큼 다이라 일문은 장차 태어날 아기씨가 만일 왕자라면 이는 큰 경사라며 당장에라도 원자가 태어날 듯이 뛰며 기뻐들 했고 다른 집안사람들도 "다이라 씨가 때를 만났구면. 틀림없이 원자가 태어날 거야" 하고 부러워들 했다.

조정에서는 회임한 것이 분명해지자 법력 있는 고승이나 대사에게 명해 대법과 비법을 행하게 하고 별에 제사를 올리고 부처에게 빌어 원자가 태어나도록 기원하게 했다. 6월 1일, 중궁은 회임 5개월째를 맞아 복대를 매는 의식을 올렸다. 주상의 친동생인 인화사(仁和寺)의 주지 슈카쿠(守覺)[2]가 입궐해 공작경(孔雀經)의 대법에 따라 재액을 쫓는 가지(加持)를 행하였고, 연력사의 주지 가쿠카이(覺快) 또한 입궐하여 태내의 여아를 남아로 바꾸는 '변성남자(變性男子)'라는 술법을 행하였다.

이리하고 있는데 중궁은 달이 찰수록 몸의 통증에 시달렸다. 그 모습은 한 번 미소를 머금으면 한없이 매력이 흘러 넘쳤다는 한나라의 이부인(李夫人)이 소양전(昭陽殿)의 병상에 누운 자태가 이랬을까 싶었고, 양귀비가 수심에 잠기고, 한 떨기 배꽃이 봄비에 젖으며, 부용이 바람에 꺾이고, 마타리가 서리의 무게에 못 견뎌 휜 모습보다도 한층 보기 딱한 정경이었다. 이렇게 통증에 시달리는 틈을 타서 못된 원령들이 중궁의 몸에 달라붙었다. 고승들이 원령들을 동자의 몸에 옮겨놓고 부동명왕(不動明王)의 힘을 빌어서 제압하자 이들의 정체가 드러나는데 그중에는 전 상

---

1 대법은 대규모의 가지기도법. 비법은 비밀리에 전해 내려오는 기도법.
2 인화사는 교토 시 우쿄(右京) 구에 있는 진언종의 사찰로 대대로 왕자나 왕손이 주지 직을 맡았다.

왕, 좌대신 요리나가(賴長), 대납언 나리치카, 사이코 법사 등의 사령(死靈)과 기카이가시마에 유배된 이들의 생령(生靈)이 포함되어 있었다. 기요모리 공은 사령이건 생령이건 간에 달래야 한다며 곧바로 전 상왕에게는 스토쿠(崇德) 상왕이라는 시호를 추존하고, 요리나가에게는 증관증위하여 태정대신 정일위를 내렸다. 요리나가의 묘소는 야마토(大和) 고을의 소노칸(添上) 군 가와카미(川上) 촌 한냐노(般若野)의 고산마이(五三昧)에 있었는데, 호겐 원년(1156) 가을에 파헤쳐져 시신이 내버려진 뒤로는 길가의 흙이 되어 해마다 봄이 되면 풀만 무성할 따름이었다. 증관을 알리는 차사로는 소내기(少內記) 고레모토(維基)가 임명되었는데 묘소를 찾아 증관증위를 알리는 교지를 읽어내릴 때 요리나가의 혼백이 얼마나 기뻐했을지는 두말할 필요가 없었다. 원령은 옛날에도 이렇듯 두려운 존재였다. 그렇기 때문에 과거에도 폐위된 왕세자 사와라(早良) 대군을 스도(崇道) 임금이라 추존하고, 폐비된 이가미(井上) 공주를 왕비로 복위시킨 일이 있었는데, 이는 모두 원령을 달래기 위한 방책에서 비롯된 것이었다. 레이제이(冷泉) 임금이 미치고, 가잔(花山) 상왕이 보위에서 물러나게 된 것은 민부경(民部卿) 모토카타(元方)의 원령 때문이고, 산조(三條) 임금의 눈이 멀게 된 것도 다름 아닌 간잔(觀算) 법사의 원령 때문이었다.

한편 이와 같은 소문을 전해 들은 소장의 장인 노리모리(敎盛)는 조카인 시게모리를 찾아가 "중궁의 출산을 위해 이런저런 기도를 올리고 있는 모양이던데 이럴 땐 뭐니 뭐니 해도 특사를 단행하는 게 제일이네. 특히 기카이가시마에 유배된 사람들을 소환하는 것만큼 덕을 쌓는 일이 달리 더 있겠는가?" 하고 사정했다. 시게모리는 부친 앞에 나아가 "숙부께서 소장 문제를 가지고 계속 애원하시는데 보기에도 딱한 일이옵니다. 소자가 듣자옵건대 중궁의 병환은 나리치카 경의 사령 때문이라는데 나리치카 경의 사령을 달래시려거든 살아 있는 소장을 소환하는 게 좋지 않겠사옵니까? 타인의 한을 풀어주시면 뜻하시는 바가 이루어질 것이고 타인의 소원을 들어주시면 아버님의 소원도 성취되어 중궁께서 곧 원자 아기씨를 출산해 저희 집안은 더욱 번성할 것이옵니다" 하고 아뢰었다. 그랬더니 기요모리 공은 여느 때와는 달리 몹시 온화한 말투로 "그러면 슌칸과 야스요리는 어찌하였으면 좋겠느냐?"라고 하문하는 것이었다. 시게모리가 "두 사람도 다 소환하여야지요. 만일 한 사람만 남기면 오히려 죄를 짓는 게 아니겠습니까?"라고 대답하였더니 공은 "야스요리야 그렇다 치더라도 슌칸은 다 내 힘으로 크게 된 자인데 배은망덕하게 내 산장인 시시노타니에다 성곽을 쌓고 괘씸한 짓거리를 하였으니 이자를 사면한다는 것은 가당찮은 일이다"라고 화를 냈다.

　시게모리는 집으로 돌아온 다음 숙부를 불러 "소장은 이제 곧 사면될 것이니 마음 놓으십시오" 하고 귀띔하니 노리모리는 시게모리에게 절을 하며 기뻐했다. 노리모리가 "소장이 유배지로 떠나면서 왜 내가 자신의 신병을 맡겠다고 나서지 않나 하는 얼굴로 나를 볼 때마다 울던 게 애처롭기 짝이 없네"라며 눈시울을 적시니 시게모리는 "아닌 게 아니라 그렇게 생각했을 것입니다. 자식은 뉘라도 귀여운 법이니 아버님께 잘 말씀드리겠습니다"라고 하고는 안채로 들어갔다.

　기카이가시마로 귀양 간 사람들을 소환하는 문제가 정식으로 결정되어 기요모리 공이 사면장을 발부하니 차사가 바로 서울을 출발했다. 노리모리는 너무도 기쁜 나머지 차사에게 자신의 부하를 딸려 함께 내려 보냈다. 불철주야 쉬지 말고 서둘러 내려가라고 당부했으나 여의치 않은 게 뱃길이어서 파도와 바람을 피해 가다 보니 7월 하순에 서울을 떠났으나 10월 20일경에야 기카이가시마에 닿았다.

절규

차사는 좌위문(左衛門) 소속의 단바 모토야스(丹波基康)라는 자였는데 뭍에 오르자 "여기 서울에서 귀양 오신 나리쓰네 소장, 슌칸 승도, 야스요리 법사께서는 계시나이까?" 하고 큰 소리로 일행을 찾았다. 나리쓰네와 야스요리 두 사람은 언제나처럼 빌러 가고 없었고 슌칸 혼자 남아 있었는데 이 소리를 듣자 "너무 돌아가고 싶은 나머지 내가 꿈을 꾸고 있는 것인가 아니면 마귀가 내 마음을 홀리려고 이러는 것인가? 아무래도 현실 같지 않구나" 하고 허둥대며 달려 나오는데 걷는지 구르는지 알 수 없는 발걸음으로 비틀거리며 차사 앞에 와 "무슨 일이시오? 내가 서울에서 귀양 온 슌칸이오" 하고 신분을 밝혔다. 그러자 차사는 하인의 목에 건 주머니에서 기요모리 공이 쓴 사면장을 꺼내 건넸다. 펴 보니 '죄과는 무거우나 유형으로 이를 면하니 어서 귀경 채비를 하라. 중궁의 안산을 기원하기 위해 특사를 단행해 기카이가시마의 유배자 소장 나리쓰네, 법사 야스요리를 사면하노라'라고 적혀 있었으나 슌칸이라는 두 글자는 없었다. 겉표지에 적혀 있겠지 하고 살펴봐도 보이지 않아 사면장의 끝머리에서 첫머리까지 첫머리에서 끝머리까지 샅샅이 훑어봐도 두 사람 이름만 보이지 자기 이름은 없었다.

그러는 중에 소장과 야스요리가 돌아왔다. 소장과 야스요리가 사면장을 건네받아 읽어봐도 슌칸의 이름은 없었다. 이런 일은 꿈에 곧잘 있는 일이어서 꿈인가 하고 보면 생시이고 생시인가 하면 꿈만 같았다. 게다가 소장과 야스요리 두 사람에게는 서울에서 차사에게 맡긴 편지가 몇 통씩이나 있었으나 슌칸 앞으로는 안부를 묻는 편지 한 통 없었다. 그렇다면 자신과 인척 관계에 있는 사람들이 모두 서울에서 사라진 게로구나 하는 생각이 드니 정말 참기 힘들었다. "우리 셋은 죄목도 같고 유배지도 같은데 어째서 사면 때는 두 사람만 돌아가고 한 사람은 남아야 한다는 말이오? 다이라 일문이 나를 잊었단 말인가 아니면 서기가 잘못 적은 것인가? 도대체 이게 웬일이란 말이오?" 하고 하늘을 우러러보았다 땅에 엎드렸다 하며 몸부림치고 슬퍼했지만 도리가 없었다. 슌칸은 갑자기 소장의 소매를 부여잡더니 "내가 이리된 것은 자네 부친이 쓸데없이 역모를 꾀했기 때문이 아닌가? 그러니 남의 일로 생각해서는 아니 되네. 허락이 내리지 않았으니 서울까지 갈 수는 없더라도 이 배에 태워 규슈 땅에라도 내려주게. 자네들이 이곳에 있는 동안은 봄에는 제비가, 가을에는 기러기가 찾아오듯 고향 소식도 전해 들을 수가 있었네. 하지만 이제부터는 어떻게 들을 수 있겠는가?" 하며 목을 놓아 우는 것이었다. 소장은 "지당하신 말씀이십니다. 우리들이 돌아가게 된 것이야 기쁘기 짝이 없지만 대감의 모습을 보니 전혀 돌아갈 생각이 나지 않습니다. 배에 태워서 서울로 올라가고 싶은 생각이야 간절하지만 차사도 안 된다고 하는 데다가 허락도 없이 세 사람 다 섬을 나왔다는 소문이 서울에 퍼지면 도리어 좋지 않을 것입니다. 제가 먼저 상경해 다른 사람들과도 의논해보고 기요모리 대감의 기분도 살펴본 다음 모시러 사람을 보내겠습니다. 그동안은 이제껏 지내오신 대로 기다려주십시오. 살아 있다는 것이야말로 무엇보다 소중한 일이니 이번에는 소환에서 빠졌어도 반드시 사면되실 것입니다" 하고 달래봤지만 남의 이목도 가리지 않고 울부짖을 따름이었다.

배를 출항시키려고 사람들이 부산하게 움직이자 슌칸은 배에 올랐다가 내리고 내렸다가 오르고 하면서 자기도 함께 타고 가고 싶다는 몸짓을 했다. 소장과 야스요리는 이별 선물로 각각 이부자리와 법화경 한 질을 남겼다. 사공이 닻줄을 풀고 배를 밀자 슌칸은 닻줄을 붙잡고 따라오는데 바닷물이 허리에 오고 겨드랑이에 이르렀다가 목에 찰 때까지 뒤따라오는 것이었다. 마침내 물이 키를 넘자 뱃전을 부여잡고 "아니, 당신들은 정말로 나를 버릴 셈이오? 이럴 줄은 몰랐소. 평소의 우정도 아무 쓸모가 없구려. 제발 사정을 봐서 태워주시구려. 규슈 땅까지만이라도" 하고 애원을 했지만 차사가 "그건 절대로 아니 되오" 하고 뱃전을 쥔 손을 억지로 떼어 놓고 서둘러 바다 쪽으로 저어가게 했다. 슌칸은 어쩔 도리가 없자 뭍으로 올라 땅에 엎어지더니 어린아이가 유모나 어미를 찾을 때 그러는 것처럼 발을 동동거리면서 "이봐, 좀 태워줘. 나도 데려가달란 말이야" 하며 울부짖었지만 떠나가는 배가 으레 그렇듯 남은 건 단지 흰 물결뿐이었다. 배가 그리 멀리 떠난 것은 아니었으나 눈물이 앞을 가려 잘 안 보이자 슌칸은 높은 곳으로 달려 올라가 이마에 손을 얹고 바다 쪽을 보았다. 그 옛날 마쓰라(松浦)의 사요히메(佐用姬)가 임나(任那)로 떠나가는 남편을 잊지 못해 목도리를 벗어 흔들다가 돌이 되었다는 전설³도 이보다 애절하지는 않았을 성싶었다. 배는 멀리 떠나 수평선 너머로 사라지고 날도 저물었건만 슌칸은 침소로 돌아갈 생각도 않고 파도가 밀

---

3 규슈에 있는 비젠 고을의 마쓰라에 사요히메라는 여인이 살았는데, 임나로 떠나간 사랑하는 사람을 위해 목도리를 흔들다 돌이 되고 말았다는 망부석 전설이 일본에도 전한다.

려와 발이 젖는데도 아랑곳하지 않고 밤이슬에 흠뻑 젖은 채 그날 밤은 그대로 밤을 샜다. 소장은 정이 많은 사람이니 어떻게 잘 알아서 처리해 주겠지 하는 기대감 때문에 이때 바다에 몸을 던지지 않은 슌칸의 마음은 생각해보면 딱하고 가여운 일로서, 옛날 남천축(南天竺)의 조리(早離)와 속리(速離) 형제가 계모에 의해 해악산에 내버려졌을 때 겪었던 고통이 어떤 것이었는지 이제야 알 수 있을 것 같았다.

출산

한편 기카이가시마를 벗어난 소장 일행은 장인 노리모리의 영지인 비젠의 가세(鹿瀬)에 도착했다. 바로 상경하려 했으나 노리모리가 서울에서 사람을 내려 보내 "지금은 바닷바람도 세고 오는 길도 걱정이 되니 거기서 몸을 충분히 회복한 뒤 봄이 되면 올라오게" 하고 권해 그냥 그곳에 머물러 해를 넘겼다.

그해 11월 12일 인시경부터 중궁에게 산기가 있다는 소식이 전해지자 온 장안과 특히 로쿠하라는 벌집을 쑤신 듯했다. 출산 장소는 이케도노(池殿)[4]였는데 상왕도 이곳으로 납시고 관백을 비롯한 태정대신 이하의 공경대부는 물론이고 알 만한 사람 중 관위 승진에 목을 매고 벼슬살이하는 사람 치고 오지 않은 사람은 아무도 없었다.

비빈의 출산을 앞두고 안산을 바라는 마음에서 대사면을 실시한 적이 있었는데 다이지(大治) 2년(1127) 9월 11일, 당시 중궁이던 다이켄몬인(待賢門院)의 출산 때가 그러했다. 이번에도 이 전례에 따라 중죄인을

---

4 로쿠하라 안에 있는 요리모리의 저택.

제3권 173

다수 사면하였는데 슌칸 혼자만이 사면받지 못한 것은 안타까운 일이었다. 중궁은 안산할 경우 이와시미즈(石淸水)와 히라노(平野), 오하라노(大原野) 등지의 신사를 찾아 치성을 드리기로 서원하였는데 젠겐(全玄) 법인(法印)이 심신을 가다듬고 그 서원문을 읽어 내렸다. 이세(伊勢) 대신궁을 비롯한 20여 개소의 신사와 동대사, 흥복사 이하 16개 사찰에서 안산을 기원하는 독경이 실시되었다. 중궁을 모시는 관리들이 차사로 선발돼 화려한 의상에 패도를 차고 시주할 갖가지 물건에 사찰에 봉납할 칼이며 옷가지를 받들고 저택의 동쪽 채에서 나와 뜰을 지나 서쪽 중문으로 줄지어 나가는 모습은 실로 장관이었다.

시게모리는 좋은 일이건 궂은일이건 간에 경거망동하지 않기로 정평이 난 사람답게 산후 한참이나 시간이 지난 다음 장남 고레모리 이하 아들들과 함께 색색의 옷 마흔 벌과 은장식 장검 일곱 자루를 궤에 담고 말 열두 필을 끌고 찾아왔다. 이는 지난 간코(寬弘) 5년(1008) 중궁 조토몬인(上東門院)이 출산했을 때 친부인 미치나가(道長) 공이 말을 선물했던 전례에 따른 것이라 했다. 시게모리는 중궁의 오라비인 데다가 중궁이 입궐할 때 이미 출가한 기요모리를 대신해 아버지 역을 맡은 적이 있기 때문에 말을 바친 것은 도리에 벗어난 일이 아니었다. 그러나 대납언 구니쓰나(邦綱) 경이 말을 두 필 헌납한 일을 두고는 기요모리 공에 대한 충성심이 지극한 모양이라느니, 재산이 남아도는 모양이라느니 하고 사람들은 숙덕거렸다. 기요모리 공은 이세 대신궁을 비롯해 아키의 이쓰쿠시마 신사에 이르기까지 70여 신사에 말을 봉헌했고, 대궐에서도 왕실 마구간의 말 열 필에 금줄을 매어 봉헌했다. 인화사의 주지는 공작경의 대법을, 연력사의 주지는 칠불약사(七佛藥師)의 대법을, 그리고 원정사의 주지는 금강동자의 대법을 각각 행하고, 그 밖에도 오대허공장(五大

虛空藏), 육관음(六觀音), 일자금륜(一字金輪), 오단(五壇)의 법, 육자하림(六字河臨), 문수팔자(文殊八字), 보현연명(普賢延命)의 비법에 이르기까지 크고 작은 법들이 빠짐없이 행해졌다. 호마(護摩)의 연기가 궐내에 가득 차고 금강령(金剛鈴) 소리는 구름을 찔렀으며 주문을 외어대는 소리는 소름이 끼칠 정도여서 그 어떤 악귀라도 맞설 수 있을 것 같지 않았다. 이에 그치지 않고 불상을 만드는 승려에게 명해 중궁과 같은 크기의 칠불약사와 오대존상(五大尊像)을 만들게 했다.

그러나 정작 중궁은 내내 진통으로 괴로워하며 좀처럼 출산을 하지 못하고 있었다. 기요모리 공 내외는 발을 동동 구르면서 이게 무슨 일이냐고 안절부절못하며 옆에서 누가 무슨 말을 해도 "제발 아무 일도 없어야 할 텐데"라는 말만 되풀이할 뿐이었다. 기요모리 공은 후에 이 일을 두고 "전쟁터에 나서면 내 무서운 것을 모르는 사람인데 말이야……" 하고 몹시 쑥스러워했다고 한다.

보카쿠(房覺)와 쇼운(昌運) 두 승정과 슌교(俊堯) 법인, 그리고 고젠(豪禪)과 지쓰젠(實全) 두 승도들에게 가지기도를 부탁했는데 이들이 본산의 본존불이나 자신의 수호불 이름을 드높게 외치며 악령들을 몰아치니 정말로 효험이 나타나는 것 같았다. 그중에서도 이마구마노(新熊野) 신사 참배를 앞두고 정진을 계속해온 상황이 산실 가까이 앉아 천수경(千手經)을 소리 높여 득송하니 한층 상황이 호전되어 그렇게 길길이 날뛰던 악령들이 잠시 잠잠해졌다. 상왕은 "그 어떤 악령일지라도 내가 이렇게 옆에 있는 이상 중궁에게 가까이 갈 수 없을 것이다. 특히 지금 나타난 악령들을 보니 모두가 조정의 은덕을 입은 자들인데 보은은 못할지언정 어찌 해코지를 할 수가 있다는 말이냐? 냉큼 물러가거라" 하며 "여인이 난산 때 악귀의 장난으로 괴로움을 참아내기 힘들더라도 성심으로 다라니를 외면 악귀가 물러가 순산하게 되느니라"라는 천수경의 경문을 수정 염주가 바스러지게 두 손으로 비벼대며 왼 덕에 중궁은 안산했을 뿐만 아니라 왕자를 보게 되었다.

중궁을 모시는 시게히라가 산실의 주렴을 획 젖히고 나오면서 "안산에 왕자 탄생이십니다" 하고 큰 소리로 아뢰자 상왕을 비롯해 관백 이하의 대신과 공경대부, 고승 및 그 수행승들, 수많은 기도승에 음양박사와 시의(侍醫), 그 밖에 당상당하에 있던 모든 사람들이 한꺼번에 와 하고 환호하니 그 소리가 문밖까지 울려 퍼져 한참이나 가라앉지 않았다. 기요모리 공은 너무도 기쁜 나머지 큰소리로 엉엉 울었는데 기뻐서 운다는 말은 이런 일을 두고 하는 말인 모양이었다. 시게모리는 산실로 들어와 금화 아흔아홉 문(文)[5]을 원자의 머리맡에 놓고 "하늘을 아버지로 하고 땅을 어머니로 하소서. 삼천갑자 동방삭(東方朔)처럼 장수를 누리시고, 영혼 속에 아마테라스 여신이 임하셔서 영명한 군왕이 되소서" 하고 축언을 한 다음 뽕나무 활에 쑥으로 만든 화살로 천지사방을 향해 쏘았다.[6]

---

[5] 문은 화폐 단위로 1관의 1000분의 1.
[6] 고대 중국의 풍습으로, 사내아이가 태어나면 뽕나무 활에 쑥으로 만든 화살을 천지사방을 향해 쏘아 재액을 물리쳤다고 한다(『禮記』).

공경들의 집결

　원자의 유모로는 원래 무네모리(宗盛) 경의 부인이 내정되어 있었으나 지난 7월 난산 끝에 세상을 뜨는 바람에 대신 도키타다(時忠) 경의 부인이 젖어머니로 입궐하였는데 훗날 스케(典侍) 마님이라 불린 이가 이 사람이다. 출산이 무사히 끝난 것을 본 상왕이 바로 환궁하기 위해 문 앞에 탈것을 대기시키자 기뻐 어쩔 줄 모르던 기요모리 공은 사금 천 냥과 후지(富士)산의 목화 2천 냥을 진상했는데 사람들은 이를 놓고 적절치 못한 행위였다고 뒤에서 수군거렸다.

　이번 출산 때는 상궤에 벗어난 일들이 많았는데 우선 상왕이 직접 기도를 올린 것이 그러했다. 또 중궁이 출산하면 전각 용마루에서 시루를 굴려 떨어뜨리는 관례가 있었는데 왕자가 태어나면 남쪽으로, 공주일 경우에는 북쪽으로 굴리게 되어 있는 것을 이때는 북쪽으로 굴려 이게 웬일이냐고 소란이 일어났다. 다시 주워서 제 방향으로 굴리기는 했지만 뭔가 불길한 전조라고 말이 많았다. 꼴불견이었던 것은 기요모리 공이 넋을 잃고 정신을 차리지 못했던 일이고, 본받을 만했던 것은 시게모리 공의 처신이었다. 또 안타까웠던 것은 사랑하는 아내를 잃은 무네모리 경이 대납언 겸 대장이라는 두 관직을 내놓고서 칩거에 들어간 일이었는데 형제분이 나란히 출사했더라면 얼마나 보기 좋았을까 하는 생각이 들었다.

이 밖에도 이런 일이 있었다. 일곱 명의 음양사(陰陽師)를 불러 천 번의 불제(祓除)를 행하도록 하였는데 그중에 도키하루(時晴)라는 노인이 있었다. 하인도 몇 데리지 않고 로쿠하라로 들어오는데 저택 안은 사람이 너무 넘쳐 콩나물시루 같았다. "공무로 온 사람이오. 길을 비키시오" 하며 헤치고 들어가다가 오른쪽 신이 밟혀 벗겨지고 말았다. 어이가 없어 그 자리에 서 있는데 관마저 부딪혀 땅에 떨어지고 말았다. 중대한 행사를 앞두고 관복을 갖춰 입은 노인이 상투를 드러낸 채로 걷기 시작하니 옆에 있던 젊은 귀족들이 한꺼번에 와 하고 웃어댔다. 음양사란 길을 걸을 때도 길흉에 신경을 쓰며 함부로 발을 내딛지 않는 사람들이라고 하는데 이러한 불상사가 일어난 것에 대해 당시에는 대수롭지 않게들 여겼으나 훗날 생각해보니 짚이는 게 적지 않았다.

이번 출산 때 로쿠하라를 찾은 공경들의 면면을 살펴보면 관백 대감을 비롯해 태정대신 모로나가(師長), 좌대신 쓰네무네(經宗), 우대신 가네자네(兼實), 내대신 시게모리(重盛), 좌대장 사네사다(實定), 대납언 사다후사(貞房), 사네후사(實房), 구니쓰나(邦綱), 사네쿠니(實國), 안찰사 스케카타(資賢), 중납언 무네이에(宗家), 가네마사(兼雅), 마사요리(雅賴), 사네쓰나(實綱), 스케나가(資長), 요리모리(賴盛), 좌위문별장 도키타다(時忠), 의금부 수장 다다치카(忠親), 좌참의중장 사네이에(實家), 우참의중장 사네무네(實宗), 신참의중장 미치치카(通親), 참의 노리모리(教盛), 이에미치(家通), 요리사다(賴定), 좌대변(左大辨) 나가카타(長方), 우대변 도시쓰네(俊經), 좌병위 별장 시게노리(成範), 우병위 별장 미쓰요시(光能), 대비전 대부 도모카타(朝方), 좌경대부 나가노리(脩範), 다자이후 부사 지카노부(親信), 신삼위(新三位) 사네키요(實淸) 등 33인이었는데, 우대변 도시쓰네 외에는 모두 평복 차림이었다. 오지 않은 사람들은 전 태정대신 다다마사(忠雅) 공, 대납언 다카스에(隆季) 이하 10여 명이었는데, 뒤에 의관을 갖추고 기요모리 공의 저택인 니시하치조로 축하하러 갔다는 후문이었다.

다보탑

안산을 비는 가지기도의 마지막 날, 승려들에게 포상이 내려졌다. 우선 인화사 주지인 슈카쿠 대군은 동사(東寺)를 수리해줄 것과 정월 초여드레부터 궁중에서 열리는 호국기원 가지기도와 관정(灌頂)에 대한 관할권 및 자신의 제자 가쿠세이(覺成)의 법인 승격을 요청했다. 다음으로 연력사 주지 가쿠카이(覺快)는 위계를 이위(二位)로 올려주고 우차를 타고 궐내로 들어올 수 있도록 해달라고 하였으나 대군이 이의를 제기해 대신 제자 엔료(圓良)를 법인으로 승격시키기로 했다. 그 밖의 승려들에 대한 포상은 일일이 다 열거할 수가 없을 정도였다.

중궁은 얼마 후 로쿠하라를 나와 환궁했다. 기요모리 공 내외는 이 딸이 왕비로 간택됐을 때 속으로 '어서 왕자가 태어났으면 좋겠다. 이 왕자를 즉위시키면 나는 국구(國舅)가 될 테고 그러면 모든 사람들이 우러러볼 텐데' 하며 전부터 신봉해온 이쓰쿠시마 신사를 매달 찾아 빌었다. 그랬더니 이내 회임을 하고 바라던 대로 왕자가 태어났으니 경사가 아닐 수 없었다.

다이라 일가가 아키에 있는 이쓰쿠시마 신사를 신봉하게 된 것은 도바 상왕 치세 때부터였다. 당시 기요모리 공은 아키 태수로 있었는데 아키 관아에서 책임지고 고야 산의 다보탑을 복원하라는 상왕의 어명이 내려와 와타나베에 있던 엔도 요리카타(遠藤賴方)를 책임자로 보내 장장 6년에 걸쳐 복원 사업을 완성시켰다. 공사가 끝난 후 기요모리 공이 고야 산에 올라 다보탑을 참배한 다음 개조(開祖) 고보 대사(弘法大師)[7]의 묘소를 찾았더니 어디에서인가 눈썹이 서리처럼 하얗고 이마에 물결 치듯 주름이 잡힌 노승이 끝이 갈라진 지팡이를 짚고 나타났다. 그러고는 기요모리 공을 향해 "자고로 이 산은 진언밀교를 변함없이 이어오고 있는데 이와 같은 일은 천하에 다시없을 것이오. 다보탑은 이제 복원이 끝났소이다만 아키의 이쓰쿠시마 신사와 에치젠의 게이(氣比) 신궁은 똑같이 금강계(金剛界)와 태장계(胎藏界)의 대일여래(大日如來)께서 내려와 계신 곳인데 게이 쪽은 번성하나 이쓰쿠시마 쪽은 흔적도 알아보기 힘들 만큼 황폐해져 있소. 이참에 조정에 상주하여 복원하도록 하시오. 그렇게만 하면 당신은 장차 어깨를 나란히 할 자가 없을 정도로 출세하게 될 것이오"라고 이르더니 자리를 떴다. 노승이 앉았던 곳에서는 이내 알 수 없는 향기가 피어올라 이상하게 여긴 기요모리 공이 사람을 시켜 뒤따르게 했더니 3정(町)[8] 정도까지는 눈에 보이더니 연기처럼 사라져버리는 것이었다. 여느 사람이 아니라 고보 대사께서 현신하신 것을 안 기요모리 공은 대사가 사바세계에 나타나신 것을 기념하여 조묘(常明) 법인이라는 화승을 시켜 고야 산의 대웅전에 금강계 만다라를 그리게 했다. 그리고 태장계 만다라는 자신이 그리겠다며 직접 그리기 시작했는데 무슨 생각에서였는

---

7 774~835. 구카이(空海). 고대 후기의 승려로 진언종의 개조(開祖). 고보 대사는 시호. 고야 산에 진언종 총본산인 금강봉사(金剛峰寺)를 건립했다.
8 약 330m. 1정은 약 109.1m.

지 자신의 머리에서 피를 짜내 대일여래의 보관을 그렸다고 한다.

그 후 기요모리 공은 상경해 상왕궁으로 들어가 고야 산에서 있었던 일의 자초지종을 아뢰었다. 감격한 상왕이 기요모리 공의 아키 태수 임기를 연장시키고 이쓰쿠시마 신사를 수리하라 명하니 도리이를 새로 세우고 사당들도 다시 짓는 한편, 180칸이나 되는 회랑을 신설하는 등 대규모 공사를 벌였다. 공사가 끝나 이쓰쿠시마를 찾은 기요모리 공이 철야 기도를 하던 중 본전 안에서 각발⁹을 한 천동이 나오더니 "나는 신령님의 사자이니라. 그대는 이 검으로 천하를 안정시켜 조정의 수호자가 되어라" 하며 은으로 장식한 협도를 주는 꿈을 꾸고 깨어 보니 실제로 머리맡에 협도가 한 자루 세워져 있었다. 신령께서도 나타나 탁선을 하기를 "그대는 고야 산에서 노승의 입을 통해 들은 말을 아직도 기억하고 있느냐? 그러나 악행을 저지르면 그 영화가 자손에게까지는 미치지 못할 것이니 명심하라" 하고 사라지니 상서로운 일이 아닐 수 없었다.

---

9 고대의 머리 모양의 하나. 머리를 좌우로 갈라 양 귀 위에 고리 모양으로 감아 올렸다.

라이고(賴豪)

시라카와(白河) 임금[10]때 후지와라 노 모로자네(藤原師實) 대감의 딸이 왕비로 간택되었다. 입궐 후 겐시(賢子) 중궁이라 불렸는데 주상의 총애가 지극했다. 주상은 이 중궁에게서 원자가 태어나길 바라 그 당시 법력이 높기로 소문난 원성사의 라이고 아사리를 불러, "여봐라, 중궁의 몸에 원자가 생기도록 기도를 올려라. 소원이 이루어지면 네가 원하는 대로 상을 내리도록 하겠다"라고 하명했다. 라이고는 "간단한 일이옵니다"라며 절로 돌아가 백일 동안 온 정성을 다해 빌었다. 그러자 중궁은 이내 백일도 안 돼 회임하여 쇼호(承保) 원년(1074) 12월 16일 원자를 안산하였다. 주상이 몹시 기뻐하면서 라이고 아사리를 불러 "그래, 네 소원은 무엇이냐?"하고 묻자 라이고는 뜻밖에도 원성사에 계단(戒壇)을 세워달라고 상주했다. 놀란 주상이 "이건 생각지도 못한 청이로구나. 과인은 승위를 바로 승정으로 올려달라고 할 줄 알았다. 왕자를 낳아 보위를 계승시키려는 것은 다 천하가 태평하기를 바라기 때문인데 지금 그대 청을

---
10 1053~1129. 제72대 임금. 1072년에 즉위하여 1086년에 양위하고 '원(院: 상왕)'이 됐으나 '원정(院政)'이라는 형태를 통해 죽을 때까지 실권을 쥐고 통치했다.

들어주면 연력사 쪽에서 화를 내 세상이 조용하지 않을 것이다. 아마도 양쪽이 싸우다가 천태종은 망하게 되고 말 것이야" 하며 윤허하지 않았다.

그러자 라이고는 분하게 생각하고 절로 돌아와 식음을 전폐하고 목숨을 끊으려 했다. 이를 전해 들은 주상은 크게 놀라 미마사카(美作) 태수로 있던 오에 노 마사후사(大江匡房)를 불러 "경은 라이고와 사제 관계라니 가서 달래보도록 하오" 하고 일렀다. 왕명을 받든 마사후사가 라이고를 찾아가 주상의 뜻을 전하려 하자 라이고는 호마 연기 자욱한 불당 안에 틀어박혀 무시무시한 목소리로 "천자는 빈말을 하지 않고, 어명은 되돌릴 수 없는 것이라 하던데 그까짓 소망도 못 들어주겠다면야 내가 빌어 태어난 왕자이니만큼 데리고 지옥으로 가야겠습니다"라며 끝내 대면조차 하지 않아 돌아와 그대로 상주했다. 라이고는 이내 단식 때문에 죽고 말았다. 주상은 놀라 어찌할 바를 몰랐는데 왕자는 곧 아프기 시작해 백방으로 기도를 올려봤으나 효험이 없었다. 석장(錫杖)을 짚은 백발 노승이 왕자의 머리맡에 서 있는 모습이 사람들의 꿈에 보이기도 하고, 평시에도 허깨비처럼 나타나기도 해 무섭기 이루 말할 수 없었다. 그러던 중 쇼랴쿠(承曆) 원년(1077) 8월 6일, 왕자는 네 살의 나이로 끝내 세상을 뜨고 말았다. 이이가 바로 아쓰훈(敦文) 대군인데, 주상의 탄식은 이만저만한 것이 아니었다.

당시에는 아직 엔유보(圓融房) 승도라 불리던 연력사의 료신(良眞) 대승정은 법력이 높기로 소문이 자자했다. 그를 대궐로 불러 "이를 어찌하면 좋단 말이냐?" 하고 물으니 "그러한 소원은 언제나 저희 연력사의 힘을 빌려야만 성취되는 법이옵니다. 우대신 모로스케 대감께서도 저희 절의 지에(慈惠) 대승정에게 부탁해 그 따님이 왕자를 낳으신 겁니다. 쉬운 일이오니 안심하옵소서" 하고 산으로 돌아가 정성을 다해 기도를 올렸다. 그러자 중궁은 또 백일이 안 돼 회임하고 쇼랴쿠 3년 7월 9일 탈 없이 왕자를 순산하니 호리카와(堀河) 임금이 바로 이분이다. 원령은 옛 날에도 무시무시한 존재였다.

    이번에 이 경사스런 출산을 맞아 특사가 실시됐으나 슌칸 혼자 사면 받지 못했으니 안타까운 일이었다. 그해 12월 8일, 원자가 동궁에 책봉되니 사부에는 내대신 시게모리 공이, 동궁대부에는 중납언 요리모리(賴盛) 경이 각각 임명되었다.

귀경

새해가 밝으니 지쇼 3년이었다. 정월 하순, 소장 나리쓰네와 판관 야스요리는 머물고 있던 비젠의 가세 고을을 떠나 서울을 향해 길을 재촉하였다. 그러나 아직 여한이 심한 데다가 바닷길 또한 거칠어 길목에 있는 포구나 섬에서 쉬어가며 올라오다 보니 2월 10일경에야 비젠의 고지마(兒島)에 도착하였다. 두 사람이 뭍에 올라 나리쓰네의 부친 나리치카 대감이 귀양 살던 곳을 찾아 들어가 보니 대나무 기둥이나 해어진 장지문에 고인이 써놓은 글이 남아 있었다. 나리쓰네는 속으로 '유품은 뭐니 뭐니 해도 글이 제일이로구나. 이렇게 적어놓지 않으셨더라면 어찌 볼 수 있었겠나' 하며 야스요리와 둘이서 울고 또 울면서 읽어 내려갔다. 그중에 '안겐 3년 7월 20일 출가하고, 같은 달 26일 노부토시 내려가다'라는 글이 있어 이로써 미나모토 노 노부토시가 다녀갔음을 알 수 있었다. 또 그 옆벽에는 '죽으면 삼존(三尊)께서 맞으러 와주실 테니 구품정토(九品淨土)에 왕생할 것이 틀림없도다'라는 글귀가 적혀 있었다. 이를 본 나리쓰네는 "아버님 역시 흔구정토(欣求淨土)"의 마음을 지니고 계셨구나" 하며 한없이 탄식을 하면서도 고인의 내세에 대해 한 가닥 희망을 걸어보는 것이었다.

　무덤을 찾으니 솔밭 안에 그럴듯한 단(壇) 하나 없이 그저 약간 높직하게 봉토한 곳이 있었다. 나리쓰네는 옷깃을 여미고 그곳을 향해 마치 살아 있는 사람을 대하듯 엉엉 울며 고하였다. "이 세상을 뜨셨다는 말을 기카이가시마에서 얼핏 전해 듣기는 했사오나 마음대로 할 수 없는 신세여서 얼른 오지 못했습니다. 소자의 유배 생활은 단 하루도 견디기 힘들만큼 참담하기 그지없었으나 그래도 덧없는 목숨이 스러지지 않아 두 해를 넘기고서 귀양이 풀리게 됐습니다. 기쁘기 그지없는 일이나 그도 아버님이 이 세상에 살아 계셔서 한번 뵙기라도 했어야 살아남은 보람이 있는 것 아니겠습니까? 이곳까지는 길을 재촉해 왔으나 이젠 서둘러 가고 싶은 마음이 나지 않습니다" 하며 떼를 쓰듯 목 놓아 우는 것이었다. 나리치카가 만약 살아 있었더라면 "그래, 얼마나 고생이 많았더냐?" 하며 위로하고 달랬겠지만 이승과 저승으로 서로 갈라져 있으니 마음 아픈 일이었다. 땅 밑에서 답할 이 있을 리 없고 들리는 건 세찬 바람에 우는 소나무 소리뿐이었다. 그날 밤은 밤새도록 야스요리와 함께 무덤 주위를 돌면서 염불을 외고는 날이 밝자 새로 단을 쌓고 울타리를 친 후 그 앞에 움막을 짓고 7일 주야로 염불을 올리고 사경을 하였다. 공양이 끝나는 날, 커다란 목비를 세우고 '고인이 되신 성령이시여, 이승의 고뇌에서 벗어나 부처의 올바른 깨달음을 얻으소서(過去聖靈, 出離生死, 證大菩提)'라고 쓰고 생년월일 다음에 '효자 나리치카'라고 적으니 이를 본 시골 나무꾼들조차 보배 중에 아들만 한 것이 없다며 울지 않는 이가 없었다. 해가 바뀌고 세월이 흘러도 잊히지 않는 것은 보살피고 키워준 부모의 은혜인 만

---

11 극락왕생을 절실히 바람.

큼 생각하면 모든 것이 꿈만 같아 나리쓰네는 망부를 기리며 하염없이 울 따름이었다. 이를 내려다본 삼세시방(三世十方)[12]의 부처들께서도 안쓰러워했을 것은 물론이고 망부의 넋이 얼마나 기뻐했을지는 새삼 말할 필요도 없었다.

이레 동안 공양을 마친 나리쓰네는 "좀더 염불 공양을 올려야 할 것이나 서울에 있는 사람들이 애타게 기다리고 있을 것이오니 갔다가 다시 찾아뵈옵겠습니다" 하고 무덤을 향해 작별을 고했다. 헤어지는 것이 아쉬워 떠나면서도 계속 우니 땅 밑의 고인 또한 아쉬움을 금치 못했을 것이다.

그해 3월 16일, 나리쓰네 일행은 아직 해가 높을 때 도바에 도착했다. 이곳에는 망부의 거처였던 스하마(洲浜) 산장이 있어 들러보니 사람이 안 산 지 오래되어서인지 담장의 기와는 벗겨지고 대문이 떨어져나가 처참한 모습을 하고 있었다. 정원으로 발길을 옮겨 둘러보니 인적은 없는데 이끼만 무성하고 연못가를 보니 석가산에서 불어오는 봄바람이 물결을 수놓고 원앙과 갈매기가 그 속에서 한가롭게 노닐고 있었다. 이 광경을 보고 있노라니 나리쓰네는 이곳을 더없이 좋아하던 고인 생각이 나 눈물을 주체할 수 없었다. 건물은 남아 있었으나 장식이 다 벗겨지고 문이나 창문은 제대로 붙어 있는 것이 없었다. 안으로 들어간 나리쓰네는 고인의 생시 모습을 흉내 내며 "아버님은 여기선 이렇게 하곤 하셨는데…… 이 문을 이렇게 나오셨지…… 저기 있는 나무는 손수 심으신 것이고……" 하며 한마디 한마디 고인이 그리운 듯 말하는 것이었다. 3월 16일이라 벚꽃이 아직 지지 않았고 버들에 매화 복사꽃 자두꽃 등이 지금은 제철이라는 듯 색색의 꽃을 뽐내고 있었다. 옛 주인이 없어도 꽃들이 봄을 잊지

---

12 삼세는 과거, 현재, 미래. 시방은 동서남북, 상하, 사유(四維: 서북, 서남, 동북, 동남).

않고 핀 것에 감동한 나리쓰네는 옆으로 다가가,

>꽃이 말을 못하니 봄이 몇 번 흘렀는지 알 수가 없고
>놀은 흔적이 없으니 전에 뉘 살았는지 알 길이 없네[13]

>주인을 잃은 꽃들이 혹시 말을 할 수 있다면
>옛날 일을 아는지 물어보고 싶구나[14]

하고 옛 시가를 읊조렸다. 그러자 출가한 몸인 야스요리도 감흥을 이기지 못하고 승복 소매로 연신 눈물을 훔쳐대는 것이었다. 해가 질 때까지 기다렸다가 도성 안으로 들어갈 생각으로 이곳에 들른 것이었으나 떠나기가 아쉬워 밤이 되어도 그대로 머물러 있었다. 밤이 깊어가자 폐가가 으레 그렇듯이 낡은 처마 틈으로 달빛이 새어 들어와 실내가 환했다. 이윽고 동이 터왔으나 집에 가고 싶은 생각이 나지 않았다. 그렇다고 마냥 그렇게 있을 수만도 없는 일인 데다가 집에서 자신들을 맞으러 우차를 보냈을 텐데 그들을 너무 기다리게 하는 것도 할 일이 아니다 싶어 눈물 속에 스하마 산장을 뒤로 하고 서울로 향한 두 사람의 마음은 슬프기 그지없었지만 한편으로는 설렘도 없지 않았다. 야스요리는 자신을 맞으러 온 우차가 나와 있었으나 헤어지기 섭섭하다며 나리쓰네의 우차에 동승하여 시치조가와라(七條河原) 부근까지 함께 오다가 그곳에서 내려 작별 인사를 나눴으나 그래도 차마 떠나지를 못했다. 벚꽃놀이를 하며 반나절만 같이 지

---

13 '桃李不言春幾暮, 煙霞無跡昔誰栖.' 스가와라 노 후미도키(菅原文時: 899~981)의 시(『화한낭영집(和漢朗詠集)』하권).
14 고대 후기의 여류시인 데와노벤(出羽弁)의 노래(『후습유화가집(後拾遺和歌集)』).

내도, 혹은 달맞이를 하면서 하룻밤만 함께 보내도, 아니, 심지어는 길 가는 나그네들이 소나기를 피하기 위해 같은 나무 아래에서 잠깐만 머물러도 막상 헤어지려면 섭섭한 법이거늘 하물며 뼈를 깎는 유배 생활을 함께 하다가 한 배에 올라 풍랑을 헤치고 여기까지 오게 된 기구한 운명을 놓고 봤을 때 두 사람 사이의 전세의 인연이 결코 얕지 않음을 깨달았기 때문이었다.

나리쓰네는 우선 장인의 집으로 향했다. 나리쓰네의 노모는 히가시야마의 영산사(靈山寺) 부근에 살고 있었는데 전날부터 사돈네 집에 와서 기다리고 있었다. 나리쓰네가 집 안에 들어서는 모습을 보더니 "명이 길어……"라고 겨우 한마디 하고는 옷을 뒤집어쓰고 엎드려 흐느껴 울었다. 하인과 하녀들도 몰려나와 반가워하며 눈물을 흘렸는데 부인이나 유모 로쿠조의 마음이 어떠했을지는 상상이 가고도 남는 일이었다. 로쿠조는 나리쓰네가 귀양 간 뒤 마음고생으로 검은 머리가 하얗게 새어버렸고, 그리도 곱고 화사하던 부인 역시 수척해져 마치 딴사람 같았다. 떠날 때 세 살이었던 아기는 몰라보게 자라 머리를 묶어야 할 정도로 자라 있었다. 그 옆에 세 살 가량 되어 보이는 어린아이가 있어 나리쓰네가 "그 아이는 누구요?" 하고 물으니 로쿠조가 "이 아이가 바로……" 하더니 소매로 얼굴을 가리고 우는지라 귀양을 떠날 때 부인의 몸 상태가 좋지 않았었는데 그렇다면 그 아이가 태어나 무사히 자란 것이란 말인가 하는 생각이 들어 애틋한 마음을 금할 수 없었다.

나리쓰네는 예전처럼 상왕을 모셨는데 얼마 후 중장으로 승진했다. 야스요리는 히가시야마의 쌍림사(雙林寺)에 자신의 산장이 있어 일단 그리로 들어갔는데 생환의 감회를 다음과 같이 노래했다.

고향에 오니 이끼가 처마 위를 뒤덮었으나
생각보다 달빛이 새지는 않는구나

그러고는 그대로 그곳에 틀어박혀 지난날의 고초를 회고하며 『보물집(寶物集)』이라는 설화집을 썼다고 전한다.

아리오(有王)

한편 기카이가시마로 귀양 갔던 세 사람 가운데 둘은 소환되어 서울로 돌아왔으나 승도 슌칸만이 홀로 남아 험난한 섬의 섬지기 신세가 되고 말았으니 애처로운 일이 아닐 수 없었다. 슌칸에게는 소싯적부터 귀여워하며 부리던 사내아이가 하나 있었는데 이름을 아리오라 했다. 이 아리오는 기카이가시마로 귀양 간 사람들이 곧 서울에 도착할 것이라는 말이 들리자 도바까지 마중을 나갔으나 웬일인지 자기 주인의 모습만 눈에 띄지 않았다. 영문을 몰라 물었더니 죄가 무거워 아직 섬에 남아 있다는 것이었다. 이 말을 들은 아리오는 마음이 무너지는 것 같았다. 그때부터 로쿠하라 주변을 배회하며 오가는 소문에 귀를 기울여보았으나 언제 풀려날 것이라는 말을 들을 수가 없었다. 하는 수 없이 아리오는 주인의 딸이 숨어 살고 있는 곳을 찾아 "어르신께서는 이번 기회에도 사면에서 누락돼 상경하지 못하셨습니다. 무슨 수를 써서라도 그 섬으로 건너가 행방을 알아볼 생각이니 편지를 써서 주십시오" 하고 청하니 딸은 울면서 편지를 써주었다. 아리오는 이 일을 자기 부모에게 사실대로 말했다가는 못 떠나게 할 것이라 보고 부모 몰래 집을 나섰다. 중국으로 다니는 배는 사오월이 되어야 출항한다는 말에 여름이면 너무 늦겠다 싶어 3월말에 다른 배편을 이용해 서울을 출발해 멀고 긴 뱃길에 시달린 끝에 사쓰마(薩摩)만에 도착했다. 아리오는 사쓰마의 기카이가시마로 가는 항구에서 자신을 수상쩍게 여긴 사람들에게 입고 있는 옷을 빼앗기는 수난도 겪었으나 조금도 후회하지 않았다. 아기씨가 써준 편지만은 남의 눈에 안 띄게 하려고 상투 속에 숨겨 놓았다. 상인의 배를 타고 기카이가시마로 건너와 보니 서울에서 간혹 전해 듣던 소문과는 딴판이어서 논밭도 없을뿐더러 마을이나 인가 같은 것도 없었다. 간혹 사람이 눈에 띄었으나 하는 말을 알아들을 수 없었다. 혹시 이 사람들 가운데 주인의 행방을 아는 자는 없을까 해서 "말 좀 물읍시다" 하니 "무슨 일이오?" 하고 답하기에 "서울에서 이곳으로 귀양 오신 법승사 주지 스님(슌칸의 승직)께서 어디 계신지 모르시오?" 하고 물어보니 법승사고 주지고 간에 도대체 뭘 알아야 대답을 할 텐데 알 리가 없으니 고개를 흔들며 모른다고들 할 뿐이었다. 그중 한 사람이 말귀를 알아들었는지 "글쎄올시다. 그런 사람이 셋 있었는데 둘은 서울로 불려 올라가고 하나만 남아 여기저기 떠돌아다녔는데 어디 있는 줄은 모르겠소"라고 하는 것이었다. 아리오는 혹시 산 쪽에 있지는 않나 싶어 산속 깊숙이 들어가 봉우리에 올랐다가 계곡으로 내려오기를 계속했지만 흰 구름이 지나온 자취를 가려 오가는 길조차 분명치 않고 신록을 스치는 바람이 아리오의 졸음을 쫓아 꿈속에서 주인의 환영을 보는 것조차 여의치 않았다. 산에서는 끝내 찾을 수 없어서 이번에는 해안을 따라 돌며 수소문해봤으나 모래 위에 점점이 발자취를 남기는 갈매기나 바닷가 백사장에 무리 지어 있는 물떼새 외에는 행방을 물어볼 사람조차 없었다.

그러던 어느 날 아침 해변 쪽에서 마치 잠자리처럼 바싹 여윈 남자 하나가 비틀거리며 걸어오는 것이 보였다. 원래는 승려였는지 머리가 하늘로 뻗쳤는데 온갖 해초 부스러기가 달라붙어 있어 흡사 가시관을 쓰고 있는 것 같았다. 살은 처지고 뼈마디가 앙상히 드러난 데다 걸치고 있는 것도 비단인지 무명인지 구분이 가지 않았다. 한 손엔 바닷말을 쥐고 다른 한 손엔 어부에게서 얻은 생선을 들고 있었는데, 걷고 있는 것 같기는 하였으나 좀처럼 앞으로 나아가지 못하고 비틀거리면서 이쪽으로 오고 있었다. 아리오는 속으로 "내 서울에서 거지도 많이 봤다만 이렇게 지독한 꼴을 하고 있는 거지는 처음이네. 경문에 '아수라는 대해변에 있다'고 했듯이 수라가 사는 삼악도(三惡道), 사악취(四惡趣)는 심산이나 해변에 있다고 석가께서 이르셨는데, 허허, 나는 마침내 아귀도(餓鬼道)까지 오고 만 모양이다" 하고 탄식하며 걷는데 다가감에 따라 거리가 가까워졌다. 저 같은 사람일지라도 혹시 주인의 행방을 알고 있을지 모른다는 생각에 "말 좀 물읍시다" 하니 "무슨 일이오?" 하고 묻는 것이었다. "혹시 서울서 이리로 귀양 온 법승사 주지 스님이 어디 계신지 모르시오?" 하고 물으니 아리오야 못 알아볼 수도 있겠으나 슌칸이 아리오를 못 알아볼 리 없었다. 그 사람은 "내가 바로 슌칸이다" 하고 외치더니 손에 들고 있던 물건을 내던지고 모래 위에 쓰러졌다. 아리오는 그제야 자기 주인의 비참하기 이를 데 없는 말로를 보게 된 것이었다. 그대로 의식을 잃은 슌칸을 무릎 위에 안아 올린 아리오는 "소인이 왔사옵니다. 멀고먼 바닷길을 넘고 넘어 예까지 왔사온데 그 보람도 없게 어이하여 뵙자마자 이런 무참한 모습을 보이십니까?" 하며 엉엉 울면서 말을 걸었다. 잠시 후 약간 의식이 돌아와 일으켜 세우니 "여기까지 찾아오다니 정말로 네 뜻이 가상하기 그지없구나. 자나 깨나 서울 생각만 하고 있었던 탓인지 보고 싶은 사람들의 얼굴이 꿈에 보일 때도 있고 깨어 있을 때도 환영으로 나타난 적도 있었는데 몸이 몹시 쇠약해진 뒤로는 꿈인지 생시인지도 구분이 가지 않았다. 그러니 네가 온 것도 그저 꿈이라는 생각밖에는 들지 않는구나. 이게 만약 꿈이라면 깬 후 어이하란 말이냐?" 하고 탄식할 따름이었다. 아리오가 "생시이옵니다. 이런 모습으로 여태까지 살아 계신 게 믿어지지 않습니다"라고 하자 슌칸은 "그렇겠지. 작년에 나리쓰네와 야스요리가 날 버리고 간 후의 허전함이란 말로 표현하기 힘든 것이었으니 미루어 생각해보기 바란다. 그때 바다에 몸을 던져 죽으려고 했으나 나리쓰네가 떠나면서 서울에서 연락 오는 것을 다시 한 번만 기다려보라기에 어리석게도 혹시나 하는 기대 속에 살아보려고 했지만 이 섬은 도대체가 사람이 먹을 만한 게 없는 곳이라 그래도 아직 기력이 남아 있었을 때는 산에 올라가 유황이란 것을 캐뒀다가 규슈에서 상인이 건너오면 먹을 것과 바꾸기도 했지만 날이 갈수록 기력이 떨어져서 이젠 그런 일도 하지 못하고 있다. 오늘같이 날이 좋을 땐 바닷가에 나가 그물을 치거나 낚시 하는 사람에게 사정사정하여 생선을 구걸하기도 하고 썰물 때가 되면 조개를 줍거나 바닷말을 뜯고 물가의 해초를 따서 부질없는 목숨을 오늘까지 이어온 것이다. 그렇게라도 하지 않고서야 무슨 수로 살아갈 수 있었겠느냐. 여기서 죄다 이야기하고 싶다만 우선 집으로 가자" 하며 그간의 일을 설명했다. 이런 몰골을 하고도 집을 가지고 있다니 이상한 일도 있다 싶어 따라갔더니 집이라야 소나무 숲 속에다 떠내려 온 대나무를 주워 기둥을 세우고 갈대를 엮어 서까래와 들보를 올린 다음 위아래에 솔잎을 촘촘히 덮어놓은 게 고작이어서 비바람을 피하기도 힘들 것 같았다. 한때는 법승사 주지를 맡아 절이 소유하고 있는 80여 군데의 장원 관리를 담당하고 있었기 때문에 행랑채에 사는 4~5백 명이나 되는 하인과 부하들 속에 둘러싸여 있던 사람이 이같이 비참한 신세로 전락하고 말다니 믿기 어려운 일이었다. 사람의 업에는 여러 가지가 있어서 현세에서 만든 업을 현세에서 치르는 순현업(順現業)과, 현세에서 만든 업을 내세에서 치르는 순생업(順生業), 그리고 현세에서 만든 업을 내후세에서 치르는 순후업(順後業)이 있다고 한다. 슌칸이 일생 동안 사용한 물건은 모두가 대가람의 것으로서 어느 것 하나 사물(寺物)이나 불물(佛物)이 아닌 것이 없었다. 아리오는 그래서 신도들의 보시를 받으면서도 부끄러워할 줄 모르는 죄로 인해 현세에서 업보를 치르는 것이라는 생각이 들었다.

슌칸의 죽음

슌칸은 아리오가 찾아온 것이 헛것을 본 게 아니라 현실이라는 것이 확실해지자 아리오에게 물었다. "작년에 나리쓰네와 야스요리를 데리러 왔을 때도 우리 집 식구들한테서는 편지 한 장 없었는데, 네가 내려오는 데도 전갈이 없는 것 같은데 네게 아무 말도 하지 않더냐?" 하고 물었다. 이 말을 들은 아리오는 엎드려 흐느낄 뿐 한동안 답을 하지 못했다. 한참 있다 일어나 앉더니 눈물을 훔치면서 그간의 일을 소상히 고하였다. "나으리께서 기요모리 대감의 부름을 받고 니시하치조로 가시자마자 바로 의금부의 관헌들이 들이닥쳐 가족 분들을 체포하고 역모의 경위에 대해 심문하더니 그 자리에서 살해하고 말았습니다. 겨우 난을 모면한 마님께서는 도련님을 숨길 곳이 마땅치 않아 구라마(鞍馬) 산속에 숨어 계셨는데 소인만이 가끔 찾아가 보살펴드렸습니다. 어느 분 하나 근심 걱정이 없는 분이 없었으나 도련님께서 특히 어르신을 보고 싶어 하셔서 제가 갈 때마다 '아리오야, 기카이가시마라는 곳으로 날 좀 데려가 다오' 하며 조르셨는데 지난 이월 천연두라는 병에 걸려 돌아가시고 말았습니다. 마님께서는 이 일에다 어르신 일로 슬픔이 겹쳐 나날이 쇠약해지시더니 그해 삼월

이일 마침내 세상을 뜨시고 말아 이제는 아기씨만이 나라(奈良)에 사시는 이모님 댁에 남아 계실 뿐입니다. 여기 서찰을 받아왔습니다" 하고 꺼내 올렸다. 펼쳐 보니 아리오가 말한 대로 적혀 있었다. 끝머리에는 "귀양 가신 세 분 중에 두 분은 돌아오셨는데 왜 아직까지 상경을 않고 계십니까? 아아, 지체가 어찌되건 간에 여자 신세처럼 처량한 게 없사옵니다. 남자의 몸이었다면 아버님이 계시는 곳을 벌써 찾아가 뵈었을 것을. 아리오와 함께 어서 올라오세요"라고 적혀 있었다. 읽고 난 슌칸은 편지를 얼굴에 대고 한참 동안 말을 잇지 못했다. 잠시 후 "아리오야, 이 아이 편지 쓴 것 좀 보려무나. 너와 함께 빨리 상경하라니 철이 없어도 너무 없구나. 내 몸을 내 맘대로 할 수 있는 처지라면 왜 이곳에서 삼 년씩이나 있었겠느냐? 금년이면 열두 살이 됐을 텐데 이리도 철이 없어서야 남의 아내 노릇이며 대궐 일[15]을 제대로 해낼지 걱정이로구나" 하며 우는 것을 보니 부모 치고 자식 일로 걱정하지 않는 사람이 없다는 옛말이 절로 떠올랐다. "이 섬에 유배된 뒤로는 달력도 없고 해서 날짜 가는 것을 알지 못했다. 그저 꽃이 지고 잎이 떨어지는 것을 보고 봄가을을 가렸고, 매미가 우는 것을 듣고 맥추(麥秋)가 끝나 여름이 온 것을 알고 눈이 쌓이는 것을 보고 겨울이 됐음을 알았으며 달이 차고지는 것을 보고 한 달을 구분해가며 세월을 보내왔다. 손가락으로 헤아려보니 금년에 여섯 살이 되는 아들마저 먼저 세상을 뜨고 말았구나. 니시하치조에서 오라 하여 집을 나설 때 그 아이가 저도 함께 가겠다고 따라나서는 것을 곧 돌아올 거라며 달랬던 것이 바로 어제 일 같은데. 그게 마지막일 줄 알았더라면 좀더 봐둘 것을. 부모 자식으로 태어나고 부부의 연을 맺는 것이 다 현세만의

---

15 당시 중하급 귀족의 딸들은 궁중이나 명문가에 들어가 비빈이나 공경의 부인을 보좌하는 사회 활동을 하였다.

약속이 아닐진대 가족들이 세상을 떴는데도 이제까지 꿈에도 모르고 있었단 말인가. 남부끄러운 줄도 모르고 어떻게든 살아보려고 한 것도 다 이들을 한 번만이라도 더 보고 싶었기 때문이었다. 딸애가 걱정이 되긴 하지만 살아 있는 몸이니 신세를 한탄하면서도 어떻게든 살아가겠지. 이렇게 한없이 목숨을 부지하다가 너를 귀찮게 하는 것도 할 짓이 아니다" 하며 겨우겨우 때워가던 식사마저 끊고 오로지 아미타불의 이름만 외우며 임종을 맞을 준비를 하다가 아리오가 섬에 건너온 지 23일째 되는 날 그 암자에서 마침내 세상을 뜨고 말았으니 향년 37세였다고 한다. 아리오는 시신을 부둥켜안고 하늘을 우러르고 땅을 치며 통곡했으나 어쩔 수가 없었다. 실컷 울고 나서 "이대로 목숨을 끊어 저승까지 따라가야 할 일이오나 그렇게 되면 이 세상엔 아기씨 혼자 남게 되는 데다가 명복을 빌 사람도 없을 테니 잠시 목숨을 부지하여 어르신의 명복을 빌도록 하겠나이다"라고 하며 슌칸이 누워 있는 자리는 그대로 두고 암자를 부숴 위에 덮은 다음 마른 솔잎이나 갈잎을 주워 얹어 해초를 사르듯 화장을 했다. 다비가 끝나자 백골을 주머니에 주워 담아 목에 걸고는 다시 상인들의 배편을 이용해 규슈에 상륙했다.

    그러고는 서둘러 상경해 아기씨 계신 곳을 찾아 이제까지 있었던 일의 자초지종을 고했다. "아기씨의 편지를 읽으시고 수심이 한층 커지신 것 같습니다. 그 섬에는 벼루나 종이가 없어 답도 쓰지 못하셨는데 마음속의 생각들이 부질없게 되고 말았습니다. 이제 아무리 시간이 흘러도 아버님의 목소리를 듣거나 모습을 뵐 수는 없게 됐습니다" 하니 딸은 엎드려 목 놓아 우는 것이었다. 그 후 열두 살의 어린 나이에 여승이 되어 나라에 있는 법화사에서 수행하며 부모의 명복을 빌며 살았으니 애처로운 일이 아닐 수 없었다. 아리오는 슌칸의 유골을 목에 걸고 고야 산에 올라

내원에 안치한 후 연화곡(蓮花谷)에서 출가하여 전국을 행각하며 주인의 명복을 빌었다. 이렇듯 수많은 사람들의 한이 첩첩이 쌓여갔으니 도대체 다이라 일가의 장래가 어찌될지 생각만 해도 두려운 일이 아닐 수 없었다.

회오리바람

그해 5월 12일 정오 무렵, 도성 안에서 회오리바람이 세차게 불어 인가가 수도 없이 파괴됐다. 나카노미카도쿄고쿠(中御門京極)에서 불기 시작한 바람은 서남쪽으로 이동하면서 문이란 문은 모두 휩쓸어 4~5정에서 10정 밖까지 날려 보내고, 도리나 중인방, 기둥 따위는 공중에 널려 있고 지붕을 덮은 나무껍질이나 널빤지는 나뭇잎이 겨울바람에 날리듯 어지럽게 흩어져 있었다. 엄청나게 큰 소리가 나 지옥에서 분다는 업풍(業風)도 이보다 심할 것 같지 않았다. 가옥만 파손됐을 뿐 아니라 죽은 사람도 적지 않았고 소나 말은 헤아릴 수도 없을 만큼 목숨을 잃었다. 조정에서는 이는 천지신명의 계시이니 점을 쳐야 한다고 하여 신기관으로 하여금 점을 치게 했다. 그랬더니 '지금부터 백일 안에 고관이 근신해야 할 일이 일어날 것이며 특히 천하의 중대사가 발생해 이로 인해 불법과 왕법이 모두 쇠퇴하고 전란이 계속될 것'이라는 점괘를 신기관과 음양박사가 똑같이 내놓았다.

시게모리의 죽음

이 말을 전해 들은 시게모리는 여러모로 걱정이 됐는지 구마노 신사를 찾아가 본당인 증성전(證誠殿) 앞에서 밤새도록 다음과 같이 신령께 빌었다. "저희 아버님 하시는 것을 보면 악역무도하기 짝이 없어 상왕의 심기를 불편하게 해드리기 일쑤입니다. 저는 장남으로서 늘 간하고는 있사오나 불초한 탓에 제 말을 받아들이시지 않습니다. 지금 하시는 것을 보면 아버님 당대의 영화도 계속되기 어려울 것 같아 이를 제가 물려받아 부모의 이름을 천하에 빛내고 후세에 이름을 남기기는 힘들 것 같습니다. 그래서 이제 와 제가 할 소리는 아니오나 부질없이 중신의 자리에 앉아 안일무사하게 사는 것은 결코 충신효자가 갈 길이 아니라고 봅니다. 명예를 버리고 은퇴해 현세의 명망 대신 내세의 보리(菩提)를 추구하는 것이 으뜸이라 생각하오나 번뇌에서 벗어나지 못한 범부인지라 선악의 판단을 가리지 못해 여태 출가할 뜻을 세우지 못하고 있습니다. 그러하오니 신령이시여, 바라옵건대 자손의 번영이 끊이지 않고 조정에 계속 출사할 운이라면 아버님의 악심을 가라앉혀 천하를 평안하게 해주옵소서. 만약에 영화가 아버님 일대에 끝나 자손들이 수치 속에 살아야 할 운이라면 제 수

명을 단축시켜 내세의 괴로움에서 벗어나게 해주옵소서. 아버님의 개심과 제 수명의 단축 중에 하나를 들어주시도록 신령님의 가호를 비나이다" 하고 혼신의 힘을 다해 빌자 등롱의 불빛 같은 것이 시게모리의 몸에서 빠져나와 꺼지듯 스윽 사라지는 것이었다. 많은 사람들이 그 광경을 목도했으나 무서워서 아무도 입을 열지 못했다.

그뿐 아니었다. 장남 고레모리를 비롯한 시게모리의 아들들은 이때 연보라색 옷 위에다 흰 제의(祭衣)를 걸치고 있었는데 귀경길에 이와다(岩田) 강을 건너다가 마침 여름철이라 별생각 없이 물속에 들어가 놀고 있었다. 그러자 제의가 물에 젖으니 안에 입은 옷 색깔이 비쳐 보여 마치 상복을 입은 것처럼 보였다. 이를 본 지쿠고 태수 사다요시가 마음에 걸렸는지 "이게 웬일입니까? 도련님들께서 입고 계신 제의가 불길해 보이니 올라오라고 부르시지요" 하고 권했다. 그러자 시게모리는 "내 소원이 벌써 이루어진 게로구나. 절대로 갈아입지 못하게 해라" 하며 구마노 신사에 감사 예물을 봉헌하는 차사를 그곳에서 또 파견했다. 사람들은 의아하게 생각하며 심중을 헤아리지 못했는데 이 아들들이 머지않아 진짜 상복을 입게 됐으니 생각하면 이상한 일이었다.

구마노에서 돌아와 얼마 되지 않아 시게모리는 병으로 눕게 되었다. 구마노의 신령들께서 벌써 소원을 들어주신 게 틀림없다며 치료도 안 받고 회복을 비는 기도도 올리지 못하게 했다. 그 무렵 송나라에서 뛰어난 명의가 일본에 건너와 머물고 있었다. 당시 후쿠하라의 별장에 머물고 있던 기요모리 공은 아들이 아프다는 말을 전해 듣자 엣추(越中) 태수 모리토시(盛俊)를 보내 "병이 점점 심해지고 있다고 들었다. 마침 송나라에서 명의가 와 있으니 이 사람을 불러 치료를 받도록 하라"고 일렀다. 그러자 시게모리는 사람 손을 빌어 일어나 앉더니 모리토시를 불러 "우선 치료 건은 잘 알았다고 말씀드리게. 하지만 자네도 들어보게나. 성군이셨던 다이고 임금께서도 타국의 관상가를 도성 안에 불러들인 일에 대해서는 말대까지의 실수요 나라의 수치라고 여기셨는데 나 같은 범부가 외국의 의원을 도성 안에 불러들인다면 이 또한 나라의 수치가 아니겠는가? 한나라 고조(高祖)는 삼척검을 차고 천하를 호령했으나 회남(淮南)의 경포(黥布)를 칠 때 그만 유시를 맞아 중상을 입었다네. 중전인 여태후가 의원을 불러 보였더니 의원이 보고는 '고칠 수 있겠으나 금 오십 근은 주셔야 하겠습니다'라고 하였지. 그러자 한 고조는 '하늘이 날 지킬 때는 수많은 전투를 치르면서 상처를 입었어도 아프지가 않았는데 이제 운이 다한 모양이다. 인명은 재천이니 설사 편작 같은 명의가 있다 한들 무슨 소용이 있겠느냐. 그런 연유로 의원은 사양하겠으나 그러면 치료비가 아까워서 그랬다고 할 것 같구나' 하며 의원에게 금 오십 근을 그냥 주고 끝내 치료는 받지 않았다네. 마음속에 새겨두고 있는 고사이지. 나는 공경의 반열에 이르고 대신의 지위에 올랐는데 이리된 것은 다 하늘의 뜻이 아니겠는가? 그러니 하늘의 뜻을 살피지 않고 어찌 어리석게 의원의 손을 빌릴 수 있단 말인가? 내 병이 만약 정해진 업보에 의한 것이라면 치료를 해도 소용이 없을 것이요, 현세에서 비롯된 일시적인 재액이라면 치료를 안 받아도 살아날 수 있을 것일세. 석가께서는 명의 기파(耆婆)의 의술에도 불구하고 발제(跋提)강변에서 입적하셨는데 이는 바로 정업에 의한 병은 낫지 않는다는 것을 보여주는 것으로, 이러한 병이 치료해서 낫는다면 어찌 석존께서 입멸하셨겠는가? 그러니 업보에 의한 병은 치료할 수 없음이 분명하네. 치료 대상이 부처님이고 치료를 맡은 의원이 기파라 해도 불타께선 입멸하셨는데 내 몸은 부처의 몸도 아닐뿐더러 중국에서 온 명의라 하나 기파에 비할 수는 없을 테니 설령 그자가 사부의서

(四部醫書)를 꿰고 수백 개의 처방을 알고 있다 해도 어찌 이 부정한 몸을 구할 수 있겠으며, 오경(五經)의 의서(醫書)에 통달해 수많은 병을 고쳤다 한들 어찌 업보에 의한 병을 고칠 수 있겠는가? 게다가 만약 그 송나라 의술 덕에 목숨을 구한다면 우리나라엔 의술이 없다는 말이 되지 않는가? 의술로 될 일이 아니라면 의원을 만난들 뾰족한 수가 있을 리 없고 더구나 한 나라의 대신으로 있는 몸이 외국에서 불쑥 찾아온 자를 만나는 것은 한편으로는 나라의 수치요 다른 한편으로는 우리나라의 의술이 퇴보했음을 말해주는 것이니 내 목숨이 다한다 한들 어찌 국가의 수치를 걱정하지 않을 수 있겠는가? 그러니 내가 말한 대로 아버님께 말씀드리게나" 하고 일렀다.

모리토시가 후쿠하라로 돌아와 눈물을 글썽이며 들은 대로 전하니 기요모리 공은 "이토록 나라의 수치를 염려한 대신은 옛날에도 없었고 후대라 한들 나올 리 없을 것이다. 이 나라에는 어울리지 않는 인물이라 무슨 수를 쓴다 해도 이번엔 틀림없이 죽겠구나" 하며 울면서 급히 귀경했다.

그해 7월 28일, 시게모리는 출가하고 법명을 조렌(淨蓮)이라 하였다. 8월 1일, 조용히 기도 속에 세상을 뜨니 향년 43세로 한참 정정할 나이였는데 애석하기 그지없는 일이었다. 기요모리 공이 이제껏 그리 포악한 일을 저질러왔어도 시게모리가 바로잡고 달래왔기에 별 탈이 없었는데 이제 무슨 일이 날지 모르겠다며 장안 사람들은 신분의 고하를 막론하고 한숨을 내쉬었다. 그러나 차남인 무네모리를 지지하는 사람들은 이제 정권은 이내 무네모리 경에게 넘어가게 될 것이라며 기뻐 날뛰었다. 자식을 생각하는 부모의 마음이란 어리석은 자식이 먼저 세상을 떠도 슬픈 법인데 시게모리로 말할 것 같으면 다이라 일가의 기둥이요, 당대의 현인이었으니 부자간의 사별은 말할 것도 없고 일문의 앞날을 생각할 때 아무리 슬퍼해도 한이 없는 일이었다. 그렇기에 조정에서는 충신을 잃은 것을 애석해 했고 다이라 씨는 지략 있는 무장이 사라진 것을 슬퍼했다. 시게모리는 사람됨이 반듯하고 충의가 있었으며 예술적 재능이 뛰어난 한편, 변설과 덕행을 겸비한 인물이었다.

장례용 패도(佩刀)

시게모리는 태생부터 범상치 않은 사람이었는데 앞으로 있을 일을 미리 다 내다보고 있었던 모양으로, 지난 4월 7일에 꾼 꿈은 불가사의하기 짝이 없었다. 어딘지 알 수 없는 해변 길을 한없이 멀리 걸어가고 있는데 길가에 큰 도리이가 서 있었다. "저것은 뭐라는 도리이인가?" 하고 물으니 뒤따르던 하인이 "가스가(春日) 신령을 모시는 도리이이옵니다"라고 답했다. 주변에 많은 사람들이 모여 있었는데 그중 한 사람이 승려의 목을 하나 들고 있었다. "그건 누구의 목이오?" 하고 물으니 "이건 다이라 일가의 기요모리 대감 목인데 악행이 너무 지나쳐 신령께서 잡아들인 것이라오"라는 소리에 잠에서 깼다. 다이라 일문은 호겐, 헤이지 연간 이래 수차례에 걸쳐 역도들을 무찌른 공으로 분에 넘치는 상을 받아 주상의 외척으로 출세하고, 일문 중 승진한 자가 60여 명에 20여 년 간 영화를 누려온 사실은 말로 다할 수 없을 정도였으나 부친의 악행이 지나친 탓에 이제 집안의 운이 다한 모양이라고 생각한 시게모리는 지난날과 앞날을 생각하면서 눈시울을 적셨다.

그때 여닫이문을 쿵쿵 두드리는 소리가 나기에 "누구냐? 누군지 가서 알아보아라"하고 주위에 명하니 세노오 노 가네야스(瀨尾兼康)가 와 있다는 대답이었다. 안에 불러들여 "웬일인가?"하고 물으니 "방금 하도 이상한 일이 있어서 아직 날도 새지 않았습니다만 다급한 마음에 말씀드리려 달려왔습니다. 주위 사람을 물리쳐주십시오"라고 하는 것이었다. 시게모리가 사람들을 멀리 물러나 있게 하고 마주 대하자 세노오는 자신이 꾼 꿈의 자초지종을 이야기하는데 시게모리가 꾼 꿈과 조금도 다르지 않았다. 그래서 시게모리는 세노오가 신령과 통하는 사람이라고 보고 감탄해 마지않았다.

그날 아침 시게모리는 술상을 준비시킨 다음 장남인 소장(少將) 고레모리가 상왕궁에 출근하기 위해 나서는 것을 불러 세우고는 "부모 된 몸으로 이런 소리 하는 것은 이상하다만 너는 내 자식들 중에서는 가장 뛰어나 보여 든든히 여기고 있다. 그러나 앞으로 세상일이 어찌 될지 걱정이 태산 같구나. 사다요시는 게 있느냐? 소장에게 술을 한잔 따라라"고 하니 사다요시가 술을 따르러 달려왔다. 잔을 든 시게모리는 "이 잔을 우선 소장에게 받게 하고 싶으나 부모보다 먼저 마시지는 않을 테니 내가 먼저 받은 다음 소장에게 돌리도록 하겠다"며 세 차례 자기가 받은 후 소장에게 돌렸다. 그러고는 "사다요시, 준비시킨 물건을 내오너라"하고 명하자 사다요시는 공손히 비단 주머니에서 칼을 한 자루 꺼냈다. 고레모리가 속으로 '혹시 이건 우리 집에 전해오는 고가라스(小鳥)라는 칼이 아닐까?'하고 설레는 마음으로 지켜보고 있었더니 그게 아니라 대신급의 장례 때 패용하는 문장(紋章)이 없는 칼이었다. 그제서야 고레모리가 안색이 변해 불안한 표정을 하고 바라보자 시게모리는 눈물을 뚝뚝 흘리면서 "여봐라, 소장, 사다요시가 잘못 꺼내온 것이 아니다. 이 칼은 보다시피 대신의 장례 때 차는 칼로서 아버님 유고 시 내가 차고 관 뒤를 따르려고 지니고 있던 것인데, 아버님보다 내가 먼저 세상을 뜰 것 같기에 너에게 주려는 것이다"라고 하는 것이었다. 이 말을 들은 고레모리는 무어라 대답도 못하고 고개 숙여 눈물만 흘릴 따름으로 그날은 출근도 하지 않고 옷을 뒤집어쓴 채 누워 있었다. 그 뒤 부친이 구마노에 다녀온 다음에 병으로 쓰러지고 결국 세상을 뜨자 그제야 그랬었구나 하고 깨닫는 바가 있었다.

초롱대신

현세에서 지은 죄과를 없애고 내세를 위해 선과(善果)를 쌓고자 하는 마음이 깊었던 시게모리는 히가시야마의 산기슭에 아미타불의 마흔여덟 가지 대원(大願)을 본떠 마흔여덟 칸짜리 불당을 지었다. 각 칸에 초롱을 하나씩 걸어 모두 마흔여덟 개의 초롱을 걸어놓으니 극락에 가면 앉게 된다는 구품(九品)의 연대(蓮臺)가 눈앞에서 빛을 발하는 것 같았는데, 잘 닦아놓은 거울이 빛나는 것 같아 마치 정토에 와 있는 느낌이 들 정도였다. 매달 14일과 15일에는 자기 집안을 비롯한 여러 문중에서 젊고 아름다운 여인들을 소집해 한 칸에 여섯 명씩 모두 288명을 공양자로 정해놓고 이틀 동안 아미타불의 이름을 부르며 공양을 올리게 하니 흡사 아미타불이 눈앞에 내림(來臨)하고 구원의 빛이 시게모리를 비추는 것 같았다. 15일 낮에는 공양을 마치는 염불이 행해졌는데 시게모리 자신도 그 안에 들어가 서쪽을 향해 "아미타불이시여, 이 세상의 중생들을 빠짐없이 제도하소서" 하고 비니 보는 이는 자비심을 일으키고 듣는 자는 감격의 눈물을 흘렸다. 이 때문에 사람들은 시게모리를 초롱대신이라 불렀다.

금 시주

이 밖에도 안겐 연간에 있었던 일인데 시게모리는 "이 나라에서는 생전에 아무리 적선을 많이 하더라도 후손들이 자자손손 내세의 명복을 비는 일이 좀처럼 없으니 다른 나라에 적선하여 나의 명복을 빌게 해야겠다"며 규슈에 사는 묘덴(妙田)이란 사공을 상경시켰다. 주위를 물리치고 마주앉더니 금 3천 5백 냥을 가져오게 한 다음 "너는 무척 정직해 보이니 오백 냥은 너에게 주겠다. 나머지 삼천 냥은 송나라로 가지고 가서 우선 천 냥은 아육왕사(阿育王寺)[16]에 시주하고 남은 이천 냥은 황제께 바쳐 그 절에 전답을 내리도록 하여 오래오래 내 명복을 빌도록 주선해다오" 하고 당부했다.

금을 건네받은 묘덴은 고생 끝에 수만 리 바닷길을 건너 송나라로 가서 아육왕사 주지인 불조선사(佛照禪師) 덕광(德光)을 찾아 자초지종을 이야기하니 크게 감격한 덕광은 천 냥은 시주로 받고, 2천 냥은 황제께 진상했다. 조정 대신들이 이 일을 자세히 아뢰니 황제도 몹시 감탄해 전

---

16 송대 오산(五山)의 하나로 절강성에 소재.

답 500마지기를 아육왕사에 시주했다. 이 때문에 이곳에서는 일본국 대신 다이라 노 시게모리 공이 내세에 정토에 태어나기를 기원하는 공양을 지금도 계속하고 있다고 한다.

문답

　기요모리 공은 장남 시게모리가 세상을 뜨자 세상만사가 덧없어졌는지 서둘러 후쿠하라로 내려가 칩거하고 말았다. 그해 11월 7일 밤 8시경, 대지가 몹시 요동을 치기 시작하더니 한동안 계속되었다. 음양료(陰陽寮)의 장관 아베 노 야스치카(安部泰親)가 급히 대궐로 달려와 아뢰기를 "이번 지진에 대해 점을 치니 '엄중한 근신'이 필요하다는 괘가 나왔사옵니다. 이 괘는 저희 음양도 삼대 경전 중의 하나인 금궤경(金匱經)의 설에 따르면 '해로 말하자면 금년 중에, 달로 말하자면 이달 안에, 그리고 날로 말하자면 오늘 중에' 행해야 하는 것으로 화급을 요하는 일이옵니다"라고 하면서 엉엉 울었다. 그러니 이 말을 전하는 신하도 얼굴빛이 변하고 주상께서도 깜짝 놀랐으나 젊은 신료들은 "저리 울어대다니 못 봐주겠군. 도대체 무슨 일이 일어난다고 그러냐" 하면서 비아냥거렸다. 그러나 이 야스치카로 말할 것 같으면 유명한 음양사 아베 노 세이메이(安部晴明)[17]의 5대손으로서, 천문에 통달해 점을 치면 손바닥 안을 들여다보

---

17 일본 고대 후기의 천문박사. 설화집 등에 뛰어난 신통력을 지닌 인물로 묘사되어 있다.

듯 정확히 맞추어 하나도 틀림이 없었기 때문에 '족집게 귀신'이라 불린 인물이었다. 언젠가는 벼락을 맞았으나 입고 있던 옷의 소매만 불탔을 뿐 아무런 탈이 없었을 정도로 고금을 막론하고 기이한 사람이었다.

그달 14일, 장안에는 한동안 후쿠하라에 머물러 있던 기요모리 공이 무슨 꿍꿍이속인지는 몰라도 수천 기의 군세를 이끌고 상경할 것이라는 소문이 나돌았다. 확실한 정보가 있었던 것도 아닌데 상하 모두 겁에 질려 벌벌 떨었고 누가 그랬는지 기요모리 공이 왕실에 앙심을 품고 있는 모양이라는 말이 퍼져나갔다. 그러자 관백 모토후사(基房)는 내밀히 들은 이야기라도 있었는지 급히 입궐하더니 "기요모리가 이번에 상경하는 것은 소신을 죽이려는 속셈 때문이라 하온데 무슨 일을 당할지 걱정이옵니다" 하고 읍소했다. 이 말을 들은 주상은 크게 놀라 "공이 무슨 일을 당한다면 그것은 바로 과인이 당하는 것이나 마찬가지 아니겠느냐" 하며 눈물을 흘리니 황공할 따름이었다. 무릇 국정이란 주상과 섭정이 맡아서 처리하는 것이 순리인데도 도대체 세상이 어찌 돌아가는 것인지 왕실을 굽어 살피는 아마테라스나 가스가 신령의 의중을 헤아리기 힘들었다.

15일, 왕실에 앙심을 품고 있는 기요모리 공이 틀림없이 뭔가 보복 조치를 취할 것이라는 풍문이 나돌자 상왕은 크게 놀라 고인이 된 신제이의 아들 조켄 법사를 사자로 보내 '근자에 조정이 평온할 날 없고 민심도 어수선한 데다가 세상이 소란해져 걱정이 많았으나 그대가 있기에 만사 그대만을 믿고 있었거늘 천하를 진정시키지는 못할망정 소동을 일으키지 않나 조정에 앙심을 품고 있는 것 같다는 소문마저 들리니 도대체 어찌된 일인가?' 하고 묻도록 했다.

명을 받은 조켄이 니시하치조로 가서 면회를 청하고 아침부터 저녁까지 기다렸지만 아무 기별이 없어 역시 헛걸음을 했구나 하는 생각에 기요모리 공의 측근인 스에사다에게 상왕이 하신 말씀의 취지를 전하고 돌아 가려고 하자 기요모리 공은 그제야 불러 세우더니 만나러 나왔다. "이보 게나, 스님, 이제부터 내가 하는 말에 잘못된 것이 있는지 들어보게. 우선 내대신(시게모리)이 세상을 떠난 후 나는 우리 일문의 운명을 생각해 나오는 눈물을 꾹 참아왔네. 그러나 자네도 한번 생각해보게나. 호겐 이후 이 나라에 반란이 끊이지 않아 주상께서 마음을 놓지 못하고 계실 때 나야 그저 큰일만 대충 처리했지만 내대신은 직접 나서서 몸을 아끼지 않고 매번 주상의 진노를 가라앉혀오지 않았나? 이 밖에도 조정의 대소사나 일상의 정무를 처리하는 데 있어서 내대신만 한 공신이 또 어디 있겠는가. 고사를 보면 당 태종은 위징(魏徵)이 먼저 세상을 뜨자 슬퍼한 나머지 '옛적에 은종(殷宗)은 꿈속에서 좋은 보필을 얻었으나 이제 짐은 꿈을 깬 뒤 현신을 잃었도다'라는 비문을 몸소 써서 묘당에 세우기까지 하면서 슬퍼하였고, 우리나라에서도 바로 얼마 전 민부경 아키요리(顯賴)가 타계했을 때 전 상왕(도바)께서는 탄식하시며 사찰 나들이나 풍악놀이를 뒤로 미루시지 않았는가? 역대 임금께서는 모두 신하가 죽으면 이렇듯 슬퍼하셨네. 그러기에 부모보다 보고 싶고 자식보다 그리운 게 군신 지간이라고 하지 않는가. 그런데 현 상왕께서는 내대신의 사십구재가 끝나기도 전에 사찰 나들이를 하시질 않나, 풍악놀이를 하시질 않나, 슬퍼하시는 기색이라곤 눈곱만큼도 보이지 않았네. 자식을 먼저 보낸 내 처지를 가엾이 여기시지는 않더라도 어찌 내대신의 충성을 잊으실 수 있단 말인가. 설사 내대신의 충성을 모두 잊으셨다 치세. 그렇더라도 비통해하는 나를 어찌 불쌍히 여기시지 않을 수 있단 말인가? 부자가 모두 상왕 눈 밖에 난 셈이니 체면이 말이 아니게 된 점, 이게 부당하신 처사의 그 첫째일세. 그 다음 에치젠 고을의 소유권은 후손 대까지 보장하겠다고 분명히 약속하셔서 수령한 것인데 내대신이 죽자 바로 환수하시다니 뭐가 잘못돼도 크게 잘못된 것 아닌가? 이게 그 두번째일세. 또 중납언의 결원이 생겼을 때, 그 자리를 이위중장(二位中將) 후지와라 노 모토미치(藤原基通)가 바라기에 내가 열심히 천거했는데도 불구하고 끝까지 승낙을 안 하시더니 결국 관백의 아들을 그 자리에 앉히신 건 무슨 까닭이란 말인가? 설사 내가 무리한 부탁을 드렸다 치더라도 한 번쯤 내 말을 들어주신다고 해서 무슨 일이 난단 말인가? 하물며 이번 인사는 집안 서열로 보나 관등으로 보나 순리에 맞지 않는 인사여서 이리저리 따질 필요조차 없는데도 일부러 뒤바꾸신 것은 대단히 유감스런 조치라 하지 않을 수 없네. 이게 그 셋째일세. 다음으로 나리치카 등이 시시노타니에 모여 역모를 꾸민 일은 결코 그자들이 사사로이 계획한 것이 아닐세. 모두가 상왕께서 윤허하셨기 때문이지. 이제 와 말하기 뭐하지만 내가 세운 공로로 볼 때 적어도 칠대까지는 보장을 해줘야 하는 것 아니겠는가? 그런데도 칠순이 가까워져 여명이 얼마 남지 않은 내 당대에조차 툭하면 몰아내려 획책하시니 자손들이 계속해서 조정에 붙어 있을 수 있겠는가? 나이 들어 자식을 잃는 것은 고목에 가지가 없어지는 것과 다름없으니 이제 얼마 남지 않은 여생에 혼자 속을 끓인들 소용이 없으니 될 대로 되라는 생각이 들게 된 것이라네" 하며 화를 냈다 울었다 하는 것이었다.

조켄은 겁이 나면서도 한편으로 안쓰럽기도 해서 온몸이 땀에 흠뻑 젖고 말았다. 이런 경우에는 그 누구라도 말대답하기 힘든 법인 데다가 자신 또한 상왕의 측근 중의 한 사람으로 시시노타니에 사람들이 모여서 모의했던 일은 빤히 보고 들은 일이었기 때문에 한 패거리라고 당장에 하옥되는 것이 아닌가 생각하니 마치 용의 수염을 건드리고 호랑이 꼬리를 밟고 있는 듯했다. 하지만 조켄 또한 만만한 인물이 아니어서 조금도 흐트러짐 없이 다음과 같이 대답했다.

"대감께서 매번 세우신 공은 실로 대단한 것이어서 지금 토로하신 불만은 일단 나름대로 이유가 있다고 봅니다. 그렇지만 관등이건 녹봉이건 간에 대감의 경우는 지금 충분히 만족할 만큼 누리고 계십니다. 이는 대감의 공로가 막대함을 상왕께서 인정하고 내리신 포상이 아니고 무엇이겠습니까? 그런데도 상왕의 측근들이 흉계를 꾸미고 상왕께서 이를 윤허하였다는 말은 아마도 일을 꾸미기 좋아하는 자들의 참언임에 틀림없습니다. 소문을 믿고 눈앞의 사실을 의심하는 것은 속인들의 통폐이옵니다. 하찮은 무리들이 꾸며 만든 말을 중시하고 성은이 다른 사람과는 비할 바 아닌데도 임금께 등을 돌리는 것은 살아서건 죽어서건 벌을 피하기 어려운 일이옵니다. 무릇 천심이란 깊고 넓어서 헤아리기 힘이 드는데 상왕 전하의 마음속도 그런 것이겠지요. 신하로서 임금에 거역하는 것은 누가 뭐라 해도 인륜의 예에서 벗어나는 것이니만큼 통촉하셔야 할 줄 아옵니다. 요컨대 대감의 말씀을 잘 전하도록 하겠습니다" 하며 물러나가니 주위에 늘어서 있던 사람들은 "야, 굉장한 사람이네. 대감께서 저렇게 진노하셨는데도 전혀 겁먹지 않고 대답을 하고 돌아가다니" 하며 그를 칭찬하지 않은 사람이 없었다.

유배

 조켄이 상왕궁에 돌아와 들은 대로 아뢰니 조목조목 이치에 맞지 않는 말이 없는지라 상왕도 할 말이 없었다. 이튿날 기요모리 공은 그간 계획했던 대로 관백을 비롯해 태정대신 이하 공경대부 43명의 관직을 박탈하고 추방하는 조치를 단행했는데, 특히 관백 후지와라 노 모토후사(藤原基房)에 대해서는 다자이후의 장관으로 좌천시키고 규슈로 유배 보내도록 했다. 그러자 관백은 이런 상황에서는 도리가 없다며 도바 강변에 있는 후루카와라는 곳에서 머리를 깎고 출가하고 말았다. 아직 서른다섯의 젊은 나이였다. "전례(典禮)에 밝고 사물의 판단이 분명한 사람이었는데"하며 세상 사람들은 한결같이 애석해 마지않았다. 유형을 받은 자가 압송 도중 출가할 경우에는 원 유배지로 보내지 않는 게 관례였기 때문에 당초 유배지는 휴가(日向)로 정해져 있었으나 비젠 고을의 관아 근처에 있는 이바사마(湯迫)라는 곳으로 변경했다.
 이제까지 대신이 귀양을 간 전례를 볼 것 같으면, 좌대신 소가 노 아카에(蘇我赤兄), 우대신 후지와라 노 도요나리(藤原豊成), 좌대신 후지와라 노 우오나(藤原魚名), 우대신 스가와라 노 미치자네(菅原道眞)―이

분은 입에 올리기도 황공한 천신(天神)[18] 바로 그분이시다—, 좌대신 미나모토 노 다카아키라(源高明), 내대신 후지와라 노 고레치카(藤原伊周) 등 여섯 사람이 있었으나 관백이 귀양을 간 것은 이번이 처음이라 했다.

기요모리 공은 후임 관백에 전임 섭정 모토자네(基實) 공의 아들로 자신의 사위인 이위(二位) 중장 모토미치(基通)를 대신으로 승격시켜 임명했다. 엔유(圓融) 임금 치세 때인 덴로쿠(天祿) 3년(972) 11월 1일, 당시 섭정으로 있던 고레타다(伊尹) 공이 죽자 종이위(從二位) 중납언이던 동생 가네미치가 자신보다 상관이던 손아래 동생 가네이에를 제치고 정이위에 내대신으로 승진하여 내람(內覽)[19]을 윤허한다는 전교를 받자 사람들은 전례 없는 인사라고 입을 모았는데 모토미치의 경우는 이보다 훨씬 심해 이위중장에서 중납언과 대납언을 거치지 않고 대신 자리에 오른 것은 이번이 처음이었다. 그러니 인사 업무를 다루는 관리들은 상하를 막론하고 모두 기가 막힌다는 표정들이었다.

한편 태정대신 모로나가(師長) 공은 삭탈관직당해 관동으로 유배되었다. 이 모로나가 공은 지난 호겐 정변 때 대역죄를 범한 부친[20] 때문에 형제 넷이 모두 귀양살이를 한 적이 있었다. 형 가네나가(兼長) 우대장과 동생인 다카나가(隆長) 좌중장, 그리고 출가한 막내 노리나가(範長) 등 셋은 유배지에서 세상을 뜨고, 홀로 도사(土佐)의 하타에서 9년이란 세월을 보내다가 조칸(長寬) 2년(1164) 8월에 풀려나 본직인 선임 중납언으로 복직되었는데, 이듬해 정이위로 올랐고 닌겐(仁元) 원년(1166)

---

18 845~903. 고대 전기의 학자 겸 문인. 후지와라 씨의 모함을 받아 규슈로 귀양 갔다가 유배지에서 죽었는데, 사후 천만천신(天滿天神)으로 모셔져 지금도 학문의 신으로 추앙받고 있다.
19 섭정이나 관백 또는 허가 받은 대신이 임금에게 올리는 문서를 사전에 읽고 조치를 취하는 일.
20 좌대신 후지와라 노 으리나가.

10월에는 대납언으로 승진했다. 그해 인사 때 대납언 자리에 결원이 없었기 때문에 별정직으로 발령이 났는데 대납언이 여섯이 된 것은 이때가 처음이었다. 또한 선임 중납언에서 별정직 대납언이 된 것도 미모리(躬守)나 다카쿠니(隆國) 두 사람 외에는 들어본 적이 없는 일이었다. 모로나가 공은 음악에 정통하고 학문과 예술에 뛰어난 탓에 순풍에 돛을 단 듯 승진을 거듭해 마침내 최고위직인 태정대신에까지 올랐는데 무슨 업보가 있기에 또다시 귀양 길에 오르게 됐는지 알 수 없는 일이었다. 호겐 때는 남해의 도사로 유배되더니 이번에는 동쪽 관문을 넘어 오와리(尾張)로 가게 됐다고 한다. 억울하게 귀양 가 유배지의 달을 보며 시 읊는 것이 풍류를 아는 사람들이 바라는 바라던데 그래서 그랬는지 모로나가 공은 귀양 가는 것을 전혀 개의치 않았다. 옛적에 당나라 태자를 모시던 백거이가 심양강변으로 귀양 갔다는 고사를 떠올리면서 멀리 나루미(鳴海) 해변을 바라다보다가, 밝은 달과 바닷바람을 대하면 옛 시를 낭송하고 비파를 타고 노래를 읊으면서 유유자적하며 지냈는데 어느 때인가 오와리 지방에서 세번째로 큰 아쓰타(熱田) 신사를 찾아간 적이 있었다. 밤이 깊어 신령을 달래기 위해 비파를 타면서 시를 읊조리자 원래 무지렁이들만 사는 곳이라서 그런지 풍류를 이해하는 자가 아무도 없었다. 촌로나 마을 아낙 어부 농군 할 것 없이 모두 고개를 숙인 채 귀를 기울이고는 있었지만 음률의 차이를 전혀 구분하지 못하고 박자의 변화를 알아차리지도 못했다. 그러나 옛날 중국 초나라의 호파(瓠巴)가 금을 타자 물고기가 뛰어오르고, 한나라의 우공(虞公)이 노래하니 들보 위의 먼지가 날아올랐다고 하듯, 곡조가 신묘함의 극치에 이르면 자연스레 감동이 이는 게 도리여서 듣고 있던 사람들은 몸에 전율을 느껴 모두들 기이하게 여겼다. 밤이 점점 깊어「풍향조(風香調)」[21]를 연주하니 꽃향기가 그윽하게 풍겨

오는 것 같았고 비전(秘傳)의 곡목인「유천(流泉)」[22]을 타니 달이 맑고 밝은 빛을 더하는 것 같았다. "바라옵건대, 현세에서 행한 문필업과 광언기어(狂言綺語)[23]가 내세에서 불법을 찬미하고 번뇌를 깨는 실마리가 되었으면……" 하고 백락천의 시구를 읊으며 비파의 비곡을 연주하자 신령도 감동을 이기지 못한 듯 사당이 크게 흔들렸다. 이를 본 모로나가 공은 다이라 일가가 횡포를 부리지 않아 이곳에 귀양 오지 않았더라면 이와 같이 상서로운 일을 겪지 못했을 것이라며 감격의 눈물을 한없이 흘렸다.

이 밖에 대납언 스케카타(資賢) 경의 아들인 우근위 소장 겸 사누키(讚岐) 태수 스케토키(資時)는 양쪽 관직을 모두 삭탈당했고, 대비궁 대부 겸 우병위장을 맡고 있던 참의(參議) 후지와라 노 미쓰요시(藤原光能), 우경대부 겸 이요(伊豫) 태수로 있던 대장경(大藏卿) 다카시나 노 야스쓰네(高階泰經), 좌소변 겸 중궁부 차석으로 있던 승지 후지와라 노 모토치카(藤原基親) 등 세 사람이 관직을 모두 빼앗겼다. 그리고 스케카타 경과 그 아들 및 손자에 대해서는 당장 도성 밖으로 추방하라는 명이 형벌 담당자들에게 내려와 그날 중으로 도성에서 쫓겨났다. 스케카타 경은 "삼계가 넓다 하나 겨우 다섯 척짜리 내 몸 하나 늴 데가 없고, 일생이 짧다지만 단 하루를 살기가 여의치 않구나" 하며 한밤중에 구중궁궐을 빠져나와 첩첩이 낀 구름 너머로 떠나갔다. 명승지인 오에(大江) 산과 이쿠노(生野) 가도를 지나 단바(丹波)의 무라쿠모(村雲)라는 곳에서 잠시 머물고 있었는데 이곳에서 발각되어 멀고도 먼 시나노 지방으로 유배되었다고 한다.

---

21 비파곡 제목.
22 당시 극소수에게만 비전되어온 비파의 명곡.
23 이치에 맞지 않거나 지나치게 꾸민 말. 불교에서는 문학이나 예술이 성불을 방해한다 하여 이렇게 불렀다.

유키타카(行隆)

전임 관백 모토후사의 부하 중에 고 노 도오나리(江遠成)라는 자가 있었다. 다이라 집안사람들이 평소 눈엣가시처럼 여겨왔기 때문에 당장에라도 로쿠하라에서 몰려와 체포할 것이라는 소문이 돌아 아들을 데리고 무작정 도망을 가는데 한참 말을 달리다 보니 이나바(稲荷) 산이 보였다. 산에 올라 말에서 내린 도오나리는 아들에게 "생각 같아서는 관동 지방으로 몸을 피해 이즈(伊豆)에서 귀양살이하시는 요리토모 어른에게 몸을 의탁하고 싶으나 그 어른도 지금 유형이 풀리지 않은 상태라 자기 한 몸도 운신이 여의치 않다고 하더구나. 이 일본 땅에 어딘들 다이라 일가의 영지가 아닌 곳이 있겠느냐? 그러니 어차피 도망갈 데도 없을 테고 그렇다고 정든 내 집에서 체포되는 꼴을 남에게 보이는 것도 부끄러운 일이니 그냥 돌아가서 로쿠하라에서 잡으러 오거든 배를 갈라 죽는 게 제일 좋을 것 같구나"라고 뜻을 밝히니 아들도 같은 생각이어서 가와라자카(川原坂)에 있는 집으로 되돌아갔다. 그랬더니 아니나 다를까 로쿠하라에서 판관 스에사다와 모리즈미 인솔하에 갑옷으로 무장한 300여 기가 몰려와 에워싸고는 함성을 질렀다. 그러자 도오나리는 마루에 나와 "모두들 잘

봐두었다가 로쿠하라로 돌아가서 본 대로 전하시오"하고 외치더니 집에 불을 지르고 부자가 함께 배를 가르고는 화염 속에서 불타 죽고 말았다.

이렇게 상하 할 것 없이 많은 사람들이 귀양을 가고 죽게 된 것은 이번에 관백으로 임명된 모토미치 공과 전임 관백의 아들인 삼위 중장 모로이에(師家)가 얼마 전 중납언 임명을 놓고 벌였던 자리다툼이 발단이 됐다고 한다. 그렇다면 전임 관백 한 사람만 벌을 주면 될 일이지 40여 명이나 되는 사람들에게 고통을 주다니 도무지 말이 되지 않는 조치였다. 기요모리 공은 작년에 지난 호겐 정변으로 인해 횡사한 전 상왕을 스토쿠(崇德) 상왕이라 추존하고, 좌대신 요리나가에 대해서도 역시 관직과 위계를 추증해 원혼들의 넋을 달래는 조치를 취했으나 그래도 민심은 아직 뒤숭숭하기 짝이 없었다. 사람들은 기요모리 공의 만행이 이번 일로 끝나지는 않을 것이라며 아무래도 기요모리 공에게 마가 끼어서 화가 가라앉지 않는 모양이라고들 수군댔다. 또 무슨 일이 나는 게 아닌가 하는 불안감 때문에 장안 사람들은 신분의 고하를 막론하고 불안에 떨었다.

그 무렵 좌소변(左少辨)을 지낸 나카야마 노 유키타카(中山行隆)라는 자가 있었는데, 고인이 된 아키토키(顯時) 경의 아들이었다. 니조 임금 때에는 변관의 일원으로 위세가 당당했으나 관직에서 밀려나자 10여 년 가까이 계절이 바뀌어도 갈아입을 옷을 마련할 여유조차 없이 살고 있었다. 아침저녁 끼니를 잇는 것도 여의치 않아 딱하기 이를 데 없는 형편이었는데 갑자기 기요모리 공이 사람을 보내 "할 말이 있으니 꼭 한번 들르게나"라고 전해왔다. 유키타카는 "지난 십여 년 동안 아무 일에도 관여하지 않았는데 틀림없이 누군가가 참언을 한 것이로구나" 하고 지레 겁을 먹고 벌벌 떨고 부인이나 아이들도 무슨 일이 나나 보다라고 울며 슬퍼하고 있는데 니시하치조에서 뻔질나게 사자가 찾아와 재촉하는지라 할 수 없이 남의 우차를 빌려 타고 집을 나섰다.

　니시하치조에 도착하자 뜻밖에도 기요모리 공이 바로 내실에서 나오더니 "자네 부친과는 대소사를 의논하던 사이라 내 자네를 소홀히 생각한 적이 없었네. 칩거 생활이 오래 계속돼 딱하게 여기고는 있었으나 상왕께서 국정을 쥐고 계셔서 내 힘으론 어쩔 수가 없었다네. 이제 벼슬길로 다시 나오게나. 자리는 내가 알아서 마련해주겠네. 그럼 오늘은 이만 돌아가게" 하더니 다시 안으로 들어가는 것이었다. 유키타카가 돌아오자 집에서는 죽은 사람이 다시 살아온 듯 모두 몰려나와 기뻐서 어쩔 줄을 몰랐다. 기요모리 공은 심복인 스에사다를 시켜 유키타카가 소유할 장원의 문서와 재물 등을 듬뿍 보내왔다. 당장 형편이 어려울 것이라며 비단 100필, 금 100냥에 쌀을 실어 보냈고 출근할 때 필요할 것이라며 하인에 차부, 소와 수레까지 마련해 보내주었다. 유키타카는 뛸 듯이 기뻐하며 어쩔 줄 몰라 이게 꿈인가 생시인가 하며 놀라워했는데 11월 17일, 오위 승지로 임명돼 좌소변으로 복직됐다. 나이 쉰하나에 새로 젊음을 되찾은 셈이었으나, 그러나 실은 한때의 영화에 지나지 않았다.

유폐

그달 25일, 군사들이 몰려와 상왕궁을 사방으로 에워쌌다. 헤이지 정변 때 노부요리가 그랬듯이 불을 질러 사람들을 모두 태워 죽일 것이라는 소문이 돌자 궁녀와 여종들은 너 나 할 것 없이 족두리도 쓰지 않고 밖으로 나와 허둥대며 어쩔 줄 몰랐다. 상왕도 몹시 놀라 전임 우대장 무네모리[24]가 수레를 갖다 대고 빨리 타라고 하자 "아니 이게 무슨 짓이냐? 과인은 아무것도 잘못한 게 없느니라. 나리치카나 슌칸처럼 벽지 고도에 데려다놓을 셈이란 말이냐? 주상이 저 모양이라 나랏일에 좀 참견을 해왔다만 그게 잘못됐다면 이젠 손을 떼겠다" 하며 움직이지 않으려 했다. 무네모리가 "그런 건 아니옵고 아버님께서 세상이 조용해질 때까지 잠시 도바 별궁에 가 계시게 하랍니다" 하고 아뢰니 "그러면 무네모리 그대도 이대로 나를 따라오도록 하라"며 애원해봤으나 부친의 기색을 두려워한 무네모리는 따라가지 못했다. 상왕은 "하는 짓을 보니 내대신(시게모리)만 못한 자로구나. 언젠가도 이런 꼴을 당할 뻔했었는데 그때는 내대신이 나서

---

24 기요모리 공의 차남으로 후계자.

서 제지했기 때문에 오늘까지 무사할 수 있었으나 이제는 주변에 말리는 사람이 없어 기요모리가 이런 짓을 하고 있음에 틀림없다. 그러니 앞으로의 일이 걱정이로다" 하며 눈물을 흘리니 망극할 따름이었다. 체념한 상왕이 수레에 오르니 공경대부 중 뒤따르는 이는 단 하나도 없고 하급 경호 무사와 가네유키라는 시종만이 뒤따를 뿐이었다. 수레 안에는 여승이 한 사람 동승하였는데 다름 아닌 상왕의 유모 기이(紀伊)였다. 행차가 시치조(七條) 대로에서 서쪽으로 가다가 스자쿠(朱雀) 대로에서 남쪽을 향해 내려가자 이를 본 미천한 남녀 백성들까지도 "아이고, 상왕께서 유배를 가시네" 하며 울먹이지 않는 이가 없었다. 그래서 사람들은 지난 7일 밤 일어난 대지진은 이런 일이 일어날 것을 알리는 전조였기에 땅속까지 울려 지신을 놀라게 한 것이라고들 수군거렸다.

상왕은 이리하여 도바 별궁으로 옮겨가게 됐는데 어떻게 뚫고 들어왔는지 대선대부(大膳大夫) 노부나리(信業)가 가까이에 시립해 있는 것을 보고 그를 불러 "아무래도 오늘 밤을 넘기지 못할 것 같은 생각이 드는구나. 목욕을 하고 싶은데 어찌하면 좋겠느냐?" 하고 물었다. 노부나리는 아침부터 정신이 나가 내내 멍한 상태였는데 이 말을 듣자 망극하기 그지없어 소매를 걷어붙이고 나무 담을 부수고 처마 기둥을 쪼개 장작을 만들고 물을 길어 법식대로 목욕물을 준비해 올렸다.

한편 조켄 법사는 기요모리 공의 저택으로 달려가 "상왕께서 도바 별궁으로 가셨다는데 옆에 모시는 사람이 아무도 없다니 너무한 것 같아 놀란 마음이 가라앉지가 않습니다. 아무 일도 없을 테니 소승만이라도 옆에 있도록 허락해주시면 가 있겠습니다" 하고 간청하자 기요모리 공은 "얼마든지 그렇게 하게나. 자네야 문제를 일으킬 사람이 아니니까" 하면서 허락해주었다. 조켄이 도바 별궁으로 달려가 문 앞에서 수레에서 내려 들어가니 상왕은 마침 소리 높여 경을 읽고 있었다. 목소리가 여느 때와는 다른 느낌이 들어 살그머니 들어가 보니 독송 중인 경에 눈물이 방울방울 떨어져 있는지라 너무도 마음이 아파 승복 소매로 얼굴을 가리고 흐느끼면서 어전으로 나아갔다. 주위에는 유모인 여승만이 있을 뿐이었는데 조켄을 보더니 "여보시게, 대사. 마마께서는 어제 아침 상왕궁에서 수라를 드신 후 어제 저녁도 오늘 아침도 드시려 하지 않는구려. 간밤 내내 주무시지도 않았다오. 그러니 당장 위태로울 것 같아 걱정이구려" 하고 하소연했다. 조켄은 상왕을 향해 "무슨 일이든 한도가 있는 법 아니겠사옵니까? 다이라 일가가 권세를 잡은 지 이십여 년이 되는 데다가 만행이 도를 넘으니 이제 곧 망하게 될 것이옵니다. 조정을 수호하시는 아마테라스나 하치만 신령께서 어찌 그냥 내버려두시겠습니까? 특히 마마께서 믿고 계시는 히에이 산의 히요시 신령께서는 불법 수호의 서약을 깨시지 않는 한 지금 독송 중인 법화경 주변에 꼭 붙어서 마마를 수호할 것이옵니다. 그러니 이제 곧 마마께서 나랏일을 주관하시는 세상이 올 것이고 해를 가한 무리들은 물거품처럼 사라지고 말 것이옵니다" 하고 어르고 달래니 이 말에 조금은 마음이 가라앉는 모양이었다.

현 주상인 다카쿠라 임금은 관백이 귀양 가고 수많은 신료들이 죽어 슬퍼하고 있었는데 상왕이 별궁에 유폐됐다는 말을 듣자 식음을 전폐하고 말았다. 그러고는 병이라 칭하고 항상 침전에만 머물러 있었다. 그러니 중전을 비롯해 어전에서 모시던 비빈들은 무슨 일이 나나 싶어 어찌할 바를 몰랐다.

상왕이 유폐된 다음부터 대궐에서는 주상이 밤이면 편전인 청량전의 석회단에서 이세 신궁을 향해 절을 올리는 임시 제사를 올렸는데 이는 오로지 상왕이 무사하기를 빌기 위해서였다. 상왕의 세자 중 한 사람이었던 니조 임금은 현군이기는 했으나 "제왕에게는 부모가 없다"며 늘 상왕의 말씀을 거역해 올바른 후계자라 할 수는 없었다. 그 때문인지 뒤를 이은 로쿠조 임금은 열세 살의 나이로 세상을 뜨고 말았으니 통탄할 일이었다.

도바 별궁

 백행(百行)의 으뜸은 효도여서 명군은 효로써 천하를 다스린다고 한다. 그렇기에 중국의 요 임금은 노모를 공양했고 순 임금도 완고하기 그지없던 아버지를 모셨다고 옛글에 전한다. 이러한 현왕명군의 선례를 따른 것이겠지만 주상의 마음은 실로 본받을 만한 것이었다.
 이때 서찰 하나가 몰래 대궐에서 별궁으로 보내졌다. 주상이 상왕께 올린 것으로 펴 보니 "세상이 이러하온데 대궐에 있어봐야 무슨 소용이 있겠사옵니까. 그런즉 출가하여 그 옛날에 우다(宇多) 임금께서 출가하신 자취도 둘러보고 가잔(花山) 임금의 유적도 찾으면서 숲을 헤치며 유랑하는 행자라도 될까 하옵니다"라고 적혀 있었다. 읽고 난 상왕이 "그런 생각은 하지 말거라. 주상이 보위에 앉아 있기에 그나마 의지가 되는데 만약에 출가하고 나면 무엇을 믿고 의지하란 말인가. 그런 소리 말고 과인이 죽는 모습을 끝까지 지켜봐주기 바란다"라는 답을 보내오자 주상은 이 서찰을 얼굴에 대고 꺼이꺼이 울었다.
 임금이 배라면 신하는 물이라 할 수 있는데 물은 쉽게 배를 띄우기도 하나 때로는 뒤집기도 하듯 신하도 평소에는 임금을 잘 받드나 때로는 조정을 뒤집기도 해서 과거 호겐이나 헤이지 때는 기요모리 공이 임금을 잘 받들었으나 안겐, 지쇼로 접어든 근래에는 임금을 업신여기고 있으니 사서에 적힌 그대로였다.

당시 태정대신을 지낸 고레미치(伊通) 대감, 내대신을 지낸 긴노리(公教) 대감, 그리고 미쓰요리(光賴), 아키토키 대감 등 믿을 만한 중신들은 이미 세상을 뜨고, 이제 원로라고는 나리요리(成賴)와 지카노리(親範) 두 사람이 남아 있을 뿐이었는데, 이 둘도 이런 세상에 벼슬길에 남아 입신출세한들 뭐 하냐며 정정한데도 출가 둔세하여, 지카노리는 서리 무성한 오하라(大原)에 은거하고, 나리요리는 안개 자욱한 고야 산에 들어가 오로지 내세의 보리를 빌며 지내고 있었다. 옛날에도 구름 깊은 상산(商山)에 은거하고 달빛 맑은 영천(潁川)에서 마음을 씻어내던 사람들이 있었는데 학식 많고 고결하지 않으면 하기 힘든 일이었다. 고야 산에 있던 나리요리는 장안 소식을 전해 듣더니 "일찌감치 맘먹고 산에 들어오길 잘했구나. 여기서 이렇게 들어도 마찬가지이긴 하지만 도성 안에 있다가 사건의 소용돌이 한가운데서 직접 목도했더라면 얼마나 끔찍했을까. 호겐이나 헤이지 정변 때도 처참하기 짝이 없었는데 이제 어떤 난리가 날지 걱정이로구나. 구름을 헤치고 더 높이 오르고 산을 넘어 더욱 깊게 들어가 살아야겠다" 하며 탄식해 마지않았다고 한다. 나리요리의 말처럼 세상은 이미 뜻있는 사람이라면 머물러 살 만한 곳이 아니었다.

23일, 연력사의 주지 가쿠카이가 몇 차례에 걸쳐 사퇴 의사를 밝힘에 따라 전임 주지인 메이운 대승정이 복직했다. 기요모리 공은 이와 같이 자기 하고 싶은 대로 해놓고는 딸은 중전이요, 사위는 관백이라 마음을 놓았는지 앞으로 정사는 모두 주상이 알아서 하도록 하라고 이른 후 후쿠하라로 내려가버렸다. 무네모리가 급히 입궐하여 이 말을 전하자 주상은

"상왕께서 넘기신 정권이라면 모를까 과인은 관심이 없소. 관백과 상의해 가며 경이 어떻게든 알아서 하구려" 하며 받아들이지 않았다.

상왕은 성의 남쪽에 있는 도바 별궁에서 그해 겨울의 반을 보냈는데 야산에는 바람 소리 드세고 썰렁한 정원에는 달빛만 교교할 따름이었다. 뜰에는 하염없이 눈만 쌓이는데 그 눈을 밟고 찾아오는 이 하나 없고, 못에는 얼음이 겹겹이 얼어 무리 지어 놀던 새들도 보이지 않았다. 무료한 마음에 큰절의 종소리가 들리면 유애사(遺愛寺)의 종소리인가 보다 하고 귀 기울여보았다가 눈 내린 서산을 향로봉인 양 올려다보기도 하며 소일했다.[25] 밤에 자리에 누우면 민가의 다듬이질 소리가 서리를 울리며 어렴풋이 귓가에 들려왔고, 새벽녘에 밖을 내다보면 얼음을 깨고 지나간 수레바퀴 자국이 문 앞 멀리까지 이어져 있었다. 길 가는 사람이나 말의 바빠 보이는 모습을 보니 덧없는 세상을 살아가는 서민들의 삶이 짐작이 가 측은한 생각이 들었다. 언젠가는 "궁문을 지키는 문지기들이 주야로 경비를 서고 있는데 저들은 도대체 전세에 어떠한 인연이 있었기에 지금 이렇게 과인과 연을 맺고 있는 것일까?" 하고 물으시니 그저 황공할 따름이었다.

이렇게 지내다 보니 보고 듣는 것마다 마음을 상하게 하지 않는 것이 없었다. 특히 예전에 철마다 구경하러 행차했던 일이며 여기저기 절이나 사당을 찾아 기도했던 일, 쉰을 맞아 성대하게 축하연을 벌였던 일 등이 끊임없이 머릿속에 떠올라 지난날을 그리는 눈물을 억제하지 못했다. 그러한 가운데 해가 바뀌어 지쇼 4년(1180)이 되었다.

---

25 향로봉은 중국 장시 성(江西省) 노산(盧山)의 봉우리 중의 하나이고, 유애사는 근처에 있었던 절이다. 유명한 백거이의 시 '香爐峰下, 新卜山居, 草堂初成, 偶題東壁'에서 '遺愛寺鐘敧枕廳'라는 시구를 인용하고 있다.

도사 사스케(土佐佐助), '우지 대교 위에서 교전하는 원정사의 승병과 다이라 군,' 「우지 대교 전투」, 『平家物語繪卷』(林原美術館 소장), 근세 전기.

제 4 권

이쓰쿠시마 행행(嚴島行幸)

지쇼 4년 정월 들어 초하루부터 초사흘 동안 도바 별궁에는 하례 드리러 오는 사람 하나 없었다. 신료들이 찾아가는 것을 기요모리 공이 허락하지 않았을뿐더러, 상왕 또한 기요모리 공을 두려워했기 때문이다. 단지 고 신제이 법사의 아들들인 사쿠라마치 중납언 시게노리(成範) 경과 동생 좌경대부 나가노리(脩範)만은 특별히 허락을 받아 안에 들어갈 수가 있었다. 25일, 대궐에서는 동궁이 세 돌을 맞이하여 처음으로 바지를 입고 육류를 입에 대는 의식이 경사스럽게 치러졌으나 상왕은 남의 일처럼 듣고 있을 수밖에 없었다.

2월 21일, 이렇다 할 병이 있는 것도 아니었음에도 불구하고 주상은 동궁에게 양위하고 물러났다. 모두 기요모리 공의 강압에 의한 것이었는데 다이라 일문은 마침내 때가 왔다며 야단법석이었다. 궐 안에서는 공경대부들이 모인 가운데 거울과 구슬, 보검 등 세 가지 보물[1]을 인계하는

---

1 왕위의 정표로 일본 왕실에 전해져오는 보물. 야타(八咫) 거울, 구사나기(草薙) 검, 야사카니(八坂瓊) 곡옥의 세 가지로, 왕실 시조신인 아마테라스 여신이 후손을 지상으로 내려보낼 때 주었다 한다.

의식이 전례에 따라 거행되었다. 주상의 지밀상궁이 보검을 가지고 나오자 청량전 서쪽 방에서 야스미치(泰通) 중장이 받아 들었다. 또 다른 상궁이 구슬이 든 함을 꺼내 오니 다카후사(隆房) 소장이 받아 들었다. 거울이나 구슬이 들어 있는 함에 손을 대어보는 것도 오늘 밤이 마지막이라 주상의 상궁들 마음이 착잡할 것이란 생각이 들자 옆에서 지켜보는 사람들 또한 처연함을 금할 수 없었다.

구슬 함은 원래 어떤 상궁이 꺼내 오기로 되어 있었으나 주위 사람들이 오늘 밤 함에 손을 대면 새 임금을 오래 모실 수가 없다는 소리를 하는 것을 듣더니 의식 직전에 사퇴하고 나가지 않았다. 이를 본 여타 상궁들은 이 사람은 나이도 꽤 들어 양 대에 걸쳐 성은을 입기는 어려울 텐데 하며 괘씸해 했다. 그런데 이제 겨우 열여섯 살 난 나어린 상궁이 자청하여 가지고 나가니 가상한 일이 아닐 수 없었다.

왕실에 대대로 전해오는 보물들은 하나하나 신료들 손에 의해 새 주상이 거주하는 고조(五條) 궁궐로 옮겨졌다. 그러고 나니 이제 상왕이 된 다카쿠라 임금의 처소인 한원전(閑院殿)은 불빛도 희미하고 때를 알리는 소리조차 들리지 않았다. 더구나 일과 중 하나였던 경호 무사의 근무 신고하는 소리마저 들을 수 없게 되고 보니 나이 든 사람들은 서글픈 마음을 가눌 길이 없어 경축연이 진행되는 와중에도 눈물을 보이며 슬퍼했다. 좌대신이 편전에 나와 양위하셨음을 공표했을 때는 생각 있는 사람 치고 눈물로 소매를 적시지 않은 이가 없었다. 여생을 조용히 보내고 싶어서 자진해서 보위를 세자에게 물려주는 경우라도 막상 양위를 할라 치면 만감이 교차하는 법인데 하물며 다카쿠라 임금이야 자신의 의사와 관계없이 억지로 양위를 한 셈이니 그 마음속이 어떠했을지는 두말할 필요도 없었다.

새 주상은 이제 겨우 세 살이라 당시 사람들은 한결같이 양위가 너무 빨랐다고 입을 모았다. 그러나 새 주상의 유모의 남편인 대납언 다이라 노 도키타다 경이 "도대체 누가 양위가 너무 빨랐다고 비난할 수 있단 말이오? 다른 나라의 예를 보면 주나라 성왕이 세 살, 진(晉)나라 목제(穆帝)가 두 살에 즉위했고, 우리나라에서도 고노에 임금이 세 살, 로쿠조 임금이 두 살 때 각각 즉위하셨소. 이분들은 모두 강보에 싸여 의관도 제대로 갖추지 못했으나, 혹은 섭정의 등에 업힌 채로 즉위하고 혹은 대비 품에 안겨 조정에 나왔다고 책에 적혀 있습니다. 심지어 후한의 효상(孝殤) 황제 같은 이는 태어난 지 백일만에 즉위하였다는데, 임금이 보위에 오른 선례는 이렇듯 중국이나 우리나라나 다를 바가 없습디다"라고 주장하고 나서는 바람에 당시 전례에 밝은 사람들은 "아이고, 아무 말도 하지 맙시다. 아니, 그래, 그게 좋은 선례란 말이오?" 하고 모두가 투덜거렸다.

동궁이 즉위하니 기요모리 공 내외는 주상의 외조부, 외조모가 되어 두 사람 모두 준삼후 교지와 함께 국고에서 녹봉을 지급받게 되었고, 대궐 관리들을 데려다 부릴 수 있는 권한을 부여받았다. 또 의복에 그림을 그려 넣고 꽃술을 단 하인들을 집 안에 출입시키는 등, 자신의 저택을 상왕이나 대군의 처소처럼 꾸몄다. 기요모리 공의 영화는 출가하여 승려가 된 후에도 다한 게 아니라 마냥 계속되는 듯했다. 출가자가 준삼후 교지를 받은 것은 후지와라 노 가네이에(藤原兼家) 공의 선례를 따른 것이었다.

그해 3월 상순, 새 상왕이 아키에 있는 이쓰쿠시마 신사에 참배하기 위해 행차할 것이라는 소문이 돌았다. 임금이 양위 후 처음으로 신사를 참배할 때는 이와시미즈나 가모, 가스가 신사를 찾는 것이 관례인데 멀고 먼 아키까지 행차하다니 영문을 알 수 없다고 사람들은 고개를 갸웃거렸다. 그러자 어떤 사람이 "과거 시라카와 상왕께서는 구마노 신사로 가셨고 지금의 태상왕²께서는 히요시 신사로 가셨는데 이를 보면 알 수 있듯이 다 상왕의 생각 나름 아니겠소? 상왕께서는 아마도 마음속에 큰 서원을 지니고 계신 것이겠지요. 게다가 다이라 일족이 이쓰쿠시마의 신령을 끔찍이도 받들고 있으니 겉으로는 그들의 비위도 맞추면서 속으로는 기약도 없이 도바 별궁에 유폐되어 계신 태상왕을 위해 기요모리 공의 역심을 달래달라고 빌기 위해서가 아니겠소?"라는 견해를 내놓았다.

그러자 이 소문을 전해 들은 히에이 산의 승도들이 분기탱천하여 "이와시미즈나 가모, 가스가 신사가 아니면 우리 산의 히요시 신령께 참배를 와야지 이쓰쿠시마로 가다니 그런 법이 어디 있나. 꼭 그리하겠다면 우리 신령을 모신 가마를 메고 산을 내려가 행차를 막아야겠다"고 들고일어서는 바람에 잠시 연기되었으나 기요모리 공이 승병들을 다독거려 화를 가라앉혔다.

17일, 이쓰쿠시마로 떠나기 위해 궁을 나선 상왕은 일단 기요모리 공의 저택인 니시하치조에 들렀다. 그러고는 저녁 무렵 무네모리 경을 불러 "내일 내려가는 길에 도바 별궁에 잠깐 들러 태상왕을 뵙고 싶은데 어떻겠느냐? 경의 부친에게 미리 알리는 게 좋겠느냐?" 하고 물었다. 상왕의 효심에 감동한 무네모리가 눈물을 뚝뚝 흘리면서 "무슨 지장이 있겠사옵니까" 하니 "그러면 경이 오늘 밤에 이 사실을 별궁에 알리도록 하라"고 일렀다. 무네모리가 급히 별궁으로 달려가 이 사실을 아뢰니 태상왕은 꿈에 그리던 일이 사실로 나타난지라 "설마 꿈은 아니겠지" 하며 기뻐 어쩔 줄을 몰랐다.

19일, 아직 밤이 깊은데 대납언 다카스에(隆季) 경이 와서 출발을

---

2 다카쿠라 임금이 양위하고 상왕이 됨에 따라 고시라카와는 이후 태상왕으로 표기하였다.

재촉했다. 종전에 의향을 밝힌 이쓰쿠시마 행차가 드디어 니시하치조에서 시작되는 것이었다. 3월도 반이 지났으나 봄 안개에 가린 새벽달은 아직 어슴푸레했다. 북녘 땅으로 돌아가는 기러기가 울며 하늘을 나는 모습이 때가 때인 만큼 처량해 보여 상왕은 물끄러미 보고 있었다. 일찍 나서서인지 날이 새기도 전에 도바 별궁에 도착하였다.

문 앞에서 우차에서 내린 상왕이 안으로 들어가 보니 사람은 거의 없고 나무만 무성한 외진 곳이라 우선 애처로운 느낌을 금할 수 없었다. 주위를 둘러보니 봄은 이제 가려 하고 나무들은 잎이 우거져 여름이 다가왔음을 알리는데, 가지 끝에 붙어 있는 벚꽃은 이미 다 시들었고, 나무 위 꾀꼬리도 쉰 소리로 울고 있었다. 작년의 정월 6일, 신년 하례를 위해 상왕궁에 행차했을 때는 주악이 울려 퍼지고 신하들이 도열하고 육위부 무인들이 경호하는 가운데 태상왕을 모시는 신료들이 나와 치장한 문을 열고 연도에 자리를 깔아 빈틈없는 의식을 치렀는데, 올해는 그때와는 사뭇 다른 광경이라 그때의 일이 꿈만 같았다.

중납언 시게노리가 미리 가 도착을 알려 태상왕은 침전의 계단 앞에 나와 기다리고 있었다. 상왕은 올해 스물로 새벽 달빛을 받고 걸어오는 모습이 빛나 보였는데 모후인 겐슌몬인(建春門院)을 너무 닮아 태상왕은 고인 생각에 그만 눈물을 주체하지 못했다. 가까이에 두 사람의 자리가 마련되어 있었는데 주고받는 말은 아무도 엿들을 수 없었다. 어전에는 여승만이 대기하고 있을 뿐이었다. 오래오래 이야기를 나누다가 해가 한참 높아진 다음에야 상왕은 하직 인사를 올리고 나와 도바의 구사쓰(草津)에서 배에 올랐다. 상왕은 태상왕의 거처가 낡고 적적한 것을 애처롭게 여기면서 문을 나서는데 태상왕은 태상왕대로 여행길에 나선 상왕이 파도 위에서 고생할 것을 걱정했다. 이세나 이와시미즈, 가모 신사 같은 곳을 제쳐두고 멀리 아키까지 행차한 만큼 이쓰쿠시마 신령께서 서원을 받아들이지 않을 리가 없는지라 상왕의 서원이 이루어질 것은 틀림없는 일이었다.

환궁

어가(御駕)는 26일 이쓰쿠시마에 도착해 기요모리 공이 가장 총애하는 무녀의 집을 행궁으로 삼았다. 이틀 간 휴식을 취한 후 사경과 무악(舞樂) 공양을 드렸는데, 원성사의 고켄 승정이 인도를 맡았다. 승정이 단위에 올라 종을 울리면서 "구중궁궐을 떠나 멀고 먼 바닷길을 헤치고 오셨으니 그 뜻이 거룩하도다" 하고 소리 높여 부처께 고하니 군신 할 것 없이 감격해 눈물을 흘렸다. 공양이 끝나자 상왕은 이쓰쿠시마 신사의 본사나 말사는 말할 것도 없고 각지에 흩어져 있는 사당을 찾아 참배했다. 본사로부터 5정 가량 떨어진 산속에 폭포를 모신 사당이 있었는데 이곳에서 승정은 노래를 한 수 지어 사당 기둥에 적어놓았다.

구름 속에서 실 같은 폭포 줄기 흘러내려와
서로 연을 맺으니 기쁘기 그지없네

상왕은 신관 사이키 노 가게히로(佐伯景弘)를 종오위(從五位) 상으로 위계를 올리고 아키 태수 스가와라 노 아리쓰네(菅原在經)도 종사위

(從四位) 하로 승진시킴과 동시에 상왕궁에의 승전을 윤허하였다. 또 이 쓰쿠시마 신사의 좌수 손에이(尊永)를 법인으로 승진시켰다. 그러니 신령의 마음도 움직이고 기요모리 공의 마음도 움직일 것임에 틀림없었다.

29일, 참배를 끝낸 상왕 일행은 출항 준비를 마치고 귀도에 올랐으나 바람이 너무 거세 일단 띄웠던 배를 다시 되돌려 아리노우라는 곳에 정박했다. 상왕이 "이곳 신령과의 작별의 아쉬움을 누가 노래로 읊어보아라" 하니 다카후사(隆房) 소장이,

> 되돌아가기 서운한 이 마음을 어찌 알고서
> 높은 파도 일으켜 다시 오게 한 걸까

하고 읊었다. 한밤 무렵부터 파도가 잔잔해지고 바람도 가라앉아 다시 출항해 그 날은 빈고의 시키나(敷名)에서 묵었다. 이곳에는 지난 오호 연간에 태상왕의 행차를 위해 태수 후지와라 노 다메나리(藤原爲成)가 지어놓은 저택이 있었는데 기요모리 공이 이번 행차를 위해 새로 수리시켜 놓았으나 상왕은 그곳에 묵지 않았다.

"오늘은 사월 초하루이니 궁에서는 새 옷으로 갈아입는 행사가 있겠구나" 하며 모두가 도성 쪽을 바라다보며 소일하고 있는데 기슭에 등꽃이 소나무를 휘감고 피어 있는 것을 상왕이 보고 다카스에(隆季) 대납언을 불러 "누군가를 보내 저 꽃을 꺾어 오게 하라"고 분부했다. 마침 좌사생 나카하라 노 야스사다(中原康定)가 쪽배를 타고 앞을 지나가고 있기에 불러 보냈더니 등꽃을 소나무 가지째 손으로 꺾어 가져왔다. 이를 본 상

---

3 이 당시는 음력 4월 1일과 10월 1일에 각각 여름옷과 겨울옷으로 갈아입었다.

왕은 "풍류를 아는구나" 하며 감탄하였다. "이 꽃을 보고 노래를 지어보아라"라고 하니 이번에는 다카스에 대납언이 다음과 같이 읊었다.

　　　주상께옵서 천수 누리시기를 기리기 위해
　　　천년이나 푸르른 소나무를 감았네

그 후 어전에 여럿이 모여 앉아 한담을 하고 있는데 상왕이 "그러고 보니 백의를 입은 무녀가 구니쓰나(邦綱) 경에게 마음이 있던 것 같던데" 하며 웃음을 터뜨렸다. 구니쓰나가 당황해 하며 뭐라 변명을 하려 하는데 궁녀 하나가 편지를 들고 오더니 "구니쓰나 대감께" 하며 내미는 것이었다. 이를 본 그 자리에 있던 사람들은 그러면 그렇지 하며 모두 파안대소했다. 구니쓰나가 편지를 받아 들고 읽어보니,

　　　떠나신 후로는 백의 소매 눈물에 너무 젖어서
　　　일어나 다니지도 못하고 있답니다

라고 씌어 있었다. 상왕은 "운치 있는 일이로다. 어찌 답이 없어서야 되겠느냐" 하며 바로 지필묵을 내렸다. 구니쓰나는 그 자리에서 다음과 같이 답가를 지어 보냈다.

　　　당신 생각이 밀려오는 파도를 보고 있으면
　　　소매가 젖고 마는 내 맘 헤아려주오

그곳을 떠나 다음에는 비젠의 고지마에 도착했다.

5일, 날이 개고 바람도 잦아 해상이 잔잔해지자 상왕의 배를 비롯한 모든 배를 출범시켜 멀리 구름처럼 연기같이 일렁이는 파도를 헤치고 지나 그날 저녁 6시경에는 하리마(播磨)의 야마다 포구에 닿았다. 거기서부터는 가마를 이용하여 후쿠하라로 들어갔다.

6일, 수행하는 사람들은 하루라도 빨리 도성으로 갔으면 하는 마음에 서둘러댔지만 상왕은 그대로 머물러 후쿠하라의 이곳저곳을 구경하였는데 중납언 요리모리 경의 산장이 있는 아라타까지 둘러보았다.

7일, 후쿠하라를 출발하면서 대납언 다카스에가 어명을 받들어 다이라 일문을 포상하였다. 기요모리 공의 양자인 단바 태수 기요쿠니(淸國)가 정오위 하에, 손자인 소장 스케모리(資盛)가 종사위 상에 제수되었다. 그날은 테라이에 도착했고 이튿날인 8일 도성에 닿으니 공경대부들이 도바의 구사쓰까지 마중을 나와 있었다. 돌아가는 길에는 도바 별궁에는 들리지 않고 기요모리 공의 저택인 니시하치조로 직행했다.

4월 22일, 새 임금의 즉위식이 있었다. 대극전(大極殿)에서 치렀어야 하는 것을 지난해 불이 난 후로 아직 새로 짓지 못해 태정관의 관청에서 치르기로 하였는데, 우대신 가네자네(兼實) 공이 "태정관의 관청은 신하의 집으로 말할 것 같으면 문서고 같은 곳이니 대극전이 없는 바에야 침전인 자신전에서 즉위해야 할 것이오"라고 주장해 자신전에서 치러졌다. 사람들은 "지난 고호(康保) 4년(967) 11월 1일, 레이제이 임금의 즉위식이 자신전에서 치러졌던 것은 병환으로 인해 대극전까지 행차할 수 없었기 때문인데 그 예를 따르는 것이 어떤지 모르겠구려. 고산조 임금이 엔큐 때 태정관의 관청에서 즉위식을 올린 예에 따라 그곳에서 올렸어야 하는데" 하며 말들이 많았으나 우대신의 결정인 이상 이러쿵저러쿵 나설 수도 없는 일이었다. 주상의 모후인 대비(겐레이몬인)가 홍휘전(弘徽殿)

에서 인수전(仁壽殿)으로 자리를 옮겨 옥좌에 앉았는데 그 모습은 참으로 아름다웠다. 다이라 일문은 모두 식에 참석했으나 시게모리 공의 아들들은 상중이라 나오지 못했다.

    승지로 있는 사다나가(定長)라는 자가 즉위식이 아무 일 없이 성대히 잘 치러진 모양을 종이 열 장에 꼼꼼히 적어 기요모리 공의 부인에게 바치자 부인은 만면에 웃음을 띠고 기뻐했다. 이렇듯 기쁘고 경사스런 일이 많았으나 세상은 여전히 소란했다.

미나모토 일문

한편 태상왕에게는 대납언 스에나리(季成) 경의 딸한테서 태어난 모치히토(以仁)라는 둘째 왕자가 있었다. 산조타카쿠라(三條高倉)에 살고 있었기 때문에 다들 산조(三條) 왕자라 불렀는데 서예도 뛰어나고 학문도 잘했기 때문에 벼슬길에 나갈 만한 자격이 충분하였으나 대비가 질시하는 바람에 유폐나 다름없는 생활을 하고 있었다. 관례도 열다섯 살 때인 에이만(永萬) 원년(1165) 12월 16일, 남의 눈을 피해 겨우 올렸고, 대궐에서 봄에 꽃놀이가 열려도 집 안에서 혼자 시가를 읊고, 가을에 달맞이 행사가 있어도 홀로 악기나 타며 지낼 수밖에 없는 신세였다. 이렇게 세월을 보내다 보니 지쇼 4년에는 어느덧 서른 살이 다 되어 있었다.

그 무렵 고노에가와라(近衛河原)에 살고 있던 미나모토 노 요리마사(源賴政)가 어느 날 밤 몰래 이 모치히토 왕자를 찾아왔다. 요리마사는 얼마 전 종삼위에 올랐으나 이제는 출가하여 승려의 신분이었는데 이날 찾아와 한 말은 참으로 엄청난 내용이었다. "왕자께서는 아마테라스 여신의 사십팔세(世) 후손이시고 국조 진무(神武) 임금부터 헤아려 칠십팔대에 해당하십니다. 세자로 책봉돼 보위에 앉으셔야 할 분인데도 서른이 될 때까지 왕자로 계시는 것을 억울하게 생각지 않으십니까? 요즘 세상을 보건대 겉으로야 다들 따르는 척하고 있지만 속으로 다이라 일족을 미워하지 않는 사람이 어디 있겠습니까? 군사를 일으켜 다이라 일족을 타도해 기약도 없이 도바 별궁에 갇혀 계시는 태상왕의 마음도 달래드리고 왕자께서도 보위에 오르셔야 합니다. 어디 이래서야 효도를 다했다고 할 수 있겠습니까? 왕자께서 군사를 모집하는 영지(令旨)를 내리시면 기꺼이 달려올 미나모토 사람들이 얼마든지 있사옵니다"라고 하면서 그 명단을 하나하나 헤아리기 시작했다. "우선 도성 내에는 전 데와(出羽) 태수 미쓰노부(光信)의 아들들인 이가(伊賀) 태수 미쓰모토(光基)와 데와 판관 미쓰나가(光長), 미쓰시게(光重), 미쓰요시(光能) 등이 있고, 구마노에는 고(故) 로쿠조 판관 다메요시(爲義)의 막내 요시모리(義盛)가 몸을 숨기고 있습니다. 셋쓰에는 다다 노 유키쓰나(多田行綱)가 있사오나 이자는 나리치카 경이 반란을 꾀했을 때 한편이었음에도 불구하고 배신해 다이라 씨에게 밀고한 괘씸한 자이니 언급할 필요가 없을 것입니다. 하오나 그 동생인 도모자네(知實), 데지마의 다카요리(高賴), 오타 노 요리모토(太田賴基)가 쓸 만하고, 가와치(河內)에는 요시모토(義基)와 아들 요시카네(義兼), 야마토에는 우노 노 지카하루(宇野親治)의 장남 아리하루(有治)와 차남 기요하루(清治), 삼남 나리하루(成治), 사남 요시하루(義治) 등이 있고, 오미(近江)에는 야마모토(山本), 가시와기(柏木), 니시고리(錦古里), 그리고 미노(美濃)와 오와리(尾張)에는 야마다 시게히로(山田重弘), 가와베 노 시게나오(河邊重直), 이즈미 노 시게미쓰(泉重滿), 우라노 노 시게토오(浦野重遠), 아지키 노 시게요리(安食重賴) 부자, 기다 노 시게나가(木太重長), 가이덴 노 시게쿠니(開田重國), 야지마 노 시게타카(矢嶋重高)·시게유키(重行) 부자 등이 있으며, 가이(甲斐)에는 헨미 노 요시키요(逸見義淸)・기요미쓰(淸光) 부자, 다케다 노 노부요시(武田信義), 가가미 노 도오미쓰(加賀見遠光)・나가키요(長淸) 부자, 이치조 노 다다요리(一條忠賴), 이타가키 노 가네노부(板垣兼信), 헨미 노 아리요시(逸見有義), 다케다 노 노부미쓰(武田信光), 야스다 노 요시사다(安田義定)가 있고, 시나노(信濃)에는 오우치 노 고레요시(大內維義), 오카다 노 지카요시(岡田親義), 히라가 노 모리요시(平賀盛義)・요시노부(義信) 부자, 기소 노 요시나카(木曾義仲) 등이 있으며, 이즈(伊豆)에는 유배 중인 요리토모(賴朝), 히타치(常陸)에는 시다 노 요시노리(信太義憲), 사타케 노 마사요시(佐竹昌義)와 장남 다다요시(忠義), 삼남 요시무네(義宗), 사남 다카요시(高義), 오남 요시스에(義季)가, 그리고 무쓰(陸奧)에는 고 요시토모 장군의 막내 요시쓰네(義經)가 있사오니, 이들은 모두가 왕손이신 쓰네모토(經基) 어른의 후예요, 만주(滿仲) 장군의 자손들이옵니다. 예전에는 미나모토 씨건 다이라 씨건 역적들을 평정해 공명을 세우는 데 있어 우열이 없었사오나 지금은 하늘과 땅 차이로 벌어져 친교는커녕 주종 관계보다도 더 못한 사이가 되고 말았습니다. 지금 미나모토 일족은 지방에서는 다이라 씨 태수를 주인으로 섬기고, 장원에서도 역시 그쪽 사람들 밑에서 잡다한 공무의 뒤치다꺼리나 하면서 편히 지내지도 못하고 있으니 얼마나 기가 막히겠습니까? 그러니 왕자께서 뜻을 세워 영지를 내리신다면 이들이 밤낮 가리지 않고 서울로 올라와 다이라 일족을 타도하는 데는 별로 시간이 걸리지 않을 것이옵니다. 소승도 나이는 먹었사오나 자식들을 데리고 참가하겠나이다"라고 하는 것이었다.

왕자는 어찌해야 할지 몰라 한동안 승낙을 못하고 있었으나 전에 관상가로 유명한 소납언 고레나가(伊長)가 자기를 보고 "보위에 오르실 상이십니다. 그러니 천하지사를 수수방관해서는 아니 될 것이옵니다"라고 한 적이 있었던 데다가 오늘 요리마사가 와서 이 같은 소리를 하는지라 '이는 분명 아마테라스 여신께서 시키시는 일임에 틀림없구나' 하는 생각이 들어 주저 않고 계획을 밀고 나가기로 했다.

우선 구마노에 있는 요시모리(義盛)를 불러 차사로 임명하자 그는 이름을 유키이에(行家)로 바꾼 다음 영지를 받들고 관동으로 향했다. 4월 28일 서울을 떠나 오미(近江)를 비롯해 미노, 오와리에 있는 미나모토 일족에게 차례차례 전한 다음, 5월 10일 이즈의 호조(北條)에 도착해 이곳에서 귀양살이하는 미나모토 일족의 적자 요리토모에게 영지를 전했다. 그런 다음 자신의 형인 요시노리에게 영지를 전하러 히타치의 시다노우키지마(信太浮島)로 갔다가 조카 기소 노 요시나카를 찾아 도산도(東山道)[4] 지방을 통해 시나노로 들어갔다.

그 무렵 구마노 신사 본당의 좌수인 단조(湛增)는 다이라 쪽과 친분이 깊은 사람이었는데 이 사실을 전해 듣자 내심 '요시모리가 모치히토 왕자에게 영지를 받아 미노와 오와리에 있는 미나모토 일족을 규합해 반란을 일으키려는 속셈인 모양이다. 그렇게 되면 이곳의 나치(那智)나 신당(新堂) 쪽 사람들은 틀림없이 미나모토 쪽 편을 들겠지. 하지만 다이라 씨의 신세를 많이 진 내가 배반을 할 수야 없지. 반란군을 저지하면서 다이라 쪽에 이 사실을 자세히 알려야겠다'고 생각하고는 무장병력 천 기를 이끌고 신당을 향해 출발했다. 신당에서는 도리이, 다카보 이하 우이, 스즈키, 미즈야, 가데노코가, 나치에서는 집사 이하 전원이 가담해 2천여

---

[4] 현재의 중부, 관동, 동북의 산지를 중심으로 한 지역으로, 오미(近江), 미노(美濃), 히다(飛驒), 시나노(信濃), 고즈케(上野), 시모즈케(下野), 데와(出羽), 무쓰(陸奧) 등의 8개 고을이 속했다.

병력이 집결해 있었다. 양측이 함성을 지르고 활을 주고받는데 화살이 명중할 때마다 미나모토의 아무개가 쏜살이요, 다이라의 누가 쏜살이요 하고 외쳐대는 소리가 쉴 새 없었고 효시 우는 소리가 그치지 않는 가운데 전투가 사흘간이나 계속되었으나 단조는 중과부적으로 인척들과 부하 다수를 잃고 자신도 부상을 입은 채 겨우 목숨만을 건져 본당으로 물러났다.

두더지 소동

 한편 태상왕은 유폐된 이래 '벽지로 유배돼 어딘가 먼 섬으로 옮겨지는 것은 아닐까?' 하고 내내 걱정하였으나 그런 일 없이 성남의 도바 별궁에서 두 해째를 맞게 되었다. 그해 5월 12일 정오 무렵 궁 안에 엄청난 수의 두더지가 나와 돌아다녔다. 태상왕은 크게 놀라 괘를 놓아 보더니 시종 나카카네(仲兼)를 불러 "이 점괘를 야스치카에게 가지고 가서 잘 해석하라 하고 풀이한 것을 받아오너라" 하고 시켰다. 점괘 적은 종이를 받아 든 나카카네가 음양박사 아베 노 야스치카의 집으로 찾아갔더니 부재중이었다. 있는 곳을 물었더니 시라카와에 갔다 하여 그곳으로 찾아가 태상왕의 말씀을 전하자 바로 해석해 적어주었다. 나카카네가 별궁으로 돌아와 안으로 들어가려 하자 수비 무사들이 들여보내주지 않았다. 안 사정은 훤한지라 담을 넘고 마루 밑을 기어 툇마루 틈새로 야스치카가 적어준 괘 풀이를 태상왕께 바쳤다. 퍼 보니 "앞으로 사흘 동안은 기쁜 일이 있을 것이나 그와 동시에 걱정거리도 생길 것입니다"라고 적혀 있는지라 태상왕은 "기쁜 일이 있을 것이라는 것은 그렇다 치고 이토록 시련을 겪고 있는 몸에게 또 무슨 걱정거리가 생긴단 말이냐" 하며 불안해 했다.

한편 기요모리 공은 아들 무네모리가 틈만 나면 태상왕의 처우 개선을 간곡히 건의해와 마음을 풀고 13일 태상왕을 도바 별궁에서 도성 안의 하치조카라스마루(八條烏丸)에 있는 궁으로 옮기도록 했다. 야스치카가 말한 '앞으로 사흘 동안의 기쁜 일'이란 바로 이를 두고 한 말이었다. 그러고 있는데 구마노의 단조가 파발꾼을 보내 모치히토 왕자가 반란을 꾀한 사실을 알려왔다. 깜짝 놀란 무네모리가 후쿠하라에 내려가 있는 부친께 알리니 이 말을 듣자마자 서울로 달려온 기요모리 공은 "꾸물거리고 있을 일이 아니다. 왕자를 체포해 도사(土佐)의 벽지에 유배 보내라" 하고 지시했다.

공무 집행에는 대납언 사네후사가 책임자로 임명되고 실무는 미쓰마사가 맡았는데 판관 가네쓰나와 미쓰나가가 명을 받고 왕자의 처소로 향했다. 가네쓰나는 다름 아닌 요리마사의 차남이었는데 이 사람이 체포대에 포함된 것은 반란을 선동한 자가 요리마사라는 사실을 다이라 집안사람들이 아직 모르고 있었기 때문이었다.

노부쓰라(信連)

15일 밤, 이제부터 무슨 일이 벌어질지 전혀 예상도 못한 모치히토 왕자가 구름에 가린 보름달을 바라다보고 있는데 병사 하나가 요리마사가 보냈다며 몹시 허둥대며 서찰을 가지고 찾아왔다. 유모의 아들 무네노부가 받아 온 서찰을 펴보니 "거사가 발각돼 포도청의 관헌들이 왕자마마를 도사의 벽지로 유배 보낸다며 체포하러 떠났습니다. 서둘러 처소를 나와 원성사로 가십시오. 소승도 바로 달려가겠습니다"라고 적혀 있었다. 왕자가 깜짝 놀라 "이 일을 어찌하면 좋단 말이냐?" 하며 어쩔 줄 몰라 하자 노부쓰라라는 시종이 나서더니 "달리 방도가 없을 것 같으니 여장을 하고 몸을 피하시는 게 좋을 것 같습니다" 하고 권해 그렇게 하는 것이 좋을 성싶어 머리를 풀고 옷을 여러 겹 포개 입은 다음 외출용 갓을 썼다. 무네노부가 우산을 들고 뒤따르고 쓰루마루라는 동자가 자루에 물건을 넣어 머리에 이고 나서니 영락없이 아내를 맞아 데리고 가는 대갓집 시종 일행처럼 보였다. 다카쿠라(高倉) 대로의 북쪽을 향해 도망을 가는데 도중에 커다란 도랑이 있어 왕자가 가볍게 뛰어넘어 가자 길 가던 사람들이 멈춰 서더니 "여인네가 도랑을 뛰어넘다니 별일 다 보겠군" 하며 수상쩍다는 듯이 쳐다봐 더 빨리 걸음을 재촉했다.

시종 노부쓰라는 왕자의 처소를 지키기 위해 남았는데 몇 안 되는 시녀들을 여기저기에 나눠 숨긴 다음, 남이 봐서는 안 될 물건이 있으면 치워야 할 것 같아 둘러보니 왕자가 무척 애지중지하던 고에다(小枝)라는 피리가 안방 머리맡에 그대로 놓여 있는 것이 눈에 띠었다. '왕자께서 그리도 아끼시던 피리인데' 하며 5정이나 되는 거리를 뒤쫓아 가자 왕자는 마침 피리를 머리맡에 두고 온 것을 알고 되돌아가려고 하던 참이었다. 노부쓰라가 피리를 바치자 감격한 왕자는 "내가 죽거든 이 피리를 관 속에 함께 묻어다오" 하고 부탁하고 함께 떠나자고 권했다. 그러자 노부쓰라는 "이제 곧 처소에 포도청의 관헌들이 들이닥칠 텐데 집 안에 아무도 없으면 얼마나 맥이 빠지겠습니까? 소인이 마마를 모시는 것은 모르는 사람이 없는 일이온데 오늘 밤 집 안에 없었다가는 도망갔다는 소리를 듣게 될 것입니다. 무인에게 있어서 이 같은 수치가 없사오니 적당히 관헌들을 혼내주다가 곧 돌아오겠습니다" 하며 돌아갔다. 이날 노부쓰라는 푸른빛 도포 안에 연둣빛 갑옷을 입고 의장용 장검을 차고 있었는데 처소로 돌아오자 산조(三條) 대로에 면한 대문과 다카쿠라 대로로 난 쪽문을 활짝 열어놓고 사람들이 오기를 기다렸다.

자정 무렵 판관 가네쓰나와 미쓰나가가 이끄는 총세 300여 기가 들이닥쳤다. 이 중 가네쓰나는 무슨 생각을 했는지 일행으로부터 멀찌감치 떨어져 문 앞에 그냥 서 있었으나 미쓰나가는 말을 탄 채로 문 안으로 들어가 뜰에서 말을 멈추더니 "역모를 꾀하고 계시다는 소문이 있어 명을 받고 모시러 왔으니 어서 나오시지요" 하고 큰소리로 외쳤다. 그러자 노부쓰라가 마루에 나와 "왕자께서는 지금 출타 중이시오. 절에 가셨는데 무슨 일이시오? 모시러 왔다니 무슨 일로 그러는지 이유나 좀 들어봅시다"라고 하자 미쓰나가는 "그게 무슨 소리냐? 여기 아니면 어디 가실 데가 있단 말이냐? 그런 소리 말아라. 여봐라, 들어가서 찾아보아라" 하고 부하들에게 명했다. 이 말을 들은 노부쓰라가 "세상 법도도 모르는 나졸이 하는 소리 좀 보게. 말을 타고 문 안에 들어온 것만 해도 무엄하기 짝이 없는 일인데 들어가서 찾아보라니 말이나 되는 소리냐. 좌위부의 하세베 노부쓰라가 여기 있으니 가까이 왔다가는 큰 코 다칠 것이다" 하고 호통을 쳤다. 나졸 중에 가나타케(金武)라는 힘이 센 장사가 있었는데 그가 노부쓰라를 잡으러 대청 위로 뛰어오르자 이를 본 동료 열네댓 명이 뒤를 따랐다. 그러나 노부쓰라가 옷끈을 뜯어 던지며 예리하게 갈아놓은 의장용 칼을 뽑아 달려드는 나졸들을 향해 휘두르자 이들은 장검이나 장창을 들었음에도 의장용 칼에 눌려 바람에 날리는 나뭇잎처럼 모두 대청 아래로 쓰러지고 말았다. 마침 그때까지 구름에 가려 있던 보름달이 모습을 드러내 주위가 밝아졌으나 나졸들이 집 안 구조를 전혀 모르는 데 비해 노부쓰라는 손바닥을 들여다보듯 꿰고 있었기 때문에 적들을 마루로 몰았다가 벼락같이 베고 귀퉁이로 모는 척하면서 쓰러뜨렸다. 나졸들이 "교지를 받든 사신을 어찌 이리 대할 수 있느냐?"라고 다그치자 노부쓰라는 "교지가 뭐 하는 것이냐?" 하고 받아넘기면서 싸우다 칼이 휘면 뒤로 물러나 휜 곳을 손으로 누르고 발로 밟아 펴가면서 눈 깜짝할 사이에 병사 14~5명을 베어 쓰러뜨렸다. 그러나 칼끝이 세 치가량 부러져나가 더 이상 싸우기 힘들어지자 배를 갈라 죽으려고 옆구리를 더듬어보니 소도가 어디론가 사라지고 없었다. 하는 수 없이 두 팔을 크게 벌리고 다카쿠라 대로로 난 문을 통해 도망치려 하는데 장창을 든 사나이 하나가 가까이 다가왔다. 장창을 넘어가려고 몸을 날렸으나 뜻대로 되지 않고 오히려 장창이 가랑이를 꿰뚫는 바람에 기세는 아직 등등했으나 여러 병사에 에워싸여 생포되고 말았다. 그 후 판관 일행은 처소를 수색했으나 왕자가 보이지 않자 노부쓰라만 포박해 로쿠하라로 돌아갔다.

로쿠하라에서는 노부쓰라를 잡아오자 기요모리 공은 주렴 안에 앉고 무네모리가 마루 위에 서서 노부쓰라를 뜰에 꿇어앉힌 다음 "아니, 네놈이 정말로 교지가 뭐 하는 것이냐며 사람을 벴단 말이냐? 포도청 나졸을 닥치는 대로 살상했다고? 이 자를 족쳐서 심문한 다음 강변으로 끌고 가서 목을 치도록 하라"고 명령했다. 그러자 노부쓰라는 조금도 두려워하는 기색이 없이 "최근 밤만 되면 처소를 엿보는 자들이 있었으나 무슨 일이 있으랴 싶어 대비하지 않고 있었는데 갑자기 갑옷으로 무장한 자들이 들이닥쳐 누구냐고 물었더니 교지를 받든 차사라고 합디다. 산적이나 해적, 강도 같은 무리들이 다이라 집안사람입네 교지를 받든 차사입네 하며 다닌다는 소리를 전부터 들어온 터라 교지가 뭐 하는 것이냐며 벤 것이오. 만약 내가 제대로 갑옷을 입고 잘 드는 칼을 지녔더라면 나졸들은 하나도 성하지 못했을 것이오. 왕자께서 어디 가셨는지는 모르오. 설사 알고 있다 하더라도 무사가 말하지 않기로 작정한 일을 심문한다 해서 불 것 같소?"하고 답하더니 그 다음부터는 입을 다물었다. 이를 지켜본 다이라 일가의 무사들은 "참으로 훌륭한 무인인데 아까운 사람의 목을 치다니 안타까운 일이다" 하며 서로들 수군거렸다. 그중 누군가가 "저 사람은 몇 해 전에 상왕궁에 근무할 때도 수문장이 놓친 강도 여섯을 혼자서 뒤쫓아가 넷을 죽이고 둘을 생포해 그 공으로 좌병위로 승진했는데 이런 사람이야말로 일기당천의 용사라 해야 하지 않겠소?"라고 하자 다들 한결같이 죽이기는 아깝다고 입을 모았다. 기요모리 공은 무슨 생각을 했는지 노부쓰라를 죽이지 않고 호키(伯耆)의 히노(日野)로 유배 보내는 데 그쳤다.

후일 미나모토 씨가 정권을 잡은 후 관동으로 내려간 노부쓰라가 가지와라 노 가게토키(梶原景時)를 통해 이때 있었던 일의 자초지종을 아뢰자 장군 요리토모는 감탄하여 노토(能登) 지방에 영지를 하사했다고 한다.

기오오(競)

한편 모치히토 왕자는 다카쿠라 대로를 북상하다가 고노에(近衛) 대로에서 오른쪽으로 돌아 가모 강을 건넌 다음 뇨이(如意) 산으로 들어갔다. 옛날 덴무(天武) 임금께서 아직 동궁으로 있을 때 역도들의 습격을 받아 요시노(吉野) 산으로 난을 피해 도주할 때도 여장을 했다고 하는데 왕자의 지금 모습 또한 그와 똑같았다. 낯선 산길을 밤새 헤치고 가노라니 익숙하지 않은 일인지라 발에서는 피가 흘러내려 모래를 붉게 물들였고, 무성히 자란 여름풀에 맺힌 이슬에 고생이 심했으나 그러다 보니 새벽 무렵에는 원정사[5]에 도착할 수 있었다.

왕자가 "하잘것없는 목숨이나 죽음이 두려워 여러분들을 의지해 이리 오게 되었소이다" 하고 오게 된 사유를 밝히자 승병들은 황송해 하며 법륜원(法輪院)에 침소를 마련하여 안에 모시고 격식을 차려 식사를 준비해 올렸다.

날이 새니 5월 16일이었다. 모치히토 왕자가 역모를 꾀하다 행방을

---

5 현 시가(滋賀) 현 오쓰(大津) 시에 있는 천태종 사문파(寺門派)의 총본산. 산문파(山門派) 총본산인 연력사와 함께 조정의 신임이 두터웠다.

감췄다는 소문이 퍼지자 도성 안은 발칵 뒤집혔다. 이 말을 전해 들은 태상왕은 "아베 노 야스치카의 괘 풀이에 도바 별궁을 나가는 것은 기쁜 일이나 동시에 걱정거리도 생길 것이라고 한 것은 이를 두고 한 말이었구나" 하며 탄식했다.

사건을 야기시킨 요리마사는 평소 없는 듯이 살아왔기 때문에 미나모토 일족임에도 불구하고 별 일 없이 지내올 수 있었던 것인데 올해 들어 갑자기 역모를 꾀하게 된 데는 나름대로 사연이 있었다. 다름 아니라 기요모리 공의 차남 무네모리가 오만방자한 일을 저질렀기 때문인데, 따라서 아무리 자기들 세상이라 해도 해서는 안 될 일을 멋대로 하거나 입에 담아서는 안 될 말을 함부로 내뱉어서는 안 되는 것으로 반드시 주의해야 하는 법이다.

실은 이런 일이 있었다. 요리마사의 장남 나카쓰나(仲綱)는 장안에서 소문난 명마를 가지고 있었다. 적토마로, 비할 바 없는 일품이었는데 승마감이나 힘, 성깔 등에 있어 더 이상 가는 말이 이 세상에 있을 것 같지 않았다. 이름을 '기노시타'라 했는데 무네모리가 이 사실을 알고 사람을 보내 "소문이 자자한 명마를 구경이나 한번 합시다"라고 하자 나카쓰네는 "그런 말을 가지고 있긴 하나 요새 너무 타서 그런지 지쳐서 잠시 쉬게 하려고 시골에 내려 보내고 말았습니다" 하고 둘러댔다. 무네모리는 "그렇다면 할 수 없지" 하고 말았는데 그 자리에 함께 있던 다이라 무사들이 "어, 그 말은 그제까지 있었는데" "어제도 있었다고" "오늘 아침에도 뜰에서 타고 있던데" 하고 주고받는 소리를 들은 무네모리는 "그렇다면 아까워서 그런 게로군. 괘씸한 놈 같으니라고. 가서 무슨 일이 있어도 끌고 오너라" 하고 사람과 편지를 보내는데 하루에도 대여섯 차례, 예닐곱 차례씩 재촉하니 요리마사가 이 사실을 알고 "설사 금으로 빚어 만든 말이라 해도 다른 사람이 그처럼 원하는데 아껴서야 되겠느냐? 어서 그 말을 로쿠하라로 보내거라" 하고 타일렀다. 그러자 어쩔 수 없게 된 나카쓰네는 노래를 한 수 지어 말과 함께 보냈다.

  갖고 싶거든 이리 와 보시구려 일심동체라
  내 몸과 같은 것을 어찌 달라 하시오

  그러나 끌고 온 말을 본 무네모리는 답가 따위는 보낼 생각도 하지 않고 "야아, 굉장한 말이구나. 말은 정말 좋은데 주인이 너무 아끼는 게 마음에 들지 않으니 주인의 이름을 새겨 당장 낙인을 찍도록 해라" 하며 '나카쓰나'라는 낙인을 찍어 마구간에 집어넣도록 했다.
  얼마 후 손님이 찾아와 "그 유명한 명마를 구경이나 한번 해봤으면 좋겠습니다"라고 하자 무네모리는 하인에게 "그 나카쓰나란 놈에게 안장을 얹어 끌고 오너라" 하더니 "나카쓰나란 놈에 올라타거라" "나카쓰나란 놈에게 채찍질을 하여라" "박차를 가해라" 하며 놀려댔다. 이 이야기를 전해 들은 나카쓰나는 자기 몸과 바꿔도 아깝지 않을 말을 권세에 눌려 빼앗긴 것만 해도 분하기 짝이 없는데 그 말 때문에 자신의 이름이 천하의 웃음거리가 되는 것은 참을 수 없다며 펄쩍 뛰었다. 이 말을 전해 들은 요리마사가 찾아와 "다이라 놈들이 우리 따위는 좀 건드려도 무슨 일이 있으랴 하며 우습게 보고 그러는 것이렷다. 이래서야 오래 산들 무슨 소용이 있겠느냐? 이 수모를 갚을 기회를 보기로 하자"라며 분개했으나 혼자서는 다이라 일가를 칠 엄두가 나지 않자 왕자를 부추긴 것이라는 사실이 뒤늦게 밝혀졌다.
  무네모리의 이번 처신에 대해 세상 사람들은 시게모리 공과는 달라도 너무 다르다고 몰래 수군거렸다. 언젠가 시게모리 공은 입궐한 참에 누이 동생인 중궁의 처소를 찾은 적이 있었는데 방 안에 홀로 앉아 있자 8척은 되어 보이는 구렁이가 공의 왼쪽 바짓가랑이로 기어 올라왔다. 허둥댔다 가는 궁녀들이 소란을 떨고 중궁도 놀랄 것이라고 생각한 공은 왼손으로 구렁이의 꼬리를 누르고 오른손으로 머리를 붙잡아 소매 안에 넣고서 아무 일도 없다는 듯이 슬쩍 일어나 "시종은 게 있느냐?" 하고 불렀다. 그때 마침 시종으로 있었던 자가 다름 아닌 나카쓰나였는데 부름을 받고 "나카쓰나, 대령했사옵니다" 하고 아뢰자 공은 말없이 구렁이를 건네주었다. 구렁이를 넘겨받은 나카쓰나가 활터를 지나 궁 안의 뜰로 나온 다음 대궐에서 일하는 하인을 불러 "이것을 받아라" 하자 놀란 하인은 머리를 크게 내저으며 내빼고 말았다. 하는 수 없이 자신의 부하인 미나모토 노 기오오(源競)를 불러 넘겨주니 가져다 버렸다.

　시게모리 공은 이튿날 아침 쓸 만한 말에 안장을 얹어 나카쓰나에게 보내면서 "어제는 참 잘 처리했네. 이 말은 타기 편하기로는 따라올 말이 없으니 밤에 일이 끝나 가인을 찾을 때 타게나" 하고 치사했다. 그랬더니 나카쓰나는 "보내주신 말 삼가 받겠습니다. 어제 대감의 처신이야말로 마치 환성악(還城樂)⁶을 보는 것 같았습니다"라고 답을 올렸다. 시게모리 공은 이렇듯 비범한 데가 있었는데 동생 무네모리는 왜 그렇지 못했는지 알 수 없는 일이었다. 게다가 남이 아끼는 말을 뺏어다 자기 것으로 만들어 세상에 평지풍파를 일으켰으니 한심한 일이 아닐 수 없었다. 16일 밤, 요리마사와 장남 나카쓰나, 차남 가네쓰나 그리고 양아들 나카이에 및 부하 300여 기는 집에 불을 질러 전소시킨 후, 왕자가 숨어 있는 원정사로

6　나무로 만든 뱀을 땅에 놓고 이를 보면서 희열의 춤을 추는 궁중 무용.

향했다.

한편 기오오는 뒤쫓아 가는 것이 늦어져 도성에 남아 있었는데 이를 본 무네모리가 부르더니 "너는 왜 요리마사를 따라가지 않고 여기 남아 있느냐?"하고 물었다. 기오오가 부복하며 "평소 무슨 일이 생기면 주군 앞에 서서 목숨을 바치려고 생각하고 있었사오나 어인 일인지 아무런 말씀이 없었습니다"하니 무네모리는 "아니, 너는 역적 편을 들 작정이란 말이냐? 예전부터 너는 이곳을 출입해온 사람이니 장래의 승진이나 발전을 생각해 우리 집안을 위해 일할 생각은 없느냐? 어디 솔직히 말해보아라"하고 물었다. 그랬더니 기오오는 눈물을 뚝뚝 흘리면서 "조상 대대로 섬겨온 의리도 중요하지만 어찌 역도 편을 들 수가 있겠습니까? 귀댁을 위해 일하고자 합니다"라고 답하는 것이었다. 이 말을 들은 무네모리는 "그럼 우리 집안을 위해 일해다오. 요리마사 부자 못지않게 네 뒤를 봐주도록 하겠다"하며 내실로 들어갔다. 그 후 무네모리가 몇 번이고 시종에게 "기오오는 여태 있느냐?"하며 소재를 확인했으나 하루 종일 자리를 뜨지 않고 대기하고 있었다. 날이 저물어 무네모리가 퇴청하려 하자 기오오가 부복하며 아뢰기를 "요리마사 부자는 원정사에 있다 하옵니다. 아마도 토벌군을 보내실 텐데 조금도 걱정하실 필요는 없습니다. 적이라야 원정사의 승병들과 저희 와타나베 일족의 무사들일 테니 제가 가서 문제시되는 자들을 몇 골라 처치할 생각입니다. 소인에게 전시에 타고 다닐 만한 좋은 말이 있었는데 아는 자에게 도둑을 맞고 말았으니 말 한 필만 빌려주셨으면 합니다"라고 하는 것이었다. 이 말을 들은 무네모리는 "알았다"하며 평소 애지중지하는 난료(煖廷)라는 흰 점박이 말에 좋은 안장을 얹어 내주었다. 그러나 자기 집으로 돌아온 기오오는 "날아, 어서 저물어라. 이 말을 타고 원정사로 달려가 요리마사 어른의 맨 앞에 서서 싸우다 죽으련다" 하고 벼르다가 날이 점차 저물자 처자들을 여기저기 아는 사람들에게 맡긴 다음 원정사로 떠나려니 비장한 마음을 금할 길 없었다. 이날 나카쓰네는 국화를 수놓은 내갑의 위에 조상 전래의 붉은색 갑옷을 입고 은장식 투구에 서슬이 퍼런 장검을 차고 있었는데 스물네 대들이 전통 위에 대궐 경호 무사임을 알리는 매 깃 화살 한 쌍을 꽂고 한 손에 강궁을 잡고 말에 올라탔다. 기마 무사 한 명에게 갈아탈 말을 끌게 하고 하인에게 방패를 들린 다음 집에 불을 질러 다 탄 것을 보고 원정사를 향해 말을 달렸다.

로쿠하라에서는 기오오의 집에 불이 났다며 사람들이 떠들어대자 무네모리가 달려 나와 "기오오는 있느냐?" 하고 물었다. 없다고 하니 "아뿔싸, 방심하다가 그놈에게 속고 말았구나. 여봐라, 어서 쫓아가 목을 베어 오너라" 하고 분해 했으나 강궁을 잘 다루는 기오오는 속사(速射)에 능한 데다가 힘이 장사여서 사람들은 "쫓아갔다가는 스물네 대의 화살에 우선 스물네 사람이 맞아죽을 것이 틀림없으니 그냥 잠자코 있는 게 좋을 게야"라며 뒤쫓아 가는 자가 없었다.

한편 그 무렵 원정사에서는 사람들이 모여 기오오 이야기를 하고 있었다. 와타나베 일족들이 "기오오를 데려왔어야 하는데 로쿠하라에 혼자 남아 있다가 무슨 일을 당했을지……" 하고 걱정을 하자 기오오의 사람됨을 잘 알고 있는 요리마사가 "호락호락 체포돼 붙잡혀 있을 사람이 아니다. 내게 마음을 바친 자이니 두고 보거라. 이제 곧 달려올 테니" 하고 말을 마치자마자 기오오가 불쑥 나타났다. 이를 본 사람들은 과연 그대로라며 감탄하였다. 기오오가 부복을 하며 "로쿠하라에서 나카쓰나 어른의 기노시타 대신 난료를 가지고 왔으니 받으시지요" 하고 바치니 나카쓰나는 떨 듯이 기뻐하며 바로 말갈기를 깎고 낙인을 찍은 후 이튿날 밤 로쿠하라로 끌고 가 한밤중에 무네모리의 저택 안으로 집어넣도록 했다. 마구간에 들어간 난료가 다른 말들과 다투고 있는 광경을 본 하인들이 놀라 "난료가 돌아왔습니다" 하고 보고하자 무네모리가 급히 달려 나와 보니 말 등에 '예전에는 난료였으나 지금은 까까중 무네모리'라고 낙인이 찍혀 있었다. 이를 본 무네모리는 "이 괘씸하기 짝이 없는 기오오란 놈한테 마음을 놓고 있다가 속다니 분하기 짝이 없구나. 이번에 원정사를 칠 때는 무슨 수를 써서라도 우선 기오오란 놈을 생포하여라. 이놈의 목을 톱으로 썰어버리겠다" 하고 펄펄 뛰며 화를 냈지만 난료의 갈기가 자라날 리도 없으려니와 낙인이 지워질 리도 없었다.

연력사의 서찰

원정사에서는 고둥을 불고 종을 쳐서 승병들을 집합시킨 다음 전체 회의를 열었다. 주지가 앞에 나와 "요즘 세상 돌아가는 것을 보니 불법과 왕법의 쇠퇴가 실로 극에 달한 것 같다. 기요모리의 횡포를 지금 바로잡지 않으면 언제 또 기회가 오겠는가? 왕자께서 우리 절에 오신 것은 하치만 신령이 보살피고 이곳 수호신인 신라(新羅) 신령[7]의 가호에 의한 것일 테니 천지신명께서 현신하시고 부처께서도 기요모리 퇴치에 가세하고 계심이 틀림없다. 연력사는 본디 천태종의 교학을 연마하는 곳이요, 나라(奈良)의 대찰은 안거수도(安居修道), 득도수계(得度受戒)하는 도량이니 서찰을 보내 청하면 틀림없이 우리 편을 들 것이다" 하고 외치자 승병들도 찬성하여 연력사와 나라의 사찰에 서찰을 발송했다.

우선 연력사에 보낸 서찰에는,

---

7 원정사의 수호신으로, 이 절의 개조인 지쇼 대사(智證大師) 엔친(圓珍)이 당에 갔다가 돌아올 때 배 안에 나타난 신라의 신령을 기리기 위해 귀국 후 이곳에 모셨다고 한다. 미나모토 씨의 선조인 요리요시(賴義)가 북방의 반란을 진압하러 출진할 때 이곳을 찾아 승리를 기원했고, 그의 아들 요시미쓰(義光) 또한 이 신 앞에서 관례를 올리고 이름을 신라사부로(新羅三郎)라 하였기 때문에, 원정사는 예로부터 미나모토 일문과 연이 깊었다.

원정사에서 연력사의 사무승께

당사의 파멸을 피하고자 특별히 조력을 구하는 글

　기요모리가 멋대로 불법을 파괴하고 왕법을 훼손하고 있어 통탄하고 있던 중 지난 15일 태상왕의 둘째 왕자께서 비밀리에 당사에 납시었소. 그러자 어명이라며 왕자의 신병을 넘기라는 독촉이 심한데 당사로서는 그리할 수가 없소이다. 기요모리는 관군을 파견할 것이라고 하는데 그렇게 되면 당사는 당장 파괴될 것이요, 여러 승도들께서 슬퍼하실 것이 틀림없을 것이오.
　특히나 귀사와 당사는 문파는 달라도 수학하는 것은 똑같은 천태(天台)의 교학이니 동일한 교리가 아니겠소. 이는 마치 새의 좌우 날개나 수레의 두 바퀴와 같은 관계라고 할 수 있을진대 한 쪽이 없어진다면 다른 한 쪽은 얼마나 비통하겠소? 이번에 귀사가 도와 당사가 파멸을 면할 수 있게 되면 우리 두 절 사이의 오랜 갈등도 풀려 같은 조사(祖師)를 모시던 옛날로 돌아갈 수 있으리라고 보고 승려 전체의 회의를 거쳐 이와 같이 서찰을 보내는 바이오.

　　　　　　　　　　　　　　　　　　　　지쇼 4년 5월 18일

이라고 씌어 있었다.

나라에 보낸 서찰

그러나 서찰을 받아 본 연력사의 승병들은 "이게 무슨 소리야. 우리 절의 말사 주제에 새의 좌우 날개나 수레의 두 바퀴와 같다니 우리를 무시해도 유분수지 이런 괘씸한 일이 있나" 하며 답도 하지 않았다. 게다가 기요모리 공으로부터 승병들을 진정시키라는 지시를 받은 연력사의 주지 메이운 대승정이 서둘러 산에 올라가 승병들을 달래고, 모치히토 왕자에게는 연력사가 왕자 편을 들지 어떨지 미정이라고 전했다. 이에 기요모리는 오미(近江) 산 쌀 2만 석과 비단 3천 필을 연력사에 시주했다. 절에서는 쌀과 비단을 온 절에 고루 나눠주었으나 워낙 급작스럽게 이루어진 일이라 혼자 많이 챙긴 사람이 있는가 하면 하나도 받지 못해 빈손인 사람도 있었다. 그러자 누가 한 짓인지는 몰라도 이런 낙서가 나붙었다.

　　　이곳 중들은 비단옷 입으려다 살이 다 비쳐
　　　부끄러운 곳들이 훤히 드러났다네

또 비단을 전혀 받지 못한 승려인 듯, 다음과 같은 글을 남긴 이도 있었다.

> 비단이라곤 꿈도 못 본 우리도 창피를 사서
> 우스운 사람으로 전락하고 말았네

한편 나라의 흥복사(興福寺)에 보낸 서찰에는,

원정사에서 흥복사의 사무승께

당사의 파멸을 피하고자 특별히 조력을 구하는 글

불법이 위대한 것은 왕법을 수호하기 때문이고 왕법이 끊이지 않는 것은 두말할 나위 없이 불법의 덕 때문이오. 그런데 전임 태정대신 기요모리가 멋대로 국정을 농단하고 조정을 어지럽혀 승속(僧俗) 할 것 없이 한탄해오던 차에 이달 15일 밤 태상왕의 둘째 왕자께서 예기치 못한 난을 피하기 위해 갑자기 당사로 납시었소. 어명이라며 왕자를 잡아 바치라는 재촉이 심했으나 당사 승병 일동은 왕자를 아끼는 마음에 이를 거절했소. 그랬더니 기요모리는 당사에 병력을 보내려 하고 있어 불법, 왕법 할 것 없이 모두 파멸의 위기에 직면해 있는 실정이오. 옛날 당나라 무종(武宗)이 군사를 동원해 불법을 파괴하려 했을 때 오대산의 승려들은 싸움으로 맞서 이를 막았는데 대왕의 권세에 대해서도 이와 같았으니 기요모리와 같은 역적에 대해서야 말할 필요도 없을 것이오. 특히 기요모리는 귀사를 후원하는 후지와라 집안의 장손을 죄도 없이 귀양 보내는 전례 없는 짓을 저질렀으니 지금이 아니면 언제 그 치욕을 설욕할 기회가 있겠소이까? 간청하오니 귀사의 승려들이 안으로는 불법의 파멸을 구하고 밖으로는 악역의 무리를 물리치는 데 나서주시기 바라오. 그렇게만 된다면 기쁘기 그지없겠소. 당사의 승려들이 모여 이같이 의논하고 서찰을 보내는 바이오.

지쇼 4년 18일
원정사 승려 일동

이라고 적혀 있었다.
홍복사의 승병들은 이 서찰을 열어보고 바로 답을 보냈다. 답서에 이르기를,

홍복사에서 원정사의 사무승께

기요모리로 인해 귀사가 존망의 위기에 처했다는 내용의 서찰을 받아보고 답하는 바이오. 귀사와 당사에서 신봉하는 천태종과 법상종은 종파는 서로 달라도 교리는 똑같이 석존의 설법에서 출발한 것이니 우리 모두 여래의 제자가 아니겠소. 그러니 사찰들이 힘을 모아 불법을 저해하는 마장(魔障)[8]의 제거에 나서야 할 것이오.
원래 기요모리는 다이라 일가의 망나니요 무문의 쓰레기나 다름없는 자 아니겠소? 그의 조부 마사모리는 겨우 오위(五位)의 벼슬아

---

8 불도의 수행을 방해하는 것. 악마.

치를 섬기다가 지방관들의 수족 노릇이나 했던 작자로서 다메후사(爲房) 경이 가가 태수로 있을 때 그 밑에서 나졸 노릇을 했고, 아키스에(顯季) 경이 하리마 태수로 있을 때 마구간지기였던 사람이오. 그래서 그의 아비 다다모리가 승전을 윤허받았을 때 노소 할 것 없이 상왕의 실정을 탓했고 식자들은 예언이 들어맞았다고 울며 슬퍼하지 않았소이까? 출세하여 궁중을 출입하게 되었어도 세상 사람들은 여전히 미천한 출신이라 업신여기고 명예를 중시하는 젊은이들은 그 밑에 벼슬하러 가는 이가 없었소. 그런데 지난 헤이지 원년(1159) 12월, 고시라카와 태상왕께서 헤이지 정변 때 세운 단 한 차례의 전공을 인정하여 파격적인 상을 내리신 후 기요모리는 대신의 반열에 서고 경호 무사를 둘 수 있는 특권을 부여받게 되었소. 아들 중에는 대신이 된 자가 있는가 하면 근위부 장군에 오른 자도 있고 딸들은 중전 아니면 국모가 되었으며 동생이나 서자들은 공경에 이르고 손자와 조카들도 모두 태수에 임명되었소. 그뿐 아니라 온 나라를 손아귀에 쥐고 백관의 임면을 자기 마음대로 행하면서 이들을 노비인 양 부리고 있소. 조금만 뜻에 거슬리면 종친도 잡아들이고 단 한마디를 거역해도 공경이건 누구건 간에 가리지 않고 체포하였소. 이 때문에 잠시나마 목숨을 연명하고 일시적으로 박해를 피하기 위해 주상조차 비위를 맞추고 누대의 재상가인 후지와라 집안이 무릎을 꿇고 예를 갖추는 형편이오. 그러니 재상가는 대대로 전해오는 영지를 빼앗겨도 두려워 입도 열지 못하고 종친들 또한 물려받은 장원을 강탈당해도 권세가 무서워 항의하는 이조차 없는 형편이오. 급기야 지난해 11월에는 태상왕의 거처를 몰수하고 관백을 귀양 보내기에 이르렀으니 그 악역무도함은 고금에 견줄 데가 없을 것이오. 그때 우리들은 마땅히 이 역도들을 찾아가 죄를 물었어야 했으나 신령의 뜻을 모른 데다 기요모리가 어명을 들먹이는 바람에 불만을 누르고 있어왔는데 또다시 병력을 보내 태상왕의 둘째 왕자 저택을 에워싸지 않았겠소. 다행히 하치만, 가스가 신령 들께서 보우하사 왕자를 귀사로 인도하여 신라 신령께 맡기셨으니 왕법이 끊이지 않으리라는 것은 이로 보아 분명하오. 귀사의 승려들이 신명을 바쳐 왕자를 수호하고 있는 것에 대해 마음이 있는 이라면 그 누군들 고마워하고 기뻐하지 않는 이가 있겠소이까. 우리는 멀리서나마 그에 대해 감사하고 있었는데 기요모리가 또 군사를 일으켜 귀사를 치려 한다는 소식을 전해 듣고서 준비를 하고 있었소. 18일 진시(오전 8시경)에 승도들을 불러 모아 주변 사찰에 서찰을 보내고 말사에 명령을 내려 병력을 모은 다음 통지하려 하고 있는 참에 사자가 달려와 귀사의 서찰을 전해온 것이오. 이로써 수일간에 걸친 불만은 일시에 사라졌소. 당나라 때 청량산의 승려들이 무종이 보낸 군사들을 내쫓았는데 일본의 홍복사와 연력사의 승려들이 어찌 역신(逆臣)이 보낸 사악한 무리들을 그냥 놔둘 수 있겠소. 왕자의 좌우를 철통처럼 지키면서 우리들의 출발 소식을 기다리도록 하시오. 그러니 부디 서찰의 내용을 잘 살펴서 의심하거나 두려워하지 말기 바라오. 이상과 같이 첩(牒)하오.

지쇼 4년 5월 21일
홍복사 승도 일동

이라고 하였다.

지루한 논의

한편 원정사에서는 또 승병들이 모여 앞일을 논의했다. 많은 의견이 나온 가운데 한 사람이 나서 "연력사는 변심했고 나라 쪽에서는 아직 회답이 없는데 그렇다고 질질 끌다가는 불리할 테니 당장 로쿠하라로 쳐들어가 야습을 합시다. 병력을 노소 두 패로 나눠 나이 든 사람들은 뇨이가미네(如意峰)에서 적의 후미를 맡기로 하고, 젊은 사람 사오백을 먼저 보내 시라카와(白河) 일대의 민가에 불을 지르게 하면 도성 안이나 로쿠하라 사람들이 보고 큰일 났다며 달려올 것이오. 그러면 이와사카(岩坂)나 사쿠라모토(櫻本) 부근에서 기습을 가해 잠시 적을 가로막아놓고 그 사이에 나카쓰나를 대장으로 한 본진이 로쿠하라로 쳐들어가 바람이 불어오는 쪽에 불을 지르고 싸우면 필시 불길을 피해 나온 기요모리를 죽일 수가 있을 것이오" 하니 모두가 이에 찬동하였다.

그러자 다이라 집안의 기도승을 지냈던 신카이(眞海) 아사리가 제자와 숙식을 함께하는 승려 수십 명을 이끌고 회의장으로 나오며 말하기를 "이런 말을 하면 다이라네 편이라고 할지도 모르겠소만 설령 그런 오해를 산다 해도 어찌 승려로서의 의리를 저버리고 우리 절의 이름에 먹칠을 할 수가 있겠소? 예전엔 미나모토와 다이라 집안이 좌우 나란히 경쟁하며 조정을 수호했으나 근래에 와 미나모토의 운이 기울어 다이라 일가가 정권을 잡은 지 이십여 년, 이 세상에 다이라 집안을 따르지 않는 자가 어디 있겠소? 로쿠하라 저택의 형세를 보건데 소수 병력으로 함락시키기는 어려울 것이오. 그러니 다른 계책을 마련하고 군세를 더 모아 훗날 공격하는 게 상책이 아닐까 싶소"라며 시간을 벌 요량으로 지루하게 자기 생각을 늘어놓았다.

그러자 게이슈(慶秀) 아사리라는 노승이 승복 안에 갑주를 걸치고 큰 칼을 여봐란 듯이 허리에 차고 언월도의 나무 자루를 지팡이 삼아 짚고서 회의석상에 나와 말하기를 "다른 곳의 예를 들 것까지 뭐 있겠소. 우리 절을 창건하신 덴무 임금께서 여태 동궁으로 계실 때 다른 왕자의 습격을 받아 요시노(吉野) 산속으로 몸을 피하신 일이 있었는데 야마토(大和)의 우다(宇多)를 지나실 때는 군세가 고작 십칠 기에 지나지 않았소. 그랬어도 이가(伊賀)와 이세(伊勢)를 넘어가 미노와 오와리에 있는 병력을 이끌고 적군을 격파하여 보위에 오르지 않으셨소이까? '쫓기는 새가 품 안으로 날아들어 오면 불쌍히 여겨야 한다'는 말이 있소이다. 다른 사람은 어찌하건 간에 내 문하의 사람들은 오늘 밤 로쿠하라로 달려가 싸우다 죽을 생각이오"라고 외쳤다. 그러자 원만원(圓滿院)[9]의 승려 젠카쿠(源覺)가 앞으로 나오더니 "쓸데없는 의논이 너무 많소. 이러다가 밤이 새게 생겼으니 서둘러 출발합시다" 하고 재촉했다.

---

9 원정사의 본원(本院).

승병들의 집결

적의 후미 공격을 맡기로 한 노승들은 요리마사를 대장군으로 세우고, 게이슈와 니치인(日胤) 두 아사리에다 젠치(禪智) 법인과 그 제자 기호(義寶)와 젠요(禪永)를 비롯한 천여 명이 손에 손에 횃불을 들고 뇨이가미네로 향했다. 정면을 공격할 주력은 요리마사의 장남인 나카쓰나가 대장군을 맡고, 차남 가네쓰나와 나카이에 및 그 아들 나카미쓰 외에 겐카쿠, 아라도사(荒土佐), 이가노키미(伊賀公), 오니사도(鬼佐渡) 등이 가세했는데, 이들은 모두 힘이 장사인 데다가 무기를 들면 귀신도 잡는다는 일당백의 용사들이었다. 평등원(平等院)[10]에서는 아라다이후(荒大夫), 로쿠로보(六郎房), 시마(島) 아사리, 쓰쓰이타니(筒井谷)[11]에서는 교(卿) 아사리와 아쿠쇼나곤(惡少納言)이, 그리고 북원(北院)[12]에서는 여섯 명의 덴구(天狗)[13]라 불리는 시키부(式部), 다유(大輔), 노토(能登),

---

10 원정사 내의 중원(中院)에 있었던 절.
11 원정사 내의 남원(南院)에 있었던 계곡 가운데 하나.
12 원정사 내의 삼원(중원, 남원, 북원) 가운데 하나.
13 산속에 산다는 일본의 요괴의 하나로, 얼굴이 붉고 코가 크며 변환자재의 신통력을 지니고 있다고 한다.

가가(加賀), 사도(佐渡), 빈고(備後) 등이 나섰다. 이 밖에 히고(肥後), 지쿠고(筑後), 지쿠젠(筑前), 슌초(俊長), 다지마(但馬)와 게이슈 아사리 수하의 60여 명의 승려들 중 가가(加賀), 고조(光乘), 교부(刑部), 슌슈(春秀) 등이 가세했고, 하급 승려 중에서는 이치라이(一來) 법사가 참가했는데 무용에 있어서는 이 사람을 따를 자가 없었다. 또 메이슈(明秀), 손가쓰(尊月), 손에이(尊永), 지케이(慈慶), 라쿠주(樂住), 겐요(玄永) 등의 승려들도 나섰으며, 무사로는 와타나베 하부쿠(省)를 비롯해 하리마지로(播磨次郞), 사즈쿠(授), 사쓰마효에이(薩摩兵衛), 도나우(唱), 기오오(競), 아타우(與), 쓰즈쿠(續), 기요시(淸), 스스무(勤) 등이 가세해, 도합 1,500여 명이 원정사를 출발했다.

 왕자가 피신해 온 후 원정사에서는 이곳저곳에 해자를 파고 목책을 설치해놓았기 때문에 지나가기 위해 해자 위에 다리를 놓고 목책을 치우다 보니 시간이 많이 걸려 오사카(逢關) 관문[14] 근처에 오니 벌써 닭이 울기 시작했다. 이에 지휘를 맡은 나카쓰나가 "여기서 닭이 울면 로쿠하라에는 한낮에나 도착할 텐데" 하고 난색을 보이자 겐카쿠가 또다시 앞으로 나오더니 "옛날에 진나라 소왕(昭王) 때 맹상군이 구금당한 적이 있었는데 왕비의 주선으로 풀려나 수하 삼천을 이끌고 도망쳐 한밤중에 함곡관에 도착했다오. 닭이 울어야만 관문을 열도록 돼 있었는데 맹상군의 식객 중에 닭 우는 흉내를 잘 내 계명(鷄鳴)이라 불리는 자가 있었답니다. 이자가 높은 곳에 올라 닭 우는 흉내를 내자 근처의 닭들이 듣고 한꺼번에 울기 시작해 이에 속은 수문장이 관문을 열어 통과시켰다고 합니다. 지금 들리는 닭 우는 소리는 필시 적이 계략을 써서 울게 하는 것일

---

14 원정사 부근의 오사카(逢坂) 산에 있었던 관문.

테니 상관 말고 그냥 갑시다" 하고 우겨댔다. 그러다 보니 5월의 짧은 밤이 희끗희끗 새기 시작했다. 이를 본 나카쓰네는 "야습이라면 어떻게든 해볼 수 있을 것으로 봤으나 대낮에는 당할 수 없을 것이니 병력을 돌리시오" 하며 뇨이가미네에 있는 후면 공격대와 자신이 지휘하는 전면 공격대를 마쓰자카에서 각각 철수시켰다. 그러자 젊은 승려들은 "이건 신카이(深海) 아사리가 장황하게 자기 말만 늘어놓는 바람에 밤이 새 이렇게 된 것이니 우리 가서 그 승방을 부숴버립시다" 하며 몰려가 승방을 산산조각 내고 이를 제지하는 제자나 수하 수십 명을 마구 때렸다. 신카이가 겨우 엉금엉금 기다시피 하여 로쿠하라로 가서 노안에 눈물을 줄줄 흘리며 이 사실을 보고하자 그곳에는 이미 수만 기가 몰려와 집결해 있었고 다이라 사람들은 말을 듣고서도 전혀 놀라는 기색이 없었다.

    같은 달 23일 새벽, 왕자는 '아마도 이 원정사만으로는 다이라 군을 상대하기 어려울 것이다. 연력사는 변심했고 흥복사에서는 아직 원군이 오지 않고 있는데 와도 날이 지나면 의미가 없을 것이다'라고 생각하고 원정사를 나와 나라로 갈 결심을 했다. 왕자는 세미오레(蟬折)[15]와 고에다라는 피리를 가지고 있었는데 중국산 대나무로 만든 것이었다. 특히 세미오레는 도바 임금 시절 사금 천 냥을 송나라 황제에게 헌상했더니 답례로 마디가 흡사 살아 있는 매미처럼 생긴 대나무를 한 그루 산 채로 보내와 만든 피리였다. 주상께서는 "이런 보물은 그냥 칼을 대게 해서는 안 된다"며 당시 원정사 주지였던 가쿠소(覺宗) 승정에게 분부해 단상에 세워 이레 동안 가지기도를 올리도록 한 다음 만들게 했다. 언젠가 중납언 사네히라(實衡) 경이 입궐해 이 피리를 불었는데 보통 피리 다루듯 무릎

---

15 매미가 부러졌다는 뜻.

아래에 내려놓았더니 무례함에 화가 났는지 매미가 그만 떨어지고 말았다. 그래서 세미오레라는 이름이 붙게 된 것이었다. 왕자는 피리의 명인이었던 터라 이를 하사받아 지니고 있었는데 이제 자신의 최후가 멀지 않았다고 생각한 듯 절을 떠나면서 대웅전 본존불인 아미타보살에게 봉납했다. 훗날 보살께서 내려와 중생을 제도하실 때 함께할 수 있기를 바라서인가 싶어 측은한 생각이 들었다.

왕자는 노승들은 모두 절에 남도록 하고 젊거나 힘깨나 쓰는 쓸 만한 승려들은 데리고 나섰다. 여기에 요리마사 일가와 그 수하들을 합하니 군세가 천여 명에 달했다. 떠나려 하니 게이슈 아사리가 비둘기 지팡이[16]에 몸을 의지하고 나와 노안에 눈물을 뚝뚝 흘리면서 "땅 끝까지 모셔야 할 것이나 나이가 이미 여든이 넘어 걷는 것도 곤란할 지경이라 소승의 제자인 슌슈(俊秀)를 대신 딸려 보냅니다. 이 사람은 지난 헤이지 정변 때 요시토모 장군 휘하에 있었던 자로서 그때 로쿠조가와라(六條河原)에서 전사한 사가미(相摸) 사람 도시미치(俊通)의 아들이옵니다. 먼 인척에 해당해 양자로 거두어 키웠는지라 사람 됨됨이에 대해서는 잘 알고 있사오니 어디를 가시건 간에 데리고 다니시기 바랍니다" 하고 아뢰고는 눈물을 참으며 절에 남았다. 왕자도 감정을 억누르지 못하고 "특별히 은혜를 베풀지도 않았는데 어찌하여 이리 자상할 수가 있단 말이냐" 하며 눈물을 감추지 못했다.

---

16 머리 부분에 비둘기 모양을 조각해 단 노인용 지팡이.

우지(宇治) 대교 전투

　　원정사를 나선 왕자는 우지(宇治)까지 가는 도중에 여섯 차례나 말에서 떨어졌다. 간밤에 잠을 자지 못했기 때문이라고 생각한 일행은 우지 대교의 상판을 세 칸 가량 벗겨내 적군이 다리를 건너지 못하도록 해놓고 근처에 있는 평등원으로 모시고 가서 잠시 휴식을 취하도록 했다. 이를 전해 들은 로쿠하라에서는 "아차, 왕자가 나라로 내빼려는 모양이니 어서 뒤쫓아 붙잡아오너라"며 도모모리(知盛), 시게히라(重衡), 유키모리(行盛), 다다노리(忠度) 등을 추격대의 대장군으로 하고, 각 부대의 장에는 가즈사(上總) 태수 다다키요(忠淸)와 그 아들 다다쓰나(忠綱), 히다(飛彈) 태수 가게이에(景家)와 그 아들 가게타카(景高), 그리고 나가쓰나(長綱), 히데쿠니(秀國), 아리쿠니(有國), 모리쓰기(盛繼), 다다미쓰(忠光), 가게키요(景淸) 등을 임명해 총세 2만 8천여 기를 급파했다. 추격대는 고하타(木幡) 산을 넘어 우지 대교 바로 앞까지 몰려와 적이 평등원에 머물고 있는 것을 보고는 세 차례 크게 함성을 질렀다. 그러자 왕자군 쪽에서도 이에 질세라 역시 우렁차게 함성을 올렸다. 다리로 진입한 다이라 군의 선봉이 "다리 상판이 뜯겨져 있어 잘못하면 떨어지겠다. 다리 상판이 뜯겨져 있어 잘못하면 떨어지겠다" 하고 황급히 외치며 알렸으나 뒤따르는 본대가 이를 듣지 못하고 서로 앞 다투어 밀려오다 보니 선두의 200여 기는 떠밀려서 다리 밑으로 떨어져 강물에 떠내려갔다.

다리를 사이에 두고 대치한 양군은 서로 개전을 알리는 효시를 주고 받았다. 왕자군 쪽에서 슌초와 다지마 그리고 와타나베 일족의 하부쿠, 사즈쿠, 쓰즈쿠 등이 쏜 화살은 갑옷을 입었어도 막지 못하고, 방패도 견디지 못해 관통하고 말았다. 요리마사는 이날 비단 내갑의 위에 가죽 갑옷을 받쳐 입고 있었는데 최후를 각오한 듯 투구도 쓰지 않고 있었다. 장남 나카쓰나는 붉은 비단 내갑의 위에 흑색 갑옷을 입고 있었는데 힘껏 활을 당기기 위해 역시 투구는 쓰지 않고 있었다.

오지원(五智院)[17] 소속의 다지마가 협도를 틀어 쥐고 홀로 다리 위로 올라섰다. 이를 본 다이라 군의 대장이 "여봐라, 저자를 맞춰보아라" 하고 지시하자 활 잘 쏘는 무사들이 일제히 다지마를 향해 시위를 당겼다. 그러나 다지마는 조금도 허둥대지 않고 위로 날아오는 화살은 머리를 숙여 피하고 밑으로 오는 화살은 살짝 뛰어 피하면서 정면으로 날아오는 화살을 협도로 베어 떨어뜨렸다. 이로 인해 다지마에게는 이때부터 '화살 베는 다지마'라는 이름이 붙게 되었다.

그러자 이번에는 쓰쓰이타니에 속한 메이슈가 갈색 내갑의 위에 흑색 가죽 갑옷을 걸쳐 입고 투구를 쓰고, 검은 옻칠을 한 칼을 차고 등에는 스물네 대의 화살을 꽂은 동개를 메고서 한 손에는 큰 활을, 다른 한 손에는 협도를 쥐고 다리 위로 올라섰다. 그러더니 큰소리로 자기 소개를 하는데 "평소 소문을 들어 알고 있었겠지만 이제 두 눈 뜨고 똑똑히 보거

---

17 원정사의 승원 중의 하나.

라. 쓰쓰이타니의 메이슈라고 원정사에서 소문이 자자한 일당백의 용사가 바로 나다. 어디 자신 있는 사람이 있거든 나와보아라. 내 상대해줄 테니" 하며 동개에 꽂혀 있는 스물네 대의 화살을 연달아 쏘아대자 그 자리에서 열두 명이 살에 맞아 죽고 열한 명이 부상을 입었다. 화살이 하나밖에 남지 않자 활을 내팽개치더니 동개도 벗어 던지고 가죽신을 벗는 것이었다. 그러더니 맨발로 다리의 상판 받침을 성큼성큼 밟고 건너는데 보통 사람 같으면 겁이 나 엄두도 못 내련만 메이슈는 마치 널찍한 장안 대로를 걷듯 했다. 다 건너더니 덤벼드는 적병 다섯을 협도로 베어 쓰러뜨리고 여섯 명째와 싸우는 중에 그만 자루 한가운데가 부러지자 내던지고 칼을 뽑아 싸우는데 다수의 적군을 상대로 칼을 사방팔방으로 휘둘렀다가 몸을 빙글빙글 돌려가며 공격하는가 하면, 십자를 그리며 베더니 그대로 몸을 돌려 후방의 적을 쓰러뜨리고 마치 물레방아 돌리듯 칼을 회전시키며 내리치는 등, 사방을 모두 공격했다. 순식간에 여덟 명을 쓰러뜨리고 아홉 명째를 베는데 칼이 투구에 너무 세게 부딪혀 호인 부근이 뚝 부러지더니 손에서 날아가 강에 빠지고 말았다. 이제 남은 건 단검뿐이라 빼어 들고 죽을 각오로 미친 듯 싸웠다. 게이슈 아사리 수하에 이치라이라는 법사가 있었는데 힘이 세고 몸이 빠른 자였다. 메이슈 뒤에서 싸우고 있었으나 돕고 싶어도 상판 받침의 폭이 워낙 좁아 지나갈 수가 없었다. 하는 수 없이 메이슈의 투구 가리개에 손을 얹고서 "스님 실례하오" 하고 양해를 구하더니 어깨를 훌쩍 넘어가 적과 한참 싸우다가 전사하고 말았다.

　　기진맥진한 메이슈는 거의 기다시피 해서 평등원 문 앞에 이르렀다. 풀밭에 앉아 갑주를 벗고 화살 자국을 세어보니 예순세 곳이나 됐는데 이 가운데 갑옷을 뚫고 들어온 것이 다섯 군데였다. 그래도 크게 다친 곳은 없어 곳곳에 뜸을 놓아 응급 처치를 한 후 평소대로 머리를 천으로 묶고 흰 승복으로 갈아입었다. 그러고는 활을 잘라 지팡이로 삼고, 나막신으로 갈아 신더니 나무아미타불을 외며 나라 쪽을 향해 떠났다.

　메이슈가 다리를 건넌 것을 본받아 원정사의 승병과 와타나베 일족의 무사들은 서로 앞을 다투어 다리를 건너갔다. 적의 머리나 무기를 들고 돌아오는 자도 있었으나 치명상을 입어 배를 가르고 강물로 뛰어드는 자도 있었으니 다리 위의 전투는 불을 뿜듯 치열했다. 이를 지켜보고 있던 다이라 군의 지휘관 가즈사 태수 다다키요가 대장군 앞에 나아가 "저것 좀 보십시오. 다리 위의 전황이 생각보다 심각합니다. 강을 건너가야 하는데 하필 장마철이라 물이 불어 건너다간 인마를 많이 잃을 것 같습니다. 그러니 요도(淀)나 이모아라이(一口)로 가든지 가와치지(河內路)로 돌아가는 게 좋을 듯싶습니다"라고 진언했다. 그러자 시모쓰케(下野) 사람 아시카가 노 다다쓰나(足利忠綱)가 앞으로 나와 말하기를 "아니, 요도나 이모아라이, 가와치지에는 인도나 중국의 무사를 불러 보내실 겁니까? 다 우리가 가야 되는 거 아닙니까? 눈앞에 있는 적을 방치했다가 왕자가 나라로 건너가게 되면 요시노(吉野)나 도쓰카와(十津川)에 있는 군세까지 몰려와 일이 점점 더 커질 것이오. 관동의 무사시(武藏)와 고즈케(上野) 경계에 도네(利根)라는 큰 강이 있소이다. 이 일대를 지배하는 지치부(秩父)와 아시카가 두 집안의 사이가 좋지 않아 늘 싸움이 그치지 않았는데, 언젠가는 아시카가 군이 주 전력은 나가이(長井) 나루터에서, 후면 공격대는 고가(故我)와 스기(杉) 나루터에서 지치부 군을 밀어붙인 적이 있었소. 이때 고즈케의 닛타(新田) 군은 아시카가 편을 들어 스기 나루터에서 공격에 가담하려고 배를 준비해 놓았는데 지치부 군이 몰려와 이 배들을 모두 부숴버리자, '지금 이곳을 건너지 않으면 두고두고 무사의 수치로 남을 것이다. 물에 빠져 죽어도 어쩔 수 없으니 자,

모두들 건너가자'며 말을 뗏목처럼 묶어 헤엄치는 말을 붙잡고 강을 건넜다고 합디다. 관동 무사가 강을 끼고 싸우는 전투에서 적을 눈앞에 두고 물이 깊네 마네 하고 있어서야 되겠습니까. 이 강의 깊이나 속도도 도네 강과 크게 다를 게 없을 테니 모두들 내 뒤를 따라오시오"라며 앞장서서 강에 말을 밀어 넣었다. 그러자 오고(大胡), 오무로(大室), 후카즈(深須), 야마가미(山上), 나하노타로(那波太郎), 사누키 노 히로쓰나(佐貫廣綱), 오노데라(小野寺), 헤야코 노 시로(邊屋子四郎) 등이 따라 나섰고 가복들 중에서는 우부카타 노 지로(宇夫方次郎), 기류 노 로쿠로(切生六郎), 다나카 노 소타(田中宗太)를 비롯한 300여 기가 뒤를 따랐다. 아시카가는 모두를 향해 큰소리로 "힘센 말을 앞에 세우고 약한 말은 뒤로 빼야 한다. 말 다리가 강바닥에 닿을 동안은 고삐를 느슨하게 쥐고 있다가 발이 바닥에서 떨어지거든 고삐를 잡아채 헤엄치게 하라. 물살에 휩쓸리는 사람이 있거든 활을 건네 끝을 붙잡게 하고 서로 팔을 끼고 어깨를 나란히 하여 건너도록 하라. 안장에 엉덩이를 꼭 붙이고 등자를 힘껏 밟아야 한다. 말머리가 물에 잠기거든 고삐를 당겨주되 너무 당겨 말머리와 몸이 부딪히지 않도록 하라. 수심이 깊어져 말의 몸뚱이가 완전히 물에 잠기면 말 엉덩이 쪽으로 옮겨 타는데 말한테는 부드럽게 물살에는 힘을 다해야 한다. 물속에 있는 동안은 활을 쏘아서는 안 된다. 적이 쏴대더라도 응사하지 말라. 투구 숙이는 것을 잊지 말되 그렇다고 너무 숙여 투구 꼭대기를 맞지 않도록 하라. 물 흐름에 직각으로 건너다가 쓸려 가지 않도록 해야 한다. 흐름을 따라 비스듬하게 건너도록 하라"고 세세히 지시하며 300여 기 가운데 단 한 기도 쓸려 보내지 않고 대안에 상륙시켰다.

왕자의 최후

아시카가는 이날 적갈색 비단 내갑의 위에 붉은 가죽 갑옷을 걸치고 뿔을 세운 투구에 홑금으로 장식한 장검, 휘파람새 깃털로 만든 화살에 등나무 줄기를 감은 활을 들고 흰 점박이 말에다 금으로 장식한 떡갈나무 안장을 얹어 타고 있었다. 적진을 향해 나서더니 등자를 밟고 힘차게 일어나 쩌렁쩌렁한 목소리로 "멀리 있는 자는 소리를 듣고 가까이 있는 자는 눈으로 보시오. 나로 말할 것 같으면 그 옛날 역적 마사카도(將門)를 응징하여 조정에서 상을 받은 후지와라 노 히데사토(藤原秀鄕) 경의 십대손이요, 아시카가 노 도시쓰나(足利俊綱) 어른의 아들인 다다쓰나(忠綱)라는 사람으로 이제 열일곱이오. 보다시피 무관 무직인 자가 왕자를 향해 활을 쏘는 것은 하늘의 노여움을 살 일이나 싸움 돌아가는 것을 보나 신불의 가호를 보나 모두가 다이라 쪽에 유리하게 전개되고 있소. 그쪽에서 내로라하는 사람이 있거든 나와보시오. 내 상대해드리겠소" 하고 자기 소개[18]를 하고는 평등원 문 안으로 돌진해 들어가 싸웠다.

---

18 당시 무사들은 싸우기 전에 적에게 자신의 가계와 이름을 큰 소리로 밝히는 것이 관례였다.

이를 지켜보고 있던 대장군 도모모리가 "모두 건너가자" 하고 명령을 내리자 2만 8천여 기가 일제히 도강을 시작했다. 이 많은 사람들이 강으로 들어가자 그리도 세차게 흐르던 강물이 인마에 가로막혀 상류 쪽에는 물이 넘쳤으나 말이 떼를 이룬 하류 쪽을 건너가던 하인들[19] 중에는 물이 무릎 아래까지밖에 차지 않은 사람도 있었다. 그러나 어쩌다 틈이 생겨 흘러들어온 강물은 어찌나 물살이 세찬지 그 어느 것도 견뎌내지 못하고 휩쓸려가고 말았는데 이가(伊賀)와 이세에서 올라온 600여 기는 말 뗏목이 무너지는 바람에 모두 물에 빠져 떠내려가고 말았다. 연두색 주홍색 적색 등 갖가지 색깔의 갑옷이 떴다 가라앉았다 하는 모양은 마치 단풍으로 유명한 간나미(神南備) 산의 단풍잎이 산바람에 날려 그 밑을 흐르는 다쓰타(龍田) 강으로 떨어졌다가 황혼 무렵 둑에 걸려 맴돌고 있는 광경을 방불케 했다. 그 가운데서도 주홍색 갑옷을 입은 무사 셋이 어살에 걸려 허우적거리고 있는 것을 본 이즈 태수 나카쓰나는 그 모습을 다음과 같이 노래했다.

어살에 걸린 비단잉어 떼들이 요동을 치듯
주홍색 무사들이 허우적대고 있네

이들은 셋 다 이세 사람들로서 구로다 노 고헤이시로(黒田後平四郎), 히노 노 주로(日野十郎), 오토베 노 야시치(乙部彌七)라 했다. 이 중 히노 노 주로는 고참으로 경험이 많아 활 끝을 바위 틈 사이에 쑤셔 넣고 기어올라가 나머지 두 사람을 끌어올렸다고 한다.

---

19 기마 무사 1기에는 4~5명의 가복이나 하인들이 예비 말과 방패 등의 무구를 준비하여 뒤따랐다.

다이라 군은 전군의 대부분을 도강시킨 다음 평등원으로 몰려가 번갈아 공세를 가했다. 요리마사 일행은 혼란한 틈을 이용해 왕자를 먼저 나라로 피신시키고 자신들은 남아서 활을 쏘며 방어했다. 일흔을 넘긴 요리마사는 교전 중에 왼쪽 무릎에 활을 맞고 말았다. 중상이라 조용히 배를 갈라 죽을 결심을 하고 문 안으로 물러서려 하자 적병이 와 하고 몰려들었다. 차남인 가네쓰나가 아버지를 피신시키기 위해 치고 나갔다 물러서기를 반복하면서 막아냈다. 이날 가네쓰나는 감색 내갑의 위에 비단으로 치장한 갑옷을 입고 쟉마를 타고 있었는데 다이라 군의 가즈사 태수가 쏜 화살에 투구 정면을 맞고 말았다. 움찔하는 사이에 지로마루(次郎丸)라는 태수의 부하가 말을 옆에 붙이면서 덮치자 쿵 하고 말에서 떨어지고 말았다. 화살을 맞아 중상이었으나 힘이 세기로 소문난 가네쓰나는 지로마루를 내리누르고 목을 베어 들고 일어서는데 다이라 군의 병사 열네댓 기가 숨 쉴 틈도 주지 않고 공격해오는 바람에 마침내 전사하고 말았다. 형 나카쓰나도 온몸에 중상을 입자 전각 안에 들어가 배를 갈라 자살했는데 그 머리를 부하인 기요치카가 거두어 마룻바닥 밑에 숨겼다.

나카이에(仲家) 부자도 분전하여 적의 목을 수도 없이 베었으나 끝내 전사하고 말았다. 이 나카이에는 고 요시카타(義賢)의 장남으로 부친이 세상을 떠난 후 요리마사가 데려다 양자로 삼고 귀여워하며 키웠는데 평소 약속한 대로 한곳에서 세상을 뜨고 말았으니 가상한 일이었다.

요리마사는 와타나베 노 도나우를 불러 목을 쳐달라고 부탁했다. 그러나 차마 주군의 목을 칠 수 없었던 도나우가 눈물을 뚝뚝 흘리면서 "도저히 어르신의 목을 칠 수 없으니 먼저 자결을 하시면 그 다음에 쳐드리도록 하겠습니다"라고 하자 요리마사는 맞는 말이라며 서쪽을 향해 큰소리로 나무아미타불을 열 번 외우더니[20] 나직하게 읊조렸다.

제4권 **285**

여봐란 듯이 펴보지도 못하고 가야 하는가
생각하니 기구한 나의 운명이로다

이를 임종의 노래로 남기고는 장검 끝을 배에 대고 앞으로 엎어지니 칼이 등을 관통해 죽고 말았다. 이런 판국에 노래를 읊기란 있기 힘든 일이지만 젊었을 때부터 워낙 좋아했기에 최후의 순간에도 노래 읊는 것을 잊지 않았던 것이다. 도나우는 울면서 목을 베어 돌에 매단 다음, 적진을 몰래 빠져나가 우지 강 깊은 곳에 수장시켰다.

얼마 전에 기오오에게 호되게 당한 적이 있는 다이라 측 무사들은 어떻게든 그를 생포해보려고 애를 썼으나 기오오는 이를 내다보고 죽을 각오로 싸우다가 치명상을 입자 배를 갈라 자결하고 말았다.

원정사의 승병 겐카쿠는 이제 왕자도 멀리 피신했을 것이라 생각했는지 장검과 협도를 두 손으로 휘두르며 적진을 돌파하더니 우지 강으로 뛰어들었다. 무구 하나 버리지 않고 물속을 헤엄쳐 대안에 도착한 후 높은 곳에 올라 "어이, 다이라 나리들! 여기까지 오려면 힘이 좀 들겠지" 하고 놀려대더니 원정사 쪽으로 되돌아갔다.

한편 히다 태수 가게이에는 경험이 풍부한 사람이라 왕자가 틀림없이 혼란을 틈타 나라 쪽으로 먼저 피신했을 것으로 내다보고 평등원은 거들떠보지도 않은 채 휘하 500기를 이끌고서 부리나케 뒤를 쫓았다. 아니나 다를까 왕자가 겨우 30여 기만을 데리고 도망가고 있는 것을 고묘 산의 도리이 앞에서 따라잡았다. 일행을 향해 활을 비 오듯 퍼붓자 왕자는 왼

---

20 살생을 업으로 하던 무인은 죽어 수라(修羅)지옥에 떨어지는 것을 피하기 위해 죽기 전 서방을 향해 앉아 열 번 염불을 외웠다.

쪽 옆구리에 유시를 맞고 말에서 굴러 떨어졌다. 바로 쫓아가 목을 베니 이를 본 오니사도, 아라도사, 아라다이후, 이가코, 교부, 슌슈, 북원(北院)의 여섯 덴구 등은 왕자가 세상을 떴는데 목숨은 아껴 뭐 하냐고 울부짖으며 분전하다 모두 전사하고 말았다.

도주하는 일행 중에는 왕자의 유모 아들 무네노부(宗信)도 끼어 있었다. 적은 뒤쫓아 오는데 말이 힘이 없어 달리지 못하자 말을 버리고 근처에 있는 니에노라는 연못 속으로 뛰어들어가 물풀을 뜯어 얼굴을 가리고 부들부들 떨고 있는데 적병들이 앞을 지나갔다. 한참 있다가 4~500기의 병사들이 와글와글 떠들어대면서 되돌아오는데 문짝 위에 흰옷을 입은 목 없는 시체 한 구를 메고 오는지라 누군가 하고 보니 다름 아닌 왕자였다. "내가 죽거든 이 피리도 관 안에 넣어다오" 하고 당부했던 고에다라는 피리도 아직 허리에 그대로 꽂힌 채였다. 생각 같아서는 달려가 부둥켜안고 울고 싶은 마음이 간절했지만 겁이 나 그럴 수도 없었다. 적병들이 사라진 뒤 연못에서 나와 젖은 옷의 물기를 짜 입은 다음 엉엉 울며 서울로 돌아가니 손가락질하지 않은 사람이 없었다.

한편 나라에서는 완전 무장한 승병 7천여 명이 왕자를 모시러 나서 선봉은 고쓰(木津)에, 후진은 아직 흥복사의 남대문 일대에 머물고 있었는데 왕자가 이미 고묘 산에서 살해되었다는 소식을 접하자 어찌해볼 도리가 없어 눈물을 머금고 전진을 멈추고 말았다. 겨우 50정도 안 되는 거리를 기다리지 못하고 세상을 뜨고 만 왕자의 운명을 생각하면 기가 막히고 어이가 없어 말이 나오지 않았다.

왕손의 출가

다이라 군은 왕자와 요리마사 일가, 원정사의 승병 등 모두 500여 명의 머리를 장검이나 협도 끝에 꿰어 하늘 높이 쳐들고서 해질 무렵 로쿠하라로 개선했다. 병사들이 좋아 날뛰는 모습은 가히 장관이었다. 요리마사의 목은 도나우가 우지 강 깊은 곳에다 가라앉혔기 때문에 찾지 못했으나 아들들의 목은 여기저기서 찾아냈는데 본인 확인 과정[21]에서 문제가 된 것은 왕자의 목이었다. 오랫동안 찾아간 사람이 없어서 얼굴을 아는 이가 없었기 때문이었다. 난감해 하고 있는데 몇 해 전 시의 사다나리(定成)가 진료하러 불려간 적이 있다 하여 그러면 얼굴을 기억하고 있을 것이라 생각하고 불렀으나 와병을 핑계로 오지 않았다. 그러던 중에 왕자를 항상 가까이서 모셨다는 시녀 하나가 불려왔는데 유달리 사랑이 깊었던 데다가 아이까지 낳을 만큼 총애를 받아온 터라 왕자의 얼굴을 몰라볼 리 없었다. 한눈에 보자마자 소매로 얼굴을 감싸고 흐느끼는 것을 보고 왕자의 목임을 확인했다.

---

21 싸워 이긴 적군의 목을 잘라 바치면 전공을 가리기 위해 확인하는 절차를 거쳤다.

왕자는 여러 여인들과의 사이에 수많은 자녀가 있었다. 특히 쇼시(暲子) 공주[22]를 모시는 궁녀 중에 산미노쓰보네(三位局)라는 여인이 있었는데, 이요(伊豫) 태수 모리노리(盛章)의 딸로서 이 궁녀와의 사이에 이제 일곱 살이 된 아들과 다섯 살 난 딸이 있었다. 기요모리 공은 동생 요리모리를 공주의 처소로 보내 "왕자께선 자녀가 많다고 들었는데 여아에 대해서는 두말 않겠으나 왕손은 어서 내놓으십시오" 하고 다그쳤다. 이에 공주는 "그렇지 않아도 오늘 새벽 이런 일이 있을 것이라는 소문이 나돈 후 유모가 어디론가 데리고 잠적해버려 지금 이곳에는 없다네"라며 딱 잡아뗐다. 하는 수 없이 요리모리가 돌아와 그대로 전하니 기요모리 공은 "그곳을 놔두고 어디 갈 데가 있단 말이냐. 그렇다면 병사들을 보내 수색토록 하라"고 노발대발했다. 원래 요리모리는 공주의 유모 딸을 처로 맞이해 평소 처소에 출입이 잦았기 때문에 공주도 다정하게 대해오던 터였다. 그러나 왕손 문제로 찾아온 요리모리를 보니 전혀 딴 사람 같아 서운한 마음을 금할 수 없었다.

요리모리가 돌아가자 숨어 있던 왕손이 나오더니 "사태가 이렇게 커진 이상 피하기는 어려울 듯싶사오니 어서 저를 넘기십시오"라고 하는 것이었다. 이 말에 공주는 눈물을 뚝뚝 흘리면서 "예닐곱 살이면 아직 철도 들지 않을 나이인데 저 때문에 사태가 심각해진 것을 안타깝게 여겨 이런 말을 하다니 너무도 가엾구나. 내 아이는 아니었지만 육칠 년이나 옆에 두고 정 들여 키웠는데 이런 비통한 일을 겪게 될 줄 뉘 알았으랴" 하며 한없이 우는 것이었다.

요리모리가 다시 와 왕손을 내놓으라고 재촉하자 공주는 불가항력이

---

22 도바 임금의 공주로 평생을 독신으로 살았는데, 원호(院號)를 받아 하치조인(八條院)이라 불렸다.

라 마침내 내놓고 말았다. 생모인 산미노쓰보네는 이제 영영 못 보게 되는지라 차마 떼어놓지 못하고 울면서 옷을 갈아입히고 머리를 빗겨주는데 거의 제정신이 아니었다. 공주를 비롯해 궁녀와 어린 시녀들까지도 이를 보고 어찌나 우는지 아무리 소매를 쥐어짜도 부족할 지경이었다.

기요모리 공의 차남 무네모리 경은 끌려온 어린 왕손의 모습을 보더니 부친 앞으로 달려가 "무슨 일인지 모르겠습니다. 전세의 인연이라도 있는지 왕손을 보고 있노라니 한없이 측은한 생각이 듭니다. 무리한 부탁 같사오나 저 아이의 목숨을 소자에게 맡겨주시면 어떻겠습니까?"하고 간청했다. 그랬더니 기요모리 공은 "그러면 바로 출가시키도록 해라"라며 순순히 승낙했다. 무네모리 경이 이 사실을 공주에게 알리자 공주는 "달리 무슨 수가 있겠소? 어서 그리하도록 하시오"하고 동의해 출가시킨 다음 대대로 왕손들이 봉직해온 인화사 주지의 제자로 들여보냈다. 훗날 동사(東寺)의 주지로 도손(道尊) 승정이라 불린 이가 다름 아닌 이 왕손이다.

관상

이 밖에 나라에도 아들이 하나 있었다. 양육을 맡고 있던 사누키(讚岐) 태수 시게히데(重秀)가 알아서 출가시키고 북녘 땅으로 데리고 내려가 있었는데 기소 노 요시나카가 군사를 일으켰을 때 주군으로 내세우려고 서울로 데리고 와 관례를 치러준 관계로 기소 왕손이라 불렀다. 또 출가했다가 환속했기 때문에 환속 왕손이라고도 했고, 훗날 사가(嵯峨) 부근의 노요리(野依)에 살았으므로 사람들은 노요리 왕손이라고도 불렀다.

옛적에 도조(通乘)라는 관상가가 있었다. 우지(宇治) 대감 후지와라 노 요리미치(藤原賴通) 공과 니조(二條) 대감 후지와라 노 노리미치(藤原敎通) 공을 보고 "삼대 임금에 걸쳐 관백을 지내고 두 분 다 여든까지 살 것"이라 했는데 과연 그대로였다. 또 어떤 관상가가 고레치카(伊周) 대감을 보더니 귀양 갈 상이라 했는데 이도 그대로였고, 쇼토쿠 태자가 스슌(崇峻) 임금을 보고 횡사할 상이라 했다는데 과연 그 말대로 우마코(馬子) 대신에게 시해되고 말았다. 이렇듯 정말 뛰어난 사람들은 전문 관상가가 아니어도 잘 보고 맞혔는데 모치히토 왕자의 경우는 소납언 고레나가가 상을 잘 못 보았던 모양이다.

옛날에 겐메이(兼明)나 구헤이(具平) 왕자와 같은 분들은 다이고 임금이나 무라카미(村上) 임금과 같은 성군의 아들로 태어나 영명하기 그지없는 인물들이었다. 두 분 다 보위에 오르지는 못했지만 그럼에도 역모를 꾀했다는 말은 들어보지 못했다. 또 고산조 임금의 셋째인 스케히토(輔仁) 왕자도 재능과 학문 모두 출중해 임금께서 당시 동궁에게 "네가 보위에 오른 후 다음은 셋째에게 물려주도록 하라"고 유언을 했음에도 불구하고 동궁은 즉위 후 무슨 생각에서였는지는 몰라도 양위하지 않았다. 대신 배려한다고 한 게 왕자의 아들을 신적(臣籍)으로 내려 미나모토(源) 씨 성을 하사하고, 품계가 없던 것을 바로 삼위로 제수해 중장에 임명했다. 왕손이라고는 하나 신하의 반열로 내려온 미나모토 씨 중 초대에 바로 삼위에 오른 것은 사가(嵯峨) 임금의 아들이었던 사다무(定) 경을 제외하고는 처음 있는 일이었는데, 하나조노(花園) 좌대신 아리히토(有仁) 공이 다름 아닌 이 사람이다.

모치히토 왕자가 거병했을 때 조정에서는 신불의 힘으로 역모를 진압하는 기도회를 올렸는데 여기에 참가한 고승들에게 포상이 실시됐다. 이와 함께 무네모리 경의 아들인 시종 기요무네(淸宗)를 삼위로 올려 삼위시종으로 승진시켰다. 기요무네는 이해 겨우 열두 살로 부친 무네모리 경도 이 나이에는 고작 병위부(兵衛部) 차관에 불과했는데 일거에 공경의 반열에 오른 것은 섭정이나 관백 직을 역임해온 재상가의 자제를 제외하면 이제껏 전례가 없는 일이었다. 이번에 실시한 인사 사유를 기록한 문서에는 '미나모토 노 모치히토(源茂仁) 및 요리마사 부자 토벌에 대한 포상'이라 적혀 있었다. 미나모토 노 모치히토란 다름 아닌 모치히토 왕자를 지칭하는 말로서 어엿한 태상왕의 왕자를 살해한 것만 해도 경악할 일인데 자기네 마음대로 신하 취급을 하다니 어이가 없어 입이 다물어지지 않는 일이었다.

괴조(怪鳥)

　요리마사는 본디 셋쓰 태수 미나모토 노 요리미쓰(源賴光)의 5대손이요 미카와(三河) 태수 요리쓰나(賴綱)의 손자에, 병고(兵庫)장 나카마사(仲政)의 아들로서 무문의 명가 출신이었다. 그러나 호겐 정변 때는 주상 편을 들어 선두에 서서 싸웠으나 별로 상을 받지 못했다. 또 헤이지 정변 때도 일문과는 반대로 다이라네 편을 들었으나 포상이 신통치 않았다. 오랜 세월 궁궐 경호를 맡았음에도 승전의 자격조차 주어지지 않았는데 나이가 한참 들고서야 마음속의 회포를 읊은 노래 한 수로 인해 비로소 승전을 윤허받았다.

　　심산(深山)의 달을 홀로 우러러보는 산지기처럼
　　임 계신 거처만을 남몰래 지켜보네

　바로 이 노래 한 수로 인해 승전이 허용되고 정사위(正四位)에 봉해졌는데 한참 뒤 이번에는 삼위 승진을 고대하며

나무 위 높이 오를 방도 없으니 할 수 없구나
떨어진 밤톨이나 주워다 살아야지

라고 읊은 노래가 주상의 눈에 들어 삼위에 올랐다. 그 후 출가하여 올해 일흔다섯이었다.

  요리마사는 생전에 무예로 천하에 이름을 날린 일이 있었다. 고노에 임금 재위 때인 닌페이 연간에 있었던 일인데 주상이 밤만 되면 벌벌 떨고 깜짝깜짝 놀라다가 까무러치는 일이 잦았다. 영험하다는 고승들을 불러 온갖 비법을 가리지 않고 행하게 했지만 전혀 효험이 없었다. 증세가 나타나기 시작하는 것은 새벽 2시 무렵부터였는데 궁 밖 도산조(東三條)에 있는 숲에서 검은 구름이 한 덩이 몰려와 침전 위를 뒤덮으면 주상은 어김없이 몸을 떨기 시작했다. 이 때문에 대신들이 모여 회의를 열었다. 호리카와(堀河) 임금 때인 간지(寬治: 1087~1094) 연간에도 주상이 밤만 되면 겁에 질려 두려움에 떨었던 적이 있었다. 마침 장군 미나모토 노 요시이에(源義家)가 침전 마루에 대기하고 있다가 증세가 나타나기 시작할 무렵이 되자 활줄을 세 번 튕긴 후 큰 소리로 "전임 무쓰 태수 미나모토 노 요시이에가 예 있노라" 하고 이름을 대자 갑자기 주위에 있던 사람들 몸에 소름이 쫙 끼치더니 주상의 병세가 호전된 일이 있었다. 그런즉 전례에 따라 무인에게 명해 경호토록 해야 한다는 의견이 나와 미나모토와 다이라 양가의 무인 가운데서 고르게 됐는데 요리마사가 선발되었다. 당시 병고장 직을 맡고 있던 요리마사는 명을 받자 "예부터 조정에 무신을 둔 것은 역도를 멸하고 어명 위반자를 처단하기 위함이 아니겠소? 내 여태껏 눈에 보이지 않는 요괴나 괴물을 퇴치하라는 왕명이 있었다는 말은 들어본 적이 없소"라고 하며 어이없어 했으나 어명인지라 받들어 입궐했다. 이때 요리마사는 심복 중 가장 신뢰하는 도오토미(遠江) 사람 이 노 하야타(井早太) 하나만을 골라 칼깃 화살을 꽂은 전통을 들려 데리고 들어갔다. 자신은 보라색 옷을 입고 살촉이 뾰쪽한 꿩 깃 화살 두 대와 등나무를 감은 활을 가지고 침전 마루에서 대기했다. 요리마사가 화살을 두 대 준비해 간 것은 나름대로 이유가 있어서였다. 당시 좌소변으로 있던 마사요리(雅賴) 경이 괴물을 퇴치할 수 있는 사람은 요리마사밖에 없다고 주장하여 자기가 선발되었다는 말을 듣고 첫번째 화살로 괴물을 못 맞혔을 시는 두번째 살로 마사요리 경의 목을 꿰뚫어놓을 작정이었다.

평소 사람들이 갈한 대로 주상께서 고통을 호소하는 시각이 되자 도산조 숲 쪽에서 검은 구름 덩이 하나가 솟아나 침전 위로 다가오더니 뜬 채로 움직이지 않았다. 요리마사가 두 눈을 부릅뜨고 바라보니 구름 속에 정체를 알 수 없는 괴물의 모습이 보였다. 저걸 못 맞혔다가는 목숨을 내놓아야 할 판국이라 화살을 들어 시위에 얹고는 "하치만(八幡) 보살[23]이시여, 도와주소서" 하고 빈 다음 힘껏 당겨 쏘자 손맛이 느껴지면서 퍽 하고 명중하는 소리가 났다. "명중이다" 하고 외치자 이 노 하야타가 잽싸게 다가가 떨어지는 괴물을 내리누르면서 연거푸 아홉 차례나 칼로 찔렀다. 가까이 있던 사람들이 상하 할 것 없이 손에 손에 횃불을 켜 들고 와서 들여다보니 괴물은 머리는 원숭이요 몸체는 너구리에 꼬리는 뱀이고 손발은 호랑이의 모습을 하고 있었다. 우는 소리가 호랑지빠귀와 아주 비슷했는데 그 무시무시함은 상상을 훨씬 초월한 것이었다. 주상은 감격한 나머지 요리마사에게 시시오(獅子王)라는 보검을 하사했다. 좌대신 요리나가(賴長) 공이 받아들고 건네주려 어전의 계단을 반쯤 내려오니 마

---

23 무인들의 수호신.

침 4월 중순 무렵이라 소쩍새가 두세 차례 울면서 밤하늘을 날아갔다. 이를 본 좌대신이 슬쩍

구중궁궐에 새 울음과 무명(武名)이 울려 넘치네

하고 윗구를 읊었다. 그러자 요리마사는 오른 무릎을 꿇고 왼쪽 소매를 활짝 펼치더니 달을 힐끔 올려다보면서

무심결에 쏜 건데 운 좋아 맞았지요

하고 아랫구를 잇고는 보검을 받아 들고 궁을 물러나갔다. 이를 본 주상과 정신들은 활을 잡으면 겨룰 자가 없더니 시가에도 뛰어나다며 감탄을 금치 못했다. 한편 죽은 괴물은 통나무배에 실어 강에 흘려보냈다 한다.
    그 후 니조 임금 재위 때인 오호 연간에도 대궐 안에서 괴조가 울어 주상의 심기를 어지럽게 한 일이 있었다. 전례에 따라 요리마사가 불려와 입궐해 대기하고 있노라니 밤이 되자 괴조가 우는데 딱 한 번만 우는 것이었다. 5월 중순 장마철이라 누가 꼬집어도 모를 정도로 칠흑같이 어두운 데다가 비까지 내린 바람에 모습이 보이지 않아 어디다 활을 겨누어야 할지 알 수 없었다. 요리마사는 꾀를 내어 효시 중 가장 큰 살을 골라 괴조 우는 소리가 난 곳을 향해 날려 보냈다. 효시가 날면서 삐이 하는 소리를 내자 괴조가 놀라 허공을 향해 잠시 울부짖었다. 그러자 다음에는 작은 효시를 골라 시위에 얹어 당기니 삐 하고 살이 나는 소리가 남과 동시에 퍽 하고 명중하는 소리가 났다. 또다시 온 대궐 안이 뒤집혔고 주상은 크게 감탄해 상으로 옷을 한 벌 하사했다. 그때는 우대신 긴요시(公

能) 공이 받아 들고 요리마사의 어깨에 걸쳐주었는데 "옛적의 양유(養由)는 구름 위를 나는 기러기를 맞혔다는데 오늘 요리마사는 빗속에 괴조를 명중시켰구려" 하며 감탄해 마지않았다. 그러면서

> 장맛비 속의 칠흑 같은 어둠에 이름을 빛냈구려

하고 운을 떼자 요리마사는

> 이제 와 이름 빛낼 나이도 아니건만

하고 뒤를 잇더니 하사받은 옷을 어깨에 걸치고 대궐을 나갔다. 이 공으로 이요(伊豫) 태수에 봉해졌고 그 후 아들도 태수가 되고 자신은 삼위에 올라 단바(丹波)의 고카노쇼(五箇庄)와 와카사(若狹)의 도미야가와(東宮河)를 영지로 받았다. 그랬으면 가만히 있을 노릇이지 괜히 역모를 꾀해 왕자를 죽게 하고 자신도 목숨을 잃었으니 경망스럽기 짝이 없는 일이 아닐 수 없었다.

원정사의 소실

여느 때 같았으면 히에이 산의 연력사 승병들이야말로 말도 되지 않는 억지를 부리며 난리를 떨었을 텐데 이번 일에는 모나지 않게 처신하려고 쥐 죽은 듯 가만 있었다. 반면에 원정사나 홍복사는 역모를 꾀한 왕자를 받아들이고 도망하는 왕자를 맞이하러 나섰으니 역모에 가담한 것이나 다름없었다. 따라서 이 두 절에는 따끔한 맛을 보여줘야 한다며 기요모리 공은 그해 5월 27일, 넷째 아들 시게히라(重衡)를 대장군으로 삼고 사쓰마 태수 다다노리(忠度)를 부장군으로 하여 도합 만여 기의 군세를 원정사로 파병했다. 절에서도 해자를 파고 방패로 방벽을 만들거나 목책을 두르는 등 대비를 하며 도착을 기다렸다.

양군은 아침 6시에 효시를 쏘아 개전을 알린 다음 전투를 개시해 하루 종일 싸웠는데 방어하던 승병들은 300여 명이나 전사하고 말았다. 야전으로 이어져 어두워 적이 잘 보이지 않자 다이라 군은 절에 불을 질렀다. 이 바람에 대가람 원정사의 본각원(本覺院), 성희원(成喜院), 진여원(眞如院), 화원원(花園院), 보현당(普賢堂), 대보원(大寶院), 청룡원(靑龍院)을 비롯해 고승 교다이(教待) 화상의 초상이 있던 본방(本坊)

과 보존미륵보살, 그리고 사방 여덟 칸의 위용을 자랑하던 대강당에 종루, 경장, 관정당(灌頂堂), 호법신을 모시는 사단(社壇), 이마구마노(新熊野)의 신전 등, 모두 합해 불당과 탑묘가 637채에 절 주변의 오쓰(大津)의 민가가 1,850여 채, 이 절의 개조 지쇼(智證) 대사가 당나라에서 가지고 온 일체경(一切經) 7천여 권, 불상 2천여 좌 등, 이 모든 것이 순식간에 연기로 화해 소실되고 말았으니 비통한 일이 아닐 수 없었다. 이제 지상에는 천신들이 연주하는 영묘한 음악은 영원히 끊기고 용신(龍神)이 겪는 삼열(三熱)의 고통만이 점점 심해질 것이라는 생각을 금할 길 없었다.

원래 이 원정사는 오미 태수의 개인 절이었는데 덴무(天武) 임금에게 바쳐 임금의 기원사가 되었다. 그래서 절의 본존불도 이 임금이 본존으로 받들던 미륵보살을 모시게 된 것이었다. 그러다가 살아 있는 미륵이라 불리던 교다이 화상이 이곳에서 160년 동안 수행한 다음, 개조(開祖)인 지쇼 대사에게 두를 물려주었다. 미륵보살께서는 먼 훗날에 도솔천에 있는 마니보전(摩尼寶殿)에서 이 세상으로 내려와 용화수 아래에서 성도하시게 될 것이라 들었는데 살아 있는 미륵이 계셨던 가람이 이렇게 잿더미로 화하고 말다니 어찌된 일인지 알 수 없었다. 지쇼 대사가 이 땅을 전법관정(傳法灌頂)하는 성지로 만들고 정화수(井花水)를 길었기에 삼정사(三井寺)라는 별칭도 생기게 되었는데 이런 영험한 성지가 이제 모든 것이 없어지고 현밀(顯密)의 불법 또한 눈 깜짝할 사이에 사라져 형체도 알아볼 수 없었다. 진언밀교의 도량이 사라지니 주문을 외우는 방울소리도 나지 않고, 하안거에 꽃을 공양하는 일이 없어지니 물 긷는 소리도 들려오지 않았다. 이때 살아남은 장로나 고승은 수행과 학문을 게을리하고, 스승으로부터 법을 이어받아야 할 제자들도 경문이나 교법 공부에서 멀어지고 말았다. 뿐만 아니라 원정사의 주지 엔케이(圓惠)는 겸임해 오던 천왕사(天王寺) 주지 직을 정지당했고, 고위 승직에 있던 13명의 승려는 직함을 박탈당한 채 모두 의금부에 넘겨졌다. 또한 포악한 승려들은 쓰쓰이 노 메이슈에 이르기까지 30여 명이 유형에 처해졌다. 이번 사건의 전말을 지켜본 사람들은 "천하에 이 같은 대란과 소동이 일어나다니 뭔가 심상치 않군. 다이라네 세상이 다 됐다는 전조 아니겠어?" 하고 수군거렸다.

도사 사스케(土佐佐助), '요리토모에게 거병을 권하는 몬가쿠,' 「교지」, 『平家物語繪卷』(林原美術館 소장), 근세 전기.

제 5 권

천도(遷都)

지쇼 4년(1180) 6월 3일, 주상께서 후쿠하라로 행행하신다는 소문에 온 도성 안이 발칵 뒤집혔다. 얼마 전부터 천도가 단행될 것 같다는 풍문이 돌긴 했어도 당장 일어날 일이라고는 생각지 않았는데 이게 웬일이냐며 상하 모두 야단법석이었다. 게다가 처음에는 3일로 정해졌던 예정일이 하루 앞당겨져 2일로 바뀌었다. 2일 새벽 6시경에 타고 갈 어가를 대령하자 올해 세 살 난 주상은 아직 어려 아무것도 모른 채 그냥 올라탔다. 주상이 나이 어릴 때는 모후가 어가에 동승하는 법인데 이번에는 그렇게 하지 않고 유모인 도키타다 경의 부인이 동승했다. 중전과 상왕, 태상왕도 동행했고 섭정을 비롯해 태정대신, 공경대부들도 뒤질세라 뒤따랐다. 3일에는 후쿠하라에 도착해 중납언 요리모리 경의 거처를 행궁으로 정했다. 이튿날인 4일, 거처를 제공한 공으로 요리모리 경을 정이위(正二位)에 봉했는데, 이는 서열 면에서 우대신의 아들인 우대장 후지와라 노 요시미치(藤原良通) 경을 추월한 것이었다. 대대로 정승 직을 맡아온 집안의 자제가 평인의 차남에게 위계를 추월당한 것은 이번이 처음이라 했다.

기요모리 공은 태상왕에 대한 반감이 점차 누그러져 얼마 전 도바 별궁에 유폐시켰던 것을 풀어 도성 안에서 살도록 했었는데 모치히토 왕자의 모반 때문에 다시 분노가 폭발하고 말았다. 태상왕을 후쿠하라로 압송해 사면에 판자를 치고 입구를 하나만 만든 다음 그 안에 사방 세 칸짜리 방을 만들어 가두어놓고 하라다 노 다네나오(原田種直)를 시켜 감시했다. 출입도 자유로이 할 수 없었기 때문에 사람들은 이를 감옥궁이라 불렀는데 듣기만 해도 끔찍하고 소름이 끼치는 일이 아닐 수 없었다. 태상왕은 "이제 나랏일에 관여할 생각이 전혀 없고 그저 심산의 절이나 찾아 수행하면서 마음 편히 지냈으면 좋겠다"라고 소회를 털어놓았다고 한다.

이러니 기요모리 공의 횡포는 가히 극에 달했다고 할 만했는데, 사람들은 입을 모아 "지난 안겐 이래 수많은 공경대부를 죽이고 귀양 보내지를 않나, 관백을 쫓아내고 자기 사위를 그 자리에 앉히지를 않나, 태상왕을 별궁에 유폐시키고 모치히토 왕자를 살해하지 않나, 이제 그것도 부족해 천도까지 단행하다니 어떻게 이런 짓을 할 수 있단 말인가?" 하고 비난을 퍼부어댔다.

천도란 그러나 전례가 없었던 일은 아니었다. 처음으로 실시된 것은 진무 임금 때였는데, 이 임금은 지신오대(地神五代)[1]째인 히코나기사타케우가야후키아에즈(彥波瀲武鸕鷀草葺合)의 넷째 아들로, 어머니는 용왕의 딸인 다마요리(玉依) 공주였다. 천신(天神)[2]의 12대손으로 왕실의 태조였는데, 신유(辛酉)년 휴가(日向)[3]의 미야자키(宮崎)에서 왕위에 올랐다. 을미(乙未)년 10월에 동정(東征)[4]에 나서 본토에 이른 후, 지금

---

1 일본의 국조신인 아마테라스(天照) 여신 이하 5대(代)의 신.
2 일본의 신화에서 천지개벽 후 최초로 나타났다고 하는 7대(代)의 신.
3 규슈 미야자키 현의 옛 지명.
4 일본의 신화에 의하면, 진무 임금은 휴가를 출발해 세토나이카이(瀨戶內海)를 거쳐 야마토(지금의 나라 일대) 지방으로 들어가 일대를 평정하고, 기원전 660년 가시하라 궁에서

은 야마토(大和)라고 부르는 우네비(畝傍) 산 일대를 택해 도읍을 정하고 가시하라(相原)에 궁궐을 지었는데 이를 가시하라 궁이라 한다.

그로부터 역대 임금들이 궁궐을 옮긴 것은 30차례를 넘어 무려 40차례에 이른다. 진무 임금부터 게이코(景行) 임금 대에 이르는 12대 동안에는 야마토 고을 이곳저곳을 돌며 궁궐을 세웠고 타지로는 나가지 않았다. 그러다가 세이무(成務) 임금 원년에 오미 지방으로 옮겨 시가(志賀)에 궁전을 지었다.

주아이(仲哀) 임금 2년, 나가토(長門) 지방으로 다시 옮겨 도요라(豊浦) 고을을 왕도로 삼았는데, 이곳에서 임금이 세상을 뜨자 왕비 진구(神功)가 뒤를 이었다. 여왕이 된 진구는 기카이가시마, 고려, 거란까지 쳐들어가 정복했다.[5] 이국과의 전쟁을 마치고 귀국한 후, 지쿠젠(筑前)[6]의 미카사(三笠)에서 왕자를 낳았는데, 그래서 이곳을 산궁(産宮)이라고도 부르고 있다. 이 왕자가 보위에 올라 오진(應神) 임금[7]이 됐는데 감히 입에 올리기도 황공한 일이나 사후 하치만 신령으로 추앙하게 된 이가 바로 이 임금이다. 진구 여왕은 그 뒤 다시 야마토로 옮겨가 이와네와카자쿠라(岩根稚櫻) 궁에서 지냈고, 오진 임금은 같은 곳의 가루시마아카리(輕島明) 궁에서 기거했다. 닌토쿠(仁德) 임금 원년, 이번에는 셋쓰의 나니와(難波)로 옮겨 다카쓰(高津)에 궁을 세웠고, 리추(履中) 임금 2년에는 다시 야마토로 옮겨와 도치(十市) 고을에 궁을 세웠다. 한제이

즉위했다고 한다.
5 이른바 진구 왕비 전설로, 고대 사서인 『고사기(古事記)』와 『일본서기(日本書紀)』에는 진구가 신라로 쳐들어와 항복을 받자 고구려와 백제 또한 따라 항복했다는 허구적 내용의 기술이 보인다.
6 현재의 후쿠오카(福岡) 현 북서부 지역.
7 실존 여부는 미상인 일본의 제15대 임금.

(反正) 임금 원년, 가와치(河內)로 옮겨 시바가키(柴垣) 궁에서 살다가 인교(允恭) 임금 42년에 또다시 야마토로 옮겨 아스카(飛鳥)에 궁을 마련했다. 이후 유랴쿠(雄略) 임금 21년에는 하쓰세(泊瀨)의 아사쿠라(朝倉)에, 게이타이(繼體) 임금 5년에는 야마시로(山城)의 쓰즈키(綴喜)로 옮겨 12년간 살다가 오토구니(乙訓)로 궁을 옮겼고, 센카(宣化) 임금 원년에는 야마토 히노쿠마(檜隈)의 이루노(入野)에, 고토쿠(孝德) 임금 원년에는 셋쓰 나가라(長良)의 도요자키(豊崎)에, 사이메이(齊明) 임금 2년에는 야마토의 오카모토(岡本)에, 덴치(天智) 6년에는 오미의 오쓰(大津)에, 덴무(天武) 원년에는 다시 야마토의 오카모토 남쪽에 각각 궁을 지었다. 그 후 지토(持統), 몬무(文武) 두 임금은 야마토의 후지와라에, 겐메이(元明)부터 고닌(光仁) 임금까지 7대는 나라에 궁궐을 두었다.

    그러던 것을 간무 임금 때인 엔랴쿠 3년 10월 2일, 나라의 아스카(明日香)에서 야마시로(山城)의 나가오카로 옮겼다가, 10년 뒤 정월에 대납언 후지와라 노 오구루마루(藤原小黑丸)와 참의 좌대변 기 노 고사미(紀古佐美) 및 대승도 겐케이(賢璟) 등을 보내 가도노(葛野)와 우다(宇多) 고을 일대를 둘러보고 오도록 했다. 일행이 돌아와 아뢰기를 "이곳의 형세를 보건데 좌청룡에 우백호, 전주작 후현무의 사신상응(四神相應)의 지세로서, 왕도로 삼기에 가장 적합한 곳이옵니다" 하고 복명했다. 이에 인근의 오타기(愛宕) 군에 모셔져 있던 가모 신령에게 천도를 고한 후, 엔랴쿠 13년(794) 12월 21일, 나가오카에서 이곳[8]으로 옮겨 32대의 임금, 380여 년의 성상(星霜)을 보내게 된 것이었다.

    간무 임금은 "옛날부터 역대 임금들이 각지에 궁을 세웠지만 이만한

---

8 헤이안쿄(平安京: 지금의 교토〔京都〕).

승지는 없었다"며 특별한 관심을 쏟았다. 대신이나 공경 및 각 분야에 뛰어난 인물들과 상의한 끝에 이 터가 영구히 이어지라고 흙으로 8척이나 되는 인형을 만들어 쇠 갑옷을 입히고 투구를 씌운 뒤, 쇠 활을 들려 히가시야마의 산봉우리에 서향으로 세워서 묻었다. 후세에 도성을 다른 곳으로 옮기는 일이 있거든 수호신이 되어 막아달라는 바람에서였다. 그래서 세상에 변고가 일어나려 하면 반드시 이 무덤이 크게 흔들리고 소리가 났는데, 이를 장군총이라 하여 지금도 그대로 있다. 간무 임금은 다름 아닌 다이라 씨의 조상으로서 이곳을 헤이안쿄(平安京)라 이름 지었는데, 말 그대로 평안한 서울이 되라는 의미에서였다. 그런즉 이곳은 다이라 일문이 가장 소중히 해야 할 곳이었다. 직계 조상인 임금이 그토록 집착을 보이던 서울을 이렇다 할 이유도 없이 다른 곳으로 옮기다니 말이 되지 않았다. 사가(嵯峨) 임금 때, 상왕(헤이제이[平城])이 총애하던 궁녀 때문에 눈이 멀어 세상이 어지러워지자 다른 곳으로 천도하려 했으나 대신들과 각지의 백성들이 반대하여 옮기지 못한 일이 있었다. 지존이요 만승의 군주라도 옮기기 어려운 것이 도성인데 기요모리 공은 신하의 몸으로 옮기고 말았으니 무도한 일이 아닐 수 없었다.

헤이안쿄는 참으로 둘도 없이 빼어난 곳이었다. 왕성을 수호하는 사방의 수호신은 지상에 내려와 진좌해 있고, 영험 뛰어난 사찰들은 산지에서 평지에 이르기까지 처마를 나란히 하여 늘어서 있었다. 도성 안의 백성들이 살아가는 데 어려움이 없었을 뿐 아니라, 주변이나 지방과도 교통이 원활한 곳이었다. 그러나 지금은 사방 네거리를 죄다 파헤쳐 우차가 지나가기도 힘들 지경이어서 간혹 다니는 사람이 있어도 수레를 타고 우회하여 지나는 형편이었다. 처마를 나란히 하던 사람들의 집도 갈수록 황폐해져 집들은 해체되어 뗏목으로 만들어지고 가재도구는 배에 실려 후쿠하라로 운반됐다. 꽃처럼 아름답던 도성이 날이 갈수록 파괴되어 폐허가 다 되어가는 것은 마음 아픈 일이 아닐 수 없었는데 도대체 이 모든 것이 누구 때문인지 묻지 않을 수 없었다. 옛 대궐의 기둥에는 다음과 같이 노래 두 수가 적혀 있었다.

사백 년이나 면면히 이어져온 오타기 고을
이제는 황폐해져 옛 자취도 없구나

꽃피는 서울 내버리고 바람 센 들판이라니
장래가 어찌될지 걱정이 태산 같네

6월 9일. 신도의 공사를 시작한다며 좌대장 사네사다 경, 중장 미치치카 경, 좌소변 유키타카 등이 책임자로 임명되어 관리들을 데리고 측량을 시작했다. 와다(和田)의 마쓰바라(松原)에서 니시노노(西野) 사이를 측량하여 9조(條)⁹로 분할하려 했더니 면적이 좁아 1조부터 5조까지는 나오되 그 이상을 건설하기에는 토지가 부족했다. 행사관(行事官)이 돌아와서 이 사실을 보고하자 대신들이 의논한 끝에 그러면 대신 하리마의 이나미노(印南野)나 셋쓰의 고야노(兒屋野)로 하라는 지시가 있었지만 제대로 될 것 같지 않았다. 이미 구도를 떠났으나 신도가 아직 정비되지 않아 많은 사람들이 뜬구름마냥 오갈 데 없는 처량한 신세가 되고 말았다. 예전부터 이곳에 살던 사람들은 땅을 빼앗겨 한탄하고 새로 옮겨온 사람들은 집 짓는 번거로움에 푸념을 하고 있었으니 모든 게 그저 꿈만

---

9 고대 도성의 시가 구획에서 동서로 달리는 대로를 말한다. 헤이안쿄에는 9개의 조가 있었다.

같을 따름이었다.

그러자 중장 미치치카가 나서 "외국의 경우를 보면 '삼조의 넓은 길을 내고 열두 개의 통문을 세운다'는 말이 있지 않습니까? 이곳은 오조까지 길을 낼 수 있는 곳인데 왜 궁궐을 못 짓는다는 말입니까? 우선 임시 궁궐이라도 짓기로 합시다" 하고 건의했다. 이 의견이 가결되자 기요모리 공은 대납언 구니쓰나(邦綱) 경에게 스오(周防) 고을[10]을 주어 여기에서 나오는 수입으로 궁궐을 짓도록 했다. 구니쓰나 경은 본래 엄청난 재력가라 궁궐 하나 짓는 거야 간단한 일이었으나 나라의 재정적 부담은 물론 백성들의 고초 없이 해낼 수 있는 일이 아니었다. 눈앞에 다가온 대상제(大嘗祭)[11] 같은 궁중의 대사를 제쳐놓고 이렇게 세상이 혼란한 때에 천도를 하고 궁궐까지 새로 짓다니 어이가 없어 말이 나오지 않았다.

고대의 성군 시대에는 대궐이라 해도 지붕을 풀로 잇고 처마도 없어 볼품이 없었다. 또 아궁이에서 연기가 적게 나는 것을 보고는 소정의 세금을 면해주기도 하였다. 이는 모두 백성을 어여삐 여기고 나라를 구하고자 함에서였다. 초나라의 임금은 화려한 궁전을 지었기 때문에 백성들이 흩어졌고, 진시황은 아방궁을 만들었기 때문에 천하에 대란이 일어났다고 한다. 지붕에 잇는 풀을 가지런히 자르지도 않고 서까래도 손질하지 않은 채, 배나 수레에 치장을 하지 않음은 물론, 옷에 문양을 넣지도 않았던 질박한 시절이 있었음에 비하면 이는 지나친 처사라 아니할 수 없었다. 그렇기에 당 태종은 여산궁을 지었으나 백성에게 부담이 될 것을 염려해 입주하지 않고 그대로 두어 기와에서 소나무가 자라나고 담에 담쟁

---

10 지금의 야마구치(山口) 현 동부 지역의 옛 지명.
11 임금이 즉위 후 처음으로 신에게 햇곡식을 바치는 제사로, 1대(代)에 한 번 있는 큰 행사였다.

이가 뒤덮일 정도로 황폐해지고 말았다. 이에 비해 기요모리 공의 이번 처사는 달라도 많이 다르다고 사람들은 모이기만 하면 수군거렸다.

달맞이

　6월 9일, 신도 조영(造營)을 위한 기공식을 올린 후 8월 10일에는 상량식이 있었고, 11월 13일에 주상께서 옮겨가기로 일정이 잡혔다. 옛 서울은 황폐해져가는 반면 새 서울은 날로 번창했다. 큰 사건들이 많았던 여름이 가고 어느새 가을이 찾아왔다. 가을도 중반으로 접어드니 새 서울에 있는 사람들은 명소의 달을 즐기러 어떤 이는 옛 소설의 주인공이 했던 대로 스마(須磨)부터 아카시(明石) 해변을 따라 달을 보고 걷기도 하고,[12] 어떤 이는 아와지(淡路) 해협을 건너 에지마(繪島)[13]의 달을 보러 가기도 하였다. 이 밖에도 시라라(白良), 후키아게(吹上), 와카노우라(和歌之浦), 스미요시(住吉), 나니와(難波), 다카사고(高砂), 오노에(尾上) 등 옛날부터 유명한 명소의 새벽달을 보고 돌아오는 사람들도 있었다. 옛 서울에 남아 있는 이들은 후시미(伏見)나 히로사와(廣澤)로 달

12　고대 후기의 장편소설『겐지 이야기(源氏物語)』의 '스마(須磨)' 편에는 서울에서 이곳으로 내려온 주인공이 중추(仲秋)의 달을 올려다보며 서울에 있는 사람들을 그리는 이야기가 실려 있다.
13　효고 현 아와지시마(淡路島)의 이와야(岩屋) 항에 있는 돌섬. 시가의 세계에서는 달의 명소로 유명했다.

을 보러 나갔다.

그중에서도 좌대장 사네사다(實定) 경은 옛 서울의 달이 그리워 8월 10일경에 후쿠하라에서 일부러 헤이안쿄로 올라갔다. 와서 보니 모든 게 완전히 변해 어쩌다 남아 있는 집은 문 앞에 잡초만 무성하고 뜰에 난 풀에는 이슬이 가득했다. 쑥이 자라 산을 이루고 띠는 우거져 들에 가득해 새들의 보금자리인 양 황폐해질 대로 황폐해졌는데, 벌레들은 소리 높여 처량히 울어대고 온갖 가을 화초가 뒤섞인 들녘으로 변해 있었다. 그래도 옛 서울의 자취를 남기고 있는 것은 고노에가와라에 남아 있는 대왕대비 궁뿐이었다. 사네사다가 그곳을 찾아 수행 무사를 시켜 대문을 두드리게 했더니 안에서 "누구세요? 이렇게 풀숲에 이슬만 가득 낀 외진 곳에" 하고 여자 목소리가 묻는 것이었다. "후쿠하라에서 좌대장께서 올라오셨소이다"라고 답하니 "대문에는 자물쇠가 채워져 있으니 동쪽에 있는 협문으로 들어오세요" 하는 것이었다. 사네사다가 끄덕이며 동문을 통해 들어가니 대왕대비[14]는 적적함을 달래려 옛일을 회상하고 있었는지 남쪽 창문을 올려놓고 비파를 타고 있는 중이었다. 사네사다가 들어가자 "아니, 이게 꿈입니까, 생시입니까. 어서 이리 오세요" 하고 반가이 맞이했다. 『겐지이야기』의 '우지(宇治)' 편을 보면 하치노미야(八宮)라는 왕자의 따님이 저무는 가을이 아쉬워 밤새도록 비파를 타며 마음을 달래다가 달이 뜨자 그만 감흥을 이기지 못하고 발목(撥木)으로 달을 부르는 대목이 있는데 대왕대비의 지금의 모습을 보고 있노라니 그 마음을 손에 쥐듯 이해할 수 있을 것 같았다.

이곳에 '밤 기다리는 여인'이라는 별명을 지닌 궁녀가 있었다. 이런

---

14 고노에 임금의 왕비. 사네사다의 여동생이었다.

이름이 붙게 된 것은 언젠가 대왕대비가 "임을 기다리는 밤과 임을 떠나보내는 아침 중 어느 쪽이 더 애틋할까?"[15] 하고 묻자 이 궁녀가,

> 이별 고하는 새벽닭 우는 소리 서럽다 해도
> 밤 깊어 임 안 올 때 우는 종(鐘)에 비할까

라는 노래를 읊어 그렇게 불리게 되었다. 사네사다는 그 궁녀를 불러내 지나간 이야기하며 근래 있었던 이야기를 나누다가 밤이 점점 깊어가자 옛 서울이 모습을 잃어가는 것이 안타까워,

> 옛 서울 올라오니 잡초만 무성하고
> 달빛은 휘영청한데 가을바람 몸을 에누나

하고 낭랑한 목소리로 속요를 세 번 반복해 부르자 대왕대비를 비롯해 궁내의 모든 궁녀들이 울음을 터뜨려 일대는 눈물바다가 되고 말았다.

이윽고 먼동이 터와 사네사다는 하직 인사를 올리고 후쿠하라로 돌아갔다. 한참 가다가 사네사다는 뒤따르던 시종을 부르더니 "그 궁녀가 너무도 작별을 아쉬워하더구나. 네가 가서 뭐라 위로해주고 오너라" 하고 보냈다. 시종이 되돌아가 "안부 말씀 전하라는 분부이옵니다" 하며,

> 아침 이별이 그나마 낫다고 하셨다지만
> 새벽닭 우는 소리 마음을 찢어놓네

---

15 당시 귀족들의 연애 풍습은 해가 저서 어두워진 후 남자가 여자의 집을 찾아갔다가 반드시 동이 트기 전에 집을 나서는 것이 관례였다.

하고 노래를 읊자, 그 궁녀는 쏟아지는 눈물을 억누르며,

>기다릴 사람 있어야 종소리가 슬픈 거지요
>기약 없는 임이라 닭 우는 소리에 웁니다

하고 답가를 읊었다. 시종이 돌아와 그대로 아뢰자 "그래서 너를 보낸 것이다" 하며 사네사다는 크게 감탄했다. 이로 인해 이 사람은 이후 '그래서 시종'이라 불리게 되었다.

요괴 소동

후쿠하라로 서울을 옮긴 후부터 다이라 집안사람들은 꿈자리가 뒤숭숭하고 가슴이 계속 울렁거리는가 하면 헛것이 보이는 일이 많았다. 어느 날 밤 기요모리 공이 잠을 자는데 한 칸은 넘어 보이는 거대한 얼굴 귀신이 방 안으로 들어와 빤히 들여다보는 것이었다. 기요모리 공이 동요하지 않고 두 눈을 부릅떠 노려보자 슬그머니 사라지고 말았다.

언덕 위에 지은 한 별궁은 새로 지어서 큰 나무가 있을 리 없는데도 어느 날 밤 거목이 넘어지는 소리가 나더니 사람으로 치면 2~30명이 한꺼번에 와 하고 웃는 소리가 났다. 이는 분명 덴구(天狗)의 짓임에 틀림없다 하여 밤에는 100명, 낮에는 50명의 궁수를 대기시켜 소리 나는 쪽을 향해 활을 쏘면 아무런 반응이 없다가도 기척이 없는 곳을 향해 쏘면 와 하고 웃는 소리가 났다.

어느 날 아침엔 기요모리 공이 침상에서 나와 창문을 열고 뜰 안을 내다보니 셀 수도 없을 만큼 많은 해골이 뜰 안에 가득 쌓여 있는데 서로 위로 올라왔다 밑으로 내려갔다 붙었다 떨어졌다 하며 뒹구는가 하면 바깥쪽에 있는 것은 안쪽으로 굴러 들어가고 안쪽에 있는 것은 바깥쪽으로 굴러 나오고 있었다. 숫자가 엄청난 데다가 서로 부딪히면서 나는 달그락달그락하는 소리가 요란해 공이 "게 누구 없느냐. 게 누구 없느냐" 하고 불러도 아무도 달려오는 자가 없었다. 이렇게 움직이던 해골들은 한 덩어리로 합쳐지더니 뜰 안에 다 들어오지도 못할 만큼 커졌는데 그 높이가 14~5장은 되어 보여 마치 산과 같았다. 그중 커다란 해골 하나에 살아있는 사람의 눈과 똑같이 생긴 커다란 눈이 수없이 생기더니 꿈쩍도 않고 공을 노려보는 것이었다. 이번에도 조금도 동요하지 않고 눈을 부릅뜨고 한참 노려보자 너무 강하게 노려보아서 그랬는지 마치 서리가 햇빛에 녹듯 흔적도 없이 사라지고 말았다.

이 밖에도 기요모리 공이 비장하고 있는 명마의 꼬리에 하룻밤 사이에 쥐가 집을 짓고 새끼를 낳는 사건이 있었다. 이 말은 특별 마구간에서 수많은 마부들이 따라붙어 하루 종일 쉴 새 없이 보살피고 있었는데도 이런 일이 생겨 아무래도 심상치 않은 일이다 싶어 일곱 명의 음양사에게 점을 치게 했다. 그랬더니 크게 조심해야 한다는 괘가 나왔다. 이 말은 사가미(相模) 사람 오바 노 가게치카(大庭景親)가 관동팔주(關東八州) 제일의 명마라며 기요모리 공에게 바친 흑마였는데 이마가 흰색이어서 이름을 '모치즈키(보름달)'라 하였다. 이 일이 있은 후 기요모리 공은 음양을 관장하는 부서의 우두머리인 아베 노 야스치카에게 이 말을 주고 말았다. 옛날 덴치(天智) 임금 시절 왕실 마구간에서 기르는 말의 꼬리에 쥐가 집을 짓고 밤사이에 새끼를 낳았을 때는 타국에서 역도들이 봉기했다고 『일본서기(日本書紀)』[16]에 적혀 있다.

또 이런 일도 있었다. 중납언 미나모토 노 마사요리(源雅賴) 경 밑

---

16 720년에 편찬된 한문본 정사(正史).

에서 일하는 젊은 하인이 꾸었다는 꿈은 그 내용이 소름 끼쳤다. 대궐 안 신기관(神祇官)으로 보이는 곳에 관복을 위엄 있게 차려입은 원로들이 여럿 모여 회의 비슷한 것을 하고 있었는데 말석에 앉아 다이라 씨 편을 들던 사람을 그 자리에서 쫓아내는 것이었다. 젊은 하인이 꿈속에서 "쫓겨나가는 저분은 뉘십니까?" 하고 어느 노인에게 물었더니 "이쓰쿠시마 신령[17]이시라네"라고 대답해주었다. 그 후 상좌에 앉아 있던 아주 위엄 있어 보이는 인물이 "한동안 다이라네에 맡겨두었던 절도(節刀)[18]를 이제 이즈(伊豆)에서 귀양 살고 있는 미나모토 노 요리토모(源賴朝)[19]에게 맡기도록 합시다"라고 하자 그 옆에 있던 원로 하나가 "그 다음엔 내 후손에게도 부탁하오" 하고 말하는 것을 듣고 아까 대답해준 노인에게 차례차례 물어보았다. 그랬더니 "절도를 요리토모에게 맡기겠다고 한 것은 하치만 신령[20]이시라네. 그리고 다음에 자기 후손한테도 부탁한다고 한 것은 가스가 신령[21]이시고, 이리 말하는 나는 다케우치(武內) 신령이라네"라고 하는 것을 듣고 꿈에서 깨어났다. 이 사람 저 사람에게 꿈 이야기를 한 것이 기요모리 공의 귀에도 들어갔는지 판관 스에사다를 마사요리에게 보내 꿈을 꾸었다는 하인을 급히 보내라는 전갈을 보내왔다. 그러자 꿈을 꾼 젊은 하인은 그대로 내빼고 말았다. 하는 수 없이 마사요리가 황급히 공에게 달려가 "전혀 헛소문이옵니다" 하고 해명했더니 그 뒤로는 말이 없었다.

이보다 더 해괴한 일도 있었다. 기요모리 공이 아직 아키 태수로 있

---

17 다이라 집안의 수호신.
18 역적 토벌에 나선 장군이나 해외로 파견하는 대사에게 왕권의 일부를 위임하는 의미에서 주는 칼.
19 미나모토 일문의 적자로, 당시 가마쿠라에 유배 중이었다.
20 오진(應神) 임금이 사후 신격화된 것으로. 미나모토 일문이 이 하치만 신을 자신들의 수호신으로 모셔온 관계로 무문의 신으로 추앙되었다.
21 나라의 가스가 신사의 주신으로, 후지와라 일문의 수호신.

을 때의 일인데 이쓰쿠시마 신사를 찾아 참배 후 서몽을 꾼 적이 있었다. 이때 이쓰쿠시마 신령이 실제로 나타나 은장식 협도를 주어서 언제나 머리맡에 세워두었는데 어느 날 밤 이 협도가 감쪽같이 사라지고 말았으니 괴이한 일이 아닐 수 없었다. 다이라 씨는 평소 조정의 기둥으로서 천하를 수호해왔으나 이제 왕명을 거역했기 때문에 절도를 다시 회수해간 모양이었다. 이를 전해 들은 사람들은 다들 걱정스런 일이라고 입을 모았다.

고야 산에서 은거하고 있던 나리요리(成賴)[22]는 이 이야기를 전해 듣고 "이제 다이라네 세상이 점차 끝나가는 모양이다. 이쓰쿠시마 신령이 다이라네 편을 들었다는 건 틀린 말이 아닌데 이 신령은 원래 사갈라 용왕의 셋째 공주로 여신이라지. 하지만 신령이 요리토모에게 절도를 맡기겠다고 한 거야 납득이 가는데 가스가 신령이 그 다음은 자기 후손에게 맡겨달라고 했다는 건 이해가 되지 않는구먼. 다이라 씨가 망한 후 미나모토 씨 세상이 끝나고 나면 후지와라 씨의 후손이 천하의 장군이 된다는 말인가?" 하고 고개를 갸웃했다. 이때 마침 스님 하나가 이 자리에 있다가 "원래 신령이 지상에 그 모습을 드러내는 방법은 다양해서 어떤 때는 속인의 모습을 하고 나타나기도 하고 어떤 때는 여신의 모습을 하고 나타날 때도 있습니다. 이쓰쿠시마 신령은 자유자재의 신통력을 지니고 있어서 속인의 모습으로 나타나는 것도 어려운 일이 아니지요" 하고 설명했다.

나리요리는 덧없는 세상을 싫어해 진리의 길로 들어선 몸이어서 후세의 보리를 바라는 것 외에는 현세에서 할 일이 없었을 터인데 그래도 선정에 관한 이야기를 들으면 칭찬하고 백성들의 어려움을 들으면 한탄하곤 했다니 사람이란 출가해도 본성만은 어쩔 수 없는 모양이었다.

---

22 후지와라 일문의 사람으로 참의(參議)를 지낸 후 출가하여 고야 산에서 수행했다.

파발마(擺撥馬)

그해 9월 2일, 사가미(相模)[23]에 있는 오바 노 가게치카가 후쿠하라에 파발마를 보내 다음과 같이 전해왔다.

"지난 팔월 십칠일, 이즈에 유배 중인 요리토모가 장인 호조 노 도키마사(北條時政)를 보내 야마기(山木)의 관저에 있던 이즈 태수 대리 이즈미 노 가네타카(和泉兼高)를 야습해 살해했습니다. 그 후 도이(土肥), 쓰치야(土屋), 오카자키(岡崎) 등을 포함한 삼백여 기가 이시바시(石橋) 산에서 농성 중인 것을 제가 뜻을 같이하는 천여 기를 이끌고 쳐들어가 공격한 결과 요리토모 군은 패배해 겨우 칠팔 기만 남아 상투가 풀어진 채로 도이의 스기야마(椙山)로 도망가 숨었습니다.

그 후 하타케야마(畠山)가 오백 기를 이끌고 저희 쪽으로 가세했고, 미우라 노 요시아키(三浦義明)의 아들들이 삼백 기를 데리고 미나모토 쪽에 붙었는데, 유이(由比)와 고쓰보(小坪) 포구 싸움에서 하타케야마가 패배해 무사시(武藏)로 일단 퇴각했습니다. 그러나 하타케야마의 친

---

23 지금의 가나가와(神奈川) 현 일대 지역.

족인 가와고에(河越), 이나게(稻毛), 오야마다(小山田), 에도(江戶), 가사이(笠井)와 이 지역 일곱 개 무사단의 병력 삼천여 기를 이끌고 미우라의 기누가사(衣笠) 성을 공격해 요시아키는 전사하고 아들들은 구리하마(久里濱) 포구에서 배를 타고 아와(安房)와 가즈사(上總) 쪽으로 달아났습니다."

다이라네 사람들은 벌써 천도 사업에 흥미를 잃어가고 있었던 터라 젊은 공경대부들 중에는 "어서 일이 좀 터졌으면 좋겠군. 토벌하러 출정하게 말이야"라고 하는 사람들도 있었는데 철없는 언동이었다. 마침 하타케야마 노 시게요시, 오야마다 노 아리시게, 우쓰노미야 노 도모쓰나 등의 관동 무사들이 대궐 경호 임무를 위해 올라와 있었는데 소식을 전해들은 하타케야마는 "뭔가 잘못된 것이겠지요. 호조야 요리토모와 가까운 사이라 어떨지 모르나 그 외 사람들이 설마 역도 편을 들겠습니까? 이제 곧 정보가 바뀔 겁니다" 하고 주장했다. 이 말에 수긍하는 사람도 있었으나 "아니, 아니, 이제 곧 천하대사로 발전할 거야" 하고 수군대는 사람도 많았다.

그러나 기요모리 공의 분노는 이만저만한 게 아니었다.

"요리토모란 놈은 사형시키려고 했었는데 계모께서 막무가내로 울며 불며 사정하는 바람에 유형으로 감해주었더니 그 은혜를 저버리고 우리 쪽 군세를 향해 활을 쏴댔단 말이냐. 신불이 가만두지 않으실 게다. 당장에 천벌을 받아 마땅한 놈 같으니라고" 하며 펄펄 뛰었다.

역적의 계보

일본에서 역적의 원조로는 진무 임금 4년, 기슈(紀州) 나구사(名草) 군 다카오(高雄) 촌에 살던 원주민을 들 수 있다. 키는 작으나 손발이 길어 땅거미라 불렸는데 일반 사람보다 힘이 월등히 셌다. 이들 때문에 백성들이 피해를 많이 입어 조정에서는 관군을 파견하였는데, 교지를 읽어 내린 후 칡넝쿨로 그물을 만들어 뒤집어씌워서 몰살했다.

그 후로 야심을 품고 조정의 권위에 대항하려 했던 무리들을 살펴보면, 오이시 노 야마마루(大石山丸), 오야마(大山) 왕자, 모리야(守屋) 대신, 야마다 노 이시카와(山田石河), 소가 노 이루카(曾我入鹿), 오토모 노 마토리(大友眞鳥), 훈야 노 미야다(文屋宮田), 다치바나 노 하야나리(橘逸成), 히카미 노 가와쓰구(氷上川繼), 이요(伊與) 대군, 후지와라 노 히로쓰구(藤原廣繼), 에미 노 오시카쓰(惠美押勝), 사와라(早良) 왕세자, 이가미(井上) 왕후, 후지와라 노 나카나리(藤原仲成), 다이라 노 마사카도(平將門), 후지와라 노 스미토모(藤原純友), 아베 노 사다토(安倍貞任)와 무네토(宗任) 형제, 쓰시마 태수 미나모토 노 요시치카(源義親), 좌대신 후지와라 노 요리나가(藤原賴長), 후지와라 노 노부요리(藤原信賴)에 이르기까지 도합 20여 명에 달하나 그 어느 누구도 뜻을 이루지 못했다. 주검이 산야에 널리고 목이 옥문에 매달렸을 따름이었다.

    요즈음에는 왕위도 권위를 잃고 그 무게가 없어졌지만 예전에는 교지를 읽으면 마른 초목에서 꽃이 피고 열매가 맺히며 날아가는 새도 순종하였다 한다. 옛날에 있었던 일인데 다이고 임금이 궐내의 신천원(神泉苑)[24]에 행차했다가 못가에 백로가 있는 것을 보고 승지를 불러 "저기 있는 백로를 잡아오너라" 하고 명했다. 승지는 속으로 백로를 어떻게 잡으란 말인가 하고 난감해 했으나 상감의 명인지라 백로 있는 곳으로 다가갔다. 백로가 깃을 모아 날아가려 하는 것을 보고 "어명이니라" 하고 외치자 엎드려 날지 않았다. 붙잡아 가져가자 주상은 "네가 어명이라는 말에 순종하여 날아가지 않다니 영특도 하구나. 즉시 오위(五位)에 봉하도록 하라"며 백로를 오위에 봉하였다. 그리고 백로에게는 오늘부터 백로의 왕으로 명한다는 표찰을 직접 써 목에 걸어준 다음 날려 보냈다. 백로를 잡아오라고 했던 것은 어디 쓸데가 있어서 그런 것이 아니라 군왕의 권위가 어떤지를 알고 싶었기 때문이었다.

---

24 대궐 안에 만든 유람용 정원.

함양궁(咸陽宮)

　역적의 선례를 외국에서 찾아볼 것 같으면 연(燕)나라의 태자 단(丹)을 들 수 있다. 단은 진시황에게 볼모로 붙잡혀 12년 동안이나 감금되어 있었는데 어느 날 눈물을 흘리면서 "본국에 노모가 계시는데 잠시 뵈러 다녀왔으면 합니다" 하고 애원했다. 이 말을 들은 진시황은 코웃음을 치면서 "말에 뿔이 나고 까마귀 머리가 하얗게 되면 내 그대를 풀어주도록 하겠다"라며 거절했다. 단은 하늘을 우러르고 땅에 엎드려 "고국에 돌아가 어머니를 꼭 한 번 뵙고 싶으니 바라옵건대 말에 뿔이 나고 까마귀 머리가 하얗게 되도록 해주옵소서" 하고 빌었다. 그 옛날 묘음보살(妙音菩薩)께서 영산정토(靈山淨土)를 찾아 석존의 설법을 들으시고서 불효한 자들을 벌하셨고, 중국에 태어난 공자와 안회가 충효의 도를 처음으로 열었듯이, 효심은 명계(冥界), 현계(顯界) 할 것 없이 모든 보살들이 어여삐 여기시는지라 뿔 난 말이 궁 안에 출현하고 머리 흰 까마귀가 뜰 앞 나무에 내려앉는 기적을 일으켰다. 이러한 변괴에 놀란 진시황은 군주가 한 번 입에 담은 말은 되돌릴 수 없음을 상기하고 단을 사면해 본국으로 돌려보냈다. 그러나 아무래도 그대로 보내기가 꺼림칙했는지 살그머니 계책을 썼다. 진과 연의 국경에 초(楚)라는 나라가 있었는데 큰 강이 흐르고 있었다. 그 강에 걸린 다리를 초국교(楚國橋)라 했는데 진시황은 군사를 보내 단이 다리를 밟으면 밑으로 빠지도록 조작해두고 건너게 했다. 그러니 떨어지지 않을 재간이 있을 리 없어 단은 강물 속으로 떨어지고 말았다. 그러나 물에 빠지기는커녕 평지를 가듯 걸어서 대안에 닿을 수 있었는데 이게 웬일인가 하고 뒤를 돌아보니 거북이가 셀 수도 없을 만큼 강물 위에 떠서 서로 등을 붙여 건너게 해준 것이었다. 이 모두 단의 효심을 명·현계의 보살들께서 굽어 살피신 탓이었다.

이후, 태자 단은 진시황에게 앙심을 품고 복종하지 않았다. 이에 진시황이 군사를 보내 단을 치려 하자 겁에 질린 단은 형가(荊軻)라는 장사를 자기 사람으로 만들어 대신에 임명했다. 형가가 전광(田光) 선생이란 장사를 한편으로 끌어들여 회유하려 하자 전광선생은 "당신은 내가 젊고 혈기 넘쳤던 때를 기억하고 부탁하는 것이겠지만 천 리를 나는 기린도 늙으면 노마만도 못하다오. 이젠 아무래도 당신의 뜻을 들어줄 수 없을 것 같소이다. 그러니 다른 장사를 찾아 설득해보시지요" 하고 돌아가려 했다. 형가가 "이 일은 절대로 다른 사람에게 말하지 마시오" 하고 당부하자 전광선생은 "다른 사람에게 의심받는 것보다 수치스러운 일이 어디 있겠소? 만약에 이 일이 새면 내가 의심을 받겠구려" 하더니 문 앞에 있는 자두나무에 머리를 들이받아 두개골을 박살내어 죽고 말았다.

또 번어기(樊於期)라는 장사가 있었다. 진나라 사람이었는데 진시황 때문에 보모와 숙부, 형제가 살해당해 연나라에 도망 와 있었다. 진시황은 천하에 영을 내려 번어기의 목을 베어 가져오는 자에게는 금 500근을 주겠다고 포고했다. 형가가 이 말을 듣고 번어기를 찾아가 회유했다. "내 듣기에 자네 목에 금 오백 근의 현상이 걸렸다고 하는데 자네 목을 나에게 주지 않으려나? 가지고 가서 바치면 좋아서 가까이 와 보려고 할 테니 그때 칼을 뽑아 가슴을 찌르면 간단히 죽일 수 있을 것 같은데."

이 말을 들은 번어기는 뛸 듯이 기뻐했다. 그러고는 크게 한숨을 내쉬면서 "내 부모와 숙부, 형제가 진시황에게 살해당해 밤낮 이 생각만 하면 한이 골수에 사무쳐 견딜 수 없었소. 정말로 진시황을 죽일 수만 있다면야 목을 내주는 게 무슨 대수로운 일이겠소" 하며 자기 손으로 목을 잘라 죽고 말았다.

이 밖에도 진무양(秦舞陽)이라는 장사가 있었다. 역시 진나라 사람이었는데 열세 살 때 원수를 죽이고 연나라에 도망 와 숨어 살고 있었다. 화가 나 덤벼들면 덩치 큰 어른도 기절해 나가떨어졌지만 웃으며 다가가면 갓난아기도 안겨오는 이상한 사람이었다. 형가는 이 사람에게 진나라 서울까지 안내해줄 것을 부탁했다.

함께 길을 가다가 어느 외진 산기슭에서 하룻밤을 묵었는데 인근 마을에서 악기를 연주하는 소리가 들려와 그 곡조를 가지고 바라는 일의 길흉을 점쳤더니 적은 물이요 이쪽은 불이라는 괘가 나왔다. 날이 밝아 하늘을 보니 흰 빛줄기가 태양에 닿았으나 뚫지 못하고 있었다. 진무양은 이를 합쳐 헤아려보더니 바라는 일을 이루기는 힘들 것이라고 탄식했다.

그렇다고 돌아갈 수도 없는 노릇이라 길을 재촉해 진시황의 도성인 함양궁에 도착했다. 연나라의 지도와 번어기의 목을 가져왔다고 보고하자 신하를 내보내 수령하려고 했다. 다른 사람을 통해서는 절대로 안 되고 직접 바치겠다고 하자 그렇다면 그리하라며 주연을 차려 이들을 맞이하였다. 함양궁은 도성의 둘레가 18,380리에 달했는데 대궐은 지면에서 3리나 높게 흙을 쌓아 그 위에 지었다. 장생전(長生殿)이 있는가 하면 불로문(不老門)이 있었고, 위에는 금으로 해를 본뜨고 은으로 달을 만들어 꾸몄으며 바닥에는 진주와 유리, 금을 모래처럼 깔아 장식했다. 사방에 높이가 40장[25]이나 되는 철벽을 쌓고 그 위로 쇠 그물을 둘렀는데 이는 자객의 침입을 방지하기 위해서였다. 가을에 날아온 기러기가 봄이 되면 북으로 돌아가야 하는데 이 벽 때문에 마음대로 날 수 없었기 때문에 벽에 기러기 문이라는 철문을 달아 드나들게 했다. 특히 진시황이 항상 행행하여 국사를 보는 아방궁(阿房宮)이란 궁전이 있었다. 부지는 높이가 36장에 동서로 9정, 남북으로 5정이나 됐으며 건물의 높이는 바닥에 꽂은 5장 높이의 깃발 달린 창이 닿지 않을 정도였다. 위는 유리 기와로 지붕을 이었으며 아래쪽은 금은으로 치장했다.

형가가 연나라 지도를 들고 진무양은 번어기의 목을 받들고서 옥으로 만든 계단에 올랐다. 궁이 너무 으리으리하여 이에 압도되고 만 진무양이 부들부들 떨자 신하 하나가 나서더니 "진무양은 반역심을 지닌 자입니다. 군왕 가까이에 죄인을 두지 않는다 하였고, 군자는 죄인을 가까이하지 않고 죄인을 가까이하는 것은 곧 죽음을 가벼이 여기는 것이라 하였습니다" 하고 아뢰었다. 형가가 돌아서며 "이 사람에게 반역심 같은 것은 전혀 없습니다. 그저 시골에서 천한 것만 보고 자란 터라 이런 대궐과 같은 곳에 익숙지 않아 동요돼 그런 것입니다" 하고 둘러대자 다들 모두 조용해져 진시황에게 다가갈 수 있었다.

진시황이 연나라 지도와 번어기의 목을 보고 있는데 지도가 들어 있던 상자 바닥에 얼음처럼 차갑게 빛나는 예리한 검이 숨겨져 있는 것이 보였다. 바로 물러서려 했으나 형가가 왕의 소매를 꽉 붙잡고 검을 가슴에 갖다 대니 진시황은 죽은 것이나 다름없었다. 수만 명의 병사들이 뜰

---

[25] 1장은 약 3.303m.

아래에 늘어서 있었으나 임금을 구할 도리가 없어 자객의 손에 죽는 것을 그저 안타까워할 뿐이었다.

그러자 진시황은 형가를 보고 "짐에게 잠시 시간을 주지 않겠느냐. 마지막으로 짐이 총애하는 왕비의 금(琴) 타는 소리를 듣고 싶구나"하고 사정했다. 진시황에게는 3천 명의 비빈이 있었는데 그중 금을 아주 잘 타는 화양부인(花陽夫人)이라는 여인이 있었다. 이 여인이 타는 금 소리를 들으면 억센 무인의 화난 마음도 가라앉고 나는 새도 떨어지며 초목도 흔들릴 정도였다. 평소도 그러할진대 죽음을 눈앞에 둔 임금에게 마지막으로 들려드린다는 생각으로 울며 탔으니 얼마나 심금을 울렸을지는 가히 상상이 가고도 남는 일이었다. 형가도 고개를 수그리고 귀 기울여 듣고 있노라니 흉계로 가득 찼던 살벌한 마음이 눈 녹듯 풀리고 말았다. 화양부인이 새로 또 한 곡을 타면서 "칠 척 병풍이 높다 해도 뛰어넘으면 어찌 못 넘을 리 있으며, 한 가닥 비단이 질기다 해도 당기면 어찌 뜯어지지 않으리오"하고 노래했다. 형가는 무슨 말인지 알아듣지 못했으나 진시황은 바로 알아듣고서 소매를 뜯어내고 7척 병풍을 뛰어넘어 구리 기둥 뒤로 몸을 피했다. 형가는 격앙하여 검을 던졌는데 마침 그 자리에 있던 당직 시의가 약주머니를 형가의 칼을 향해 집어던졌다. 형가의 칼은 약주머니에 감긴 채 직경이 6척이나 되는 구리 기둥을 반이나 갈라놓고 말았다. 형가가 다른 칼이 없어 더 이상 던지지 못하고 있는 것을 본 진시황은 되돌아와 자신의 검을 가져오게 하더니 형가를 토막 내 죽이고 말았다. 진무양도 마찬가지였다. 그러고는 곧바로 군대를 보내 연나라의 단을 죽이고 말았다. 하늘이 허락하지 않았는지 흰 빛이 태양에 걸치면서도 뚫지 못한 탓에 진시황은 난을 피했고 단은 끝내 죽고 만 것이었다. 그렇기 때문에 이번 요리토모의 반란도 결국은 이렇게 되리라 보고 다이라 씨를 따르는 사람들도 있었다고 한다.

몬가쿠(文覺)

관동에서 반란을 일으킨 요리토모는 지난 헤이지 원년(1159)의 정변 때 부친인 요시토모(義朝)가 모반에 가담한 죄에 연루돼 열네 살 되던 에이랴쿠 원년(1160) 3월 20일, 이즈의 히루가시마(蛭島)로 유배돼 20여 년간 귀양살이를 해온 사람이었다. 오랫동안 말썽 없이 조용히 있었는데 금년 들어 갑자기 반란을 일으킨 것은 다카오(高雄)산 신호사(神護寺)의 몬가쿠 대사가 사주를 했기 때문이라는 소문이 파다했다.

몬가쿠 대사는 관동의 와타나베(渡邊) 일족 출신으로, 엔도 모치토오(遠藤茂遠)의 아들이었다. 속명을 엔도 모리토오(盛遠)라 했는데 공주전(公主殿)에 소속돼 잡일을 하다가 열아홉 살 때 불심이 일어 출가했다. 본격적인 수행에 들어가기 전에 수행이란 것이 도대체 얼마나 힘든 것인지 시험해보겠다며 바람 한점 없이 햇볕이 내리쬐는 음력 6월 한여름에 외딴 산속 풀숲에 드러누웠다. 등에, 모기, 벌, 개미 같은 독충들이 몸에 달라붙어 물어뜯었으나 이레 동안이나 꼼짝 않고 있다가 여드레째 되는 날 벌떡 일어나 "수행이란 이만큼 힘드오?" 하고 동료승에게 물었다. 동료승이 "그랬다가는 어디 목숨인들 부지하겠소 그래" 하고 답하자

"그럼 별것 아니구먼" 하더니 본격적인 수행 길에 나섰다.

여기저기를 돌아다니다가 나치(那智)에 틀어박혀 정진할 생각으로 구마노로 들어갔다. 문득 자신을 시험해보고 싶어진 몬가쿠는 유명한 나치 폭포에 들어가 물을 맞으려고 폭포 아래로 갔다. 섣달도 중순으로 접어든 때라 눈이 쌓이고 얼음이 얼어붙어 물 흐르는 소리도 들리지 않았다. 봉우리에서는 차가운 바람이 매섭게 불어와 폭포수는 얼어 고드름 천지였고 사방은 온통 은세계여서 주위에 있는 나뭇가지조차 구분이 가지 않았다. 이런데도 몬가쿠는 용소 안으로 들어가더니 목만 내놓은 채 부동명왕의 다라니 주문을 외우기 시작했다. 이삼일간은 괜찮았으나 사오일이 지나자 서 있지 못하고 몸이 물에 뜨고 말았는데, 수천 장 높이에서 넘쳐 떨어지는 폭포수인지라 물살의 세기를 이겨낼 도리가 없었다. 그대로 좍 휩쓸려 칼날처럼 날카로운 바위 속을 떴다 가라앉았다 하며 5~6정을 흘러내려가고 있는데 곱상하게 생긴 동자 하나가 오더니 몬가쿠의 좌우 손을 잡아 물에서 끌어올렸다. 기이한 일이라 여긴 사람들이 불을 지펴 몸을 덥히자 그 정도로는 죽을 목숨이 아니었는지 잠시 후 깨어났다. 그러나 정신이 돌아온 몬가쿠는 큰 눈을 부릅뜨며 "이 폭포에서 삼칠일 동안 물을 맞으면서 다라니 주문을 삼십만 번 외우려고 했는데, 오늘은 겨우 닷새째로 아직 이레도 되지 않았는데 도대체 누가 여기다 끌어다 놓았소?" 하고 호통을 쳤다. 기가 막혀 사람들이 말도 못하고 있는데 몬가쿠는 다시 용소로 들어가더니 폭포를 맞는 것이었다.

이틀째 되는 날 여덟 명의 동자가 와서 물속에서 끌어내려 했으나 버티며 나오지 않더니 사흘째 되는 날 몬가쿠는 마침내 죽고 말았다. 용소가 부정 타지 않게 하려고 그랬는지 뒷머리를 땋은 천동 둘이 폭포 위에서 내려오더니 몬가쿠의 정수리부터 발끝까지 뜨겁고 향내 나는 손으로 문질렀다. 그러자 몬가쿠는 꿈을 꾸듯 몽롱한 기분이 들더니 다시 되살아났다. 몬가쿠가 "도대체 뉘시기에 이리 자비를 베푸시오?" 하고 묻자 "우리는 부동명왕[26]의 사자들로 긍가라(矜羯羅)와 제타가(制吒迦)라 합니다. 명왕께서 '몬가쿠가 용감무쌍한 수행을 계획하고 있으니 가서 힘을 합쳐 뜻을 이루게 하라'고 시키시어 온 것입니다"라고 답했다. 몬가쿠가 흥분해 "그럼 명왕께선 어디에 계시오?" 하고 묻자 동자들은 "도솔천(都率天)[27]에 계십니다" 하고 답하더니 구름 위 저 멀리로 올라가고 말았다. 몬가쿠는 두 손을 합장해 절하며 그러면 지금 내가 하고 있는 수행을 부동명왕께서도 알고 계셨구나 하는 생각이 들자 뿌듯해져 다시 용소 안으로 들어가 물을 맞기 시작했다. 그러자 믿기 힘든 상서로운 일들이 일어났는데 세차게 몰아치던 바람이 조금도 춥게 느껴지지 않았고, 얼음처럼 차갑게 떨어지던 폭포수가 마치 온수와 같았다. 이리하여 21일 간의 서원을 끝내 이룬 다음, 다시 나치에서 천 일 동안 수행한 후, 오미네(大峰)에서 세 차례, 가쓰라기(葛城) 산에서 두 차례, 고야 산, 고카와 산, 긴부(金峰) 산, 하쿠(白) 산, 다테야마(立山), 후지(富士) 산, 이즈(伊豆), 하코네(箱根), 시나노의 도가쿠시(戶隱) 산, 데와의 하구로(羽黑) 산 등, 일본 전국의 영산이라는 영산은 빠짐없이 찾아 수행을 마친 후, 그래도 고향 땅이 그리웠는지 서울로 올라왔는데 이때는 이미 나는 새도 염력으로 떨어뜨릴 수 있는 신통력의 소유자라는 소문이 자자했다.

---

26 대일여래(大日如來)가 모든 악마와 번뇌를 항복시키기 위해 분노한 모습으로 나타난 형상.
27 욕계육천(欲界六天)의 넷째 하늘.

권화장(勸化帳)

　　몬가쿠는 그 후 다카오 산 깊숙한 곳에서 오로지 수행에만 전념하며 지내고 있었는데, 이 산에는 신호사라는 절이 있었다. 먼 옛날 쇼토쿠(稱德) 임금[28] 때 와케 노 기요마로(和氣淸麻呂)가 세운 가람으로, 오랫동안 손을 보지 않아 봄에는 놀이 끼고 가을에는 안개만 자욱했다. 문짝은 바람에 넘어져 낙엽 밑에서 썩어나고, 기와는 비와 이슬에 젖어 바스러져갔으며, 불단이 밖에서도 그대로 훤히 드러나 보였다. 머무는 승려도 없어 가끔 찾아드는 것이라고는 해나 달빛이 고작이었다. 몬가쿠는 어떻게든 이 절을 수리해야겠다는 서원을 세우고 권화장[29]을 들고서 여기저기 보시를 받으러 다니던 중, 어느 날 태상왕이 거처로 사용하고 있던 법주사를 찾았다. 보시를 해달라고 청했으나 태상왕은 마침 신하들과 함께 음악을 연주하고 있던 중이라 들어주지 못했다. 그러자 원래가 겁이 없고 거칠기 짝이 없는 승려인지라 중간에서 보고를 안 해서 그런 줄만 알고 자신의 행위가 어전에서 무례한 행동이라는 것도 모른 채 무턱대고 뜰 안으로 밀고 들어가

28　제48대 임금으로 764~770년 동안 재위한 여왕.
29　사원의 건립이나 수리를 위해 기부를 촉구하는 취지나 기부자 이름을 적은 장부.

"대자대비하신 군왕께서 어찌 이 정도의 일을 안 들어주실 수 있단 말입니까?" 하고 큰소리로 외치더니 권화장을 펼쳐 소리 높여 읽어 내려갔다.

승(僧) 몬가쿠 삼가 아뢰옵니다.

상하 승속(僧俗)의 특별한 도움을 받아 다카오 산의 영지에 사원을 하나 건립함으로써 현세와 내세의 안락이라는 큰 공덕을 이루고자 부처 앞에 근행할 것을 서원하는 권화장이옵니다.

무릇 생각해보면 불교의 진리란 광대한 것입니다. 중생과 부처는 이름은 서로 달라도 원래는 하나인 것인데, 진리가 언제나 망집의 구름에 가려지고 윤회의 인과가 확연히 드러난 이래 불성의 빛은 희미해지고 삼덕사만(三德四曼)이 여러 불보살 위에 나타난 적이 없었습니다. 서글픈 일이어서 태양과도 같은 불타께서는 벌써 세상을 뜨시고 생사유전하는 세상은 어둡고도 어두워 그저 색에 빠지고 술로 지샐 따름입니다. 그러니 어찌 미친 코끼리나 날뛰는 원숭이와 같은 어리석음으로부터 벗어날 수 있겠으며, 함부로 남을 헐뜯고 법을 비난하니 어찌 염라청 옥졸의 고문에서 벗어날 수 있겠습니까. 이 몬가쿠가 어쩌다 속진을 털어내고 승복으로 갈아입었다고는 하나 마음속에는 여전히 악한 생각이 밤낮을 가리지 않고 끓어오르고, 좋은 말은 귀에 거슬려 언제나 받아들여지는 일이 없으니 또다시 삼악도(三惡道)로 되돌아가 두고두고 사생(四生)을 헤매는 윤회의 고통을 당하게 될 것을 생각하면 가슴 아픈 일입니다. 그렇기 때문에 석가모니가 남기신 경전 천만 권은 각 권이 성불의 이치를 자세히 밝히고 있어, 방편이건 진실이건 간에 보리의 피안으로 이끌지 않는 것이 없습니다.

이러한 연유로 몬가쿠는 무상의 설법에 감격해 상하귀천의 승속을 극락에 있는 상품(上品)의 연화대(蓮花臺)[30]에 왕생시키기 위해 부처의 도량을 세우고자 합니다. 다카오 산은 봉우리가 높이 솟아 영취산을 방불케 하고, 한적한 골짜기는 중국의 은자들이 은거하던 상산(商山)처럼 이끼에 뒤덮여 있는데, 바위 사이를 흐르는 샘물은 천을 펼쳐놓은 듯싶고, 봉우리에 사는 원숭이들은 가지 위에서 날뛰며 소리 지르고 있습니다. 인가는 멀어 속진이 없고, 주변은 수행에 마침 좋아 신심이 가득 차 있는데 지세가 뛰어나 부처를 우러르는 데 안성맞춤이라 얼마간의 보시를 바라는바, 그 누군들 기부를 마다하겠습니까. 전해 들은 바에 의하면 아이들이 모래로 탑을 만들어 놀아도 공덕이 되어 성불의 인이 된다 하는데 하물며 종이 한 장이나 반푼의 재물을 기부하면 어떻게 되겠습니까. 바라옵건대 절의 건립이 이루어져 대궐과 치세가 안태하기를 바라는 서원이 모두 이루어져, 서울과 지방, 먼 곳과 가까운 곳, 승속의 구별 없이 모두가 요순시대처럼 태평성대를 구가하고 오래오래 영원히 탈 없이 평안하기를 기원합니다. 특히 죽은 사람의 영혼이 신분이나 나이와 관계없이 신속하게 진실의 정토로 가서 꼭 삼신만덕(三身萬德)의 공덕을 얻을 것을 바랍니다. 권화수행의 취지는 이상과 같습니다.

지쇼 3년 3월

몬가쿠

하고 읽어 내려갔다.

---

[30] 상품의 사람이 왕생하면 갈 수 있다는 극락 최고의 자리. 상품은 극락에 다시 태어날 때의 아홉 등급〔九品〕 가운데 상위의 세 등급을 말한다.

귀양 가는 몬가쿠

이때 어전에서는 군신이 모여앉아 음악을 연주하며 한창 흥에 취해 있었다. 비파의 명수인 태정대신 후지와라 노 모로나가(藤原師長) 공이 비파를 타며 한시(漢詩)에 가락을 붙여 운치 있게 노래하자, 대납언 스케카타(資賢) 경이 박자를 맞추며 가곡을 불렀고, 우마료(右馬寮)[31] 부장 스케토키(資時)와 사위(四位) 시종 모리사다(盛定)가 금(琴)을 타며 속요를 여러 곡 부르자 옥 주렴과 비단 장막을 드리우고 안에서 듣고 있던 귀인들이 탄성을 지르며 흥겨워하니 태상왕도 함께 따라 불렀다. 이러고 있는데 몬가쿠가 큰소리를 지르며 나타나니 곡조는 흐트러지고 박자도 깨지고 말았다. 역정이 난 태상왕이 "웬 놈이냐? 소리를 못 내게 목을 내리눌러라" 하고 하명하자, 말이 떨어지기가 무섭게 혈기왕성한 젊은이들이 앞 다투어 나섰다. 그중 판관 스케유키(資行)라는 자가 달려가 "무슨 소리를 지껄이고 있는 게냐. 냉큼 사라지지 못할까" 하고 호통을 쳤으나 몬가쿠는 "다카오의 신호사에 장원 하나를 기부하지 않으시면 절대로 나

---
31 마료는 관마의 사육이나 조련, 마구 등을 담당하던 부서로, 좌우 두 부서로 나뉘어져 있었다.

가지 않겠소" 하며 움직이지 않았다. 스케유키가 가까이 다가가 목을 잡으려 하자 몬가쿠는 권화장을 고쳐 쥐더니 탕건을 탁 쳐서 떨어뜨리고, 주먹으로 스케유키의 가슴팍을 내지르자 뒤로 벌렁 나자빠지고 말았다. 스케유키는 상투를 다 드러낸 채 꼼짝 못하고 대청 위로 도망치고 말았다. 몬가쿠는 품안에서 말총으로 칼자루를 감은 서슬이 시퍼런 단도를 꺼내 가까이 오는 사람을 찌르려고 벼르고 있었다. 왼손에는 권화장을, 오른손에는 단도를 들고 있었으나 워낙 갑작스런 일이라 양손에 칼을 쥐고 있는 것처럼 보였다. 공경대부들이 "이를 어쩌나, 이를 어쩌나" 하고 소란을 떠니 음악회는 엉망이 되고 태상왕궁에는 일대 소동이 벌어지고 말았다.

시나노 출신의 안도 미기무네(安藤右宗)는 그때 당직 무사실에 있었는데 무슨 일인가 하고 칼을 뽑아 달려왔다. 이를 본 몬가쿠가 옳다구나 하고 달려들자 안도는 칼을 쓰는 것은 좋지 않겠다 싶었는지 칼을 뒤집어 잡고 칼등으로 단도를 들고 있는 몬가쿠의 팔꿈치를 힘껏 내리쳤다. 충격을 받은 몬가쿠가 움찔하는 틈을 노려 칼을 내던지고 에잇 하는 기합과 함께 힘껏 끌어안았다. 몬가쿠가 붙들린 채로 팔꿈치를 내리치자 안도는 맞으면서도 힘을 주어 조였다. 둘 다 막상막하의 장사들이라 엎치락뒤치락하며 뒹굴고 있자 태상왕궁의 상하 무사들이 몰려와 몬가쿠의 몸에서 움직이는 부분을 사정없이 내리쳤다. 그러나 몬가쿠는 그 정도로는 꿈쩍도 않고 점점 욕을 해대고 발악했다. 안도는 몬가쿠를 문밖으로 끌어내 의금부의 관헌들에게 넘겼다. 인계받은 관헌들이 잡아끌자 몬가쿠는 끌려가면서 상왕궁 쪽을 노려보며 큰소리로 "기부를 안 하려면 가만히나 있을 일이지 나를 이렇게까지 욕보이다니 두고 보시오. 이 세상은 모두 화택(火宅)이니 아무리 왕궁이라 해도 난을 피하기는 어려울 것이오. 보위에 앉아 으스대도 황천길로 접어든 후에는 지옥 옥졸들의 고문을 피할 수 없을 것이오" 하고 길길이 뛰면서 악담을 퍼부어댔다. 태상왕은 "거참 이상한 중놈이로구나" 하며 바로 투옥시켰다.

탕건이 벗겨진 스케유키는 너무도 창피해 한동안 등청도 하지 못했다.[32] 안도는 몬가쿠를 사로잡은 공으로 무사실의 수석 자리를 뛰어넘어 바로 우마료의 삼등관에 발탁됐다.

이러한 소동이 있었음에도 불구하고 도바 임금의 왕비였던 비후쿠몬인(美福門院)이 세상을 떠나자 특사령이 내려 몬가쿠는 이내 석방되고 말았다. 한동안 어딘가에 틀어박혀 수행이라도 했어야 하련만 또 권화장을 목에 걸고 보시를 받으러 다녔는데, 그냥 보시만 권할 것이지 "이제 이 세상은 금방 어지러워져 군신 모두 망하고 말테니 두고 보시오" 하며 끔찍한 소리만 하고 돌아다니자 태상왕은 "이 중놈은 서울에 그냥 놔두었다가는 안 되겠다. 어디 먼 데로 유배시켜라" 하고 명해 이즈로 귀양 보냈다.

미나모토 노 요리마사(源賴政)의 장남 나카쓰나(仲綱)가 당시 이즈 태수로 있었는데 죄인을 도카이도(東海道)[33]를 경유해 선편으로 이즈까지 내려 보내라 하여 이세로 내려가려는데 호송사 두세 명이 따라붙었다. 호송사들이 몬가쿠에게 "의금부의 호송사들 사이에서는 관례로 돼 있는 일이오만 이런 일을 당해 멀리 귀양을 가는데 친지는 없으시오? 가지고 갈 물건이나 식량 등 부탁할 게 있으면 말해보시오"라고 하자 "난 그런 부탁을 할 만한 친지는 없지만 히가시야마 언저리에 가면 잘 아는 이가 있다네. 어디 그럼 편지를 한번 써볼까?"라고 하기에 다 해진 종이를 구

---

32 당시 남성 귀족이 남 앞에서 상투를 드러내는 것은 수치 중의 수치였다.
33 이가(伊賀), 이세(伊勢), 시마(志摩), 오와리(尾張), 미카와(三河), 도오토미(遠江), 스루가(駿河), 가이(甲斐), 이즈(伊豆), 사가미(相模), 무사시(武藏), 아와(安房), 가즈사(上總), 시모사(下總), 히타치(常陸) 등 15개 고을을 포함한 서울에서 관동 지방에 이르는 지역.

해다 주었더니 "이런 종이에다 어떻게 글을 쓴단 말인가" 하며 내던졌다. 너무했나 싶어 판지를 구해 가져다주자 몬가쿠는 웃으며 "중은 글자를 쓸 줄 모르니 자네들이 받아쓰게나" 하는 것이었다. 그래서 불러주는 대로 "'소승이 다카오의 신호사를 건립하여 공양하려는 뜻을 세우고 보시를 권하러 다니고 있던 중에 이런 임금을 만나 서원을 이루지 못했을 뿐만 아니라 투옥까지 당하고 더군다나 이즈로 유배까지 가게 되었습니다. 갈 길이 멀어 가지고 갈 물건이나 식량 등이 필요하니 이 심부름꾼에게 전해주십시오'라고 쓰시오"라고 하자 그대로 적은 다음 "그럼 어느 분께 보내는 거요?" 하고 묻자 "청수사(淸水寺)의 관음보살이라고 쓰게나"[34] 하는 것이었다. 호송사들이 "아니, 의금부 호송사를 놀리고 있는 게요" 하고 화를 내자 몬가쿠는 "그게 아니라 나는 관음보살에 깊게 귀의해 있다네. 그러니 그 외에 누구에게 부탁을 한단 말인가"라고 하는 것이었다.

 이세의 아노(阿野) 항구에서 배를 타고 내려가는데 도오토미(遠江) 지방의 덴류(天龍) 여울에 이르자 갑자기 바람이 세차게 불고 파도가 높게 일기 시작하더니 금방 배가 뒤집힐 것 같았다. 뱃사공과 수부들이 필사적으로 배를 살려보려 했으나 바람과 파도가 점점 더 심해지자 포기하고 관음보살의 이름을 외치는 사람이 있는가 하면 임종 시의 염불을 외는 자도 있었는데, 이러한 와중에도 몬가쿠는 태연히 코를 골며 자고 있었다. 다들 이제 마지막이로구나 하고 각오를 하고 있는데 무슨 생각을 했는지 몬가쿠가 벌떡 일어나 뱃전으로 가 서더니 물속을 노려보며 쩌렁쩌렁한 소리로 "용왕은 게 있느냐? 용왕은 게 있느냐?" 하고 소리쳤다. 그러고는 "아무리 그렇다고 이처럼 원대한 서원을 한 승려가 타고 있는 배

---

34 교토의 히가시야마 구에 있는 청수사는 옛날부터 관음 신앙의 중심지였다.

에 해를 끼치려 하느냐? 당장에 천벌을 받을 용왕 같으니라고" 하고 외쳤다. 그 때문인지는 모르나 얼마 안 있어 바람과 파도가 잦아들어 무사히 이즈에 도착했다. 몬가쿠는 서울을 떠날 때 '내가 서울로 다시 돌아가 다카오의 신호사를 건립해 공양을 할 수 있다면 죽지 않을 것이요, 그렇지 못할 것 같으면 도중에 죽을 것이다' 하고 마음속으로 서원을 했다. 순풍이 불지 않아 항구와 섬을 돌며 이즈에 도착할 때까지 31일이나 걸렸는데 몬가쿠는 내내 단식을 하고 음식을 입에 대지 않았다. 그런데도 조금도 기력이 쇠하지 않고 평소대로 수행을 계속했는데, 이뿐 아니라 도저히 보통 사람이라고는 여겨지지 않는 기이한 일들이 한둘이 아니었다.

교지

　몬가쿠는 곤도 노 구니타카라는 사람에게 맡겨져 이즈의 나고야(奈古屋) 한구석에서 지내게 되었다. 그런데 바로 가까이에 있는 가마쿠라(鎌倉)에는 미나모토 일문의 적자인 요리토모가 귀양살이를 하고 있어 늘 찾아가 고금의 이야기를 들려주며 말벗이 되었다. 몬가쿠는 어느 때인가 "다이라 일문 중에서는 시게모리 내대신이 담이 크고 지략도 뛰어났으나 그 집안의 운이 다했는지 작년 팔월에 세상을 떴습니다. 이젠 다이라와 미나모토 두 가문 사람 가운데 어르신만큼 장군의 상을 타고난 분이 없습니다. 어서 군사를 일으켜 일본국을 평정하십시오" 하고 권했다. 이 말을 들은 요리토모는 놀라 "스님은 뜻밖의 말씀을 다 하시는구려. 기요모리 공의 계모인 이케(池) 마님께서 이 하잘것없는 목숨을 구해주셨기에 명복이라도 빌어드리기 위해 날마다 법화경 한 부를 읽는 것 외에는 딴 생각이 없소이다" 하고 펄쩍 뛰었다. 그러자 몬가쿠는 거듭해서 "하늘이 주는 기회를 저버리면 오히려 해를 입고, 때가 왔는데도 행하지 않으면 도리어 재앙을 받는다는 말이 있습니다. 이런 말씀을 드리는 게 어르신의 속을 떠보려고 그러는 줄 아십니까. 어르신에 대한 소승의 마음이 얕지 않다는 증거를 보여드리겠습니다" 하며 품속에서 하얀 천으로 싼 해골 하나를 꺼내놓았다. 요리토모가 "그건 뭐요?" 하고 묻자 "이게 바로 어르신의 부친이신 좌마료 부장 요시토모(義朝) 어른의 두개골입니다. 헤이지 정변 때 참수를 당해 옥사 앞 이끼 아래 묻혀 명복을 빌어주는 사람 하나 없던 것을 소승이 뜻한 바가 있어 옥졸에게 부탁해 건네받아 지난 십여 년간 목에 걸고서 명산대찰을 찾아 명복을 빌어드렸으니 이제는 영겁의 고통에서 벗어나셨을 것입니다. 소승은 이렇듯 고인을 위해 진력을 다한 사람입니다" 하고 털어놓자 요리토모는 확실한 증거는 없어도 부친의 두개골이라는 말에 그리움이 북받쳐 눈물이 쏟아지고 말았다.

이 일이 있은 후부터 요리토모는 마음을 열고 속내를 드러내기 시작했다.

"지금은 형을 살고 있는 몸인데 이 상태로 어찌 군사를 일으키겠소?"

"어렵지 않은 일입니다. 바로 상경해 사면을 부탁해보겠습니다."

"어림도 없는 소리를 하시는구려. 벌을 받아 귀양 살고 있는 주제에 다른 사람의 사면을 부탁해보겠다니 말이나 되는 소리요 그게."

"제 자신의 죄를 사하여달라고 한다면야 말이 안 되지만 어르신을 사면시켜달라는 게 뭐가 잘못된 일이겠습니까. 후쿠하라로 올라가는 데 사흘은 걸리지 않을 것입니다. 교지를 받자면 하루는 있어야 할 테니 합쳐 이레나 여드레 이상은 걸리지 않을 겁니다" 하며 획 하고 자리를 떴다. 나고야로 돌아와 제자들에게는 이즈 산에 들어가 사람들의 눈을 피해 이레 동안 수행할 생각이라고 일러두고 출발했다.

몬가쿠는 자신이 말한 대로 사흘째 되던 날 후쿠하라에 도착했다. 전임 우병위 부장 미쓰요시 경과 다소 연줄이 닿아 그에게 찾아가서 "지금 이즈에 유배 중인 요리토모는 유배를 풀어주고 거병을 윤허하는 교지만 내려주시면 관동팔주의 부하들을 불러 모아 다이라 일문을 몰아내고 천하를 안정시키겠다고 합니다" 하고 전했다. 그러자 미쓰요시는 "글쎄, 내 자신도 지금 세 개의 관직을 모두 정직당한 형편인 데다가 태상왕께서도 유폐되어 있는 상태라 어떨지 모르겠으나 내 한번 여쭤보리다" 하고 이 사실을 몰래 상주했더니 태상왕은 두말없이 교지를 내려주었다. 몬가쿠는 교지를 받아 목에 걸고 사흘째 되던 날 이즈로 되돌아왔다. 그 사이 요리토모는 "스님이 공연히 꺼낸 부질없는 소리 때문에 이제 또 무슨 끔찍한 꼴을 당하게 될지" 하고 별 생각을 다하며 노심초사하고 있는데 여드레째 되는 날 정오 무렵 몬가쿠가 나타나 "자, 여기 교지가 있소이다" 하고 내밀었다. 요리토모는 교지라는 말에 황공해하며 손발을 씻고 입을 헹군 다음, 새 탕건에 백의로 갈아입고 세 차례 절한 후 받아 펼쳐보았다.

　　근래 들어 다이라 일문은 임금을 업신여기고 거리낌 없이 국정을 농단하고 있을 뿐만 아니라 불법을 파괴하고 왕실의 권위를 어지럽히고 있다. 우리나라는 신령이 가호하는 나라로서, 이세 신궁과 이와시미즈하치만(石淸水八幡) 신사의 영검함은 비할 바 없는 바, 그렇기 때문에 조정이 출범한 후 수천 년 동안 임금의 통치를 방해하고 국가를 위태롭게 한 무리들은 모두 망하지 않은 적이 없었다. 그러한즉 한편으로는 신령들의 가호를 기대하며 또 한편으로는 이 교지의 취지를 받들어 하루빨리 다이라 일문을 멸해 왕실의 원수를 물리치도록 하라. 누대에 걸친 무인 집안의 지략을 이어받고 조상 대대로 바쳐온 충성을 다해 그대 자신의 입신은 물론, 집안도 함께 일으키도록 하라.
　　교지는 이상과 같고 위와 같이 통보하노라.

지쇼 4년 7월 14일
전임 우병위 부장 미쓰요시

전임 우병위 차장 미나모토 노 요리토모 귀하

하고 적혀 있었다. 요리토모는 이 교지를 비단 주머니에 넣어 보관했는데, 이시바시(石橋) 산 전투 때도 목에 걸고 있었다고 한다.

후지(富士) 강 전투

　　요리토모가 거병하였다는 소식을 전해 들은 후쿠하라에서는 공경들이 회의를 열어 반란군의 세력이 불어나기 전에 서둘러 토벌군을 내려 보내야 한다는 데 의견을 모으고 고레모리를 대장군에, 부장군에는 사쓰마(薩摩) 태수 다다노리(忠度)를 임명했다. 9월 18일, 후쿠하라를 출발한 3만여 기는 19일에 옛 서울인 헤이안쿄에 도착했고, 이튿날인 20일 관동으로 출발했다. 대장군 고레모리는 나이 스물셋이었는데, 용모나 차림새가 그림보다도 더 수려했다. 다이라 가문에 대대로 전해 내려오는 가라카와(唐皮)라는 갑옷을 궤에 넣어 들리고 내려갔는데 행군 중에는 붉은색 비단 내갑의에 연둣빛 갑옷을 입고[35] 잿빛 돈점박이 말에 금장식 안장을 얹어 타고 있었다. 부장군인 다다노리는 감색 비단 내갑의에 검정 실로 장식한 갑옷을 입고서 우람하고 살찐 검정말에 금가루와 은가루로 장식한 옻칠 안장을 얹어 타고 있었다. 다이라 군은 말, 안장, 갑옷, 투구, 활과 화살, 칼에 이르기까지 휘황찬란하리만큼 차림새에 신경을 써 일대 장관

35　무구의 색은 착용자의 신분과 연령을 말해주는 기호로서, 붉은색 내갑의는 대장군임을, 연둣빛 갑옷은 청년임을 각각 나타내고 있다.

을 이루었다.

부장군 다다노리는 어느 공주의 따님과 오랫동안 깊은 관계를 유지해 오고 있었다. 언젠가는 그 여인의 집에 들렀더니 지체 높은 여성이 선객으로 와 있었는데, 이야기가 한없이 길어져 끊일 줄 몰랐다. 밤이 한참 깊었는데도 손님이 돌아갈 기색을 보이지 않자 처마 밑에서 내내 서성대던 다다노리는 부채를 꺼내 요란하게 부쳐댔다. 그러자 그 여인은 '온 들에 울어대는 풀벌레 소리여' 하고 청아한 목소리로 시를 읊조리는 것이었다. 이 소리를 들은 다다모리는 부채질을 멈추고 그날은 그냥 발길을 돌리고 말았는데, 다음에 찾아갔을 때 "전날엔 왜 부채질을 그만두셨나요?" 하고 묻는 여인의 물음에 "시끄럽다기에 그만둔 것 아니겠소" 하고 대답했다는 것이다.[36]

이번 출정에 앞서 이 여인은 다다노리에게 옷을 한 벌 보내면서 먼 길을 떠나는 임과의 이별을 슬퍼하는 노래를 한 수 곁들여 보냈다.

관동 저 멀리 이슬 낀 들 헤치며 가는 임보다
남아 있는 이 몸의 소매가 젖을 게요

이에 다다노리는

헤어진다고 슬퍼하지 마시오 이번 출정은
영광스런 옛길을 다시 밟는 길이니

---

36 '시끄럽구나, 온 들에 울어대는 풀벌레 소리, 하고픈 말 있어도 꾹 참고 있거늘'이라는 『신찬낭영집(新撰朗詠集)』에 실린 시구가 배경이 되고 있다.

하고 답을 하여 보냈다. 여기서 '영광스런 옛길'이란 옛날에 다이라 노 사다모리(平貞盛) 장군이 관동에서 반란을 일으킨 마사카도(將門) 토벌을 위해 관동으로 내려갔던 일을 생각해내고서 읊은 것이었는데 다다노리의 재치를 보여주는 표현이 아닐 수 없었다.

옛날에 역적을 토벌하기 위해 외지로 향한 장군은 우선 입궐하여 절도(節刀)를 하사받았다. 주상께서는 이때 정전인 자신전에 행차했고, 근위부는 옥계 아래에 진을 폈으며, 문 안팎에 공경이 도열하는 중간 규모의 의식이 치러지는 가운데 대장군과 부장군은 각기 예를 갖추어 절도를 수령했다. 조헤이(承平: 931~938)와 덴교(天慶: 938~947) 연간의 마사카도 토벌 시 치러졌던 의식은 너무나도 오래되어 그대로 따르기 힘들다고 하여 이번에는 사누키 태수 마사모리(正盛)가 쓰시마(對馬) 태수 미나모토 노 요시치카(源義親)를 토벌하기 위해 이즈모(出雲)로 출정했을 때의 전례에 의한 것이라며 절도 대신 방울을 하사했다. 대장군 고레모리는 이 방울을 가죽 주머니에 넣고 하인의 목에 걸어 전지로 향했다.

예로부터 역적을 물리치러 서울을 떠나는 장군은 세 가지 명심해야 할 일이 있었다. 절도를 하사받으면 그날로 집을 잊고, 집을 나서면 처자를 잊으며, 싸움터에 나가 적과 싸울 때는 자기 몸을 잊어야 한다는 것이 바로 그것인데, 다이라 군의 대장인 고레모리와 다다노리 역시 이 점을 마음에 새기며 출정에 나섰을 것임을 생각하니 마음이 숙연해졌다.

*

9월 22일, 상왕은 또 아키에 있는 이쓰쿠시마 신사에 행차했다. 지난 3월에도 납셨는데 그 덕인지는 몰라도 한 두어 달은 세상이 별일 없이 조용해 백성들의 근심거리가 없었으나 모치히토 왕자의 반역 사건으로 인해 또다시 천하가 어지러워지자 세상이 조용하지 않았다. 이 때문에 천하의 평안을 위하고 지병의 치유를 빌기 위해 행차하는 것이라 했다. 이번에는 후쿠하라에서 납시기 때문에 육로로 이동하는 번거로움도 없었다. 상왕은 몸소 기원문을 작성해 섭정에게 청서를 부탁했다.

들자니 법성(法性)[37]은 구름 걷힌 보름달처럼 높고 밝게 빛을 발하고, 신령은 지혜로워 음과 양의 바람을 번갈아가며 불게 만들어 조화를 이룬다고 한다. 이쓰쿠시마 신사는 천하에 이름이 널리 알려졌을 뿐만 아니라 영검 또한 비할 바 없이 뛰어난 곳이다. 봉우리들이 멀리서 사당을 에워싸고 있는 모습은 신령의 자비로움이 드높이 솟아 있는 모양을 절로 드러낸 것이요, 대해가 사당 바로 옆까지 닿아 있는 것은 중생을 구제하겠다는 부처의 서원이 깊고 광대함을 그대로 보여주는 것이다.

생각해보면 과인은 본디 범용한 몸으로 황공하게도 제왕의 자리에 앉게 되었으나 지금은 물러나 노자(老子)의 가르침대로 소박하고 유유히 지내면서 상왕궁에서 한적하게 지내고 있다. 그런데 얼마 전에 이곳을 찾아 온 정성을 다해 사당의 울타리 아래서 신령의 은혜를 우러르고, 마음을 가다듬고 온몸이 땀에 젖도록 기도하자 사당 안에서 신탁을 내려주셨으니 그 말씀은 지금도 마음에 새기고 있다. 그중에서도 특히 조심해야 할 시기를 점쳤더니 늦여름과 초가을 무렵이라는 말이 있었는데 아니나 다를까 갑자기 병마가 들어 의술의 효험

---

37 우주에 존재하는 모든 사물의 본성.

을 보지 못하고 있으니 시간이 갈수록 점점 신령의 뜻이 들어맞았음을 알 수 있었다. 기도 법회를 올려보았으나 답답한 통증이 가시지 않아 다시 힘을 내서 편력 수행에 나서는 것이 가장 좋다는 것을 깨닫게 되었다.

　찬바람이 거세게 휘몰아치는 가운데 여로에 잠을 설치며 희미한 햇살 아래 눈을 들어 저 멀리만을 내다보며 오다 보니 마침내 느릅나무 무성한 이곳에 닿게 되었다. 뜰에 정갈한 자리를 깔고서 서사시킨 법화경(法華經), 무량의경(無量義經)과 보현법경(普賢法經), 아미타경(阿彌陀經), 반야심경(般若心經) 각 한 부와 친히 금니로 서사한 법화경 제파품(提婆品) 한 권을 헌납하니, 주위에 우거진 푸르른 송백에는 영검이 드러나듯 씨앗이 알알이 돋아나고, 바닷물이 차고 빠지면서 나는 물결치는 소리는 범패 소리와 어울려 부처를 찬양하는 듯했다. 불제자인 이 몸은 궁을 떠난 지 여드레째로, 시간이 그다지 많이 흐르지 않았음에도 불구하고 서해의 파도를 넘어 이곳을 찾은 것이 두 차례이니 이쓰쿠시마 신사와는 인연이 가볍지 않음을 깨달았다.

　새벽에 빌러 오는 사람이 한둘이 아니고 저녁에 참배하는 자 역시 적지 않았지만 고귀한 신분의 참배객이 아무리 많았다 해도 왕실 사람이 찾았다는 말을 들은 적은 없었는데, 고시라카와 태상왕께서 처음으로 전례를 남기셨다. 이 몸은 하잘 것 없는 사람이나 그 뜻을 이어 이곳을 찾았다. 중국의 한무제는 달밤에 숭고산(崇高山)을 찾았으나 부처를 보지 못했다고 하고, 동해의 봉래산 구름 아래에 신선이 모습을 드러낸 일이 없었다고 하는데, 이제 대신령이시여, 우러러 부탁드리며 법화경 앞에 엎드려 비나오니 부디 이 몸의 정성 어린 기도를 받아들이셔서 다시 한 번 감응을 보여주소서.

지쇼 4년 9월 28일

상왕

기원문은 이와 같이 적혀 있었다.

*

한편 토벌군은 서울을 떠나 멀고 먼 관동으로 향했다. 무사히 귀환할 수 있을지 실로 걱정되는 일로서 이슬 낀 들에서 야영을 하고 고산의 이끼 위에서 잠을 청하면서 산 넘고 강 건너 10월 16일에는 스루가(駿河)의 기요미(淸見) 관문[38]에 이르렀다. 서울을 떠날 때는 3만여 기였으나 내려오는 도중 병력을 끌어 모아 7만여 기로 불어났다는 소문이었다. 선봉은 간바라(蒲原)와 후지(富士) 강 부근까지 나아갔으나 후진은 여태 데고시(手越)와 우쓰노야(宇津谷)에 머물고 있었다. 대장군 고레모리는 각 부대의 지휘를 총괄하는 가즈사(上總) 태수 다다키요(忠淸)를 불러 "내 생각으론 어서 아시가라(足柄) 산을 넘어가 관동에서 싸웠으면 하오" 하고 생각을 밝혔다. 그러나 다다키요는 "후쿠하라를 떠나올 때 기요모리 어른께서 말씀하시기를 '전투는 다다키요에게 맡기도록 하라'고 말씀하시지 않으셨습니까? 관동팔주의 병사들이 모두 요리토모를 따른다면 수십만 기는 될 겁니다. 아군이 칠만여 기라고는 하나 여기저기서 끌어다 모은 병력이고 인마 모두 지쳐 있습니다. 이즈와 스루가의 군세 중 도착

---

[38] 시즈오카(靜岡) 시 동부의 오키쓰(興津)에 있었던 관문. 이곳의 파도치는 경관은 유명해, 고래로 시가 속에 자주 인용되었다.

해야 할 병력조차 아직 도착하지 않은 상태입니다. 그러니 후지 강을 앞에 두고 아군의 도착을 기다리는 게 좋겠습니다" 하고 주장해 하는 수 없이 진군을 멈추기로 하였다.

한편 요리토모 근은 아시가라 산을 넘어 스루가의 기세(黃瀨) 강에 도착했다. 가이(甲斐)와 시나노(信濃)의 미나모토 일족들까지 달려와 가세해 우키시마(浮島) 벌에서 집결하니 총 병력은 20여만 기로 기록됐다.

히타치의 미나모토 일족인 사타케 노 다로(佐竹太郞)의 하인이 편지를 가지고 서울로 올라가다가 다이라 군에게 붙잡혔다. 다다키요가 빼앗아 읽어보니 부인에게 보내는 글이라 상관없을 것으로 보고 돌려주며 "요리토모의 군세는 어느 정도나 되느냐?" 하고 물어보았다. 그러자 하인은 "대략 여드레나 아흐레 걸릴 거리를 빈틈없이 메우고 있어 산도 들도 바다도 강도 병사들 천지입니다. 저희같이 천한 것들은 사오백이나 천까지는 어렵사리 헤아려도 그 이상은 모릅니다. 많은 건지 적은 건지 모르겠습니다. 어제 기세 강에서 누가 그러는데 미나모토 군의 총 병력은 이십만 기라고 합니다" 하고 대답했다. 이 말을 들은 다다키요는 "아아, 지휘관이 늑장을 부리는 것만큼 후회스러운 일이 있을까. 토벌군을 단 하루만 일찍 내려 보내 아시가라 산을 넘어 관동팔주로 들어갔던들 우리에게 오기로 한 하타케야마(畠山)와 오바(大庭) 일족이 안 올 리 없었으련만. 이들만 달려왔더라면 모든 관동 세력이 아군을 따랐을 텐데" 하고 후회했으나 이미 엎질러진 물이었다.

대장군 고레모리는 관동의 물정에 밝은 나가이(長井)[39] 출신의 사이토 사네모리(齋藤實盛)를 불러 "사네모리, 관동팔주에는 그대만 한 강궁

---

39 지금의 사이타마(埼玉) 현 오사토(大里) 군(郡) 일대.

이 얼마나 있나?" 하고 물어보았다. 그러자 사이토는 껄껄 웃더니 "대장군께서는 그럼 소인을 강궁을 쏘는 사람이라고 생각하고 계셨단 말입니까. 소인은 고작 주먹 길이 열셋 되는 화살을 쏠 뿐입니다. 소인만큼 쏠 수 있는 사람은 팔주 안에 얼마든지 있습니다. 강궁 소리 듣는 사람 치고 주먹 길이 열다섯이 안 되는 화살을 쏘는 사람은 없습니다. 활도 힘센 장사 대여섯이 겨우 부리는 강력한 활을 사용합니다. 이런 강궁들이 쏘면 두세 벌 포개놓은 갑옷도 그냥 꿰뚫습니다. 호족 한 사람의 병력이 적어도 오백 기를 밑도는 일이 없는데, 말을 타면 떨어질 줄 모르고 험한 산길을 달려도 말이 넘어지는 일이 없습니다. 전투 시에는 아비가 죽건 아들이 죽건 개의치 않고 죽으면 그 주검을 넘고 넘어 싸웁니다. 관서 무사들이 싸우는 것을 보면 아비가 죽으면 공양을 한 후 상이 끝나야 다시 싸우고, 아들이 죽으면 슬퍼하느라 싸울 생각도 하지 않습니다. 군량미가 떨어지면 봄엔 논을 갈고 가을엔 추수한 후 싸움을 시작하고 여름은 덥다 싫어하고 겨울은 춥다고 마다하지만 관동에서는 일체 이러한 일이 없습니다. 가이와 시나노의 미나모토 군은 지리에 밝아 후지(富士) 산 기슭에서 배후로 돌아올지 모르겠습니다. 이런 말씀을 드리면 장군을 겁주려고 그런다고 생각하실지 모르나 그렇지 않습니다. 전투란 사람 수가 아니라 계략 쓰기에 달려 있다고 합니다. 소인은 이번 싸움에서 살아 다시 서울로 돌아갈 수 있으리라고 보지 않습니다" 하고 답하니 이 말을 들은 다이라 군의 병사들은 모두 벌벌 떨었다.

그러는 사이 10월 23일이 되었다. 다이라와 미나모토 군은 이튿날 후지 강에서 개전키로 약속하였는데, 이날 밤 다이라 군 쪽에서 미나모토 진영을 바라다보니 불빛이 셀 수도 없을 만큼 많았다. 이는 실은 이즈와 스루가의 농민들이 앞으로 벌어질 전투를 피해 들이나 산으로 숨거나 배를 타고 강이나 바다로 나가 밥해먹느라고 피운 불이었는데 다이라 군은 이를 보고 "야아, 미나모토 진영의 불빛이 굉장하구나. 정말 들도 산도 강도 바다도 모두 적이니 어쩌면 좋지" 하고 걱정들을 했다.

그날 밤 한밤중에 우키시마 벌의 후지 늪에 수없이 떼 지어 있던 물새들이 뭔가에 놀랐는지 한꺼번에 날아올랐다. 날면서 내는 날갯짓 소리가 마치 태풍이나 천둥 치는 소리 같았는데 이 소리를 들은 다이라 군 병사들은 "아이고, 미나모토 군의 대군이 쳐들어오는 모양이다. 사이토 말처럼 틀림없이 뒤로도 돌아올 텐데 포위당했다가는 끝장이니 여기서 후퇴해 오와리 강의 스노마타(洲俣)에서 막도록 해야겠다" 하며 물건도 제대로 챙기지 못한 채 앞 다투어 도망치고 말았다. 너무나 허둥대는 바람에 활을 쥔 자는 화살을 내버려두고 화살을 든 자는 활을 버려둔 채 너도나도 남의 말에 올라 도망을 치는데, 고삐를 매어놓은 채 채찍질만 해대니 한없이 말뚝만 돌고 있는 말도 있었다. 인근 주막에서 부름을 받고 놀러와 있던 유녀들 중에는 병사들에게 밟혀 머리가 깨지고 허리가 부러져 울고불고 비명을 질러대는 자들이 많았다.

이튿날인 2일 새벽 6시, 미나모토 군의 대군 20만 기는 후지 강으로 몰려와 천지가 진동하리만큼 큰 소리로 승리의 함성을 세 차례 내질렀다.

오절무(五節舞)

　다이라 군 진영에서 아무런 반응이 없자 사람을 보내 알아보게 했더니 모두 도망가고 없다는 것이었다. 적군이 잊고 간 갑옷을 들고 오는 자도 있고, 버리고 간 장막을 가져오는 자도 있었는데, 와서 하는 소리가 "적진에는 파리 한 마리 없다"라는 것이었다. 요리토모는 말에서 내려 투구를 벗고 손과 입 안을 헹군 다음, 도성 쪽을 향해 절을 하더니 "이는 전혀 내 개인의 공이 아니라 하치만 대보살께서 굽어 살피신 덕이다"라고 했다. 쉽게 손에 넣은 땅이라 하여 스루가 고을은 이치조 노 다다요리에게, 도오토미 고을은 야스다 노 요시사다에게 각각 주었다. 계속해서 다이라 군을 공격할 수도 있었으나 배후가 불안하다며 우키시마 벌에서 군사를 돌려 사가미로 돌아갔다.

　서울에서 관동으로 이어지는 도카이도 지역 연변에 있는 객줏집 유녀들은 이번 일을 놓고 "토벌군의 대장군이 활 한 번 못 쏴보고 도망을 치다니 해도 너무하네. 전투에 나서 적을 보고 도망가는 것도 한심한 일인데 이건 소리에 놀라 도망을 쳤으니 원" 하고 웃어댔다. 이 외에 다이라 일문을 비아냥대는 낙서도 많았다. 일문의 총수인 무네모리를 빗대어,

무네모리는 얼마나 놀랐을까
    기둥처럼 믿었던 대장이 패했으니

    후지 강 속의 바위를 돌아가는 급류보다도
    더 빨리 내뺐구나 다이라 무사들은

하고 놀려댔다. 또 가즈사 태수 다다키요가 후지 강에 갑옷을 버리고 도망친 것을 두고는,

    후지 강에다 갑옷을 버렸으니 승복을 한 벌
    내세의 명복 빌게 준비해야 되겠네

    다다키요는 냅다 도망쳤다네
    가즈사의 명산인 껑거리끈 메고서

라고 읊으며 놀렸다.
  11월 8일, 대장군 고레모리가 후쿠하라로 돌아오자 기요모리 공은 대로하여 "고레모리는 기카이가시마로 유배 보내고, 다다키요는 사형에 처하라" 하고 지시했다. 다음날 다이라 일문의 무사들은 노소가 모두 모여 다다키요의 사형 건을 어떻게 할 것인가를 놓고 회의를 열었다. 주마판관 (主馬判官) 모리쿠니가 나서더니 "다다키요는 어려서부터 겁쟁이라는 소리는 듣지 않았습니다. 아마 열여덟 살 때였다고 기억하는데 도바(鳥羽) 궁의 보물 창고에 서울 부근에서 제일가는 악당 둘이 들어가 숨은 일이 있

었습니다. 그러자 가서 잡아오라는 사람도 없었는데 백주에 단신으로 담을 뛰어넘어 들어가더니 하나는 죽이고 하나는 생포해 두고두고 이름을 남긴 사람입니다. 이번 일은 예사로운 사건이 아닌 것 같으니 이와 같은 실패를 보더라도 병란이 어서 진정되도록 기도합시다" 하고 옹호했다.

그달 10일, 소장이었던 고레모리는 우근위 중장으로 승진했다. 사람들은 "토벌군의 대장군이라 하나 무슨 한 일도 없는데 이건 웬 포상이람?" 하고 수군거렸다. 옛적에 마사카도 토벌을 위해 장군 다이라 노 사다모리와 후지와라 노 히데사토(藤原秀鄕)가 명을 받아 관동으로 출진했으나 마사카도가 쉽게 굴복하지 않을 것 같자 서울에서는 공경들이 모여 회의를 열었다. 그 결과, 다른 토벌군을 내려 보내야 한다 하여 민부경(民部卿) 후지와라 노 다다훈(藤原忠文)과 기요하라 노 시게후지(淸原滋藤)를 군감(軍監)이라는 직책을 주어 내려 보냈다. 스루가의 기요미 관문에서 야영을 하던 날 밤, 기요하라가 끝없이 넓은 바다 위를 멀리 바라다보며 '고기잡이배의 어화(漁火)는 날은 찬데 파도를 태우고, 역로(驛路)의 방울 소리는 밤이 깊어 산을 지난다'라는 한시를 소리 높여 읊조리자 다다훈은 감격해 눈물을 흘렸다. 두 사람이 그러고 있는 사이 마침내 마사카도를 해치운 사다모리와 히데사토는 그 목을 부하에게 들려 상경하다가 기요미 관문에서 두 사람과 만나게 되어 전후 토벌군의 대장군들이 나란히 서울로 올라왔다. 사다모리와 히데사토에게 논공행상이 실시될 때 다다훈과 시게후지에게도 상을 내려야 할 것인지를 놓고 격론이 벌어졌다. 우대신 모로스케(師輔) 공은 "관동에 토벌군을 내려 보냈으나 마사카도가 쉽게 굴할 것 같지 않아 다다훈과 시게후지를 다시 내려 보냈는데 역적은 이미 죽은 뒤였습니다. 그러니 어찌 상을 안 줄 수 있겠습니까?" 하고 제의했으나 형인 사네요리(實賴) 공은 "『예기(禮記)』라는 책에 보면 의심이 가는 일은 행하지 말라고 하였다"라며 결국 주지 않았다. 다다훈은 이를 원망하여 "사네요리 공의 자손은 노비로 업신여길 것이나 모로스케 공의 후손은 자자손손 수호신이 되어 지킬 것이다"라고 맹세하며 단식해 굶어죽고 말았다. 그래서인지 모로스케 공의 후손은 번성했으나, 사네요리(實賴) 공의 자손 중에서는 쓸 만한 인물이 나오지 않았고, 지금은 대가 끊기고 말았다.

　기요모리 공은 이어 넷째 아들 시게히라(重衡)를 좌근위 중장으로 승진시켰다. 11월 13일, 후쿠하라에서는 대궐의 조영이 끝나 주상이 행차했다. 임금이 새로 즉위하였으니 대상제를 치러야 하는데 새 대궐에는 행사를 치를 수 있는 시설이 없었다. 대상제를 치르기 위해서는 우선 10월 말에 주상이 대궐 동쪽에 있는 강, 즉 가모 강에 행차해 목욕재계를 해야 했다. 대궐 북쪽에 위치한 들에 재장소(齋場所)를 지어 의식에 사용할 옷이나 그릇 등을 만들었고, 대극전(大極殿) 앞뜰의 용미도(龍尾道)의 단 아래에 회립전(廻立殿)을 지어 주상께서 목욕을 하도록 했다. 단 옆에 대상궁(大嘗宮)을 지어 신에게 바치는 음식을 올리고 신에게 바치는 춤을 추고 노래가 연주됐으며 군신이 모여 음악을 연주했다. 그런 후 대극전에서 즉위식이 거행되고 청서당(淸署堂)에서 다시 신령에게 바치는 가무가 행해진 다음 풍악원(豊樂院)에서 연회가 열렸다. 그러나 새로 천도한 후쿠하라에는 대극전이 없으니 즉위식을 거행할 장소가 없었고, 청서당이 없으니 신령에게 춤과 노래를 바칠 곳도 없었으며, 풍악원이 없으니 연회도 열 수 없었다. 그래서 중신회의에서 금년에는 해마다 해오던 대로 신상제(新嘗祭)[40]와 오절무(五節舞)[41]만 치르도록 하되, 신상제는

40　햇곡식을 신에게 바치고 자신도 먹으며 한해의 수확을 감사하는 제사.
41　신상제나 대상제 때 4~5명의 소녀가 춤을 추던 궁중 의식.

옛 서울의 신기관(神祇官)에서 치르도록 결정을 보았다.

오절무는 고대에 텐무 임금께서 요시노(吉野) 궁에서 달 밝고 거세게 바람이 불어치는 밤에 마음을 가라앉히고 금을 타고 있는데 선녀들이 하늘에서 내려와 다섯 차례 소매를 펄럭이며 춤을 춘 데서 유래한 것이었다.

환도(還都)

후쿠하라 천도에 대해서는 군신 모두 불만이 많았던 데다가 히에이산의 연력사나 나라의 대찰을 비롯해 전국 각지의 사원과 신사들에 이르기까지 일제히 그 부당성을 주장하고 나서자 그렇게도 완고하던 기요모리 공도 그러면 환도하자고 고집을 꺾었다는 소식이 전해져 후쿠하라는 혼란에 빠졌다.

12월 3일, 갑작스레 환도가 단행됐다. 후쿠하라는 북쪽은 산에 연해 높고 남쪽은 바다에 인접해 낮은 지형이었는데, 하루 종일 파도소리 요란하고 바닷바람이 드센 곳이었다. 그래서인지 다카쿠라 상왕은 언젠가부터 병환이 잦아 서둘러 후쿠하라를 떠났는데 섭정을 비롯해 태정대신 이하 공경대부들이 앞 다투어 호종했다. 또한 기요모리 공을 비롯한 다이라 일문의 공경대부들도 뒤질세라 따라 올라가니 궂은 일만 많았던 새 서울에 잠시라도 더 머물러 있으려는 사람은 아무도 없었다. 지난 6월부터 서울 집을 해체해 가져오고 가재도구를 날라와 어떻게든 겉모습은 갖추어 집을 지어놓았는데 또다시 정신없이 환도가 단행되고 보니 아직 아무런 지시가 없었는데도 불구하고 다들 내버리고 서울로 올라갔다. 이렇게들 올라오다보니 살 집이 없어 지체 높은 사람들조차 야와타(八幡), 가모(賀茂), 사가(嵯峨), 우즈마사(太秦), 니시야마(西山), 히가시야마(東山)와 같은 변두리로 들어가 법당의 회랑이나 신사의 사당을 빌어 잠자리로 삼았다.

    기요모리 공이 천도를 결심하게 된 동기는 헤이안쿄의 경우, 남으로는 나라의 대찰과 북으로는 연력사가 가까이에 버티고 있어 툭하면 나라의 가스가 신사의 무리들이 따질 일이 있다며 신사의 신목(神木)을 들고 올라오는가 하면, 연력사의 승도들도 걸핏하면 가마를 메고 내려오는 바람에 소동이 끊이지 않았기 때문이었다. 후쿠하라는 산과 강으로 가로막혀 있는 데다가 뭐니 뭐니 해도 거리가 떨어져 있어 그런 일이 쉽게 일어나지는 않을 것이라 하여 제안하게 된 것이었다.

    12월 23일, 오미 지역의 미나모토 씨가 반란을 일으키자 토벌하기 위해 우병위 부장 다이라 노 도모모리(平知盛)와 사쓰마 태수 다다노리를 대장군에 임명하였다. 도합 2만여 기가 오미로 출진해 야마모토, 가시와기, 니시고리 등과 같이 여기저기 흩어져 있는 미나모토 씨를 찾아 하나하나 공격해 섬멸하고, 그 길로 미노와 오와리를 넘어 들어갔다.

불타는 나라(奈良)

　서울에서는 또 "지난번 모치히토 왕자가 원성사로 몸을 피했을 때 나라의 승도들이 동조했을 뿐만 아니라 모시러 간 것은 역적질에 해당하니 나라와 원정사를 쳐야 한다"라는 논의가 있었는데 그러고 있는 사이 나라의 승도들이 대거 들고 일어났다. 섭정 모토미치가 "하고 싶은 말이 있으면 얼마든지 조정에 전하겠다" 하고 중재에 나섰으나 승도들은 전혀 들으려 하지 않았다. 다다나리라는 관리를 차사로 내려 보냈으나 승도들이 "저놈을 수레에서 끄집어내 상투를 잘라버려라" 하고 시위를 벌이자 다다나리는 대경실색해 도망치듯 상경하고 말았다. 다시 우위문 차장 지카마사를 내려 보냈지만 역시 "상투를 잘라라" 하고 승도들이 소란을 피우자 허둥지둥 도망쳐오고 말았는데, 이때는 권학원(勸學院)[42] 소속 하인 둘의 상투를 자르는 행패를 부렸다. 이뿐만 아니라 나라에서는 대형의 격구 공을 만들어 '기요모리 공의 머리'라고 이름 붙여놓고, 죽여라 밟아라 하며 조롱했다. 옛말에 '말을 함부로 하면 화를 자초하기 쉽고, 신중하지 못하

42　후지와라 일문 자제 가운데 대학생을 원조하기 위해 세운 기숙시설로 일문의 사찰이나 제사에 관한 사무도 겸했다.

면 지기 마련이다'[43]라고 하였는데, 기요모리 공은 입에 올리기도 황공한 일이나 주상의 외조부였다. 이런 사람을 이처럼 비하하다니 나라의 승도들이 하는 짓을 보고 있노라면 마귀에 씐 것이 아닌가 싶은 생각이 들 정도였다.

 이 일을 전해 들은 기요모리 공이 곱게 생각할 리가 없었다. 하루빨리 나라의 소동을 진압시키려고 빗추 사람 세노오 노 가네야스를 야마토(大和) 고을의 관아로 내려 보냈다. 가네야스는 500여 기를 데리고 나라로 내려갔는데 기요모리 공은 가네야스를 불러 "승도들이 행패를 부리더라도 너희들은 절대로 맞대응해서는 안 된다. 갑옷을 입지 말고 활도 휴대하지 말거라" 하고 다짐한 후 내려 보냈더니 이와 같은 사실을 알 리 없는 승도들은 가네야스의 부하 60여 명을 사로잡아 일일이 목을 베 사루사와(猿澤) 못가에 효시했다. 대로한 기요모리 공은 이제 방도가 없으니 나라를 치자며 대장군에 중장 시게히라(重衡), 부장군에 중궁전 차관 미치모리(通盛)를 임명해 총병력 4만여 기를 나라로 내려 보냈다. 이에 승도들도 노소를 가리지 않고 7천여 명이 모여 무장을 하고 서울로 통하는 길목인 나라 고개와 반야사(般若寺) 두 곳의 길을 막아 해자를 파고 방패로 벽을 쌓은 후 목책을 세워놓고 대기하고 있었다. 다이라 군은 4만여 기를 둘로 나눠 나라 고개와 반야사 두 곳의 방어진으로 동시에 쳐들어가 함성과 함께 공격을 개시했다. 승도들이 모두 도보에 도검만을 지니고 있었던 데 비해 다이라 군은 말을 타고 있어 이리저리 쫓아다니며 일제히 활을 쏴대자 방어하던 승도들은 수없이 죽고 말았다. 새벽 6시에 개전하여 하루 종일 싸웠는데 밤이 되자 나라 고개와 반야사 두 곳의 방어진은

---

43 『신궤(臣軌)』.

모두 무너지고 말았다.

도망가는 승도들 가운데 요카쿠(永覺)라는 힘이 센 승려가 있었는데 칼, 활, 힘 그 어느 것 하나 이 지역의 칠대사(七大寺)[44]나 십오대사(十五大寺)[45] 안에서는 당할 자가 없었다. 이날 요카쿠는 연둣빛 단갑 위에 검은 실로 장식한 갑옷을 겹쳐 입고, 투구도 두 개씩 겹쳐 쓰고 있었다. 양손에는 날이 띠 이파리처럼 휜 언월도와 옻칠한 칼을 들고 있었는데, 동대사(東大寺)의 연애문(碾磑門) 앞에서 동료 10여 명을 앞뒤에 세워 막아서더니 언월도를 휘둘러 다이라 군의 말을 쓰러뜨리고 병사들을 다수 죽였다. 그러나 병력이 우세한 다이라 군이 쉴 새 없이 공격을 가하자 앞뒤에서 싸우던 동료들은 모두 전사하고 말았다. 혼자 남아 싸우던 요카쿠는 뒤가 무방비 상태가 되자 남쪽을 향해 도망가고 말았다.

야간 전투가 시작되었는데 어두워 아무것도 보이지 않자 대장군 시게히라는 반야사 문 앞에 우뚝 서서 "불을 밝혀라" 하고 외쳤다. 명령이 떨어지자마자 다이라 군의 하리마 사람 후쿠이 노 도모카타라는 자가 방패를 쪼개 횃불을 만들더니 민가에 불을 질렀다. 12월 28일의 겨울밤이라 바람이 세차 불을 지른 곳은 한 군데였으나 불어오는 바람을 타고 인근의 대찰로 옮겨 붙었다. 나라의 승도들 중 명예를 존중하고 이름을 아끼는 사람들은 나라 고개와 반야사에서 전사하고, 걸을 수 있는 자는 요시노(吉野)나 도쓰(十津) 강 쪽으로 몸을 피했으나, 걷지 못하는 노승이나 일반 수행자, 동자승, 여자 및 아이들은 동대사의 대불전 이층이나 인근

---

44 p. 147 각주 45 참조.
45 나라 일대에 있는 대사찰로, 칠대사 외에 신약사사(新藥師寺), 태후사(太后寺), 불퇴사(不退寺), 경법화사(京法華寺), 초승사(超昇寺), 초제사(招提寺), 종경사(宗鏡寺), 홍법사(弘福寺) 등이 포함되었다.

에 있는 흥복사로 피신했다. 대불전 이층에는 천여 명이 올라가 다이라 군이 따라 올라오지 못하도록 사다리를 치워버렸다. 바로 그곳을 향해 거센 불길이 덮치니 비명 지르고 악쓰는 소리가 초열지옥(焦熱地獄)이나 무간지옥(無間地獄)에서 타오르는 겁화(劫火) 속의 죄인들조차 이러지는 않을 성싶었다.

흥복사는 후지와라 씨의 조상인 후히토(不比等)의 서원에 의해 건립된 후지와라 씨의 집안 사찰이었다. 동쪽 대웅전에 모신 일본 최초의 석가상이나 서쪽 대웅전에 모신 땅속에서 저절로 솟아난 관음상, 그리고 유리를 박은 사면의 낭하, 주단을 칠한 이계당(二階堂), 상륜(相輪)이 하늘 높이 금빛으로 빛나던 두 개의 탑 등이 눈 깜짝할 사이에 연기로 화하고 마니 통탄할 일이었다.

동대사의 16장 높이 금동 노사나불(盧舍那佛)은 영원불멸한 실보(實報)와 적광(寂光)[46] 두 불국토를 다스리는 생불의 모습이라며 쇼무 임금께서 몸소 닦아 광을 냈던 불상으로, 머리의 육계[47]는 높이 솟아 중천의 구름에 드리우고, 미간의 백호는 영검이 뚜렷해 숭앙을 받아왔건만, 보름달 같던 그 모습은 목이 불에 녹아 떨어지고 몸은 녹아 내려 산을 이루고 말았다. 그러니 8만 4천의 상호[48]는 가을달이 이내 구름에 가리듯 오역중죄에 의해 훼손을 당하고, 보살의 계위를 나타내는 사십일지(四十一地)의 영락(瓔珞)은 밤하늘의 별이 바람에 떨듯 십악(十惡)[49]에 의해 유린당하고 말았다. 온 하늘에 연기가 가득하고 화염이 허공을 메우니 이 광

---

46 천태종에서 말하는 네 곳의 불국토 가운데 두 곳.
47 부처의 정수리에 솟아오른 혹과 같은 모양의 것.
48 불신 각 부분의 신체적 특징.
49 몸, 입, 마음이 만들어내는 열 가지 죄(살생〔殺生〕, 투도〔偸盗〕, 사음〔邪淫〕, 망음〔妄語〕, 기어〔綺語〕, 악구〔惡口〕, 양설〔兩舌〕, 탐욕〔貪欲〕, 진에〔瞋恚〕, 사견〔邪見〕).

경을 두 눈으로 본 사람들은 도저히 눈을 뜨고 바라다볼 수가 없었고, 멀리서 전해 들은 사람은 놀라 혼백이 달아나고 말았다. 법상종(法相宗: 흥복사)과 삼론종(三論宗: 동대사)의 법문이 깡그리 불타고 말았으니 일본은 말할 것도 없고 인도나 중국에서도 이와 같은 법멸의 참화가 있었다는 말은 들어본 적이 없었다.

 인도의 우전대왕(優塡大王)이 석존을 기다리며 붉은 전단(栴檀)나무를 깎고, 비수갈마(毘首羯磨)가 자마금(紫磨金)을 갈아 불상을 만들었다고는 하나 고작해야 등신불이었다. 이에 비해 동대사의 노사나불은 인간세계에 둘도 없는 불상인 데다가 영원히 훼손될 리 없을 줄 알았는데 불에 녹아 더러운 이 세상의 먼지와 섞이고 말자 보는 사람 치고 슬퍼하지 않은 이가 없었다. 그러니 범천의 제석천과 그 사천왕은 물론, 용왕과 그 여덟 부하, 그리고 염라대왕과 그 나졸들까지 놀라 어쩔 줄 몰랐을 것임에 틀림없었다. 법상종을 수호하는 가스가 신령의 마음이 어땠을지는 감히 헤아리기 어려우나, 가스가 들녘의 이슬도 색이 변하고, 미카사(三笠) 산에서 불어오는 바람 소리도 원망하듯 들려왔다. 불길에 타 죽은 사람 수를 세서 기록했더니 대불전 이층에서 1,700여 명, 흥복사에서 800여 명, 어느 법당에서는 500여 명, 또 다른 법당에서는 300여 명, 하는 식으로 일일이 적어가자 모두 3,500여 명이었다. 이 외에 싸우다 전사한 승도가 천여 명에 달했는데, 다이라 군은 이들의 목을 베어 일부는 반야사 문 앞에 효시하고 나머지는 싸서 들고 서울로 올라갔다.

 29일, 나라를 초토화시킨 시게히라 경이 서울로 귀환했다. 기요모리 공이야 분이 풀려 좋아했지만 중전이나 태상왕, 상왕, 섭정 이하 모든 사람들은 "악승은 죽이더라도 가람까지 파괴하다니……" 하며 탄식했다. 승도들의 목은 원래는 대로에서 조리돌린 후에 옥문의 나무에 효시하려

하였으나 동대사와 흥복사가 전소한 데 놀라 아무런 지시가 없자 이곳저곳의 도랑이나 해자에 내다버리고 말았다. 동대사를 세운 쇼무 임금은 친필 교지에 "이 절이 흥하면 천하도 흥할 것이요, 이 절이 쇠하면 천하도 따라서 쇠할 것이다"라고 썼는데, 그러니 이제부터 천하가 쇠망하리라는 것은 의심할 나위가 없었다. 너무나도 기막힌 사건이 많았던 그해도 저물어 지쇼도 5년째를 맞이하게 되었다.

후지와라 고신(藤原豪信), '다이라 노 기요모리(平清盛)의 초상,'
「기온 부인」, 「天子攝政御影」(일본 궁내청 소장), 중세 중기.

제 6 권

상왕의 승하

지쇼 5년(1181) 정월 초하룻날, 관동에서 병란이 일어나고 나라에서 화재가 발생한 탓에 대궐에서는 정초의 하례를 중지하고 주상께서도 납시지 않았다. 풍악이나 춤도 없었고 항례의 요시노(吉野) 구즈(國栖) 마을 사람들의 연주¹도 없었다. 후지와라 집안의 공경들은 어느 누구 하나 얼굴을 보이지 않았는데, 자기네 집안 사찰인 흥복사가 소실됐기 때문이었다. 초이틀에 편전에서 치러지던 연회도 없었다. 남녀 할 것 없이 모두 숨을 죽이고 있어 궁 안은 음산해 보였다.

고시라카와 태상왕은 "과인은 전생에서 십선(十善)의 계행을 지킨 덕에 의해 만승천자의 자리에 올랐고, 최근의 사대 임금은 생각해보면 과인의 아들이나 손자들인데 어째서 정치를 못하게 만들어 허송세월을 해야 하는지 알 수 없구나" 하고 탄식했다.

이달 5일, 기요모리 공은 나라의 승려들에 대해 승관을 박탈하고, 궐내 법회에 참석하지 못하게 했으며, 승직을 몰수하는 조치를 취했다. 수

---

1 정초에는 요시노의 구즈 마을 사람들이 입궐해 피리를 연주하고 속요를 부르는 것이 관례였다.

많은 승려들이 노소 불문하고 활에 맞고 칼에 찔려 죽거나 불길에 싸여 연기에 질식해 죽었고, 얼마 남지 않은 사람들은 산속으로 도망가 남아 있는 사람은 거의 없었다. 홍복사 주지 요엔(永緣) 승정은 불상과 경전이 연기로 화하는 것을 보고 세상에 이런 일이 다 있냐며 격분하다가 충격을 받아 쓰러진 후 얼마 되지 않아 세상을 뜨고 말았다. 이 승정은 풍류를 아는 사람이어서 언젠가는 소쩍새 우는 소리를 듣더니,

들을 때마다 색다른 맛을 주는 소쩍새 소리
언제나 처음 듣는 느낌이 드는구나

라고 읊었는데 그 때문에 '소쩍새 승정'이란 별명이 붙게 되었다.

정월 초에 궐내 대극전(大極殿)에서 열리는 법회만은 형식적이라도 열지 않을 수 없어 참석할 승려의 인선 작업에 들어갔다. 중신회의에서는 "나라의 승려들은 승관을 모두 폐했으니 서울의 고승들만 청해 치러야 한다"라는 의견도 나왔으나 그렇다고 나라의 승려들을 완전히 배제한 채 법회를 치를 수는 없는 일이어서 삼론종의 학승인 조호(成寶)가 권수사(勸修寺)에 몰래 숨어 있는 것을 불러와 일단 형식은 갖추어 법회를 올렸다.

다카쿠라 상왕은 재작년에는 태상왕이 도바 궁에 유폐되더니 작년에는 모치히토 왕자가 살해되고 또 천도 때문에 빚어진 어이없는 소동 등으로 마음을 썩혀오다가 병이 생겨 늘 편찮다는 소문이 나돌았는데, 동대사와 홍복사가 불타 없어졌다는 말을 들은 후부터 병환이 점점 더 심해지기 시작하더니 태상왕이 몹시 걱정하는 가운데 정월 14일, 로쿠하라의 요리모리(賴盛) 저택에서 마침내 세상을 뜨고 말았다. 12년의 재위 기간 동안 덕정을 베풀어 두루 미치지 않은 곳이 없었으니 경서에 나와 있는 인

의의 도를 부활시켰을 뿐만 아니라 세상을 다스리고 백성을 편하게 하는 정치를 되살린 임금이었다. 그러나 죽음이란 나한(羅漢)도 피할 수 없고 불보살의 화신(化身)도 벗어날 수 없으며, 유위무상(有爲無常)[2]이 세상의 섭리라지만 상왕의 죽음은 아무래도 섭리를 넘어도 한참 넘었다는 생각이 들어 비통한 마음을 금할 길 없었다. 바로 그날 밤에 히가시야마 기슭에 있는 청한사(淸閑寺)로 옮겨 화장을 하니 한 가닥의 연기로 화해 하늘로 사라지고 말았다. 소식을 전해 들은 히에이 산의 조켄(澄憲) 법사가 장례식에 늦지 않으려고 서둘러 하산했으나 이미 덧없는 연기로 화하고 만 것을 보고 다음과 같이 노래했다.

      항상 봐오던 임의 행차 맞으려 오늘 왔더니
      불귀의 행차라니 가슴이 미어지네

또 어떤 궁녀 하나는 상왕께서 승하하셨다는 말을 듣더니,

      구름 저 위에 만 리를 갈 것 같던 둥근 달님이
      빛을 잃고 말았으니 슬프기 그지없네

하고 비통한 마음을 노래했다.
    상왕은 향년 21세로, 불교의 가르침인 십계(十戒)를 어기지 않고, 유교에서 강조하는 오상(五常)을 범하지 않은 아주 모범적인 군왕이었다. 말세에 보기 드문 현군이었기에 세상 사람은 마치 해와 달이 빛을 잃

---

2 현상계의 모든 사물은 그 어느 것 하나 변하지 않는 것이 없음.

은 것처럼 애석해 했다. 이렇듯 사람들의 바람은 이루어지지 않고 백성들의 불운이 계속되니 속세야말로 서글픈 곳이 아닐 수 없었다.

단풍

다카쿠라 상왕은 참으로 자상하고 인망이 있는 성품이어서 성군이라 칭송받는 고대의 다이고, 무라카미 두 임금이라 할지라도 아마 상왕에게는 미치지 못할 것이라는 평가를 받았다. 현군이라는 말을 듣고 인덕 있는 행동을 하게 되는 것은 대개 성인이 된 후 사리분별을 할 수 있게 된 다음부터인데 이 임금은 아주 어렸을 때부터 온유한 성격의 소유자였다.

지난 쇼안(承安: 1171~1175) 연간에 있었던 일이다. 즉위한 지 얼마 안 됐을 때로 아마 열 살이 됐을까 말까 할 때의 일이었는데 당시 주상께서는 단풍을 아주 좋아했다. 궐내 북진(北陣)에다 동산을 쌓고 단풍이 곱게 든 황노나 단풍나무를 심어 단풍산이라 이름 짓고는 하루 종일 싫증도 내지 않고 바라다보고 있었다. 그런데 어느 날 밤 태풍이 심하게 불어 닥쳐 이 단풍이 다 지고 말았다. 아침이 되자 낙엽만 몹시 어지럽게 흩어져 있었는데 궁궐의 청소지기가 아침 청소를 한다며 이 단풍잎을 하나도 남김없이 쓸어버렸다. 그러고는 떨어진 가지나 낙엽을 긁어모아 북진으로 가지고 가서 불을 지펴 술을 데워 먹었다. 주상을 모시는 승지가 납시기 전에 확인차 가서 보았더니 단풍이 흔적도 없이 사라지고 없었다. 이게 웬일이냐고 물으니 이러저러하여 그리되었다고 답변하였다. 승지는 깜짝 놀라 "아니, 세상에 이런 변이 있나. 주상께서 그리도 끔찍이 아끼시던 단풍을 이리 만들어놓다니 어이가 없어 말이 다 안 나오는구나. 너는 이제 곧 투옥되거나 유형에 처해질 게고 나에게도 어떤 꾸중이 내릴지 알 수 없구나" 하며 한숨을 내쉬었다. 그러고 있는데 여느 때보다 일찍 침전을 나서자마자 동산으로 행차한 주상은 단풍이 보이지 않자 "어찌 된 일이냐" 하고 물었다. 뭐라 답할 말이 없어 있었던 대로 아뢰자 주상은 아주 재미있다는 듯 미소를 짓더니 "'숲 속에서 술을 데우기 위해 단풍을 모아 태우노라(林間煖酒燒紅葉)'[3]는 시심(詩心)을 누가 그 청소지기에게 가르쳐 주었느냐. 제법 풍류 있는 짓을 하였구나" 하며 나무라기는커녕 오히려 칭찬을 하는 것이었다. 처벌 같은 것은 없이 넘어갔음은 물론이다.

또 언젠 연간의 일인데 주상은 액을 피하기 위해 궁 밖에서 잔 일이 있었다.[4] 그렇지 않아도 '새벽을 알리는 파루 소리, 나라님의 잠을 깨운다'라고 새벽녘만 되면 절로 눈이 떠져 전혀 잠을 이루지 못했는데 그날은 기온이 뚝 떨어지고 서리가 몹시 내렸다. 주상은 옛날에 성군이신 다이고 임금께서 백성들이 추위 때문에 고생하고 있을 것을 근심하여 침전에서 옷을 벗고 계셨다는 고사를 떠올리며 자신의 덕이 부족함을 한탄하고 있었다. 밤이 점점 깊어가는데 아주 멀리서 사람의 비명이 들려왔다. 옆에서 모시던 사람들은 알아차리지 못했으나 주상께서 들으시고 "누가 지금 비명을 질렀을까? 가서 확인하고 오너라" 하고 명하자 숙직을 하던 신하가 경호 무사를 보냈다. 달려가 찾아보니 어느 네거리에 미천한 소녀가

---

3 백낙천(白樂天)의 『백씨문집(白氏文集)』 14권.
4 당시에는 나들이하려는 방향에 액운이 있을 경우, 그 전날 밤 다른 장소에서 묵고 떠나는 습관이 있었다.

옷 담는 궤의 뚜껑을 들고 울고 있었다. 무슨 일이냐고 물으니 "제가 모시는 마님께서 상왕궁에서 일하시고 계십니다. 최근에 어렵사리 옷을 한 벌 마련해 그 옷을 가져다드리러 가는 길인데 방금 남자 두셋이 나타나 빼앗아 갔답니다. 마님께선 옷이 있어야 궁에서 일을 할 수가 있을 텐데 이제 그럴 수도 없게 됐고 그렇다고 달리 의탁할 만한 사람이 있는 것도 아니어서 그 때문에 울고 있답니다" 하고 답하는 것이었다. 경호 무사가 그 소녀를 데리고 돌아와 들은 대로 아뢰자 주상께서는 "저런 딱한 일이 있나. 누가 그런 짓을 했단 말이냐. 중국의 요 임금 때 백성들은 요 임금의 순박한 마음을 본받아 다들 순박하였다 하는데, 당대는 과인의 마음을 본받아 비뚤어진 자가 있어 죄를 범하고 있는 것이리라. 그러니 이는 과인의 수치가 아니겠느냐"라고 하더니 "빼앗긴 옷은 무슨 색깔이었느냐?" 하고 묻자 소녀는 이러저러한 색깔이었다고 답했다. 당시는 기요모리 공의 따님이 아직 중전이었을 때였는데 중전에게 "그런 색의 옷을 가지고 계시오?" 하고 사람을 보냈더니 원래보다 훨씬 고운 옷을 보내와 그 소녀에게 주어 보냈다. 그러면서 "아직 밤이 깊다. 또 아까와 같은 일을 당할지도 모르니" 하며 경호 무사를 딸려 주인인 궁녀 사는 곳까지 바래다주도록 하였으니 황공한 일이 아닐 수 없었다. 그렇기 때문에 미천한 남녀에 이르기까지 상왕이 천년만년 장수하기를 빌었던 것이다.

아오이(葵)

다카쿠라 임금이 보위에 있을 때 이런 애틋한 일도 있었다. 중전을 모시는 상궁에게 나이 어린 나인이 하나 있었는데 뜻밖에도 주상께서 이 나인을 몹시 총애했다. 흔히 있는 일시적인 불장난이 아니라 늘 옆에 두고 떼어놓지 않았다. 주상의 마음이 너무 진지하고 깊어서 상궁은 그 나인을 부리기는커녕 상전 모시듯 정중히 대했다. 그러고는 주위 사람들에게 "옛글에 '여자를 낳아도 슬퍼하지 말고 남자를 낳아도 기뻐 말라. 남자가 제후에 봉해지기는 힘든 일이나 여자는 왕비가 될 수도 있으니'라는 말이 있는데 여자는 운이 좋으면 왕비가 될 수도 있는 법 아닙니까? 이 아이는 비빈이 되고 중전으로 모셔질 거예요. 무슨 복이 이리 많을까" 하며 이름을 아오이(葵)라 지어주었다. 그러자 궁내에서는 슬그머니 아오이 마마라고 부르는 사람조차 있었다.

그러자 이 말을 전해 들은 주상께서는 그 뒤로 이 나인을 부르지 않았다. 정이 식어서가 아니라 세상 사람들의 비난을 우려했기 때문이었는데 그 때문에 수심에 잠겨 있는 일이 많았고 침전에만 틀어박혀 있기 일쑤였다. 당시의 관백 후지와라 노 모토후사(藤原基房) 공은 "얼마나 마음이 아프면 그러실까. 가서 위로라도 해드려야겠다" 하며 서둘러 입궐해 "그렇게 마음에 걸리시면 문제가 될 게 뭐 있겠나이까. 그 아이를 어서 맞아들이는 게 좋을 듯싶습니다. 소신이 그 아이를 양녀로 삼겠사오니 문벌 같은 것은 염려하지 마옵소서" 하고 아뢰었다. 그러자 주상께서는 "아니오. 대감 말씀도 일리가 없지 않으나 양위한 후라면 모를까 임금 자리에 앉아 그런 짓을 했다가는 후대에 비난을 면치 못할 것이오" 하며 받아들이지 않았다. 모토후사 공은 어쩔 수 없어 눈물을 참으며 그냥 물러나오고 말았다.

그 후 주상께서는 옛 시가를 떠올리고 부드럽고 얇은 진초록 종이에 다음과 같이 적으셨다.

숨겨왔건만 드러나고 말았네 나의 첫사랑
무슨 근심 있냐고 묻는 사람 있으니

이 노래를 후지와라 노 다카후사(藤原隆房) 경에게 주어 아오이에게 전하게 하니 아오이는 그만 얼굴이 빨개지더니 몸이 아프다며 궁을 나와 자기 집으로 돌아가버렸다. 그러고는 오륙일 누워 있더니 그대로 세상을 뜨고 말았다. 나라님의 하루 은총이 여자의 백년 신세를 망치게 한다는 말은 바로 이를 두고 한 말인 모양이었다. 옛날에 당 태종이 정인기의 딸을 궁 안으로 부르려 하였는데 중신 위징(魏徵)이 그 딸은 이미 육씨와 혼인하였다 간하자 부르지 않았으니 주상의 마음과 당 태종의 생각에는 유사한 부분이 있었던 모양이다.

고고(小督)

다카쿠라 임금은 아오이에 대한 그리움에 빠져 헤어나지 못하고 있었다. 보다 못한 중전은 주상을 위로하기 위해 고고라는 궁녀를 보내 시중들게 했다. 이 궁녀는 중납언 후지와라 노 시게노리(藤原成範) 경의 딸로서 궐 안에서도 손꼽히는 미인에 쟁(箏)⁵의 명수였는데, 다름 아닌 다카후사 경이 소장 시절에 눈독을 들이고 애정공세를 퍼부었던 사람이었다. 처음에 고고는 소장이 시를 지어 바치고 편지를 보내며 애타게 사랑을 호소했을 때에는 본체만체했으나 줄기찬 공세와 열성에 마음이 열렸는지 결국은 소장의 사랑을 받아들여 둘은 연인 사이가 되었다. 그러나 이제는 주상을 모셔야 하는 몸이 되고 말았으니 만날 수가 없게 되어 눈물에 소매가 젖어 마를 날이 없었다. 소장은 혹시 먼발치로라도 고고를 볼 수 있지 않을까 하는 기대를 품고 매일 입궐하였다. 그러고는 고고가 거주하는 전각 주변이나 주렴이 드리워진 근처를 서성대고 배회했지만 "이제 주상을 모시게 된 이상 소장이 무슨 말을 하더라도 답하거나 글을 주

---

5 열세 줄의 명주실을 현으로 하는 중국 전래의 악기. 주로 아악에서 사용하였다.

고받을 수 없다"라며 인편을 통해 소식을 주고받는 것조차 허락하지 않았다. 소장은 그래도 혹시나 하고 다음과 같이 한 수 읊어 고고가 앉아 있는 주렴 안에다 던져 넣어보았다.

　　　　보고 싶어서 무엇에 홀린 듯이 나도 모르게
　　　　여기까지 왔건만 헛걸음하였구려

　　고고는 마음 같아서야 바로 답을 하고 싶었지만 임금이 마음에 걸린 듯 편지를 집지도 않고 하인을 시켜 뜰에다 내던지게 했다. 소장은 낙담도 되고 원망스럽기도 했지만 남이 볼까 두려워 얼른 집어서 품에 넣고 자리를 떴다. 그러나 다시 돌아와,

　　　　보낸 편지를 개봉조차 안 하고 되던지다니
　　　　아무리 싫다 해도 너무한 게 아니오?

하고 푸념하는 노래를 지어 보내봤지만 이제 이승에서는 서로 만날 방도가 없기에 살아 괴로워하기보다는 죽기만을 바랄 수밖에 없었다.
　　한편 기요모리 공은 대궐에서 이와 같은 벌어지고 있다는 보고를 받고 역정을 냈다. 중전은 친딸이요 소장은 자신의 사위인지라 결과적으로 사위 둘을 고고에게 빼앗기고 만 셈이었기 때문이었다. "이 고고란 아이를 이대로 두었다가는 딸들의 부부금슬에 문제가 있을 테니 내보내 없애 버리는 게 좋을 것 같다"라고 했다는 말을 전해 들은 고고는 자기야 어찌 되건 상관없지만 임금을 위해 좋지 않을 것 같다고 판단해 어느 해질 무렵 대궐을 빠져나와 행방을 감추고 말았다. 상왕은 이루 말할 수 없을 만

큼 슬퍼하며 낮에는 침전에 틀어박혀 눈물만 흘리다가 밤이 되면 편전에 나가 달만 바라보며 마음을 달래고 있었다. 이 일을 전해 들은 기요모리 공은 "주상께선 고고 일로 의기소침해지신 모양인데 그렇다면 내게도 생각이 있다"라며 시중 들던 궁녀들의 출입을 금하고 입궐하는 신하들에 대해서는 불쾌감을 나타냈더니 기요모리 공의 권세를 두려워한 신하들은 그 후부터 입궐하는 사람이 없었다. 그러니 대궐 안은 을씨년스러워질 수밖에 없었다.

그러던 참에 8월 10일경이 되었다. 하늘에는 구름 한 점 없이 달이 환하게 빛나고 있었지만 주상은 눈물이 앞을 가려 달빛조차 아슴푸레하게 보였다. 밤이 꽤 깊어졌을 무렵 "게 누구 있느냐" 하고 불러도 아무도 대답하는 사람이 없었다. 마침 그날 밤 승지 나카쿠니(仲國)가 멀리 떨어진 곳에서 숙직을 서고 있다가 주상이 사람 찾는 소리를 듣고서 "나카쿠니가 여기 대령하였사옵니다" 하고 아뢰니 "시킬 일이 있으니 가까이 오너라" 하는 것이었다. 무슨 일일까 하고 어전에 다가가자,

"너는 고고가 있는 곳을 알고 있느냐?"

"소신이 어찌 알겠사옵니까. 전혀 알지 못하옵니다."

"정말인지 어떤지는 몰라도 고고가 사가(嵯峨)[6] 근처에 사립문이라든가가 달린 집에 있다고 하는 사람이 있던데 주인 이름은 몰라도 네가 한번 찾아가보지 않겠느냐?"

"주인 이름도 모르는데 어찌 찾아갈 수 있겠사옵니까?"

"그도 그렇구나" 하며 실망한 상왕의 용안에는 또 눈물이 가득했다. 나카쿠니는 무슨 수가 없을까 하고 이모저모로 생각해보다가 문득 '그렇

---

6 지금의 교토 시 우쿄(右京) 구 사가 일대.

지! 고고는 쟁의 명수 아닌가! 이렇게 달이 밝은데 틀림없이 주상을 생각하며 쟁을 타고 있을 것이다. 대궐에서 연주할 때 내가 피리를 맡았으니 그 소리야 어디서 나든 간에 못 알아들을 리는 없을 것이다. 게다가 사가에 사람이 살면 얼마나 살 것인가. 가서 한 바퀴 돌면 분명히 찾아낼 수 있을 것이다' 하는 생각이 머리를 스치자, "그럼 집주인 이름은 몰라도 한 번 찾아가보겠나이다. 하오나 찾아낸다 해도 글월 하나 없이 갔다가는 소신의 말을 믿지 못할지도 모르오니 글을 써서 주옵소서"라고 하여 주상은 "맞는 말이다" 하며 글을 써서 주면서 "과인의 말을 타고 가거라" 하고 분부했다. 주상의 말에 올라탄 나카쿠니는 보름달을 향해 채찍질하며 정처 없이 떠나갔다.

옛 사람이 '수사슴 우는 산골'[7]이라 노래했다는 사가 일대는 과연 가을철이었더라면 꽤나 쓸쓸한 기분이 들게 만들었을 것 같은 곳이었다. 나카쿠니는 사립문을 단 집만 보이면 여긴 계신가 하며 말을 세우고 귀를 기울여보았으나 쟁을 타는 곳은 아무데도 없었다. 혹시 불당 같은 데 가 계시는 것은 아닐까 싶어 석가당을 비롯해 부근의 불당도 돌아보았으나 고고는 고사하고 비슷해 보이는 여인 하나 찾아볼 수 없었다. 헛걸음으로 돌아가면 아예 오지 않은 것만 못해 온 김에 어디까지든 찾아 헤매보고 싶은 생각도 들었으나 어디를 가도 몸을 숨길 만한 곳이 있을 것 같지 않아 어떻게 할까 하고 망설이다가 '그렇지, 법륜사가 가까우니 달빛에 이끌려 그곳에 가 계실지도 모르겠다' 싶어 그쪽을 향해 말을 몰았다.

가메(龜) 산 근처에 소나무가 한곳에 무리 지어 있는 곳이 있었는데 그쪽에서 어렴풋이 쟁을 타는 소리가 들려왔다. 산바람 소리인지 솔바람

---

7 후지와라 노 모토토시(藤原基俊: 1056?~1142)의 '수사슴 우는 산골이라 그런지 쓸쓸도 하다 저물어가는 가을에 해마저 기우니'라는 노래에서 인용.

소리인지, 아니면 찾고 있는 사람이 쟁을 타는 소리인지 알 수 없어 말을 재촉해 가까이 가자 사립문이 달린 집 안에서 누군가가 쟁을 타고 있었다. 말을 멈추고 귀를 기울여 들어보니 틀림없는 고고의 연주였다. 무슨 곡인가 했더니 이름도 임을 생각하며 그린다는 「상부련(想夫戀)」[8]이라는 곡이었다. 나카쿠니는 '주상이 그리워서 그 많은 곡 중에서 이 곡을 골라 연주하다니 갸륵하구나' 하고 생각하며 허리에서 피리를 꺼내 살짝 소리 내어 분 후 문을 탕탕 두드리니 바로 쟁 소리가 멈추었다. 큰 소리로 "대궐에서 나카쿠니가 어명을 받들고 나왔으니 문을 열어주시오" 하고 외치며 몇 차례 두드렸으나 누구냐고 묻는 소리도 없었다. 한참 있다가 안에서 사람이 나오는 소리가 나기에 됐다 하고 기다리고 있자니 앳돼 보이는 여자아이가 빗장을 풀고 문을 조금 열더니 얼굴만 내밀고 "집을 잘못 찾아오신 게 아니신지요. 이곳은 대궐에서 어명을 받들고 오실 만한 곳이 못 되옵니다"라고 하는 것이었다. 어설피 대처하다 문 닫고 빗장 채우고 들어가버리면 낭패겠다 싶어 나카쿠니는 그냥 밀치고 들어갔다. 그러고는 여닫이문 옆에 있는 툇마루에 앉아 "아니, 왜 이런 곳에 와 계시오? 주상께서는 시름에 빠져 이미 목숨이 위태로운 지경에 이르시고 말았다오. 거짓말이라고 생각할지도 모르지만 글월을 가져왔으니 읽어보시오" 하고 꺼내 건네자 아까 그 여자아이가 받아 고고에게 전했다. 펼쳐 보니 주상의 필적이 틀림없었다. 바로 그 자리에서 답을 써서 접어 묶은 다음 옷 한 벌을 곁들여 내놓았다. 나카쿠니는 옷을 받아 어깨에 걸친 후 "다른 사람이 심부름을 왔다면 답서를 받은 이상 더 할 말이 없어 그냥 돌아가야겠지만 전에 대궐에서 쟁을 탈 때 이 나카쿠니가 항상 피리를 맡았던

---

8 궁중 음악(아악)의 곡명으로. 원 제목은 「相府蓮」. 중국 진(晉)나라의 한 대신이 자신의 저택(相府)에 연꽃을 심어놓고 좋아했다는 고사를 곡으로 만든 것.

일을 기억하고 있을 것이오. 그런 사이인데도 직접 구두로 답을 듣지도 못하고 돌아간다면 그보다 섭섭한 일이 어디 있겠소?" 하니 고고도 맞는 말이다 싶었던지 입을 열어 말하기 시작했다. "아마 들으셨겠지만 기요모리 대감께서 너무도 무서운 말씀들을 하셨다는 소리가 들리기에 겁이 나 대궐을 빠져나왔답니다. 요새는 이리 지내다보니 쟁 같은 것은 탈 염두도 못 냈는데 마냥 이러고 있을 수만도 없어 내일부터 오하라(大原)⁹ 깊숙이 들어갈 결심을 했답니다. 그랬더니 이별을 아쉬워한 여주인이 밤도 깊었으니 듣는 사람도 없을 거라며 권하는지라 전에 대궐에서 쟁을 타던 일이 그립기도 하고 워낙 손에 익은 물건이라 만지작거리고 있었더니 금방 듣고 찾아내고 마셨네요" 하며 눈물을 쏟으니 나카쿠니도 따라 울고 말았다. 한참 있다가 나카쿠니는 흘러나오는 눈물을 참으며 "내일부터 오하라 깊숙이 들어갈 결심을 했다니 출가할 생각을 했다는 말이오? 그건 절대로 안 되오. 그랬다가 주상께서 상심하시면 어떻게 하려고 그러시오"라고 하고는 데리고 온 마부에게 "이 사람들을 여기서 나가게 해서는 안 된다" 하고 그곳에 남아 집을 지키도록 일러놓고 자신은 말에 올라 대궐로 돌아가니 어느덧 동이 터왔다.

 이제 침소에 드셨을 테니 누구를 통해 보고해야 하나 하며 말고삐를 매어놓고 아까 고고에게서 받은 옷을 편전의 장지문에 걸어둔 다음 침전으로 갔더니 주상께서는 여태 아까 앉아 있던 자리에 그대로 앉아 "기러기가 철 따라 남북으로 이동하니 이 편을 이용해 글이라도 전하고 싶지만 너무 멀어 힘들고, 달이 밤이면 동에서 서로 움직이니 이 달에게 내 생각을 실어 보내고 싶어도 그도 쉽지 않으니 그저 달만 바라보며 그리워할

---

9 히에이 산의 북서쪽 기슭에 위치하고 있으며, 세상을 버린 사람들이 많이 들어가 살았다.

뿐이로다" 하고 한시[10]를 낭송하고 있었다. 바로 그때 나카쿠니가 불쑥 들어와 고고의 편지를 바치니 주상은 뛸 듯이 기뻐하며 "네가 다시 가서 오늘 밤 안에 데리고 오너라" 하고 하명했다. 이 이야기가 돌고 돌아 기요모리 공의 귀에 들어갈 것을 생각하면 겁이 났지만 이 또한 어명이라 받들지 않을 수 없어 하인과 차부(車夫), 그리고 소와 수레를 마련해 다시 사가로 향했다. 입궐하지 않으려는 고고를 잘 달래서 차에 태워 대궐로 데려오니 주상은 인적 드문 곳에 숨겨두고 밤마다 불러 만났는데 그러던 중에 옹주가 태어났으니 이분이 바로 한시(範子) 옹주이다.

그러나 기요모리 공은 어디서 이 소식을 들었는지 "고고가 없어졌다는 말은 새빨간 거짓말이었다"라며 고고를 잡아다가 여승으로 만든 후 내쫓고 말았다. 출가야 원래 고고가 바랐던 일이긴 하나 억지로 여승이 되어 나이 스물셋에 검은 승복을 두르고 사가에서 살게 됐으니 참으로 기막힌 일이 아닐 수 없었다. 주상은 이런저런 일로 인해 병이 생겨 마침내 세상을 뜨고 만 것이라 했다.

태상왕에게는 내내 마음 아픈 일들이 많았다. 지난 에이만(永萬) 연간에는 장남이었던 니조 임금이 세상을 떴고, 안겐 2년 7월에는 손자인 로쿠조(六條) 임금이 타계했다. 그뿐 아니라 하늘에 태어나면 비익조(比翼鳥)[11]가 되고 땅에 살게 되면 연리(連理)의 가지[12]가 되자며 은하수의 별들을 가리키며 약속을 했던 왕비 겐슌몬인(建春門院)도 가을에 병을 얻어 아침 이슬처럼 세상을 뜨고 말았다. 아무리 세월이 흘러도 바로 어

---

10 오에 노 아사쓰나(大江朝綱: 886~957)의 시로, 한시집 『본조문수(本朝文粹)』에 실려 있다.
11 암컷과 수컷이 각각 눈이 하나에 날개도 하나여서 항상 함께 난다는 새.
12 가지가 붙어 있고 나뭇결이 같은 두 나무.

제오늘 헤어진 것 같은 기분이 들어 아직 눈물이 채 마르지 않았는데 지쇼 4년 5월에는 둘째 아들 모치히토 왕자가 피살되더니, 현세뿐만 아니라 내세까지도 의탁하고 있던 다카쿠라 상왕마저 앞서 세상을 뜨고 마니 이제 넋두리를 늘어놓을 힘도 없어 그저 눈물이 흐르는 대로 놔두고 있을 따름이었다. '섧다 섧다 해도 늙어 자식을 먼저 보내는 것보다 서러운 일은 없고, 누가 아무리 한스럽네 해도 젊어 부모를 여의는 것보다 한스러운 일이 없다'고 오에 노 아사쓰나가 자식을 여읜 후 쓴 글이 이제야 절절히 이해가 되는 것 같았다. 그래서인지 태상왕은 법화경 독송도 게을리 하지 않고 삼밀행법(三密行法) 수행도 빠짐없이 행했다. 천하는 양암(諒闇) 중이라 궁중 사람들도 모두 화려한 옷들을 상복으로 갈아입었다.

　이렇듯 비정한 짓을 자행한 기요모리 공은 아무래도 두려운 생각이 들었는지 태상왕의 마음을 달래볼 심산에서 이쓰쿠시마 신사의 무녀인 내시(內侍)와의 사이에서 태어난 열여덟 살의 참하고 아름다운 딸을 입궐시켰다. 좋은 집안 출신의 궁녀들을 여럿 골라 딸려 보내고 입궐하는 날에는 수많은 공경대부들이 나와 행렬에 참가했는데 흡사 빈이 입궐하는 것 같았다. 상왕이 세상을 떠난 지 겨우 14일밖에 지나지 않았는데 합당치 않은 일이라고 사람들은 몰래 수군거렸다.

회문(回文)

각설하고, 그 무렵 시나노에 기소 노 요시나카(木曾義仲)라는 미나모토 혈통의 무사가 있었는데, 미나모토 노 다메요시(源爲義)의 차남인 요시카타(義賢)의 아들이었다. 부친인 요시카타는 규주 2년(1155) 8월 16일, 가마쿠라의 요시히라 손에 살해당했는데, 모친이 당시 두 살 난 요시나카를 안고 시나노의 기소 노 가네토오(兼遠)를 찾아가 "이 아이를 무슨 수를 써서라도 쓸 만한 인재로 키워 달라" 하고 부탁하자 가네토오가 맡아 자기 몸을 아끼지 않고 20여 년을 양육했다. 점차 성장함에 따라 힘이 장사일 뿐만 아니라 비할 데 없이 용감하여 사람들은 "불세출의 강궁을 쏘는 용사로서, 마상이건 도보건 간에 모두 과거의 용장들인 다무라마로(田村麻呂), 도시히토(利仁), 요고(余五) 장군, 무네요리(致賴), 야스마사(保昌), 그리고 선조이신 요리미쓰(賴光)와 요시이에(義家) 어른이라 할지라도 이분을 능가하지 못할 것"이라고 칭찬했다.

이 요시나카는 언젠가 자신을 키워준 가네토오에게 "요리토모가 이미 반란을 일으켜 관동팔주를 손에 넣고 도카이도 지역으로 올라오며 다이라 일문을 몰아내려고 하고 있다 합니다. 저도 도산도(東山道)[13]와 호쿠리쿠도(北陸道)¹⁴를 타고 올라가 하루라도 먼저 다이라 군을 무찔러 이 일본 땅에 양대 장군이 있다는 소리를 들어봤으면 합니다" 하고 본심을 털어놓았다. 그러자 가네토오는 크게 반색하며 "그 때문에 너를 지금껏 키워온 것 아니겠느냐. 말하는 것을 들으니 과연 요시이에 장군의 후예임이 분명하구나" 하며 바로 탄란을 일으킬 계획을 세웠다.

요시나카는 평소 가네토오를 따라 서울에 올라가 다이라 일문의 행동이나 모습을 살펴왔었다. 열세 살 때 관례를 올렸는데, 이와시미즈하치만 신사를 찾아가 제신인 하치만 대보살 앞에서 "저의 사대조이신 요시이에 장군께서는 신령님께 점지하여 태어나 이름을 하치만타로(八幡太郎)라 하셨는데 저도 그 후광을 이어받았으면 합니다" 하고 고한 후 상투를 틀어 올리고 기소 노 지로 요시나카(木曾次郎義仲)라고 이름 지었다.

가네토오는 "우선 동지를 모으기 위해 회문(回文)을 돌려야 한다"며 시나노 지방에서는 네노이 노 고야타(根井小弥太)와 운노 노 유키치카(海野行親)를 회유하니 그들이 바로 따랐다. 이를 시초로 시나노 일대의 무사들 중에는 따르지 않는 자가 없었고 인근의 고즈케(上野) 지방에서는 요시나카의 부친 요시카타의 연고 지역인 다고(田子) 군 사람들이 모두 합세했다. 다이라 씨가 말년으로 접어든 틈을 노려 미나모토 씨가 오랜 숙원을 풀려고 나선 것이었다.

---

13 p. 249 각주 4 참조.
14 와카사(若狹), 에치젠(越前), 가가(加賀), 노토(能登), 엣추(越中), 에치고(越後), 사도(佐渡) 등의 7개 고을.

줄지은 파발마

기소(木曾)라는 곳은 시나노의 남단으로 미노와 경계를 이루고 있는 곳이라 서울과는 지척지간이었다. 다이라 일문은 기소가 반란을 일으켰다는 소식을 전해 듣고 "관동 지방에서 반란이 난 것만 해도 큰일인데 북부 지방까지 돌아서다니 이를 어찌하나" 하고 술렁댔다. 기요모리 공은 "요시나카란 자는 신경 쓸 것 없다. 시나노 일대의 병력이 추종하고 있다지만 생각해보니 에치고[15]에는 요고(余五) 장군의 후손인 조 노 스케나가(城助長)와 스케모치(助茂) 형제가 있어 대병력을 거느리고 있으니 명령만 내리면 쉽게 물리칠 것이다" 하고 대수로울 것 없다는 듯이 말했으나 글쎄 과연 그렇게 될까 하고 안 들리게 수군대는 사람들도 많았다.

2월 1일, 조 노 스케나가를 에치고 태수로 임명했는데, 이는 기소를 토벌하기 위한 포석이라 했다. 7일, 대신 이하 각 가정에서는 존승다라니(尊勝陀羅尼)[16]와 부동명왕을 사경하는 공양을 치렀는데 병란을 가라앉히기 위함이었다. 9일, 가와치(河內)의 이시카와(石河) 군에 살고 있던

---

15 니가타(新潟) 현의 옛 지명.
16 독송하면 죄장(罪障)이 소멸하고, 제액과 연명의 공덕이 있다는 다라니.

무사시의 부태수 요시모토와 그 아들 요시카네가 다이라 일문을 배반하고 요리토모와 내통해 곧 관동으로 도망갈 것 같다는 소식이 들리자 기요모리 공은 미나모토 노 스에사다(源季貞)와 셋쓰 노 모리즈미(攝津盛澄)를 대장 삼아 도합 3천여 기의 추격대를 급파했다. 도착해 보니 성안에는 무사시의 부태수 요시모토, 요시카네 부자를 비롯해 100여 기의 병력밖에 없었다. 양군은 함성을 지르고 활을 주고받으며 수 시간에 걸쳐 교전을 거듭했다. 성안의 병사들은 온 힘을 다해 싸우다가 다수가 전사했는데 부태수 요시모토도 전사하고 아들은 중상을 입고 생포되고 말았다.

11일, 요시모토의 수급이 서울로 이송돼 대로상에서 조리돌림 당했다. 임금의 상중에 역적의 수급을 조리돌린 전례는 호리카와 임금이 세상을 떴을 때 전임 쓰시마 태수 미나모토 노 요시치카(源義親)의 수급을 조리돌린 전례에 의한 것이라 한다.

12일 규슈(九州)에서 파발이 도착했는데, 우사하치만(宇佐八幡) 신사[17]의 사제장 긴미치(公通)가 "이곳 사람들도 오가타 노 사부로(緒方三朗)를 비롯해 우스키(臼杵), 헤쓰기(戶次), 마쓰라(松浦) 일족에 이르기까지 모두가 다이라 씨를 배반하고 미나모토와 한패가 됐다"라고 소식을 전해왔다. 관동과 북부 지방이 돌아선 것만 해도 큰일인데 이를 어찌하면 좋으냐며 다이라 일문은 놀라 어쩔 줄 몰랐다.

16일, 이번에는 시코쿠(四國)의 이요(伊予)에서 파발이 도착했다. 작년 겨울부터 가와노 노 미치키요(河野通淸)를 비롯한 시코쿠 사람들이 모두 다이라 씨를 배반하고 미나모토 쪽으로 돌아서자 다이라 씨에 대한 충성심이 강한 빈고(備後)의 누카 노 사이자쿠(額西寂)는 이요로 건

---

17 전국에 있는 하치만(八幡) 신사의 총본산으로, 규슈의 오이타(大分) 현 우사(宇佐) 시에 소재.

너가 동쪽 경계에 있는 다카나오(高繩) 성에서 미치키요를 토벌했다. 그 때 미치키요의 아들 미치노부는 외숙부 누타 노 지로(奴田次郎)에게 가 있었기 때문에 한곳에 없었는데 부친을 잃고 난 후 "괘씸한 놈 같으니라고. 내 무슨 수를 써서라도 너를 죽이고야 말겠다" 하며 기회를 엿보고 있었다. 사이자쿠는 미치키요를 죽인 후 시코쿠 지역의 혼란을 진압하고 나서 금년 정월 15일 다시 빈고로 건너가 기생들을 불러 모아놓고 흥청망청 술판을 벌였다. 술에 취해 인사불성일 때 미치노부는 100여 명의 결사대를 규합해 기습공격을 가했다. 사이자쿠 쪽에도 300여 명의 병사들이 있었으나 너무 갑작스런 일이라 예상치 못하고 허둥댈 뿐이었다. 저항하는 자를 활로 쏘고 칼로 베어 죽인 후 사이자쿠를 생포해 이요로 건너갔다. 그러고는 부친이 전사한 다카나오 성으로 끌고 가 톱으로 목을 썰어 죽였다고도 하고 혹은 책형(磔刑)[18]에 처했다고도 한다.

---

18 기둥에 묶어놓고 창으로 찔러 죽이는 형벌.

기요모리 공의 서거

　그 후 시코쿠 지방의 무사들은 모두 가와노를 따랐다. 구마노 신사의 제사장 단조(湛增)도 다이라 씨가 각별히 보살펴온 사람이었으나 등을 돌려 미나모토 쪽으로 돌아섰다는 소문이 돌았다. 관동과 북부 지방은 전부 돌아섰고 남해와 서해 지역 사정도 똑같았다. 서울에서는 이적 떼의 봉기 소식에 그저 놀랄 뿐이고 환란의 전조로 보이는 사건을 알리는 보고가 줄을 이었다. 눈 깜짝할 사이에 사방에서 역도들이 들고일어나니 다이라 일문뿐만 아니라 뜻있는 사람은 모두가 이내 세상이 망할 것이라며 걱정하지 않는 이가 없었다.

　2월 23일, 중신들이 모여 회의를 열었다. 무네모리 경이 나서 "관동에 토벌군이 파견됐으나 이렇다 할 성과가 없었습니다. 그래서 이번에는 제가 대장군을 맡아 내려가보겠습니다"라고 하자 중신들이 뛰어난 전과를 올릴 것이라며 추켜세웠다. 이에 태상왕은 공경대부들 가운데 무관직에 있고 병기를 다루는 사람들은 무네모리를 대장군 삼아 동북부 지역의 역적들을 토벌하라고 하명했다.

　27일, 무네모리 경이 미나모토 군을 토벌하기 위해 이미 관동으로 출발하였다는 소문이 있었으나 실은 기요모리 공의 몸에 이상이 있어 중지되고 말았다. 이튿날인 28일부터 중환이란 소문이 돌자 온 서울 사람들은 "그거 잘 됐군"하고들 속삭였다. 기요모리 공은 병이 난 날부터 목으로 물도 넘기지 못했는데 몸 안이 뜨겁기가 마치 불을 때는 것 같았다. 병상에서 4, 5간 이내로 들어오는 사람은 열기를 참기 힘들 정도였는데 입에서 나오는 말이라고는 아 뜨거워 아 뜨거워 하는 소리뿐으로 보통 이상한 병이 아니었다. 히에이 산에서 공양수로 사용하는 천수정(千手井) 물을 길어다가 돌로 만든 욕조에 담아 몸을 식히려고 눕혔더니 물이 부글부글 끓더니 이내 열탕이 되고 말았다. 혹시 도움이 되려나 하고 정원수를 끌어와 몸에다 끼얹자 마치 달구어진 돌이나 쇠에 물을 부을 때처럼 물이 사방에 튀어 다가갈 수조차 없었고 간혹 몸에 닿더라도 연기로 화해 타올라 방 안에는 검은 연기가 자욱하고 불길이 소용돌이치며 솟아올랐다. 옛날에 호조(法藏) 승도라는 스님이 염라대왕의 청을 받고 지옥에 갔다가 어머니 있는 곳을 물었더니 가엾게 여긴 염라대왕이 나졸에게 초열지옥(焦熱地獄)으로 안내토록 했다. 철문 안으로 들어갔더니 불길이 유성처럼 솟아올라 그 높이가 몇 백 몇 천 리에 달했다고 하는데 그 광경이 바로 이랬나 싶을 정도였다.

　기요모리 공의 부인인 이위(二位) 마님이 꾸었다는 꿈처럼 소름 끼치는 것도 없었다. 누군지는 몰라도 불이 활활 타오르는 수레를 문 안으로 밀고 들어오는데 앞뒤에 서 있는 사람들의 얼굴을 보니 말의 얼굴을 하고 있는 자가 있는가 하면 소 얼굴을 하고 있는 자도 있었는데 수레 앞에는 무(無)라고만 쓰인 철제 표찰이 세워져 있었다. 이위 마님이 꿈속에서 "그 수레는 어디서 보낸 것이오?"하고 묻자 "염라대왕청에서 태정대신 다이라 노 기요모리를 데리러 왔소이다"라고 하는 것이었다. "그럼 그 표찰은 무슨 표찰이오?" 하니, "염라대왕청에서는 지상에 있는 금동 십육장(金銅十六丈)의 노사나불을 불태운 벌로 죄인을 무간지옥의 나락 속에다 떨어뜨리기로 결정하였소. 무(無)란 무간에서 간자를 빼고 적은 것이오"라고 답하는 것이었다. 마님은 너무 놀라 땀을 비 오듯 흘리며 다른 사람들에게 꿈 이야기를 하자 듣고 있던 사람들은 모두 모골이 송연해졌다. 영험 있다는 신사나 절에 금은보화를 시주하고 말과 안장, 갑옷, 활과 화살, 도검에 이르기까지 있는 대로 갖다 바치고 쾌유를 빌었지만 전혀 효험이 없었다. 자식들은 병상의 아래쪽이나 머리맡에 모여 어찌해야 좋으냐며 한탄하고 슬퍼했지만 뾰족한 수가 있을 리 없었다.

윤2월 2일, 이위 마님은 뜨거워 견디기 힘들었지만 머리맡에 서서 "당신 모습을 보니 갈수록 가망이 없어 보이는구려. 현세에 뭔가 미련이 있거든 그래도 정신이 있을 때 말씀해 보시구려" 하고 울며 말했다. 그랬더니 기요모리 공은 평소 그렇게도 당당했건만 지금은 겨우 어깨로 숨을 내쉬면서,

"나는 호겐, 헤이지 때부터 지금까지 수차례에 걸쳐 조정의 역적을 물리친 공으로 분에 넘치는 성은을 입어 황공하게도 주상의 외조부가 되었으며, 태정대신의 지위에 올랐고, 영화는 자손에까지 이르렀소. 그러니 이 세상에 바라는 것은 아무것도 없소. 단지 한 가지 이즈로 귀양 보낸 요리토모의 목을 못 보고 죽는 게 마음에 걸리는구려. 내가 죽거든 절이나 탑을 세워 효도할 생각 말고 즉시 토벌군을 보내 요리토모의 목을 베어다 내 무덤 앞에 걸라 하시오. 그게 그 무엇보다 효도가 될 테니" 하고 유언하였다고 한다. 임종을 앞두고 죄받을 소리가 아닐 수 없었다.

그달 4일, 열 때문에 너무 고통스러워 해 최후의 수단으로 널빤지를 물에 적셔 그 위에 뉘어봤지만 도움이 되는 것 같지 않았다. 결국 몸부림

치다가 기절해 쓰러져 숨이 끊어지고 말았으니 열병사한 셈이었다. 조문을 위해 오가는 말이나 우차 소리에 하늘이 울리고 땅이 뒤흔들릴 지경이어서 만승천자인 임금이 세상을 떴다 해도 이보다 더 요란스럽지는 않았을 것 같았다. 향년 64세였으니 결코 장수했다고는 할 수 없었는데 정해진 운이 다하자 불교의 대법이나 비법도 효험이 없었을 뿐 아니라 신령들의 위광도 사라지고 천상의 신들도 지켜주지 못했다. 그러니 어리석은 인간들이 살리려고 애를 썼어도 아무 소용이 없었던 것은 당연한 일이었다. 기요모리 공을 위해서라면 자기 몸과 마음을 바치겠다는 충성스런 병사들이 수만 명씩이나 당상당하에 늘어서 있었으나 눈에 보이지 않고 힘으로도 해볼 도리가 없는 무상(無常)이라는 귀신을 쫓아낼 수는 없었던 것이다. 그리하여 기요모리 공은 두 번 다시 돌아올 수 없는 사천산(死天山)과 삼뢰천(三瀨川)을 넘어 황천으로 가는 중유(中有)의 여행길을 혼자서 떠나게 된 것인데, 평소에 쌓은 죄업이 지옥의 나졸로 모습을 바꿔 맞으러 나왔을 것을 생각하니 안됐다는 생각이 들었다.

언제까지고 그대로 둘 수 없어서 7일 아타고(愛宕)[19]에서 화장을 하고 유골은 엔지쓰(圓實) 법사가 목에 걸고 셋쓰로 내려가 교노시마(經島)[20]에 봉납했다. 생전에 그처럼 일본 전토에 이름을 날리며 위세를 부렸던 사람이었으나 육신은 한 줄기의 연기로 화해 서울 하늘로 스러지고, 뼈는 잠시 지상에 남았다가 해변의 모래와 뒤섞여 결국은 흙으로 돌아가고 말았다.

---

19 도성 동부에 있었던 화장터.
20 기요모리가 축조한 인공 섬.

교노시마(經島)

　　장례가 있었던 날 밤 불가사의한 일이 많았다. 옥을 깎고 금은보화를 아로새겨 지은 니시하치조의 저택이 그날 밤 갑자기 불타고 말았다. 사람 사는 집에 불이 나는 것이야 흔히 있는 일이라지만 어이없고 기막힌 일이 아닐 수 없었다. 누가 그랬는지는 모르지만 방화라는 소문이었다. 또 그날 밤 저택이 있는 로쿠하라의 남쪽에서 2~30명쯤으로 짐작되는 목소리로 '얼씨구 좋다. 물이 폭포를 이루어 콸콸 쏟아지는구나' 하고 노랫가락에 맞춰 춤을 추며 껄껄 웃는 소리가 들려왔다. 지난 정월 상왕께서 승하해 온 나라가 아직 상중이었고 이후 불과 한두 달도 안 돼 태정대신이 세상을 뜬 만큼 미천한 촌부에 이르기까지 근심하고 걱정하지 않는 사람이 있을 리 만무한데 이는 아무리 생각해도 요괴 짓이 틀림없다며 일문의 무사들 중 혈기왕성한 젊은이 100여 명이 웃음소리가 나는 곳을 향해 쫓아갔더니 태상왕이 거처하던 법주사(法住寺)에 이르게 되었다. 이곳은 태상왕이 최근 2~3년 동안 납시지 않아 전임 비젠 태수 모토무네란 자가 관리하고 있었는데 친한 친구 2~30명이 야밤에 모여 술을 마시다가 처음에는 때가 때인 만큼 조용히 하자며 마시기 시작했으나 점차 술이 오르자 아까와 같은 소란을 피우게 된 것이었다. 쫓아간 일행은 한꺼번에 들이닥쳐 술에 취한 자들을 하나도 남김없이 포박해 로쿠하라로 끌고 가 무네모리 경의 방 앞뜰에다가 꿇려놓았다. 무네모리 경은 사건의 경위를 상세히 물은 후 "그렇다고 이렇게 취한 자들을 벨 수야 없는 일 아닌가" 하고는 모두 방면했다. 사람이 죽으면 천한 사람들도 아침저녁으로 종을 울리고 다라니를 읽으며 참회하는 것이 보통인데 기요모리 공이 타계한 후 법회 같은 것은 없었고 아침저녁으로 그저 전투 준비를 위해 작전을 짜는 데 여념이 없었다.

돌이켜보면 기요모리 공은 임종 시의 모습이야 끔찍했었지만 실제로는 범상한 사람이 아니었음을 보여주는 일이 한둘이 아니었다. 히요시 신사에 참배했을 때도 자기 집안사람뿐 아니라 다른 집안사람들까지도 다수 거느리고 행차해 사람들은 "섭정가의 가스가 신사 참배나 우지(宇治) 평등원 행차라 한들 이보다 나을 수는 없다"라고 칭찬했다. 또 무엇보다도 칭찬할 만한 일은 후쿠하라에 교노시마라는 인공 섬을 쌓아 오늘날까지도 서울을 오르내리는 배들이 불편 없이 다닐 수 있게 한 일이다. 그 섬은 오호 원년(1161) 2월 상순부터 쌓기 시작했는데 그해 8월 갑자기 불어닥친 태풍 때문에 큰 파도가 일어 모두 유실되고 말았다. 2년 후 3월 하순 아와 노 시게요시(阿波重能)를 감독으로 임명하여 다시 쌓게 했는데 중신회의에서 산 사람을 제물로 바쳐야 한다는 결정이 있었으나 기요모리 공은 그건 죄 짓는 일이라며 돌 위에 일체경(一切經)을 새겨 쌓도록 하여 교노시마(經島)라는 이름이 붙게 되었다.

지신보(慈心房)

기요모리 공 하면 악인으로 생각하기 쉽지만 고로들의 이야기에 의하면 실은 지에(慈惠) 대승정[21]의 환생이라고 하는데 그 사연은 다음과 같았다. 셋쓰에 청징사(淸澄寺)라는 산사가 있는데 이 절에서 수행하던 손에(尊惠) 스님은 본디 연력사의 학승 출신으로 다년간에 걸쳐 법화경을 수행한 사람이었다. 그러다가 도심을 일으켜서 하산해 이 절로 와서 오랜 세월 봉직하는 동안 많은 사람들이 귀의했다. 지난 쇼안 2년(1172) 12월 22일 밤, 사방침에 팔꿈치를 괴고 법화경을 읽고 있는데 새벽 2시 무렵 비몽사몽간에 나이가 쉰쯤 되어 보이는, 백의에 건을 쓰고 짚신에 각반을 찬 사내가 봉서를 들고 왔다. "어디서 오신 분이시오?" 하고 물으니 "염라대왕청에서 심부름 나온 사람입니다. 대왕님의 교지를 가지고 왔습니다" 하며 봉서를 손에게 건넸다. 펴 보니,

초청의 일

---

21 일본 고대 후기의 천태종의 승려(912~985년)로, 왕실 기도승, 제18대 연력사 주지 등을 역임하고 대승정에 올라 일본 천태종의 중흥에 힘썼다. 지에 대사(慈慧大師)는 시호(諡號).

염부제(閻浮提)²² 일본국 셋쓰 청징사의 손에 법사.

오는 26일, 염라성의 대극전에서 십만 명의 법화경 수행자들로 하여금 십만 부의 법화경을 봉독하게 할 예정이니 와서 참가하도록 하라. 염라대왕의 명에 의해 위와 같이 청하노라.

쇼안 2년 12월 22일
염라청

이라고 적혀 있었다. 거절할 수 있는 일이 아닌지라 주저 않고 승낙하는 문서를 써주었는데 그때 바로 잠이 깼다. 이는 분명 자신의 죽음을 알리는 전조임에 틀림없다고 생각한 손에는 주지 스님인 고요보(光影房)에게 이 사실을 이야기했더니 다들 듣고서 대견스러워 했다. 그 후 손에는 입으로는 나무아미타불을 외우고 마음속으로는 정토로 이끌어달라고 기원하며 지냈는데 드디어 25일 밤이 되었다. 늘 수행하던 불상 앞에 앉아 여느 때처럼 사방침에 기대어 염불과 독경을 하고 있었는데 자정 무렵이 되자 갑자기 졸음이 몰려와 승방으로 돌아와 잠자리에 누웠다. 새벽 2시쯤 되었을까 전과 같이 백의를 입은 사내 둘이 오더니 "어서 갑시다" 하고 재촉하는 것이었다. 염라대왕의 명을 거절하자니 몹시 두려운 생각이 들고 따라가자니 의발이 갖춰지지 않아 망설이고 있자 승복이 저절로 몸에 입혀지더니 가사가 어깨에 걸쳐지고 하늘에서 금으로 만든 바리때가 내려왔다. 그러고는 동자승 둘에 보좌승이 둘, 그리고 열 명의 수행승이 따라

---

22 인간 세계.

오고 칠보로 꾸민 수레가 승방 앞에 나타났다. 손에가 뛸 듯이 기뻐하며 바로 수레에 오르자 수행승들은 서북쪽을 향해 수레를 모는데 하늘을 날아 이내 염라대왕청에 도착했다.

왕궁의 모습을 둘러보니 성벽이 끝없이 이어지고 내부는 한없이 넓었다. 그 안에 칠보로 장식한 대극전이 있었는데 높고 넓으며 금빛으로 빛나 그 웅장함은 필설로 다할 수 없을 정도였다. 법회가 끝나자 초청받은 스님들은 모두 돌아갔으나 손에는 혼자 남아 남쪽 중문에 서서 멀리서 대극전을 바라다보았다. 명계의 관리들과 나졸들이 모두 염라대왕 앞에 공손히 서 있는 것을 본 손에는 "좀처럼 오기 힘든 곳이니 이참에 내세에 대해 물어봐야겠다" 하며 그쪽으로 향했다. 그러자 어느새 두 동자승이 일산을 받고 보좌승 둘이 상자를 들고 뒤따르며 열 명의 수행승들이 열을 지어 따르는 것이었다. 왕궁으로 다가가자 염라대왕과 명관들이 내려와 손에 일행을 맞이하는데 두 동자승은 다름 아닌 다문천(多聞天)과 지국천(持國天)[23]이었고, 보좌승은 약왕보살(藥王菩薩)과 용시보살(勇施菩薩)이었으며, 열 명의 수행승은 십나찰녀(十羅刹女)가 모습을 바꿔 옆에서 모신 것이었다. 염라대왕이 "다른 분들께선 다들 돌아가시는데 스님께선 어인 일로 이리 오시는 겁니까?" 하고 묻자 손에는 "내세에서는 어떤 모습으로 태어날지 궁금해 여쭙고자 왔사옵니다" 하고 아뢰었다. 염라대왕은 관리에게 "이 스님께서 행한 선행을 기록한 상자가 남쪽 창고에 있으니 꺼내서 일생 동안의 자기 수양과 타인을 교화시킨 기록을 보여드리도록 하라"고 명했다. 관리가 명을 받아 남쪽 창고로 가서 상자 하나를 꺼내오더니 잠시 후 뚜껑을 열어 적힌 내용을 빠짐없이 읽어주었다. 이를

---

23 수미산을 수호하는 사대천왕의 하나.

듣고 난 손에는 몹시 슬퍼하며 울면서 "그저 바라옵건대 소승을 불쌍히 여기시어 생사의 질곡에서 벗어날 수 있는 방법을 가르쳐주옵소서. 큰 깨달음을 얻을 수 있는 지름길을 보여주옵소서"하고 애원했다. 그러자 가엾게 여긴 염라대왕이 감화시킬 생각에서 수많은 게(偈)를 읊으니 명계의 관리들이 붓으로 하나하나 적었다.

처자식이나 왕위, 재산, 하인 같은 것은 죽고 나면 어느 것 하나 따라오는 것이 없고 항상 따라다니는 것은 생전에 지은 죄의 업보뿐으로 나를 묶어 꼼짝 못하게 하니 지옥에서 고통받아 비명 지르는 소리 끝없이 울리네(妻子王位財眷屬 死去無一來相親 常隨業鬼繫縛我 受苦叫喚無邊際).

염라대왕은 이 게를 읊고 난 후 바로 받아쓴 글을 손에게 주었다. 손에는 크게 기뻐하며 "일본의 다이라 태정대신이라는 분이 셋쓰의 와다(和田) 곶이라는 곳을 골라 사방 십여 정에 집을 짓고서 오늘 있었던 십만 명 법회처럼 법화경 수행자를 많이 초빙해 방마다 가득 앉혀놓고 정성들여 설법과 독경을 행한 일이 있나이다" 하고 아뢰었더니 염라대왕은 기뻐하고 감탄하며 "그 대감은 보통 사람이 아니라 지에 대승정의 환생으로, 천태종의 불법 수호를 위해 일본에 태어나게 한 것이다. 그 때문에 짐은 하루 세 번 그 사람을 예찬하여 읽은 글이 있는데 그 글을 가져가 바치도록 하라" 하며,

지에 대승정께 절을 올리나니 대승정께서는 천태 불법의 옹호자이셨으나 지금은 기요모리라는 장군의 몸으로 환생해 악업이 얼마나

무서운 것인지 널리 알렸으니 중생을 이롭게 하기는 대승정과 다름이 없도다(敬禮慈惠大僧正 天台佛法擁護者 示現最初將軍身 惡業衆生 同利益).

하고 읊었다. 손에가 글을 받아들고 대극전의 남쪽 중문을 나서니 염라대왕청의 병사 열 명이 문밖에 서 있다가 차에 태우고 앞뒤에서 호종했다. 다시 하늘을 날아 되돌아왔는데 마치 꿈에서 깨어나듯 소생했다. 손에는 가지고 온 게문을 니시하치조로 가서 기요모리 공에게 바쳤다. 기요모리 공은 크게 기뻐하며 극진히 대접하고 수많은 선물을 내렸는데 포상으로 율사(律師)에 임명했다고 한다. 이 일로 인해 사람들은 기요모리 공이 지에 대승정의 환생이라는 사실을 알게 되었다.

기온(祇園) 부인

또 어떤 이의 말에 의하면 기요모리 공은 다다모리(忠盛)의 아들이 아니라 실은 시라카와(白河) 임금의 왕자였다고도 하는데 사연인 즉은 이러했다. 지난 에이큐 때 시라카와 임금이 기온 부인이라는 여인을 지극히 총애했다. 이 여인은 히가시야마 기슭에 위치한 기온(祇園) 근처에 살고 있었다. 주상께서는 늘 이곳에 행차하였는데 언젠가는 정신 한둘과 경호 무사 몇 명만을 데리고 눈에 띄지 않게 납신 일이 있었다. 5월 20일 전후의 야밤중이라 누가 잡아가도 모를 만큼 칠흑같이 어두웠는데 장맛비마저 주룩주룩 내려 실로 음산하기 짝이 없는 밤이었다. 기온 부인 집 근처에 암자가 하나 있었는데 이곳 가까이 오자 암자 옆에 뭔가 빛나는 물체가 나타났다. 머리는 쇠바늘을 잘 갈아 꽂아놓은 것처럼 번쩍였고 좌우에 팔 비슷한 것이 붙어 있는데 한 손에는 방망이 같은 것을 들고 다른 손에는 무언가 빛나는 것을 들고 있었다. 이를 본 주상이나 신하들 모두 "아이고, 무서워라. 이건 진짜 도깨비인 모양이다. 손에 들고 있는 물건은 소문으로만 듣던 도깨비 방망이인 모양인데 어찌하면 좋지"하며 소란을 떨었다. 다다모리는 당시 하급 경호 무사였는데 주상은 다다모리를 불러 "이 중에서는 네가 제일 낫겠지. 활로 쏘건 칼로 베건 간에 없애도록 하라"고 하명했다. 명령을 받든 다다모리는 수상한 물체를 향해 걸어가며 속으로 생각하기를 "이 녀석은 별로 강한 놈 같지는 않은데. 아마 여우나 너구리가 변신한 거겠지. 이걸 활로 쏘거나 칼로 베어 죽였다가는 분별없는 짓이 될 테니 사로잡아야겠다" 하고 다가갔다. 괴물의 몸에서 몇 차례 빛이 번쩍거리는 것을 지켜보다 달려가 붙잡으니 "이게 무슨 짓이오?" 하며 몸부림을 쳤다. 괴물이 아니라 사람이었던 것이다. 수행하던 신하들이 모두들 등불을 밝혀 자세히 보니 놀랍게도 예순쯤 되어 보이는 승려였다. 이자는 실은 암자에서 잡일을 하는 중이었는데 불당에 불을 밝히려고 자루 달린 병에 기름을 채워 한 손에 들고 다른 손에는 등잔을 들고 있었다. 비가 주룩주룩 내려 젖지 않으려고 밀짚을 갓처럼 묶어서 머리에 쓰고 있었는데 밀짚이 등잔불 빛을 반사하여 쇠바늘처럼 보였던 것이다. 임금께서는 "이자를 활로 쏘거나 칼로 베어 죽였더라면 후회막급이었을 텐데 다다모리가 참 사려 깊은 행동을 하였다. 창검을 다루는 무인은 과연 다르구나" 하며 상으로 그리도 총애하던 기온 부인을 다다모리에게 주었다.

한데 이 여인은 주상의 아이를 임신 중이어서 주상께서는 "태어날 아이가 여자아이이면 과인의 딸로 삼을 것이나 사내아이이면 네 아들로 만들어 무인으로 키우도록 하라"고 지시했는데 사내아이를 낳았다. 다다모리는 이 일을 아뢰려고 기회를 엿보았으나 상황이 여의치 않았는데 주상께서 구마노에 행차하여 수행을 하게 되었다. 기이(紀伊)[24]의 이토가 고개라는 곳에서 가마를 내려놓고 잠시 휴식을 취하던 중에 다다모리는 근처의 덤불 속에 참마가 많이 자라 있기에 소매 속에 가득 넣고는 어전에

---

24 옛 지명으로. 지금의 와카야마(和歌山) 현과 미에(三重) 현 일대.

나아가,

　　　　참마가 이제 굴러다닐 정도로 자랐나이다

하고 노래를 읊으니 임금께서도 그 의미를 바로 알아차리고,

　　　　그대가 가져다가 키우도록 하여라

하고 뒤를 이었다. 그래서 그 후부터 자기 아들로 키우게 되었다. 주상은 이 아이가 한밤중에 너무 울어댄다는 이야기를 전해 듣고 노래 한 수를 지어 보냈다.

　　　　밤에 울어도 잘 키우도록 하라 귀찮아 말고
　　　　맑고〔淸〕 번성한〔盛〕 날이 후에 찾아오려니

따라서 아이의 이름을 기요모리(淸盛)라고 짓게 되었다. 열두 살에 병위부 차장에 임명되고 열여덟에 사위(四位)에 올랐는데 사정을 모르는 사람이 "명문거족 출신이라면 그럴 수 있겠지만 어떻게 이렇게까지……" 하고 놀라워하자 내막을 알고 있던 후임의 도바 임금은 "기요모리의 혈통이야말로 명문거족 중에서도 특별한 혈통이니 말이다" 하고 말을 막았다고 한다.

　　옛날에도 비슷한 일이 있었는데, 덴치(天智) 임금이 임신한 궁녀를 후지와라 노 가마타리(藤原鎌足) 대신에게 맡기고는 "이 궁녀가 낳는 아이가 여자아이이면 과인이 거둘 것이나 사내아이거든 경이 아들로 삼도록

하라"고 하였는데 사내아이가 태어났다. 도노미네(多武峰)의 묘락사(妙樂寺) 개조인 조에(定惠) 화상이 바로 그 사람으로 고대에도 이러한 예가 있었다. 기요모리 공은 정말로 시라카와 임금의 왕자였기 때문인지 천하 대사라 할 수 있는 천도와 같은 쉽지 않은 일을 생각해내고 실행했던 모양이다.

윤2월 20일, 대납언 구니쓰나(邦綱) 경이 세상을 떴다. 기요모리 공과 몹시 친하고 우의가 깊은 사람이었는데 너무 우의가 깊어서 그랬는지 같은 날 병이 들더니 같은 달 세상을 뜨고 말았다. 이 구니쓰나 경은 중납언 후지와라 노 가네스케(藤原兼輔)의 8대손으로 모리쿠니의 아들이었다. 말직인 오위에도 이르지 못하고 문장생의 신분으로 궐 안에서 잡일을 맡아 하고 있었는데, 고노에 임금 재위 중인 닌페이 연간에 대궐에 갑자기 불이 난 적이 있었다. 주상께서는 그때 침전에 계셨는데 근위부 관원 중 누구 하나 달려오는 사람이 없었다. 망연자실하여 그냥 서 있자 구니쓰나가 남여를 메고 오더니 "상황이 급하니 이런 가마에라도 오르시옵소서" 하고 옆에 가져다 댔다. "누구냐?" 하고 물으니 "잡일을 맡아 하고 있는 후지와라 노 구니쓰나라 하옵니다" 하고 이름을 댔다. "이렇게 임기응변에 능한 자가 있었다니 중용하는 게 좋겠다" 하며 당시 섭정으로 있던 다다미치 공에게 하명하여 토지도 많이 하사하고 직책도 내렸다.

이 임금께서 이와시미즈하치만 신사에 행차하신 일이 있었는데, 무악을 연주할 악장이 술에 취해 물에 빠지는 바람에 의관이 젖어 연주가 지체된 일이 있었다. 그러자 구니쓰나가 나서더니 썩 좋은 것은 아니나 악공의 의관을 지참하였다며 한 벌을 꺼내놓아 이 옷을 입고 제사 무악을 연주할 수 있었다. 시간이 좀 지체되긴 했어도 노랫소리 낭랑하게 울려 퍼지고 춤사위도 박자에 맞아 흥이 났다. 노래와 춤에 신명이 나는 것은 신령도 사람도 매한가지여서 이렇게 흥이 나다 보니 하치만 신령도 태곳적에 바위굴 속에 숨었던 아마테라스 여신이 밖에서 들려오는 음악 소리에 바위 문을 열고 말았다는 고사가 수긍이 갔을 것이라는 생각이 들었다.[25]

　이 구니쓰나의 선조 중에 야마카게(山陰) 중납언이라는 사람이 있었다. 슬하에 뇨무(如無) 승도라는 아들을 두었는데 지혜와 학문이 출중할 뿐 아니라 바르게 수행하고 계율을 엄수한 스님이었다. 쇼타이(昌泰) 원년(898) 당시 상왕이던 우다(宇多) 임금이 오이(大井) 강에 행차했을 때 수행을 하던 우대장 사다쿠니(定國)의 탕건이 오구라(小倉) 산에서 불어온 거센 바람에 날려 강에 빠지고 말았다. 소매로 상투를 가리고 망연자실해 있는데 바로 이 뇨무 승도가 가사 함에서 탕건을 꺼내 건네주었다는 것이다.

　이 뇨무 승도에 관해서는 다음과 같은 일화가 전한다. 부친인 야마카게 중납언이 다자이후 부사로 임명돼 규슈로 내려갈 때 있었던 일인데 뇨무를 미워한 계모가 당시 두 살이었던 아이를 잠시 안는 척하다가 바다에 빠뜨려 죽이려 하였다. 그러자 거북이 한 마리가 헤엄쳐 오더니 물에 빠진 뇨무를 등에 태워 목숨을 구해주었는데 이 거북은 뇨무의 생모가 생전에 목숨을 구해준 거북이었다. 가쓰라(桂) 강에서 가마우지를 부리는 어부[26]가 거북을 잡아 먹이로 쓰려는 것을 본 뇨무의 생모가 입고 있던 옷과 거북을 바꿔 놓아준 일이 있었는데 바로 이 거북이가 은혜를 갚기 위해 헤엄쳐 와 아이의 목숨을 구해준 것이었다.

25　일본의 신화에 의하면 천상계를 지배하던 아마테라스 여신은 동생 스사노오가 찾아와 행패를 부리자 암굴 속으로 숨고 말았는데, 굴 앞에서 우즈메라는 여신이 추는 춤을 보고 여러 신들이 웃자 궁금해 굴 문을 열었다고 한다.
26　가마우지를 길들여 은어와 같은 물고기를 잡는 어로의 하나.

뇨무 승도의 이야기야 먼먼 옛날 일이니만큼 새삼스레 꺼낼 것까지도 없겠으나 구니쓰나 경의 경우는 보기 드문 몸가짐이 아닐 수 없었다. 구니쓰나 경은 다다미치(忠通) 공이 관백 재임 시 중납언에 올랐고, 공이 타계하자 기요모리 공은 생각이 있다며 구니쓰나 경과 가까이 지냈는데 굉장한 재력가여서 매일 뭐든 한 가지씩 공의 저택으로 보내왔다. 기요모리 공은 "현세에서 가장 친한 벗으로 이 이상 가는 사람이 없다"며 아들 하나를 양자로 삼아 기요쿠니(淸邦)라 이름 짓고, 자신의 넷째 아들인 시게히라를 구니쓰나 경의 딸과 결혼시켰다.

지쇼 4년의 동짓달 궁중 행사는 후쿠하라에서 열렸는데 몇몇 정신들이 중궁전에 들러 환담하던 중에 어떤 사람이 '상포(湘浦)의 대나무에는 반점이 있고'라는 한시[27]를 낭영하자 구니쓰나 경이 옆에서 듣고 있다가 "이 무슨 해괴한 일이란 말인가. 이 시는 내용이 불길해 경사 때는 금기로 알고 있는데 못들은 척해야겠다" 하며 발소리를 죽여 자리를 뜨고 말았다. 그 이유인즉슨 이 시의 내용에는 그럴 만한 사연이 있었기 때문이었다. 옛날 중국의 요(堯) 임금에게는 두 따님이 있었다. 언니는 이름을 아황(娥皇)이라 했고 동생은 여영(女英)이라 했는데 둘이 함께 순(舜) 임금의 왕후가 되었다. 순 임금이 죽자 창오(蒼梧)에 모셔다가 화장을 했는데 이때 두 왕후는 그리움에 못 이겨 상포라는 곳까지 따라가 울며 슬퍼했다. 그때 두 사람이 흘린 눈물이 호반의 대나무에 튀어 반점이 생기게 되었다고 한다. 그 후에도 언제나 그곳에 머물면서 슬(瑟)을 타며 그리움을 달랬다고 하는데 지금 그곳에 가서 보면 호반에는 반점이 있는 대나무들이 서 있고 슬을 타던 자리에는 구름이 서려 감동을 주는데 이러

---

27 장독(張讀)의 「추부(秋賦)」에 나오는 시구.

한 정취를 다치바나 노 히로미(橘廣相)가 부(賦)로 읊은 것이었다.[28]

구니쓰나 경은 특별히 학문이 뛰어나거나 시가 방면에 재능이 있는 사람은 아니었지만 머리 회전이 빠른 사람이라 이런 고사까지 듣고 유의하고 있었던 것이다. 신분상 대납언의 자리는 꿈도 꾸지 못했으나 모친이 가모(賀茂) 신사를 찾아가 "비나이다, 비나이다. 우리 아들 구니쓰나가 단 하루라도 좋으니 도승지 자리에 오르게 해주옵소서" 하고 백일간 온 정성을 다해 치성을 드리자 어느 날 밤 대신급 이상이 타는 우차를 끌고 와 자기 집의 차고에 대는 꿈을 꾸었다. 다른 사람에게 꿈 이야기를 했더니 그건 정경부인이 될 꿈이라고 해몽을 하기에 "내 나이가 얼만데 이제 와서 그런 일이 있겠소" 하고 웃고 말았는데 도승지는 말할 것도 없고 정이위 대납언에 오르게 됐으니 경사스런 일이 아닐 수 없었다.

같은 달 22일, 태상왕은 전에 사용하던 태상왕궁인 법주사(法住寺) 궁으로 처소를 옮겼다. 이 궁은 지난 오호 원년(1161) 4월 13일에 건조하였는데, 궁 가까이에 히요시와 구마노 신령을 모셔다 각각 이마비에(新比叡), 이마구마노(新熊野) 신사를 새로 지었을 뿐만 아니라 정원의 돌 하나 나무 하나에 이르기까지 태상왕의 마음에 드는 것만을 골라 세운 궁궐이었다. 그러나 지난 2~3년간은 기요모리 공의 횡포 때문에 그곳에서 지내지 못했는데 이번에 무네모리가 파손된 곳을 손본 후 옮기시라 상주하자 "수리 같은 것은 필요 없으니 어서 가도록 하자"며 바로 행차했다. 태상왕은 맨 먼저 타계한 대왕대비의 거처를 찾아 둘러보았는데 못가의 소나무나 버드나무는 세월이 흘렀음을 말해주듯 많이 자라 있어 '태액(太液)의 부용(芙蓉)과 미앙(未央)의 버드나무를 보니 옛사람이 생각나 눈

---

28 『헤이케 이야기』의 편자가 착각한 것으로, 이 시는 각주 27에서 언급했듯이 장독이 읊은 것이다.

물은 절로 흐르고'라고 백거이가 노래한「장한가(長恨歌)」의 구절이 떠오르고, 남원(南苑), 서궁(西宮)에서 양귀비를 그리며 당 현종이 눈물지었다는 고사가 생각났다.

　　3월 1일, 태상왕은 기요모리 공이 정지시킨 나라 지역 승려들의 승직을 복원시키고, 말사나 장원에 대해서도 예전의 소유권을 회복시키는 조치를 취했다. 그리고 3일에는 화재로 소실한 동대사의 대불전 재건공사를 개시했는데, 공사 감독에는 좌소변 유키타카(行隆)가 임명됐다고 한다. 이 유키타카는 몇 해 전에 이와시미즈하치만 신사를 찾아 철야 치성을 올리던 중 꿈을 꾸었는데 사당 안에서 살쩍을 땋아 올린 천동(天童)이 나오더니 "나는 하치만 대보살님의 사자인데 동대사 대불전 감독을 맡게 되거든 이것을 지니도록 하라" 하며 홀(笏)[29]을 주는 것이었다. 꿈에서 깨 보니 실제로 홀이 있는지라 "세상에 이상한 일도 다 있다. 지금 무슨 일이 있다고 대불전의 공사 감독을 맡는다는 말인가" 하고 고개를 갸웃하며 품에 넣고 집으로 돌아와 깊숙한 곳에 보관해왔는데 다이라 일문의 악행으로 인해 나라가 불바다가 되어버린 바람에 변관 중에서 이 유키타카가 뽑혀 감독에 임명되었으니 참으로 보기 드문 전세의 연이 아닐 수 없었다.

　　그해 3월 10일, 기노의 태수 대리가 파발마를 보내 "관동의 미나모토 군이 이미 오와리까지 쳐들어와 길을 막고 사람의 통행을 금지하고 있다"라고 알려와 바로 토벌군을 내려 보냈다. 좌병위 부장 다이라 노 도모모리(平知盛)와 좌중장 기요쓰네(淸經), 소장 아리쓰네(有經)를 대장군으로 임명하여 도합 3만여 기가 출진하였다. 기요모리 공이 죽은 지 채 50일도 지나지 않았는데 아무리 난세라고는 해도 기가 막힐 일이었다. 미나모토

---

29 신하가 관복을 입을 때 손에 들었던 상아나 나무로 만든 패.

군은 대장군에 임명된 유키이에(行家)와 요리토모의 동생 기엔(義圓)이 도합 6천 기를 이끌고 있었는데, 양군은 오와리 강을 사이에 두고 진을 쳤다.

　16일 야밤에 강을 건넌 미나모토 군 6천여 기는 3만여 기의 다이라 군을 향해 함성을 지르며 돌진해 새벽 4시경부터 싸우기 시작하여 날이 밝을 때까지 교전을 계속했다. 그러나 다이라 군은 조금도 동요하지 않고 "적군은 강을 건너와 말이나 갑옷이 모두 젖어 있으니 이를 보고 공격토록 하라"며 미나모토 군을 포위해 "한 놈도 남기지 말고 죽여라" 하고 공격하니 미나모토 군은 대부분 전사하고 대장군 유키이에는 겨우 목숨만 건져 동쪽으로 도주했으나 기엔은 적진 깊숙이 들어갔다가 전사하고 말았다. 다이라 군은 곧바로 강을 건너 보이는 대로 적군을 쏴 죽였다. 패주하던 미나모토 군은 여러 차례 돌아서서 막아보려 했지만 중과부적이어서 상대가 되지 않았다. 병서에 수택(水澤)을 뒤로 하지 말라 하였는데 미나모토 군의 이번 작전은 어리석기 짝이 없었다고 사람들은 평가했다.

　한편 미카와(三河)까지 후퇴한 유키이에는 야하기(矢作) 강의 다리 상판을 철거해 적이 건너오지 못하게 한 다음 방패진을 치고 대기하고 있었다. 그러나 다이라 군이 이내 몰려와 공격을 시작하자 견디지 못하고 그곳도 무너지고 말았다. 다이라 군이 바로 계속해 공격했더라면 미카와와 도오토미의 군세는 이쪽을 따랐을 텐데 대장군 도모모리에게 병이 생겨 미카와에서 회군하고 말았다. 선봉을 격파하기는 하였으나 본진을 치지 못했으니 별다른 전과를 올리지 못한 것이나 다름없었다. 재작년에 시게모리 공이 세상을 뜨더니 금년에 기요모리 공이 타계해 다이라 일문의 운이 다했음이 명백해지자 오랫동안 은공을 입은 사람들 외에는 따르는 이가 없었다. 관동은 초목조차 미나모토 쪽으로 기운 형세였다.

하늘의 소리

　한편 에치고 태수 조 노 스케나가는 6월 15일, 성은에 보답코자 기소 군 토벌을 위해 도합 3만여 기를 모아 출정식을 갖고 이튿날인 16일 새벽에 출진할 예정이었다. 그런데 한밤중에 갑자기 폭풍우가 몰아치고 요란하게 벼락이 치더니 하늘이 갠 후 허공에서 쉰 소리로 "나라에 있는 금동 십육장 노사나불을 불태운 다이라네 편을 드는 사람이 여기 있으니 잡아들여라" 하고 크게 외치는 소리가 세 차례 들려왔다. 스케나가를 비롯해 이 소리를 들은 사람들은 모두 겁에 질려 어쩔 줄 몰랐고 부하들은 "하늘이 이렇게 무섭게 고하니만큼 뜻을 거두시어 출진을 중지하십시오" 하고 말렸으나 스케나가는 "무인이 이런 일에 좌우돼서야 되겠느냐" 하며 예정대로 이튿날 새벽에 성을 나섰다. 겨우 10여 정을 갔을 때였는데 검은 구름이 한 무더기 몰려와 스케나가를 감싸는 듯싶더니 갑자기 몸이 움츠러들고 의식이 몽롱해져 말에서 떨어지고 말았다. 부하들이 가마에 메고 관아로 돌아와 눕혔는데 여섯 시간가량 지나자 죽고 말았다. 이 사실을 파발을 보내 서울에 알리니 다이라 일문은 놀라 몹시 동요했다.
　그해 7월 14일 연호를 요와(養和)로 개원했다. 이날 지쿠고 태수 사다요시는 인근의 지쿠젠과 히고(肥後) 두 고을 태수 직을 제수받아 규슈 지역의 반란을 평정하기 위해 서쪽으로 출발했다. 같은 날 특별 대사면이 단행돼 지난 지쇼 3년에 기요모리 공이 귀양 보냈던 사람들이 모두 풀려 났다. 모토후사(基房) 공이 비젠에서 돌아왔고, 전 태정대신 모로나가(師長) 공이 오와리에서, 대납언 스케카타(資賢) 경이 시나노에서 각각 서울로 돌아왔다.

28일 모로나가 공이 태상왕궁에 입궐했다. 비파의 명수인 모로나가 공은 지난번에 귀양 갔다 돌아왔을 때는 대궐의 편전 툇마루에서 「하왕은(賀王恩)」과 「환성악(還城樂)」을 탔었는데 이번에는 태상왕궁에서 「추풍악(秋風樂)」을 연주하였다.[30] 어느 경우건 간에 곡의 내용과 때를 고려한 선곡이었을 텐데 배려하는 마음이 절묘하기 짝이 없었다.

이날 스케나카 경도 입궐하였다. 태상왕은 "정말 모든 게 꿈만 같구나. 오랜 시골 생활에 음악 같은 것은 다 잊었겠지만 속요라도 하나 불러 보겠느냐?" 하고 권했다. 그러자 스케나카 경은 '시나노에 있다는 기소(木曾) 강'이라는 속요를 박자를 맞추며 노래했는데 자기 눈으로 직접 보고 온 터라 가사를 '시나노에 있는 기소 강'이라고 바꿔 부르니 그 재치를 칭찬했다.

---

30 「하왕은」「환성악」「추풍악」은 모두 중국에서 전래된 궁중 음악 곡명.

요코타(横田) 둔치 전투

8월 7일, 궐내 태정관청에서 대인왕회(大仁王會)[31]가 열렸다. 이는 250여 년 전에 관동에서 반란을 일으킨 마사카도를 이 법회의 힘으로 물리친 전례에 따른 것이라 했다. 또 9월 1일에는 같은 시기에 규슈에서 반란을 일으킨 스미토모(純友)를 이세 신령의 힘으로 물리친 전례를 따른다며 철제 갑옷과 투구를 이세 신궁에 헌납하기로 했다. 오나카토미 사다타카(大中臣定隆)가 사신으로 임명되어 서울을 출발했는데 오미의 고가(甲賀) 역참에서부터 아프기 시작하더니 이세의 별궁에 이르러 죽고 말았다. 또 역적들을 주술의 힘으로 물리치기 위해 오단법(五壇法)[32]을 행하던 법사가 수도 도량에서 잠을 자다가 죽고 말았다. 이를 보면 신령이나 부처 모두 역적 퇴치 기도를 받아들이지 않으려는 뜻이 분명했다. 또 안상사(安祥寺)의 지쓰겐(實玄) 아사리가 국가의 진호를 기원하는 대원법(大元法)을 행했는데 기도가 끝난 후 보내온 기도 내력 대장을 펼쳐 보니 웬걸, 다이라 씨 퇴치를 빌었다는 내용이 적혀 있었다. 실로 무서운

---
31 조정의 안녕을 위해 인왕호국반야경을 강독하는 법회.
32 병란이나 재앙을 물리치기 위해 행하는 밀교의 기도법.

일이 아닐 수 없었는데 놀라서 이게 웬일이냐고 물었더니 "역적 퇴치를 위해 기도하라 하지 않으셨습니까? 요즘 세상 형편을 보건대 다이라 씨야말로 진짜 역적으로 보이기에 퇴치 기도를 올린 것인데 어이하여 나무라시는 것입니까?" 하고 되받는 것이었다. "괘씸하기 짝이 없는 중놈 같으니라고. 사형이나 유형에 처해 마땅하다" 하며 펄펄 뛰었지만 크고 작은 일이 정신없이 일어나는 바람에 그 뒤 아무런 조치 없이 끝나고 말았다. 미나모토 씨가 정권을 잡은 후 요리토모는 가상하다며 감탄해 그 포상으로 지쓰겐을 대승정에 임명했다.

12월 24일, 다카쿠라 임금의 중전이었던 기요모리 공의 차녀 도쿠코(德子)는 대비의 칭호인 원호(院號)를 제수받아 겐레이몬인(建禮門院)이라고 부르게 되었다. 주상이 아직 어린데 모후가 원호를 제수받은 것은 처음 있는 일이라 했다.

그러는 동안에 요와 2년이 되었다. 2월 21일, 태백(금성)이 묘성(昴星)을 침범하였다. 『천문요록(天文要錄)』[33]에 이르길 '태백이 묘성을 침범하면 네 오랑캐 부족이 일어난다'고 했고 또 '장군이 어명을 받들고 국경을 넘는다'라는 말도 있었다.

3월 10일, 인사가 단행되었는데 다이라 일문은 대부분 관위가 올랐다. 4월 15일, 겐신(顯眞) 부승도가 히에이 산의 히요시 신사에서 법화경 만 부를 전독(轉讀)하는 법회를 규정대로 거행하였는데 태상왕이 결연을 위해 행차했다. 그런데 도대체 누가 그랬는지 태상왕이 연력사의 승병들에게 다이라 일문을 치라고 명했다는 소문이 퍼져 군사들이 대궐로 달려가 사방의 문을 엄중히 경비하고 다이라 일문은 모두 로쿠하라에 집

---

33 중국의 천문서.

결했다. 회의 결과 시게히라 중장이 3천여 기의 병력을 이끌고 태상왕을 맞으러 히요시 신사 쪽으로 향하기로 했다. 그러자 이번에는 연력사 쪽에 "다이라 군이 수백 기를 이끌고 올라오고 있다"라는 소문이 돌아 승병들이 모두 히가시사카모토(東坂本)로 내려와 이게 무슨 일이냐며 대책 회의를 열었다. 그러니 히에이 산과 도성 안의 소란이 심상치 않아 태상왕을 수행한 공경대부들은 크게 놀라 어찌할 바를 몰랐고, 태상왕의 경호 무사 중에는 너무 허둥댄 나머지 입에서 신물을 토해내는 사람까지 있었다. 마중을 나간 시게히라 중장이 아노(穴太) 부근에서 태상왕을 맞이해 환궁했다. 태상왕은 "이래서야 어디 사원이나 신사 참배인들 마음대로 하겠느냐?" 하고 언짢아했는데 히에이 산의 승병들은 다이라 군을 칠 의도가 전혀 없었으며 다이라 군 역시 연력사를 공격할 생각이 없었다. 사람들은 "이건 전혀 근거 없는 일이니 요귀가 설쳐댄 것이 분명해" 하고 수군거렸다. 4월 20일, 전국의 22개 신사에서 임시 제사를 올리기 위해 조정에서 사신들이 파견됐는데 이는 기아와 질병을 다스리기 위해서였다.

5월 24일, 연호를 다시 주에이(壽永)라고 개원했다. 또한 이날 에치고의 조 노 스케모치(城助茂)를 그곳 태수로 임명했다. 형인 스케나가가 죽은 지 얼마 되지 않아 불길하다며 사퇴했으나 어명이라 어쩔 수 없었다. 스케모치는 그 뒤 이름을 나가모치(長茂)로 개명하였다.

9월 2일, 나가모치는 에치고와 데와, 그리고 아이즈(相津) 고을 4개 군의 병력 4만여 기를 이끌고 기소 노 요시나카를 토벌하기 위해 시나노로 출발해 9일 요코타 강변에 진을 쳤다. 요다 성에 있던 요시나카는 소식을 듣자 3천 기를 거느리고 성을 나와 달려왔다. 부하 중의 이노우에 노 미쓰모리(井上光盛)가 계략을 써서 다이라 군의 홍기를 일곱 개 만들고 3천 병력을 일곱으로 나누어 여기저기의 산봉우리나 동굴을 통해 손에 손에 홍기를 들고 다가가자 나가모치는 "오, 이곳에도 아군이 있었구나" 하며 힘이 난다며 기뻐 날뛰며 외치고 있는데 요시나카 군은 성에 가까이 이르자 정해진 신호에 따라 일곱으로 나뉘어졌던 병사들이 한데 뭉치면서 한꺼번에 와 하고 함성을 질렀다. 그리고 준비해온 미나모토 군의 백기를 힘껏 치켜 올리자 이를 본 에치고의 병사들은 "적은 수십만 기나 되는 모양인데 이를 어찌하나" 하고 놀라 허둥대다가 떠밀려 강에 빠지기도 하고 험악한 골짜기에 떨어져 수도 없이 전사하고 살아남은 자는 별로 없었다. 나가모치가 절대적으로 신임하고 있던 에치고의 야마 노 다로(山太郎)나 아이즈의 조탄보(乘丹房) 같은 소문난 장사들이 모두 이곳에서 전사하고 말았고, 나가모치 자신도 부상을 입고 겨우 목숨만 건져 강을 따라 에치고로 내빼고 말았다.

그러나 서울에서는 이 일을 대수롭지 않게 여겼다. 9월 16일, 무네모리는 대납언에 일단 복직했다가 다음 달 3일, 내대신에 취임했고 7일에는 취임 인사를 올리기 위해 입궐했는데, 일문 중 공경 열두 명이 호종하고 대부급 열여섯 명이 우차를 선도했다. 관동과 북방의 미나모토 군이 벌떼처럼 일어나 당장에라도 서울을 향해 쳐들어올 기세였는데 이렇듯 내 알 바 아니라는 식으로 화려한 행사에 허송세월을 하고 있었으니 오히려 한심해 보일 따름이었다.

그러는 사이에 주에이 2년(1183)이 되었다. 신년 하례와 같은 궁중 행사는 예년과 다름없이 치러졌는데 무네모리가 행사 진행의 감독 역을 맡았다. 정월 6일, 주상은 신년 하례를 올리기 위해 태상왕궁에 행차했다. 예전에 도바 임금이 여섯 살 때 세배를 위해 행차한 전례에 따른 것이라 했다. 2월 22일 무네모리는 종일위(從一位)에 올랐으나 바로 그날 내대신직을 사임했다. 병란 발생의 책임을 지고 근신하기 위함이라 했다.

나라와 연력사의 승려나 구마노, 긴부(金峰) 산의 승병, 이세 신궁의 제사장이나 사제들에 이르기까지 모두가 다이라 씨에 등을 돌리고 미나모토 씨와 내통했다. 사방에 교지를 내려 보내고 각 지방에 태상왕의 교지를 보냈으나 왕지건 교지건 간에 모두 다이라 씨의 명령이라 여기고 따르는 자가 없었다.

(2권에 계속)